KB187444

한일문화 연구의 새 지평 2

타자의 눈으로 바라본 일본

한일문화 연구의 새 지평 2
타자의 눈으로 바라본 일본

초 판 인 쇄	2018년 09월 13일
초 판 발 행	2018년 09월 20일
엮 은 이	정형
지 은 이	금영진·송혜선·오미선·유상용·강지현·김경희·김정희·백현미·허영은·홍성준·김영호·서동주·최광준·최승은
발 행 인	윤석현
발 행 처	제이앤씨
책 임 편 집	최인노
등 록 번 호	제7-220호
우 편 주 소	서울시 도봉구 우이천로 353 성주빌딩 3층
대 표 전 화	02) 992 / 3253
전 송	02) 991 / 1285
홈 페 이 지	http://jncbms.co.kr
전 자 우 편	jncbook@hanmail.net

ⓒ 정형, 2018. Printed in KOREA

ISBN 979-11-5917-123-9 94830   정가 29,000원
     979-11-5917-121-5 94830(Set)

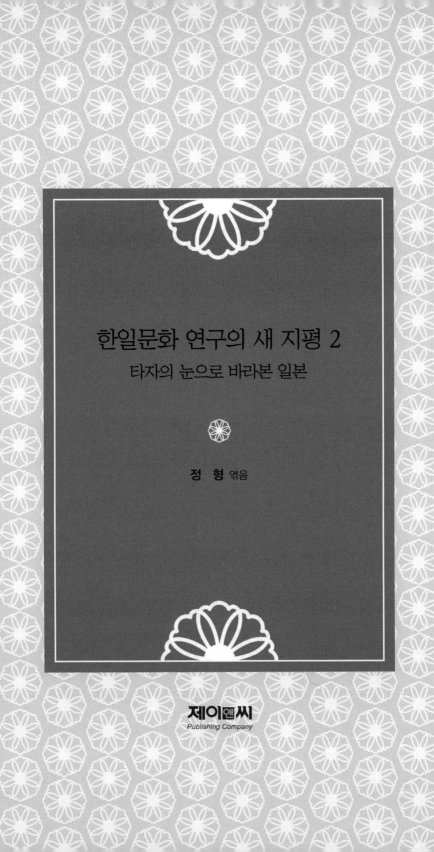

한일문화 연구의 새 지평 2

타자의 눈으로 바라본 일본

정 형 엮음

제이앤씨
Publishing Company

간 행 사

광복을 맞은 지 70여년이 지난 현재 한국의 일본문화 연구는 반일과 극일이라는 진부한 프레임을 넘어서서 새로운 일본문화연구의 지평을 열고자 하는 흐름이 점차 자리를 잡아가고 있는 것으로 보인다. 이는 일본의 연구자들이 미처 다루지 못했던 연구영역에 관해 한국의 일본문화 연구자들이 한일문화의 여러 양상에 관해 비교 내지는 대조의 관점에서 바라봄으로써 이루어내고 있는 성과라고 할 수 있다. 또한 우리의 한국문화전공자들의 연구에도 한일비교대조연구의 움직임이 나타나고 있다. 자국문화연구라는 좁은 테두리에서 벗어나 일본의 다양한 학문적 성과까지도 비교대조의 시점에서 바라봄으로써 한일문화연구에 관한 새로운 성찰에 다가서기 시작한 것으로 보인다. 한편 일본의 인문학 연구자들에게 전통적으로 자리 잡고 있던 한국의 인문고전에 관한 무관심의 경향에도 최근에 이르러 새로운 인식전환이 흐름이 나타나고 있다. 이제 한국문화와 일본문화에 관한 연구는 '한일문화연구'라는 비교대조의 방법론으로 새로운 돌파구가 모색되어야 할 시점이며 한일 인문학의, 나아가 동아시아 인문학의 교류와 소통이라는 당위적 인식은 연구자들 사이에서 더욱 확산될 것으로 믿어 의심치 않는다.

이 책은 엮은이가 단국대학교 일본연구소 소장으로 다년간 재임하면서 국내, 국제학술대회와 연구프로젝트 등을 통해 교류했던 국

5

내외 연구자들의 글을 모은 것이다. 이번 기획총서 총 3권은 앞에서 언급한 바와 같이 한일문화연구의 새 지평을 모색한다는 취지에서 『한일문화 연구의 새 지평』이라는 제명으로 간행하게 되었다. 제1권『한일문화 연구의 새 지평 1』〈한일문화의 상상력 : 안과 밖의 만남〉, 제2권『한일문화 연구의 새 지평 2』〈타자의 눈으로 바라본 일본〉, 제3권『한일문화 연구의 새 지평 3』〈일본연구의 새로운 시각 : 확대되는 세계관〉의 3권 구성으로 기획함으로써 순순한 일본문화연구와 한일비교대조문화연구가 결국은 동아시아 인문학의 교류와 소통이라는 범주로 수렴되어가고 있음을 제시하고자 했다.

이 책 제2권『한일문화 연구의 새 지평 2』〈타자의 눈으로 바라본 일본〉은 1부 언어의 의식, 2부 문학과 시대상, 3부 인물과 사상의 3부 구성의 틀로 모은 것이다. 각 글들의 개요는 다음과 같다.

〈1부. 언어와 의식〉

금영진의 〈동파체東坡体와 우소지嘘字의 문자변형·배열방식 비교 ―글자 개수별 조합을 중심으로―〉는 일본의 우소지에서 보이는 문자변형 및 배열방식의 특징을 중국 동파체와의 비교를 통하여 살펴보는 과정에서 조합되는 글자의 개수가 늘어남에 따라 이루어지는 변형과 배열에 주목하였다. 구체적으로 동파체의 두 글자 조합에서 보이는 세 가지의 문자변형 방식과, 우소지의 두 글자 조합에서 보이는 한 가지 문자변형방식을 확인하고, 우소지 특유의 문자배열방식의 특징을 지적하였다.

송혜선의 〈일본어의 수수동사구문의 구조 및 보이스성과 모달리티성-일본어 교육문법의 관점에서-)는 야리모라이동사와 결합하는 전항동사의 의미 타입에 따라 야리모라이구문을 직접의 야리모라이, 소유주야리모라이, 제삼자의 야리모라이 세 가지 타입의 구문을 고찰하고, 이러한 타입의 구문은 수여태와 수익태의 보이스 관계에 있어서 동작주체와 동작대상이 서로 격이 교체하는 수동태와 같은 구조의「대립」의 보이스 구조를 이루고 있음을 지적하였다.

오미선의 〈「女」관련 어휘의 사용실태-国研「ことばに関する新聞記事見出しデータベース」를 분석대상으로-)는 일본 국립국어연구소의「ことばに関する新聞記事見出しデータベース」를 분석자료로「女」가 포함된 내용을 전문 검색하고, 그 분포 및 제시 형태를 정리하여 〈女〉라는 테마의 통시적인 분포 및 사회적인 의미와 평가의 양상 등의 사용실태를 분석하였다. 또한「女」가 포함된 기사를 검색하여 연도별 건수를 조사하고 그 원인을 고찰함으로써 〈女〉관련 어휘의 제시형태를 분석하였다.

유상용의 〈語構成要素로서 1字漢語「気(キ・ケ)」의 変遷-大蔵流狂言3種의 名詞用例를 中心으로-)는 大蔵流狂言3種을 중심으로 어구성 요소 및 관용구로 사용되는 1자 한어「気(キ・ケ)」의 용례를 분석하였다. 大蔵流狂言중 虎明本(113例), 虎寛本(214例), 虎光本(167例)의 용례를 대상으로 명사로 사용되는 용례를 대상으로 비교 고찰하여 사용빈도가 높은 어휘가 어떤 것이고 어떤 용례로 사용되는지 분류하였다.

〈2부. 문학과 시대상〉
강지현의 〈슌바 개명 짓펜샤잇쿠작 고칸『貧福交換欲得』의 서지와 창작법에 대하여-잇쿠작 빈부물 기뵤시『貧福蜻蛉返』와의 비교를 단서로-)는 개명한 삼대짓펜샤 잇쿠작 고칸작품『貧福交換欲得』와 초대잇쿠작 빈부물 기뵤시『貧福蜻蛉返』를 비교 고찰하여 본 작품이 오늘날의 관점에서 이른바 '표절'이라고 비판받을 여지가 충분히 있다는 점을 확인하였다. 그런 가운데 선행작을 두 배 분량으로 늘리는데 있어서 도입된 많은 새로운 취향에 의해 마치 전혀 다른 작품인 것과 같은 인상을 독자에게 주는 점을 지적하였다.

김경희의〈원작과 영화의 서사구조 비교-아키나리의『雨月物語』와 미조구치의《雨月物語》를 중심으로-)는 원작과 소설을 바탕으로 만들어진 영화와의 서사구조를 비교하는 관점에서 서술에 의해 구축된 원작의 언어 텍스트로부터 시각과 청각의 텍스트인 영화 시나리오로 각색이 되면서 어떠한 개변改變이 일어났는지에 대하여 고찰하였다. 또한 원작소설과 영화의 서사 구조를 비교하여 아키나리의 우게쓰 이야기가 어떻게 수용되었는지를 살펴봄으로써 원작을 더욱 깊이 이해할 수 있는 가능성을 제시하였다.

김정희의〈1970년대라는 시대의 투영과 '악녀'-아리요시 사와코有吉佐和子의『악녀에 대해서悪女について』를 중심으로-)는 아리요시 사와코有吉佐和子의 소설『악녀에 대해서悪女について』를 중심으로 주인공이 시대를 반영하여 조형되었다는 점, 그리고 '악녀'라고 사회에서 치부하는 여성에 대해 다각적인 시점을 제시함으로서 이 작품이 그에 대한 문제제기를 했다는 점을 논하였다. 구체적으로 1970년대 중반 이후의 환상 추리소설 붐이 본 작품의 스토리 전개 방법과 인물조형에 영향을 미쳤다는 점, 상류층으로 올라가려는 여성이 시대와 사

회 속에서 이중성을 가질 수밖에 없었다는 점, 본 작품이 남성중심사회에 대한 상대적인 시각을 제시하고 있다는 점을 고찰하였다.

백현미의 〈일본 전통예능 가부키의 온나가타 고찰〉은 온나가타가 현대가부키에서도 그 존재감을 이어갈 수 있는 그 이유에 주목하여 그 발생과 양상을 고찰하였다. 에도시대의 온나가타와 근대이후의 온나가타의 예담을 중심으로 분석하여 에도시대와 근대이후의 온나가타의 차이점을 제시하였으며, 이러한 차이가 생겨난 이유가 미美에 대한 가치기준의 변화에 있음을 지적하였다.

허영은의 〈고마치전승에 관한 일고찰-'기다리는 여성'에서 '거부하는 여성'으로-〉는 일본인들에게 많은 사랑을 받고 있는 고마치라는 여성이 그 이미지만큼 시대에 따라 다양한 양상을 보여 온 점에 주목하여, 그녀의 삶의 궤적을 추적하고 다양한 작품에 다양한 형태로 나타나는 고마치상의 변화에 주목하여 고마치상이 출현한 사회적 배경과 그녀의 노래에 대한 의도적인 왜곡이라는 두 가지 측면을 분석하였다.

홍성준의 〈바킨 요미혼에 나타난 교훈성과 서민 교화적 태도〉는 19세기 일본에서 출판업이 대성황을 이루고 독서인구가 늘어나는 배경 속에서 교훈적이고 교화적인 내용을 담은 작품이 다수 간행되고 유행하게 된 점에 주목하여 바킨의 작품을 중심으로 그의 작품의 사상적 특징과 그가 생각한 독자층에 대해 고찰하였다.

〈3부. 인물과 사상〉

김영호의 〈근세 초기 도요토미 히데쓰구豊臣秀次에 대한 인식과 권력)은 근세 초기 도요토미 히데쓰구에 대한 인식의 정립과정과 권력과의 관계를 살펴본 가운데 그의 '살생관백'의 악인으로서의 인물상이 확대되고 정립된 과정을 추적하였다. 한편, 히데쓰구 쪽 시점에서 기술된 작품의 내용이 거대한 담론으로 성장하지 못한 것은 당시의 정치권력 속에서 승자인 히데요시를 비판하고, 패자인 히데쓰구를 옹호하는 발언을 하고 있기 때문이라고 지적하였다.

서동주의 〈야나기 무네요시 '생명론'의 사상적 원천과 자장〉은 민예운동의 창시자인 야나기 무네요시가 심령과 생명에 몰두하였고 이러한 그의 관심이 후일 민예에 관한 구상으로 이어진다는 논의를 바탕으로 양자 사이에 존재하는 조선예술에 대한 관심이 이전 시기의 생명론과 연결된다는 점을 논하였다. 그리고 야나기가 수용한 '직관'은 그의 조선예술에 관한 방법론의 핵심을 차지하고 있으며, 미술품에서 민족의 '마음'을 읽어낸다는 방법론에 근거하고 있는 야나기의 조선미술론은 생명과 직관에 관한 메타적 논의가 구체적인 역사와 만나는 장면을 보여주는 점을 지적하였다.

최광준의 〈만엽편찬万葉編纂에의 의도-오토모노야카모치大伴家持를 중심으로-〉는 만요슈란 거대한 문집을 편찬한 야카모치家持가 만요슈에 많은 노래를 남겼고, 많은 족적을 남긴 사실을 바탕으로 그의 삶에 대해 살펴보고 만요슈를 편찬한 이유를 고찰하였다. 야카모치의 만요 편찬 의도를 다양한 시각으로 바라보고 여러 가능성을 제시하였다.

최승은의 〈『본조둔사本朝遯史』에 나타난 지식인 하야시 돗코사이林読耕斎의 은일관隱逸觀〉은 에도시대 초기의 은자전 중 하나인 하야시 돗코사이의 『본조둔사』를 중심으로, 시대적 배경에 초점이 맞춰서 이루어진 기존의 연구 경향과 문제의식을 감안하면서, 『본조둔사』의 서문에 나타난 편찬 목적을 재검토하고 그를 바탕으로 시대적 배경이 아닌 근세 초기 지식인 개인이 바라보는 은둔에 대한 시각이라는 측면에서 『본조둔사』를 재조명하였다.

끝으로 이 기회를 빌려 이 시리즈 총서에 귀한 글을 보내주신 한일 양국의 연구자들에게 엮은이로서 깊은 감사의 뜻을 표하고자 한다. 또한 기상관측 사상 최대의 폭염을 기록한 금년 여름 내내 무더위 속에서도 번거로운 편집실무를 흔쾌히 맡아준 단국대학교 일본연구소 연구교수 김정희, 홍성준, 최승은 세 박사분의 노고에 고마운 마음을 전하고자 한다. 아무쪼록 이번 책 간행이 향후 한일문화연구의 새 지평을 제시하고 그 연구성과를 세계로 발신할 수 있는 계기가 될 수 있기를 기대한다.

2018년 8월 24일
엮은이 정 형

목차

13

제1부

언어와 의식

한일문화 연구의 새 지평 2
타자의 눈으로 바라본 일본

제1장

동파체東坡体와 우소지嘘字의
문자변형·배열방식 비교

− 글자 개수별 조합을 중심으로 −

※ ※ ※

금 영 진

Ⅰ. 머리말

동아시아 한자문화권에 있어서의 대표적인 한자문자유희가 파자破字라고 한다면, 문자에 변형을 가하거나 조합되는 글자의 배열을 한자의 일반적인 방식과 달리하는 진일보한 방식의 한자문자유희로서 중국의 동파체東坡体와 일본의 우소지(嘘字, 또는 譃字)를 들 수가 있다.[1] 이에 대해서는 한자와의 비교의 관점에서 동파체와 우소지의

---

1 동파체란 당송 8대가의 한 사람인 소동파(蘇東坡, 1036-1101)의 탁자시에 보이는 한자문자유희를 말한다. '뫼 산(山)'자나 '강 강(江)'자를 위아래로 길게 늘이고는

읽기 및 문자조합방식의 특징을 고찰한 필자의 논고가 있으므로 아울러 참조 바란다.[2]

필자는 이러한 고찰과정에서, 동파체와 우소지의 조자造字과정에 글자에 변형을 가하는 방식이 공히 보인다는 사실과 더불어, 그 방식이 반드시 일치하지는 않으며, 또한 조합되는 글자의 개수가 늘어남에 따라 문자배열 방식에도 차이가 발생한다는 사실을 알게 되었다. 이에 동파체와 우소지의 그러한 특징들을, 조합되는 글자의 개수별로 나누어 고찰해 보기로 하였다.

구체적으로는, 가장 기본적인 두 글자 조합과 세 글자 이상의 조합인 두 가지 경우로 나누어 살펴보았는데, 그 이유는 한자의 문자조합에 있어서 가장 기본적인 형태가 두 글자 혹은 세 글자 조합이기 때문이다. 또, 두 글자와 세 글자 조합에서 보이는 문자변형 및 배열방식이 한자의 그것과 어떠한 유사성 및 상이성을 지니고 있는지

'고산(高山)' 또는 '장강(長江)'이라고 풀어 읽는 등, 다양한 방식이 있다. 조선을 방문한 명나라 혹은 청나라의 사신과 조선의 접반사 사이에서도 이러한 동파체 유희는 행해졌다고 한다. 금 영진「동파체(東坡体)·파자(破字)와의 비교를 통해 본 일본 근세 한자문자유희-난지(難字)·이루이 이묘(異類異名)를 중심으로-」,『비교문화연구』제48집, 경희대학교 비교문화연구소, 2017.09, 193-222쪽 참조. 한편 우소지는 동파체 한자문자유희의 에도 시대판 버전이라 할 수 있는데, 시키테이 산바(式亭三馬, 1776-1822)의『오노가 바카무라 우소지 즈쿠시(小野(艸+愚)譃字盡)』(1806년刊)에 우소지를 비롯한 다양한 한자문자유희가 소개되어 있다. 금 영진「우소지(譃字)를 통해 본 일본근세 한자문자유희-시키테이 산바(式亭三馬)의『우소지즈쿠시(譃字尽くし)』를 중심으로-」, 한국일어일문학회, 『일어일문학연구』96(2), 2016.02, 21-38쪽을 참조.

2 금영진,「우소지(譃字)를 통해 보는 에도(江戸)의 언어문자 유희문화-한자(漢字)와의 비교를 중심으로-」,『한림일본학』31집, 한림대학교일본학연구소, 2017.12(a), 78-101쪽 및 금영진,「한자(漢字)와의 비교를 통해 본 동파체(東坡体)·우소지(譃字)·국자(国字)의 읽기 및 문자조합방식」, 한국외국어대학교 일본연구소, 2017.12(b), 263-283쪽을 참조 바람.

살펴보는 것은, 네 글자 이상의 문자조합들에서 보이는 한자의 확장
방식을 이해하기 위한 기본 토대가 되기도 하기 때문이다.

참고로, 여기에서의 두 글자 조합이란, 독립적으로 의미를 지니는
2개 이상의 글자를 서로 조합한 경우를 말한다. 가령, 일본인은 신神
에게 바치는 나무木인 '비쭈기 나무紅淡比'를 '사카키榊'라는 일본국
자로 표기하는데, 이 글자를 「木+神」의 두 글자 조합으로 볼 것인지,
「木+ネ+申」의 세 글자 조합으로 볼 것인지는 이견이 있을 수 있다.
이때, '신神'에게 바치는 '나무木'라는 회의성에 중점을 두면 이 국자
를 두 개 글자의 조합으로 볼 수 있다. 그리고 이에 따르자면 '저녁
석夕'자가 3개 배열된 동파체([자료 1])[3]의 경우, 세 글자
가 아닌 두 글자 조합으로 취급해야 한다. 왜냐하면, 이
문자 조합에서는 '저녁이 더욱 짙다(夕更多)'로 '저녁 석
夕'자가 1개짜리와 2개짜리로 나뉘어 읽히기 때문이다.

[자료 1]

그리고 이러한 방식은 전통적인 파자 수수께끼의 그것과는 다소
차이가 난다. 가령, "나무木 위에 서서立 보는見 글자가 무슨 글자냐?"
라는 수수께끼가 있는데, 정답은 '어버이 친(親=木+立+見)'자이다. 파
자에서는 이 한자를 구성하는 3개의 글자파트가 각각 저마다의 의
미를 가지고 역할을 하는 것이다. 그리고 이는 위에서 언급한 동파
체의 방식과는 분명 상이하다 할 수 있다.

한편 한자에서는 '수풀 림林'자처럼 2개 이상의 같은 글자를 서로

---

3 "조각 안개 가는 구름 녁에 더욱 짙네.(斷靄微雲夕更多)" 柳根과 朱之蕃이 수창한 東
坡體 拆字詩 중 유근의 제11수 2행. 신영주, 「拆字詩를 활용한 한자놀이 수업 방안
에 관한 제언-柳根과 朱之蕃의 東坡體 拆字詩를 활용하여-」, 『漢文敎育硏究』(48),
한국한문교육학회, 2017.06. 197쪽

조합한 것을 '동체회의문자同體會意文字'라 하고, '쉴 휴休'자처럼 서로 다른 글자를 조합한 것을 '이체회의문자異體會意文字'라 하는데, 동파체의 경우, 이체회의 문자 형태에서 문자변형방식의 특징이 상대적으로 많이 확인되었으며, 우소지의 경우는, 반대로 동체회의문자 형태에서 그 특징이 주로 확인되었다.

따라서, 두 글자 조합인 경우, 주로 이체회의문자 형태인 동파체와 동체회의문자 형태인 우소지를 중심으로 각각 그 문자변형방식의 특징을 살펴보았으며, 세 글자 이상 조합인 경우는 조합을 이룬 글자들의 개수별로 나누어 동파체와 우소지의 문자배열방식의 차이점을 살펴보았다.

Ⅱ. 두 글자 조합의 문자변형 방식

1. 동파체의 '부분변형 재독再讀'과 '부분교체생략' '띄우기'와 끼워 넣기'

두 글자 조합의 동파체에서는 독특한 문자변형방식이 여럿 보이는데, 이 글에서는 그 중 3가지를 소개하고자 한다. 첫 번째로, 조합된 글자를 부분적으로 약간 변형시키고 변형된 해당 한자를 두 번에 걸쳐 나눠 읽는 부분변형 재독방식을 들 수 있다.[4]

---

4 같은 글자를 한 번 더 읽는 재독방식은 한문에서 흔히 볼 수 있는 방식인데, 파자하여 조합되는 두 글자 중 A를 먼저 읽고 나서 'A+B'를 다시 한 번 읽는 방식은 동파체에서도 흔히 나타난다. 가령 마을 촌(村)자와 별반 다를 바 없는 동파체「木+寸」의 경우, '나무 목(木)'변을 먼저 읽고 나서 전체인 마을 촌(村)자를 다시 한 번 읽는

예를 들어, 다음의 동파체([자료 2])[5]는 얼핏 보기에 「門+心」, 즉 '번민할 민悶'자인 것처럼 보인다. 하지만, 자세히 보면 '문 문門'자의 모양이 '많을 다多'자처럼 보이게끔 살짝 변형시켰음을 알 수 있다. 따라서 이 글자는 「多+心」이 되며, '근심이 많아진다悶轉多'로 읽는다. '悶'으로 한 번 읽고 나서 '門'을 '多'로 또 한 번 읽는 것이다.

[자료 2]

또, '기다릴 대待'자의 '촌寸'자를 '가可'자 형태로 살짝 변형시키면 이 글자는 '하何'자처럼 보이게 되는데([자료 3])[6], 그리고는 '기다리면 어떠할까待如何'로 읽는 것도 같은 경우라 할 수 있다. '대待'자로 전체를 먼저 읽고 나서 '부付'를 '하何'로 다시 또 읽는 것이다.

[자료 3]

이처럼, 'A+B'의 복합 형태인 조합된 글자 전체를 먼저 읽고 나서, 파자하여 부분적으로 변형시킨 A 또는 B를 다시 읽는 경우도 있지만, 순서가 그와 반대인 경우도 있다. '사람 인亻'변을 '사람 인人'자처럼 보이도록 글자를 살짝 변형시켜 '가할 가可'자와 조합시킨 동파체가 그것으로([자료 4])[7], 이 경우 '좋은 사람可人'이라고 '何'을 A(可)와 B(亻)로 파자하여 둘을 각각 읽고 나서, '어이하랴何'라고 'A+B'의 복합 형태로 다시 한 번

[자료 4]

다. 뜻은 '고목이 선 마을(古木村)'이 된다. 주지번 제2수 1행. 신영주 전게논문 192쪽
5 "뒤집힌 마음에 근심만 깊어가네.(顚倒心思悶轉多)" 주지번 제11수 2행. 신영주, 전게논문, 197쪽
6 "산 중턱 빈 관소에서 기다리면 어떠할지.(半山空館待如何)" 주지번 제11수 4행. 신영주, 전게논문, 197쪽
7 "좋은 사람(可人)은 만나기 드무니 어이하랴(何).(其如稀見可人何)" 유근 제11수 4행. 신영주, 전게논문, 197쪽

읽는다. 조합되는 글자를 부분적으로 변형시켜 다른 글자로 보이게 끔 하여 한 번 더 달리 읽는 이 같은 방식은 상당히 독특할 뿐만 아니라, 전통적인 파자 수수께끼의 방식과도 분명 차이가 난다.[8]

그리고 두 번째로, A와 B를 서로 조합하는 과정에서, A 혹은 B의 일부분을 다른 글자로 교체하거나 생략하는 부분교체 생략방식을 들 수 있다. 앞에서 소개한 첫 번째 방식을, 자동차 부품을 두드려서 변형시킨 것에 비유한다면, 두 번째 방식은 부품을 아예 떼어 버리거나 다른 부품으로 교체한 것에 비유할 수 있는 것이다.

예를 들어, 「雨+明」의 관각 조합인 동파체의 경우가 그러하다.([자료 5])[9] 이 글자는 '구름 운雲'자의 '이를 운云' 자 부분을 '밝을 명明'자로 교체하였다. 하지만 알아서 '구름이 밝다雲明'라고 읽는다.

[자료 5]

그리고 이러한 발상은 한자에서도 역시 확인된다. '사내 남男'자를 의식한 「田+女」의 관각조합은 그 좋은 예이다. 이 한자는 여자같이 행동하는 동성연애 남성을 가리키는데, '힘 력力'자를 '계집 녀女'자

---

8 가령, "丁口竹天"의 경우, '가소롭다'는 의미의 한자어인 "可笑"를, 각각 "丁口"와 "竹天"으로 파자한 것이다. 그리고 여기에 문자의 변형이나 읽었던 글자를 다시 읽는 따위의 방식은 보이지 않는다. 또, 근세초기에 성립한 일본 최초의 소화집인 『세스이쇼(醒睡笑)』권3 文字知顔 11화에 보이는 '玄田牛一'이라는 파자 수수께끼(칙쇼(畜生-짐승새끼야 라는 욕이 됨.)) 역시 마찬가지이다.(坊主と弟子といひ談して、つね+愚人をあいしらひし。その風をあてことにし、ちくと文字のある客の時、弟子出ては丶からす、水辺に酉あり、山に山を重ねんやとハ、酒を出さうかといふた。師匠が返答に、ノ丶夕夕、人が多いに無用といふ。賓客頓に察し、玄田牛一ハ畜生めじやとて、座敷をたちたる仕合なり。)武藤貞夫『噺本大系』第二巻、東京堂出版、1987、57쪽
9 "허공의 쇠한 달은 구름 속에서 빛나네.(中天缺月漏雲明)" 유근 제10수 2행. 신영주, 전게논문, 196쪽

로 교체했음을 알 수 있다.[10] 하지만 사람들은 알아서 '사내 남男'자를 의식하여 읽는다. '도서図書'라는 두 글자를 하나로 합친 현대중국의 창작 한자「圕」역시 '둘레 위口'자가 아닌 '그림 도図'자를 의식한 채 그 속에 책 서書자를 집어넣은 교체의 경우라 할 수 있다.

그리고 이러한 부분 교체방식은 일본의 국자에서도 또한 확인된다. '바람 풍風'자의 안을 비우고 '수건 건巾'자를 집어넣은 '다코(凧-연)'나, '나무 목木'자를 집어넣은 '고가라시(凩-늦가을 찬바람)'같은 일본 국자 역시도 이러한 부분 교체방식을 따랐다고 볼 수 있는 것이다.

또, 동파체에서는 이 같은 조합과정에서 글자의 일부를 생략하기도 한다.「其+如」를 관각조합한 동파체에서는((자료 6))[11]「其」의 아래쪽 두 획(ハ)이 생략되어 보이지 않는다. 하지만 이 글자는 '그와 같이其如'라고 알아서 읽는다.

[자료 6]

그리고 이러한 방식은 한자에서도 그 용례를 확인할 수 있다. '윗 상上'자와 '아래 하下'자의 합자인 중국한자「卡」는 '보류하다', 또는 '막다'는 의미인데, 두 글자를 위 아래로 붙임으로써 획을 하나 생략하였음을 알 수 있다. '섬 도島'자나 '우거질 무鷡'자 역시 각각 '새 조鳥'자와 '없을 무無'자의 네 획(灬)이 생략된 경우이다. 하지만 우소지에서는 이러한 부분생략은 보이지 않는다.

그리고 세 번째로, 조합되는 두 글자 사이의 간격을 띄우거나 그 빈 공간 사이에 다른 글자를 끼워 넣는, 띄우고 끼워 넣기 방식을 들 수 있다.

---

10 원래대로라면「男+女」로 써야 할 것이다. 참고로 편방배치가 반대인 한자「娚」가 실재한다.
11 유근 제11수 4행을 소개한 앞쪽 주 참조.

먼저 간격을 띄우는 방식의 예로서, '구름 운雲'자의 '비 우雨'자와 '이를 운云'자를 위 아래로 간격을 띄워 놓고서 '조각구름斷雲'이라 읽거나([자료 7])[12], '친할 친親'자의 좌변과 우방을 좌우로 서로 띄어 놓고서, '멀리서 친척을 본다遠見親'라고 읽는 경우를 들 수 있다.([자료 8])[13] 그리고 이러한 방식은 한자나 우소지에서는 찾아보기 어렵다.

[자료 7]

[자료 8]

그리고 여기에서 한 단계 더 진화한 것이 글자사이의 벌어진 공간 사이에 다른 글자를 끼워 넣는 방식이다. 가령, '포구 포浦'자의 좌변(氵)과 우방(甫) 사이에 '모래 사沙'자를 끼워 넣고는 '포구 너머 모래밭隔浦平沙'이라고 읽는다.([자료 9])[14]

[자료 9]

그리고 조합된 두 글자 사이의 간격을 띄우고 그 사이에 다른 글자를 집어넣는 이 같은 방식은 한자에서도 흔히 보이는 전형적인 수법이라 할 수 있다.(粥粥讀奭蕭辦班銜衕衍街術銜衕衞衛衝衙衡)

예를 들어, '넘칠 연衍'자에서 보이는 「行+氵」의 조합의 경우, '삼수氵변'이 '행行'자의 가운데 벌린 틈 사이로 들어간다.

한편, 우소지에서도 조합을 이루는 두 글자 사이에 다른 글자를

---

12 "구름 끊긴 먼 하늘에 새는 홀로 날고.(雲斷遙天獨鳥橫)" 유근 제5수 1행. 신영주, 전게논문, 194쪽

13 "뜻밖에 큰 손님이 오니 멀리서 친척을 본다.(大賓偏來遠見親)" 華察創製每二字含七字意的詩 (是日頒詔作東坡體一絕) 4행 이로핀(衣若芬) (2013.08)「동파체(東坡體): 명한(中韓) 시부외교(詩賦外交)의 희작(戱作)과 경기(競技)」,『淵民學志』 20輯, 169쪽

14 "포구 너머 모래밭에 잡초가 무성하네.(隔浦平沙亂草茸)" 유근 제1수 4행. 신영주 전게논문 192쪽. 또, '수풀 림(林)'자 사이에 '닭 계(雞)'자를 집어넣고 '숲 속의 닭(林雞)'이라고 읽거나, '꽃 화(花)'자 사이에 '마을 촌(村)'자를 집어넣고 '꽃 핀 외진 마을(花裡孤村)'로 읽는 것이 또한 그러하다. 이 방식에 대해서는 금영진(2017.09) 전게논문을 참조 바람.

집어넣는 이와 유사한 방식이 보이기는 한다. 하지만 동파체나 우소지의 방식과는 약간 다르다. 즉, 온전한 하나의 글자를 둘로 쪼개어 간격을 띄우고는 그 사이에 다른 글자를 끼워 넣는 동파체나 한자의 방식과는 달리, 우소지에서는 온전한 개개의 두 글자 사이에 온전한 글자를 새로 끼워 넣는 방식을 취한다.

예를 들어, '사내 남男'자와 '사내 남男'자 사이에 '아가씨 낭娘'자를 집어넣고 '끈기 싸움根比〻'이라고 읽은 경우가 그러하다.([자료 10]) 온전한 상태의 두 글자 사이를 띄우고 그 사이에 다른 글자를 집어넣는 이 같은 방식은, 에도시대의 수수께끼에서도 또한 확인된다.[15]

[자료 10]

온전한 글자를 둘로 쪼개고, 사이 간격을 띄워서 생긴 여백공간에 다른 글자를 끼워 넣는 동파체의 문자변형 방식과, 온전한 글자 형태인 채 그대로 글자와 글자 사이에 다른 글자를 끼워 넣는 우소지의 방식은 분명 다르다. 그리고 온전한 글자를 둘로 쪼개는 동파체의 문자변형방식은 한자의 파자 수수께끼 또는, 한자에서 유난히 발달한 좌우 선대칭(父大穴立門里非車鼎黑北中串亜火木金土示羽黃甘首音青雨酉米)형태의 특징과도 연관시켜 생각해 볼 수 있다.

'날 출出'자나 '날 생生'자를 세로로 쪼개어 '반만 나온다半出'([자료

---

15 금 영진(2015.09)의 성과를 부분 발췌하여 소개하자면 다음과 같다. 예를 들어 목욕탕(후로) 속에 '평상(도코)'이 있다는 수수께끼를 풀이할 때, '후로(ふろ)' 속에 '도코(とこ)'가 있는 것이니까 '후(ふ)'와 '로(ろ)'를 일단 분리시키고, 그 사이에 '도코(とこ)'를 끼워 넣어야 한다. 그렇게 되면 '후(ふ)+도코(とこ)+로(ろ)=후도코로(ふところ)', 즉, '품(懐)'이 된다.

11)[16]와 '반평생半生'([자료 12])[17]으로 읽는 동파체
의 방식 역시 이러한 파자 수수께끼의 방식을
이용한 결과라 할 수 있다.[18]

[자료 11]　[자료 12]

'선비 사士'자를 세로로 쪼개어 '칠七'자로
읽는 파자 수수께끼나, '기쁠 희喜'자를 둘로 쪼갠 '쌍 희囍'자, 쪼갠
두 글자 사이에 다른 글자를 끼워 넣은 '넘칠 연衍'자에서도 보듯, 이
러한 발상은 한자에서 극히 자연스러운 것이라 할 수 있다.

한편, 온전한 글자를 둘로 쪼개는 이러한 동파체 방
식과 유사한 문자 수수께끼 퀴즈가 현대 일본에서 보
인다는 점은 상당히 흥미롭다 하겠다.([자료 13]) 이 수
수께끼는 '가을 추秋'자를 둘로 쪼개고 그 사이에 영
어 'WIN'을 집어넣었다. 가을은 일본어로 '아키あき'
이며, 승리(WIN-勝)는 일본어로 '가쓰かつ'이다. '아あ'
와 '키き' 사이에 '가쓰かつ'가 들어갔으니 '아카쓰키あかつき'가 되며,
이는 '동틀 녘曉'을 의미하는 일본어를 나타낸다.

[자료 13]

2. 우소지의 '좌우 대칭반전'

그러면 이번에는 두 글자 조합 우소지에서 보이는 문자변형방식

---

16 "해 기울어 작은 우리에 반쯤 걸렸네.(斜陽半出小山峯)" 주지번 제1수 2행. 신영주,
　전게논문, 192쪽
17 "반평생 세속에서 세상일을 하면서도(塵土半生形役裡)" 유근 제11수 3행. 신영주,
　전게논문, 197쪽
18 이에 대해서는 동파체의 부분 결여방식을 소개한 금 영진(2017.09)의 연구 성과를
　참조 바람.

에 대해 살펴보자. 한자에서 동체회의문자 형태를 찾기란 그리 어렵지 않다.(龖弱棗疊多厽所回出双孖林祘炎朋茻玨) 그리고 당연히 동파체와 우소지에서도 이러한 문자형태는 보인다. 하지만 읽기 및 문자변형방식에 있어서는 서로 차이를 보인다. 예를 들어, '볼 견見'자 두 글자를 나란히 변방 조합하여 '다시 보네 又見'라고 읽거나,([자료 14])[19] '차車'자 2개를 위 아래로 관각 조합하고 연차聯車라고 읽는 동파체 글자가 있다.([자료 15])[20]

[자료 14]   [자료 15]

그리고 동파체에서 이 말고 한 가지 특징적인 것은, 똑 같은 글자 2개를 약간 어긋나게 중첩시키는 문자변형방식이다. '문 문門'자 2개를 약간 어긋나게 서로 중첩시키고는 '중문重門'이라고 읽거나,([자료 16])[21] '빗장

[자료 16]

관関'자 두 자를 중첩시켜 '중관重関'이라 읽는 것이 이에 해당된다.

한편, 우소지에서는 '달릴 주走'자 2개를 서로 조합하여 '추격자追手'라고 읽거나([자료 17]), 뿔 각角자 2개를 조합하여 '(분노)가 가라앉지 않는다 収まらぬ'와 '서로 뿔로 받기角突き合い'로 읽는 예 등이 보인다.([자료 18])[22]

[자료 17]   [자료 18]

---

19 "긴 여정에 다시 문에 뜬 달을 보네.(壯途又見月當門)" 주지번 제2수 2행 신영주, 전게논문, 192쪽.
20 "長路聯車是日間〈讀為閑〉" 龔用卿〈效東坡體〉第一首 1행. 이로편, 전게논문, 149쪽.
21 "작은 다리에 늘어진 버들 문을 감싸네.(小橋垂柳拂重門)" 유근 제2수 2행. 신영주, 전게논문, 192쪽.
22 참고로, 하나의 한자로 합쳐지지는 않았지만, 같은 글자 두 자를 나란히 표기한 난

한편, 우소지에서 보이는 문자변형방식 중 가장 눈에 띄는 것은, 역시 같은 두 개의 글자를 나란히 배열하되, 왼쪽 변의 글자를 오른쪽으로 반전시키는 좌우대칭 반전방식이다. 예를 들어 '사람 인人'자 두 개를 좌우 대칭시키고는 '부딪히기突き当たる'로

[자료 19]

읽는다.([자료 19]) 이 말고도, '눈 목目'자 두 자를 서로 나란히 배열하고 왼쪽의 눈 목目 '자를 좌우대칭 반전시켜 두 글자를 서로 마주보게 하고서는 '눈싸움睨みくら'이라 읽거나, '손 수手'자 두 글자를 같은 방식으로 좌우대칭 배열시키고는 '박수소리ちょんちょん'으로, '나무 목木'자 두 개의 경우는 '딱따기拍子木'로, '혀 설舌'자 두 개의 경우는 '여자와 맺어짐舌付'으로 읽는 예가 보인다.[23] 이 때 물론 조합을 이루는 왼쪽 글자들은 모두 오른쪽으로 반전된다.

또, 우소지 즈쿠시의 부록에 보이는 오야지 즈쿠시에서는 이러한 조합의 새로운 버전인, '계집 녀女'자 두 자를 나란히 배열한 경우([자료 20])와 '사내 남男' 자를 나란히 배열한 경우([자료 21])도 보

[자료 20]　　　[자료 21]

지(難字)에서도 우소지 특유의 독특한 읽기방식이 보인다. 가령, '방귀 비(屁)'자 두 자를 나란히 쓴 경우, '헷쓰이(竈)', 즉 '가마솥'이라고 읽는다. 그 이유는 방귀의 일본어 발음인 '헤(へ)'가 쓰이(つい), 즉 '대(対)'를 이루고 있기 때문이다. 또, '한 일(一)'자 두 자를 나란히 쓰고는 '촛촛(ちょっちょっ-좀좀)'이라고 읽는데 이것은 '조금'을 의미하는 일본어 '촛토(一寸)'의 앞부분만 연속으로 읽으면 '촛촛'이 되기 때문이다.

23 금 영진 「우소지(嘘字)를 통해 본 일본근세 한자문자유희-시키테이 산바(式亭三馬)의『우소지즈쿠시(嘘字尽くし)』를 중심으로-」, 한국일어일문학회, 『일어일문학연구』96(2), 2016.02, 21-38쪽

인다. 이때, 왼쪽 글자를 각각 좌우대칭 반전시켜 두 글자를 서로 마주보게 하고는 '조개 맞추기 놀이貝合わせ'와 '서로 투닥됨角突き合い'으로 각각 읽는다.

한편, 쌍을 이루는 동체회의문자 형태일 경우, 두 글자 중 대개 왼쪽을 반전시키지만, 이체회의문자일 경우에는 오른쪽 글자를 반전시키기도 한다. 가령, 우소지 '남녀男女'자는 '하룻밤 보낸 아침의 이별後朝'로 읽지만, 왼쪽의 '계집 녀女'자를 좌우대칭 반전시켜 두 글자를 서로 마주 보게 하고는 '유녀 고르기見立て'로 읽는다. 또 오른쪽의 '계집 녀女'자를 좌우대칭 반전시켜 두 글

[자료 22]

자의 방향을 서로 외면하게 하면 '남자를 차다振る'라는 의미가 되며, 이는 글자의 방향성을 다분히 의식한 것이라 할수 있다.([자료 22])[24]

글자를 반전시키는 방식은 동파체에서도 물론 확인되지만, 이처럼 두 글자의 좌우대칭까지 의식하거나 하지는 않는다. '밝을 명明'자의 '달 월月'자를 반전시켜 두 배나 더 밝다는 것을

[자료 23] [자료 24]

나타내거나([자료 23])[25] '목 수首'자의 목 부분만 부분적으로 반전시켜 사람이 뒤돌아보는 모습을 나타내는 경우가 대부분이다.([자료 24])[26]

---

24 참고로, 또, '여남(女男)'이라고 쓰고, 왼쪽의 '계집 여(女)'자를 반전시킨 우소지의 경우, '유녀 고르기(見立て)'라고 읽는데, 한자에서 보이는 '오라비 남(娚)'자 경우에는 이러한 좌우반전과 방향성은 물론 보이지 않는다. 글자의 방향성에 대해서는 금영진(2016.02), 전게논문, 21-38쪽을 참조 바람.

25 "버들가지 길 때에 달빛이 배나 밝네.(柳線長時月倍明)" 주지번 제3수 2행. 신 영주 전게논문 193쪽 여기에서 달빛이 두 배나 밝다고 표현한 것은, '밝을 명(明)'자로 한 번 읽고 나서, 반전시킨 '달 월(月)'자를 한 번 더 읽었기 때문이다.

좌우 대칭을 이루는 두 개의 글자 중 왼쪽 글자를 오른쪽으로 반전
시킨다는 것은, 일본인들이 한자를 볼 때, 그 글자가 기본적으로 왼쪽
을 향하고 있다고 인식했음을 의미한다 하겠다. 동파체에서는 한 개
의 독립된 글자가 부분적으로 반전되는 경우가 보통인 반면, 우소지
에서는 서로 쌍을 이루고 있는 두 글자의 한쪽이 좌우 대칭 반전을 하
는 경우가 많다는 점은 동파체와 구별되는 특징이라 하겠다.

Ⅲ. 세 글자 이상 조합의 문자배열방식

그러면, 이어서 세 글자 이상인 문자조합에서 보이는 동파체와 우
소지의 문자배열방식에 대해 살펴보자.

주지하는바와 같이 한자에서는 '삼림 삼森'자나 '물건 품品'자, 또
는 진주 촉석루矗石樓의 '촉矗'자의 예에서도 알 수 있듯이, 똑 같은
글자가 3개일 경우에는 아래에 2개를 나란히 배치하고, 위쪽에 1개
를 삼각형 모양으로 배치하는 삼첩자 형태(晶矗磊聶磊矗姦轟晶)가
일반적이다.

그리고 동파체에서도 이러한 방식은 역시 이용된다. 가
령, 상단에 '중重'자를 하나 쓰고, 아래에 '중重'자 2개를 쓰
고는 '삼천리三千里'라고 읽는다. 중重 자가 「千里」로 파자가
되고, 천리千里가 3개이니 3천리가 되는 셈이다.([자료 25])[27]   [자료 25]

---

26 "작은 정원 돌아보니 늦은 봄날에(回首小園春去日)" 주지번 제3수 3행. 신영주, 전
   게논문, 193쪽

또, 좁은 길 '경徑'자 3개를 삼첩자처럼 쓴 동파체의 예를 보면, 아래쪽의 두 글자를 왼쪽으로 뉘여 쓰고, 위쪽의 한 글자는 정상적으로 세웠다.([자료 26])[28] 그리고 동체회의문자로 된 삼첩자에서 부분적으로 일부 글자를 뉘는 이 같은 발상은 우소지에서 찾아보기 힘들다.

[자료 26]

대신 우소지에서는 조합을 이룬 왼쪽 글자를 오른쪽 방향으로 반전시키는 형태가 두 글자 조합과 마찬가지로 보인다. 즉, '사람 인人'자 3개를 삼첩자 형태로 배열한 우소지의 경우([자료 27]), 사람과 사람을 중간에서 연결해 주니 '중개인(仲人-ちゅにん'이라고 읽는데, 자세히 보면, 왼쪽의 '사람 인人'자가 오른쪽으로 반전되어 있음을 알 수 있다. 중국의 간체자에서도 '사람 인人'자 3개를 조합하고 '무리 중衆'자의 약자로 읽은 예가 보이지만 이 같은 좌우대칭반전은 보이지 않는다.

[자료 27]

한편, 동체회의문자가 아닌 이체회의문자가 삼각형의 삼첩자 형태를 취하는 일은 한자에서는 드문 일인데, 동파체에서는 서로 다른 글자 3개의 조합임에도 불구하고 이러한 형태를 취하는 약간의 경우를 확인할 수 있었다. 세속을 의미하는 '티끌 진塵'자를 위에 크게 쓰고 아래에 '세상일形役'이라고 두 글자를 쓰고는, '세속에서 세상일을 하면서도塵土形役裡'라고 읽은 것이 그것으로 이는 한자의 삼첩자 방식을 따랐다고 할 수 있다.([자료 28])[29]

[자료 28]

27 "중관을 지나 멀리 3천 리 떠나와서.(重關遠別三千里)" 주지번 제8수 3행. 신영주, 전게논문, 195쪽
28 "고향 동산에 가는 잡초 두루 우거졌겠지.(三徑蹤橫細草平)" 유근 제3수 1행. 신영주, 전게논문, 193쪽

또, '뜰庭'의 바깥쪽(广+廴)글자를 크게 쓰고서 안에 있는 '임壬'자를 '이슬 로露'자로 교체하고, '걸을 인廴'자 밑에는 '경更'자를 가로로 2개 쓴 복합형태도 보인다.([자료 29])[30] 이 동파체는, '2경 가까운 빈 뜰에 이슬 가득하고露滿空庭近二更'로 읽는다.

[자료 29]

한편, 세 마리의 서로 다른 동물조합을 다룬 우소지의 예에서도 알 수 있듯이, 우소지에서는 이체회의문자 형태의 삼첩자가 흔히 보이며, 여기에 대해서는 금 영진의 선행연구에서 이미 소개된 바 있다.[31] 하지만 조합되는 세 글자 중에서 서로 연관성을 지니는 글자가 있을 경우에는 굳이 삼각형의 형태를 취하지 않는다. 그리고 이럴 경우에는, 대개 왼쪽 변에 1개, 오른쪽 방에 연관성 있는 2개를 배열하거나, 반대로 왼쪽 변에 연관성 있는 2개, 오른쪽 방에 1개를 배치하는 방식을 취한다.

예를 들어, '달릴 주走'자의 오른쪽 방에 '주야晝夜'를 세로로 쓰고는 '하야비캬쿠早飛脚'로 읽는데, ([자료 30]) 밤낮을 가리지 않고 달리니 '특송 배달꾼(오늘날로 치자면 총알택배에 해당.)'이 되는 셈이다.

[자료 30]

또, 왼쪽 변에 '등롱提灯'이라는 한 단어를 이루는 2개의 글자를 세로로 쓰고 오른쪽 방에 '볼 견見'자 1개

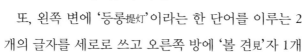

---

29 "반평생 세속에서 세상일을 하면서도.(塵土半生形役裡)" 유근 제11수 3행. 신영주, 전게논문, 197쪽

30 "2경 가까운 빈 뜰에 이슬 가득하고.(露滿空庭近二更)' 유근 제10수 1행. 신영주, 전게논문 19쪽

31 금영진(2017.12a), 전게논문, 78-101쪽 참조.

를 쓴 우소지의 경우, '미타테見立て', 즉 '유녀 고르기'
로 읽는다.([자료 31]) 요시와라 유곽의 등롱提灯 불빛 아
래에 앉아 있는 유녀를 바라보며見 남자손님이 여자
를 선택하는 것을 나타낸 우소지이다. 그리고 이 때,

[자료 31]

우소지에서 2개짜리 글자인 등롱을 왼쪽에 배치해야 오른쪽에서 등
롱 가까이 머리를 갖다 대고서 여자들을 바라보는 남자들의 모습을
잘 나타낼 수 있다. '볼 견見'자가 오른쪽인 이유는 왼쪽을 향한다는
방향성 때문이다.

　한편, 중국이나 일본에서 근래에 새로 만들어진 약간의 창작 한자
를 제외하면, 한자를 포함하여, 동파체와 우소지에서 네 글자 조합
인 경우는 '떫을 삽䂂'이나 최근 중국에서 만들어진 인명용 한자燊에
서 보듯, 그 형태는 기본적으로 사각형을 이룬다. 그리고 이러한 형
태는 '입 구口'자가 4개 들어 간 한자(嚚器㗊)들에서도 또한 확인할
수 있다. 그리고 물론, 우소지에서도 '떫을 삽䂂'자에서 보이는 배열
방식을 따르는 예가 보인다.

　예를 들어, 왼쪽 변에 세로로 '오보五步'라고 쓰고
오른쪽 방에 역시 세로로 '오보五步'라고 쓴 사각형 형
태의 우소지(상대와 자신의 과실비율이 5대 5이므로 서로 할 말 없
음) 역시 같은 경우라 할 수 있다.([자료 32]) 그리고 이러

[자료 32]

한 읽기 방향은 파자 수수께끼에서 보는 그것과는 다
소 상이한 것이다. 왜냐하면, '다툴 경競'자를 파자한 우리나라의 수
수께끼에서는, "섰다, 섰다立立, 왈왈曰曰, 삐치고 잦히고ノレ, 삐치고
잦히고ノレ 한 자가 무엇이냐?" 라고 가로로 두 자씩 읽어 내려오기

때문이다.

따라서 다음의 우소지([자료 33])도 '남녀男女'와 '수수手手'로 가로방향으로 읽는 것이 아니라, '남수男手'와 '여수女手'로 세로방향으로 읽어 내려가야 한다. 남자 손과 여자 손이 서로 맞잡고 달리니 이 우소지는 '길 가기道行'가 된다. 또 남녀의 손이 아래로 내려가는 것이 이치에도 맞다.

[자료 33]

한편, 다섯 글자 이상의 조합이 되게 되면 가운데 글자를 중심으로 사방에서 감싸듯 문자가 배열되는 경우가 많아진다. '계집 녀女'자를 가운데에 놓고 '사내 남男'자를 사방에 배열한 우소지의 예가 그러하다.([자료 34]) 이 우소지는 여자 주변을 '맴돔廻り'이라고 읽는다. 그리고 이것은 문자조합방식에는 차이가

[자료 34]

있지만, 교토京都 류안지龍安寺의 다실茶室인 조로쿠안 蔵六庵에 있는 쓰쿠바이蹲[32]에서 보이는 문자배치 방식([자료 35])과도 유사하다 할 수 있으며, 엽전에서도 대개 이러한 문자배열을 하는 것이 일반적이다.

[자료 35]

물론, 동파체에서도 '색色'자를 가운데 놓고,

---

32 다실에 들어가기 전에 손과 입을 헹구는 둥그런 맷돌 모양의 물받이 돌로, 엽전처럼 가운데가 입 구(口)모양으로 네모지게 파여 있다. 동서남북 네 군데에, 위쪽에서부터 시계방향으로「오(五)·추(隹)·소(疋)·시(矢)」라고 새겨져 있다. 그리고 이를 가운데의 입 구(口)자와 함께 읽으면,「나는 그저 족함을 안다.(吾唯知足)」라는 문장이 되는데, 이는 파자를 이용한 문자유희라 할 수 있다. 참고로, 중국화폐의 가운데가 네모난 것은 진시황의 반량전이 그 시초이다.

'산山'자를 사방에 배치한 비슷한 형태가 보인다.
([자료 36])³³ 하지만 이 동파체에서는 '색色'자를 둘러
싸고 있는 '산山'자들의 머리(冠)를 중앙에서 바깥으
로 향하도록 뉘거나 뒤집어져 있다.

원 형태의 부적([자료 37]), 또는 중국의 자자회문시 [자료 36]

子子回文詩형태의 첩자시疊字詩의 글
자 방향이나, '시코쿠 하치주 핫카쇼
메구리四国八十八ケ所巡り'를 하는 일
본의 성지 순례자 헨로遍路들이 쓰는 [자료 37] [자료 38]

스게가사菅笠의 글자 방향이 모두 바깥에서 읽을 수 있도록 글자를
중앙에서 바깥쪽으로 써 내려가고 있는 것을 떠올리면([자료 38]), 동파
체에서 보이는 뫼 산山자들의 방향은 그와 정반대라 할 수 있다.

그리고 이 동파체 글자에서 이러한 글자방향이 나올 수밖에 없는
이유는, 이 시가 산에 둘러싸인 물가의 정경을 읊었기 때문이다. 백
두산 천지나 한라산 백록담처럼 산들이 사방에서 호수를 감싸고 있
고, 그 모습이 물에 비쳐 거꾸로 보일 것을 감안하면, 역시 글자의 머
리가 바깥 방향일 수밖에 없는 것이다. 한편, 여섯 글자 이상의 조합
인 경우는 동파체에서 그 용례를 찾아보기 어려웠다. 대신 우소지에
서 가운데 글자를 감싸는 형태의 문자배열방식을 확인할 수 있었다.
'색色'자 6개를 조합하여 '바람둥이浮気者'라고 읽은 예가 그러하다.
호색好色을 나타내는데 왜 5개나 7개가 아닌 6개의 '색'자로 표현했

---

33 "물에 비춘 사방의 산 빛깔 속에.(倒影四圍山色裏)" 주지번 제9수 3행. 신영주, 전게
논문, 196쪽

는지는 알 수 없으나, 상단에 1자, 중간에 3자, 하단에 2자를 배열함으로써 가운데의 '색色'자를 감싸는 형태를 이루고 있음을 알 수 있다.([자료 39])

[자료 39]

그리고 한가운데 글자를 주변 글자들이 감싸는 이같은 형태의 문자배열방식은 에도시대의 야고屋号나 몬쇼紋所와 유사한 측면이 있다. 예를 들어, 상단에 '구름 운雲'자 1개, 중간에 '구름 운雲'자와 '용 용龍'자를 섞은 '운용운雲龍雲'의 3자, 하단에 '용 용(龍)'자 2자를 배열한 경우를 보자.([자료 40])

[자료 40]

일본의 니쿠다마 소바肉玉そば가게에서는 이 글자를 '오토도おとど'라고 읽고 있지만, 이 글자는 '다이토たいと'라고도 읽는다. 그런데, 아래의 '용龍'자 3개가 삼각형을 이루고 있고, 그 위에 '구름 운雲'자 3개가 마치 야고屋号의 '뫼 산山'자처럼 글자들을 덮고 있음을 알 수 있다.([자료 41]) 「∧+△」의 관각배열형태를 취함과 동시에 한 가운데에 들어간 용龍자를 다른 글자들이 동시에 감싸지도록 한 것이다. 즉, 야고屋号의 형태를 동시에 의식한 문자배열인 것이다.

그리고 가운데 글자를 감싸는 이러한 우소지의 문자배열 경향은 이시다 미쓰나리石田三成의 몬쇼紋所에서도 또한 확인된다.([자료 42]) 이것은 '대일대만대길大一大万大吉'이라는 여섯 개의 행운을 부르는 글자들을 모아서 만든 우소지라 할 수 있는데, 위쪽에 '대일大一'을 세로로 쓰고, 아래쪽에도 역시 세로로 '대만大万'

[자료 41]   [자료 42]

과 '대길大吉'이라고 썼다. 상단의 두 글자를 세로로 배치하고 (I) 하단의 네 글자를 역시 세로로 (I I) 나란히 배치하여 삼각형을 이루고 있다.

다만 여기에서 간과해서는 안 될 사실이 있다. '이긴다勝'는 의미의 한자와 동음인 중앙의 글자 '가쓰(一)'를 감싸는 듯한 형태로 '큰 대大' 자 3개가 배열되어 있다는 사실이다. 그리고 문자배열을 통해 2가지 이상의 형태를 동시에 만들어 내는 이러한 방식은 일본의 몬쇼紋所에서 특히 두드러지는 방식이라 할 수 있다.([자료 43]원 속에 큰 삼각형 1개와 작은 삼각형 4개, 그리고 원을 이루는 3개의 반원이 보인다.)

[자료 43]

한편, 동파체에서는 용례를 찾지 못했지만, 이와는 별도로 우소지에서는 글자들을 층층이 쌓는 배열방식도 확인할 수 있었다. '입 구口'자 12자를 6층으로 쌓은 예가 그것이다. 최상층에 3자, 다음에 1자, 3자, 2자, 1자, 2자를 배열한 이 우소지는 '말 떠드는 사람

[자료 44]

お喋り'이라고 읽는다.([자료 44]) 그 이유는 시코쿠四国의 구리광산인 벳시別子광산에서 나오는 동과 필요한 자재들의 중계 거래지인 구치야口屋에서 떠들며 거래하는 모습을 나타냈기 때문이다. 오늘날로 치자면, 수산시장이나 농수산물 시장의 경매인들 모습을 글자로 표현한 셈이다.[34]

---

34 입 구(口)자 8자로 된 우소지를 만든다고 했을 때, 산바는 글자를 5층으로 쌓았다. 최상층에 1자, 그 밑에 2자, 2자, 2자, 그리고 마지막에 1자를 배열하고는 '언변가'라고 읽었다. 입이 8개면 말을 아주 잘 한다는 구치핫초(口八丁)를 의식한 경우이다. 참고로 우리나라의 파자 수수께끼에서 나오는 입 구(口)자는 11개가 최대이다.

문자를 층층이 쌓는 이러한 발상은 동아시아 문화권
에서 이용되는 부적([자료 45])에서도 또한 확인되며, 실
제로 사용되지는 않지만 중국에서 만들어진 기상천외
한 많은 획수의 한자들에서도 반복 규칙성은 역시 엿
볼 수 있다.([자료 46] '雷'자 4개를 합친 글자의 고자로

[자료 45]

'호' 또는 '뵤'로 읽는다.) 따라서 이를 일본 문자유
희만의 특징이라고는 말 할 수 없다.

다만 필자가 여기에서 궁금한 것은, '입 구口'자의
문자배열에 있어서 어떤 규칙성이 의식 되었나 여
부이다. 예를 들어 '생강 강薑'자와 같은 중국의 한

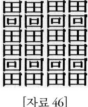

[자료 46]

자에서는 글자를 쌓아 올릴 때 일정한 반복 규칙성이 의식되고 있다.

명나라 말기의 소화집인『소부笑府』에서, '생강 강薑'자를 파자破字
하여, "풀 초자에 한 일자, 그리고 밭 전자에다 한 일자, 다시 밭 전자
에 한 일자를 쓰라."고 하자 그대로 '초일전일전일草壱田壱田壱'이라고
세로로 길게 내려 쓰고는, 이런 탑처럼 생긴 글자가 어디 있냐고 화
를 낸 바보의 이야기가 보이지만, 문자배열에 있어서 마치 컴퓨터의
0과 1의 조합처럼 일정한 규칙성을 보임을 알 수 있다. 우소지의 반
복 규칙성에 대해서는 예외 용례가 많아 좀 더 검토가 필요할 것으
로 여겨진다.

끝으로 오늘날에는 이러한 확장성에 반하는 간결화 현상이 중국

(여자가 흉측하게 '입이 열한 개'였던 바, 여자의 성씨가 길(吉)씨인 것을 알게 되
자, 파자해몽으로 吉(길할 길: 十 + 一 + 口)자는 '열 한 개의 입'의 성씨로 풀이되는
것을 알고, 하늘이 맺어준 인연임을 알고 감동하여 애정의 두터움이 더욱 친밀하
였다.)『청구야담』

한자에서 나타나고 있다는 점은 주목할 필요가 있다. 종래의 번체자에서 간체자로 한자를 간결화 시킨 중국에서 당연히 발생할 수밖에 없는 현상이겠지만, 전통한자나 동파체와는 또 다른 차원의 간결한 창작한자들이 근래들어 만들어지고 있는 것이다. T.V를 일심一心으로 열심히 보는 어린이를 나타낸 창작한자는 그 좋은 예이다.([자료 47])

[자료 47]

Ⅳ. 맺음말

이상, 중국의 동파체와 일본의 우소지 한자문자유희의 특징을 두 글자 조합의 문자변형방식 및 세 글자 이상 조합의 문자배열방식을 중심으로 살펴보았다.

먼저 두 글자 조합인 동파체에서, 세 가지의 문자변형방식을 확인할 수 있었다. '부분변형재독', '부분교체생략', 그리고 '띄우고 끼워넣기'가 그것이다. 또, 두 글자 조합인 우소지에서는 '좌우대칭반전' 방식을 확인할 수 있었다. 또, 세 글자 이상인 조합의 경우, 한자에서 가장 일반적인 삼각형 형태의 삼첩자가, 네 글자 이상의 조합에서는 사각형태의 문자배열이 동파체와 우소지에서 공통적으로 이용되고 있음을 확인할 수 있었다. 하지만 글자 개수가 그 이상인 경우는 동파체에 드물었으며 다섯 글자 이상일 경우, 우소지에서는 마치 야고나 몬쇼처럼 한가운데의 글자를 감싸듯이 문자들이 배열되는 경향이 있음을 알 수 있었다.

동파체와 우소지에서 보이는 조합되는 글자 개수의 증가는, 중국 한자에서 보이는 획수가 많은 이체자의 발달과도 상통하는 측면이 있다. 다만, 늘어나는 글자의 개수에 따라 어떠한 방식으로 문자를 배열할 것인가 하는 고려의 차이가 동파체와 우소지라고 하는 한자 문자유희의 전개과정에서 발휘되었으며, 이체자는 그 결과물에 다름 아닌 것이다.

본 연구의 의의는, 글자의 조합과정에서 발생하는 문자의 변형과 배열, 획수의 확장과 간략화 양상을 동파체와 우소지라는 동아시아 한자문자유희를 통해 재조명한 것에 있다. 가령, 오늘날 중국의 간체자로 대표되는 문자의 간략화는 조합되는 문자의 개수가 늘어나는 종래의 확장현상의 반발작용으로 일어난 필연적인 결과라 할 수 있다.

알파벳이 서양문명을 대표하는 인류문화유산이라고 한다면, 한자는 동양문명을 대표하는 인류문화유산이라 할 수 있으며 결코 중국만의 것은 아니다. 그리고 동파체와 우소지로 대표되는 이러한 한자문자유희의 문자변형 및 배열방식에 대한 비교고찰은 한글 문자의 미래에 대한 창의적인 전망도 가능케 한다. 한글의 문자조합은 '핥' '흙' '뚫'에서 보듯, 현재로서는 4~5개 정도가 최대이며 이 점 중국의 한자와도 비슷하다. 하지만 앞으로 조합을 이루는 한글문자의 개수가 그 이상을 넘어설 수도, 오히려 줄어들 수도 있으며, 동파체와 우소지에서 보는 문자변형 및 배열방식은 참고가 될 수 있다.

중국과 일본에서 만들어진 엄청난 획수의 고자(古字-실제로 쓰이지는 않고 사전류에 이체자로서 소개되는 정도)나 창작한자 내지는 국자, 그리고 부적에서 보이는 문자의 변형 및 배열에 대한 종합적인 검토는, 동아시아 문화권에 있어서의 한자의 발전양상을 보다 국제적으로 바라 볼 수 있는 시각을 우리에게 제시해 주며, 문자유희의 방식에 대한 이러한 비교고찰은 한글문자의 미래에 대한 창의적인 시각을 더불어 제공해 줄 수도 있지 않을까 기대되는 것이다. 아울러 간체자로 상징되는 한자의 간략화 현상에 대한 이해와 직결되는 돈지鈍字에 대한 고찰도 곧 시작하고자 한다.

한일문화 연구의 새 지평 2

타자의 눈으로 바라본 일본

제2장

일본어의 수수동사구문의 구조 및 보이스성과 모달리티성

－일본어 교육문법의 관점에서 －

❀ ❀ ❀

송 혜 선

Ⅰ. 서론

일본어의 야리모라이구문은 시점성이 강한 동사로 그 때문에 구문상의 면에서 인칭의 제약이 있다는 것이 지금까지의 선행연구에서 밝혀진 부분이다. 본 논문에서는 지금까지의 야리모라이 구문의 연구와 방법을 달리하여 이익주체와 이익대상 그리고 이익해위하고 하는 야리모라이 구문에서 가장 중요한 이 세가지 요소가 구문상 어떻게 나타나고 있는 가를 기준으로 하여 야리모라이 구문을 고찰하려고 한다. 일본어의 야리모라이 구문의 연구는

久野(1978[1]) 등에 의한 많은 연구가 있지만 그 대부분은 시점이라고 하는 면에서의 연구가 주류를 이루어 왔다. 그러나 선행연구에서의 야리모라이동사연구는 「시점성」에 연구가 치우쳐 있는 경향이 있었다. 지금까지의 야리모라이동사 구문의 연구와는 다른 관점에서의 연구로는 村上(1986[2])으로 대표되는 언어학연구회 등에 의한 구문론적인 연구가 있다. 村上(1986)는 야리모라이동사구문을 ヴォイス적인 관점에서 수동태와 사역태와의 관련성을 구문구조를 통하여 밝힌 연구이다. 村上(1986) 등의 언어학 연구회의 연구를 이어받아 宋(2006[3])에서는 「てやる(あげる)/くれる/もらう」 동사의 체계를 야리모라이와 결합하는 전항동사의 타입을 분류하면서 야리모라이동사구문을 체계화시켰다. 본고에서는 지금까지 연구된 야리모라이구문의 구조를 체계화하고 야리모라이구문의 보이스성을 본 후 야리모라이구문에서 파생된 모달리티구문을 고찰하고자 한다.

II. 야리모라이구문의 구조와 보이스성

야리모라이구문이란 이익을 주는 사람(이하 이익주체라 함)과 이익을 받는 사람(이하 이익대상이라 함)과의 관계로 거기에 이익물이 첨가되는 구조를 이루고 있다. 그 때문에 야리모라이구조에는 이익주체와 이

---

1 久野暲(1978)『談話の文法』, 大修館書店, 146쪽.
2 村上三寿(1986)「やりもらい構造の文」,『教育国語』84号, むぎ書房, 2-43쪽.
3 宋恵仙(2006)「動詞の意味的なタイプからみたやりもらい動詞の構造」,『日本文化學報』第30輯, 韓国日本文化学会, 34-40쪽.

익대상, 이익행위라고 하는 세가지 요소를 갖추고 있어야 한다. 본
고에서는 야리모라이동사와 결합하는 전항동사를 분류하며 야리모
라이구문의 구조를 고찰하기로 하겠다. 高橋(1994⁴)에서는 보이스의
입장에서 동사분류를 다음과 같이 행하고 있다.

〈표 1〉 보이스의 입장에서 동사분류

他動詞	あいて対象語をとる他動詞…アタエル、オシエル
	あいて対象をとらない他動詞…ナグル、ワル、アイスル
自動詞	あいて対象語をとる自動詞…カミツク、ハナシカケル
	あいて対象語をとらない自動詞…タツ、アルク、イキル

즉 高橋의 동사분류에서는 타동사로 「あい手対象をとる他動詞」
와 「あい手対象をとらない他動詞」 및 자동사 중에서는 「あい手対
象をとる自動詞」와 같은 동사가 수동태를 만들 수 있는 동사라고
하고 있다. 본고에서는 高橋(1994)의 보이스의 관점에서의 동사분류
를 참고로 하여 야리모라이와 결합하는 전항동사의 타입을 다음과
같이 분류하기로 한다.

---

4 高橋太郎(1994)『動詞の研究』, むぎ書房, 141-163쪽.

〈표 2〉 본고에서의 동사분류

동사의 종류		원래의 동사(전항동사)	야리모라이
사람에 대한 영향을 미치는 타동사		ヲ격의 동작대상에 영향을 미치는 타동사	직접의 야리모라이
		ニ격의 동작대상에 영향을 미치는 타동사	
사물에 영향을 끼치는 동사	もようがえ 동사	ノ격의 부분인 ヲ격에 영향을 미치는 타동사	소유주 야리모라이
	とりつけ 동사	ノ격의 부분인 ニ격에 영향을 미치는 타동사	
자동사 및 사물에 영향을 미치는 동사		ヲ격의 사물이나 사항에 영향을 미치는 타동사	제삼자 야리모라이
		ニ격의 상대방을 취하지 않는 자동사	

야리모라이란 이익주체가 이익대상에게 이익행위를 한다고 하는 행위인 것이다. 高木(1999)에서는 야리모라이에 관하여 다음과 같이 두가지 측면이 있는 동사로써 파악하고 있다. 즉 高木(1999)에도 언급되어 있는 바와 같이 야리모라이란 이익을 둘러싼 행위로써 파악할 수가 있을 것이다. 본고에서는 일본어의「수여태[5]」를「働きかけ[6]」의 측면에서 고찰하고 ガ격의 이익주체가 ヲ격 또는 ニ격의 이익대상에 직접적으로「はたらきかける[7]」경우를「직접의 야리모라이」라고 한다. 또한 이익주체로부터 이익대상에 대한 이익행위가 간접적이며 이익대상이「のために」로 표시되는 경우를「제삼자의 야리모라이」라고 부르기로 하겠다.

---

5 본고에서 수여태란 이익주체를 주어로 한 구문, 즉「てやる(あげる)/くれる」동사 구문을 의미한다.
6 본고에서는 일본어의 문법 개념인「働きかけ」를 한국어로 편의상「영향」이라고 번역하기로 한다.
7 본고에서는 일본어의 문법 개념인「働きかける」를 편의상「영향을 미치다」라고 번역하기로 하겠다.

1. 직접의 야리모라이

직접의 야리모라이란 이익주체가 구문에 나타나는 이익대상에게 영향을 미치는 구문이다. 그 때문에 직접의 수여태에 있어서 이익대상은 ヲ格과 ニ格으로 나타나 전항동사는 사람에 대한 영향을 미치는 타동사이다. 예를 들면「ほめる, 助ける, なぐさめる, かわいがる, もてなす, 起こす, 招待する, 泊める, 迎える, 育てる, 救う, 解放する, 案内する, 誘う」와 같은 타동사이다.

1) 직접의 야리모라이 구문의 구조
① ヲ격의 동작대상에 대한 영향을 나타내는 구문
ヲ격의 인물에 대한 영향을 나타내는 구문인 경우에는 ガ격의 이익주체가 ヲ격의 이익대상에게 이익행위를 했다는 것을 나타내는 구문이다.

(1) 私は思い切ってどろどろの中へ片足踏み込みました。そうして比較的通り易い所を空けて、御嬢さんを渡して遣りました。　　　　　　　　　　　　　　　　　　　　　　　(こころ)

(2) 馬鹿めか！と舅は言っていたが、いずれは帰ってきますよ、と静は方子をさぐさめてくれた。　　　　　　　　　　(剣)

(3) 僕はね、お父さんの会社の人たちに助けてもらった。

(毎日新聞)

47

  용례(1)과 (2)는 동작주체인「私」와「静」가 ヲ격의 동작대상인
「お嬢さん」와「方子」에게,「渡す」「なぐさめる」라고 하는 이익행
위를 했다는 것을 나타내는 구문이다. 또한 용례(3)의 원래의 동사구
문은「お父さんの会社の人たちが僕を助けた」라는 구문이다. 이
구문이 수익태[8]에서는 동작대상이 ガ격으로 나타나게 된다.

② ニ격의 동작대상에 대한 영향을 나타내는 구문

  ニ격의 인물에 대한 영향을 나타내는 구문인 경우에는 ガ격의 이
익주체가 ニ격의 이익대상에게 ヲ격의 이익물을 동반하는 이익행
위를 했다라는 구문이 된다.

> (4) 小谷先生はハエの名まえをかいたカードを二十枚ほど<u>こしら
>   えてやった</u>。小谷先生に用事があってこれないとき、鉄三は
>   それをノートにうつしてひとりで勉強する。   (兎)
>
> (5) 大切に、美しくきものを着る心を、祖母は長い時間をかけ
>   て、永子に<u>しつけてくれた</u>。   (女)
>
> (6) 小谷先生は鉄三とふたりでゴミ置場を歩いて、鉄三にハエの
>   えさを<u>教えてもらった</u>。   (兎)

  용례(4)와 (5)는 동작주체인「小谷先生」와「祖母」가 ニ격의 동작
대상인「鉄三」와「永子」에게,「こしらえる」「しつける」라고 하는 이

---

8 본고에서는「てもらう」구문을 수익태라고 칭하기로 한다.

익행위를 했다는 것을 나타내는 구문이다. 또한 용례(6)의 원래의 동사구문은 「鉄三が小谷先生にハエのえさを教えた」라는 구문이다. 이 구문이 수익태에서는 동작대상이 ガ격으로 나타나게 되어 「小谷先生が鉄三にハエのえさを教えてもらった」와 가 같은 구문이 된다.

2) 직접의 야리모라이의 보이스성

a. 先生が学生を許した

→ 先生が学生を許してやった／くれた

→ 学生が先生に許してもらった(許された)

b. 太郎が次郎にお金を送った

→ 太郎が次郎にお金を送ってやる／くれる

→ 次郎が太郎にお金を送ってもらう(送られる)

위의 용례 a와 b구문에서는 ガ격의 동작주체인 「先生が → 先生に」「太郎 → 太郎に」로 수익태 구문에서는 ニ격으로 표시되며 동작대상은 「学生を → 学生が」「次郎に → 次郎が」로 격의 교체가 일어난다. 이러한 타입의 보이스성에 대하여 高橋(1994)에서는 「대립⁹」의

---

9 高橋(1994)에서는 보이스의 체계를 「대립」과 「파생」이라는 개념으로 파악하고 있는데 voice에 있어서의 「대립」의 개념에 관하여 「수동태의 입장이 대립하고 있는 것은 원래의 동사구문의 입장이 아니고 働きかけ입장이라고 하면서 働きかけ입장과 수동태의 입장은 같은 사실을 대립되는 입장에서 말하는 문의 부분의 입장으로서 대립하고 있다며 수동태구문은 働きかけ구문과 보이스의 면에서 대립의 구조라고 지적하고 다음과 같은 예를 들고 있다.

(a) 二郎がさち子をなぐった → さち子が二郎になぐられた

보이스성이라고 규정짓고 있다. 위의 용례에서의 「てやる(くれる)」 구문과 「てもらう」 구문은 격이 교체하는 「대립」의 보이스 구조를 이루고 있으나 이 구문은 「先生が学生を許す → 学生が先生に許される」「太郎が次郎にお金を送る → 次郎が太郎にお金を送られる」와 같이 격이 교체하는 능동태 구문과 수동태 구문과 같은 보이스성을 보이고 있다.

2. 소유주 야리모라이

1) 소유주 야리모라이구문의 구조

소유주 야리모라이란 ノ격의 동작대상의 ヲ격 또는 ニ격의 신체 일부분 또는 소유물에 영향을 미치는 타동사구문에 야리모라이동사가 결합한 구문이다. 奧田(1983[10])의 동사분류에서는 「もようがえ動詞」나 「取り付け動詞」가 소유물에의 영향성을 나타내는 동사이다.

① ノ격의 소유주의 ヲ격의 부분에 대한 영향을 나타내는 구문

(7) バスケットは、上り道になって要介が持った。

今日も、この前にならって、さりげなく花緒の手をひいてやる。

(女)

---

10 奧田靖雄(1983) 「を格の名詞と動詞とのくみあわせ」, 『日本語文法・連語論(資料編)』, むぎ書房, pp.25-27.

(8) 造二は足立先生のよこにいる。ときどき、足立先生に頭をな
   でてもらってにこにこして歩く。   (兎)

위의 용례(7)과 (8)은 이익행위가 ノ격의 소유주의 ヲ격의 소유물,
「花緒の手」「造二の頭」에 이익행위가 미치고 있는 구문이다.

② ノ격의 소유주의 ヲ격의 부분에 대한 영향을 나타내는 구문

(9) 立ちあがると、沢田はうしろから彼女の背にコートを着せか
   けてくれた。   (人間の壁)
(10) 榊は灸が得意で、さっそく省吉とお仙は背中に灸をすえても
   らった。   (丹羽)

위의 용례(9)와 (10)은 이익행위가 ノ격의 소유주의 ニ격의 소유
물, 「彼女の背」「省吉とお仙は背中」에 이익행위가 미치고 있다는
것을 나타내는 구문이다.

2) 소유주 야리모라이의 보이스성
「소유주 야리모라이」는 ガ격의 동작주체의 동작대상인 ノ격의
ヲ격 또는 ニ격의 부분에 이익행위가 미치는 구문이다. 이익행위가
직접적이라는 면에서는 「직접의 야리모라이」의 일부분이라고 말할
수 있으나 「직접의 야리모라이」는 이익행위가 동작대상의 전체에
미치고 있는 데에 반하여 「소유주야리모라이」는 동작대상의 부분(신

체 또는 소유물)에 미치고 있다는 점에서 구별된다.

    c. 母は子供の顔を洗う

      → 母が子供の顔を洗ってやる／くれる

      → 子供が母に顔を洗ってもらう

    d. 兄が弟の手にバンドをつける

      → 兄が弟の手にバンドをつけてやる／くれる

      → 弟が兄にバンドをつけてもらう

위의 용례 c와 d구문에서도 ガ격의 동작주체인「母が → 母に」「兄
が → 兄に」가 수익태 구문에서는 ニ격으로 표시되며 동작대상 즉
소유주인 ノ격의 인물이「子供の → 子供が」「弟の → 弟が」로 격의
교체가 일어나고 있다. 이러한 타입도 高橋(1994)의 보이스 정의에서
「대립」의 보이스성에 해당된다. 즉 이 구문도 격이 교체하는 수동태
구문과 같은 구조를 나타내고 있다.

3. 제삼자의 야리모라이

제삼자의 야리모라이는 동작대상에의 영향의 면에 있어서 동작
주체가 동작대상에 대한 영향이 직접적이라고 하기보다 간접적인
경우이다. 제삼자의 야리모라이의 구문적인 특징은 전항동사가 자
동사이거나 사람을 목적어로 취하지 않는 타동사이거나 동작대상
과 이익대상이 다른 구문의 경우이다. 이와 같은 타입의 동사구문에

서는 원래의 동사구문에는 동작주체만 존재하는 구문으로 야리모라이구문에서 새로이 이익을 받는 사람이 추가되게 된다. 새로이 추가된 인물은 동작대상은 아니며 동작주체의 행위에 의하여 이익을 얻는 인물이다. 그러므로 이익을 얻는 대상은 수여태에서는 ヲ격이나 ニ격을 취하지 못 하고「のために」로 표시되게 된다. 또한 수익태에서는 ガ격의 위치에 나타나게 되어 동작주체에게 어떤 행동을 하게 하는 사역주로서의 성격도 가지게 된다.

1) 제삼자의 야리모라이구문의 구조

「직접의 야리모라이」와 「소유주 야리모라이」에서는 동작대상이 이익대상이 되는 구조이었으나 「제삼자의 야리모라이」는 자동사 또는 사람을 동작대상으로 취하지 않는 타동사 구문에 야리모라이동사가 결합하여 만들어진 구문이다. 또한 동작대상으로 사람을 취하는 동사이더라도 동작대상이 이익대상이 아니고 이익대상이 새로이 추가되는 구문은 「제삼자의 야리모라이」 구문이 된다. 제삼자의 야리모라이구문의 특징은 「원래의 동사[11]」 구문에 존재하지 않았던 이익대상이 새로이 추가되게 되는 구문이다. 제삼자 야리모라이 구문에서 새로이 추가되는 이익대상은 동작대상이 아니므로 ヲ격이나 ニ격을 취하지 않고 「ノタメニ」와 같은 후치사에 의해서 표시되게 된다.

---

11 원래의 동사구문이란 야리모라이동사와 결합하기 이전의 동사구문을 의미한다. 예를 들면 「母が子供のために本を読んであげる」와 같은 야리모라이구문의 원래의 동사구문이란 야리모라이동사와 결합하기 이전의 동사구문으로 「母が本を読む」가 원래의 동사구문이 된다.

① 전항동사가 자동사일 경우

(11)　洪作はおぬい婆さんのために何回も<u>休んでやった</u>。

（しろばんば）

위의 용례(11)에서 「洪作が休む」라고 하는 행위는 이익대상 「婆さん」를 위한 직접적인 영향력은 가지지 않으며 이익대상을 위해서 동작주체가 「休む」라고 하는 행위를 하고 있는 것이다. 이와 같은 이익행위의 경우에는 이익대상으로의 이익행위는 간접적이기 때문에 「ノタメニ」로 표시되게 된다.

② 전항동사가 동작대상을 사람을 취하지 않는 타동사

(12)　洪作はこの奇妙な仕事を、さき子のために忠実に<u>受け持ってやった</u>。

（しろばんば）

위의 용례(12)의 원래의 동사구문은 「洪作は奇妙な仕事を受け持つ」이다. 이와 같이 ヲ격의 동작대상이 사람을 취하지 않는 타동사구문에 야리모라이동사가 결합하게 되면 원래의 동사구문에 존재하지 않았던 이익대상이 새로이 추가되게 된다. 그 이익대상은 「さき子のために」와 같이 「ノタメニ」로 표시되게 된다.

③ 동작대상과 이익대상이 다른 경우

(13)　ある待合のお上さんがひとり、懇意ある芸者のために、ある
　　　出入りの呉服屋へ帯を一本<u>頼んでやった</u>。　　　（言語表現）

위의 용례(13)은 원래의 동사구문은 「お上さんが呉服屋に帯を頼んだ」라는 구문으로 동작대상은 「呉服屋」이지만 이익을 얻는 사람은 「芸者」이다. 이와 같이 동작대상과 이익대상이 다른 구문에 있어서도 그 이익대상은 「ノタメニ」로 표시되는 인물이다.

2) 제삼자의 야리모라이의 보이스성

　e.　夫が帰ったった
　　　→ 夫が妻のために帰ってやった／くれた
　　　→ 妻が夫に帰ってもらった
　f.　洪作が仕事を受け持つ
　　　→ 洪作が花子のために仕事を受け持ってやる／くれる
　　　→ 花子が洪作に仕事を受け持ってもらう

위의 용례 e와 f 구문의 전항동사는 자동사이거나 사람을 동작대상으로 취하지 않는 타동사이다. 이와 같은 타입의 동사가 야리모라이 동사와 결합하게 되면 원래의 동사구문에 존재하지 않았던 인물이 새로이 추가되어, 수여태에서는 「ノタメニ」로 표시되며 수익태

55

에서는 ガ격으로 표시되게 된다. 새로이 추가되는 인물인 「妻」와 「花子」는 동작주체인 「夫」와 「洪作」에게 「帰る」「受け持つ」라는 행위를 하게 하는 인물이다. 高橋(1994)에서는 원래의 동사구문에 존재하지 않던 새로운 인물이 추가된다는 의미에서 「파생[12]」이라고 정의하였는데 제삼자의 야리모라이 구문의 보이스성은 「파생」에 해당된다고 할 수 있을 것이다. 다시 말하면 ガ格의 의뢰주가 ニ格의 동작주체에게 어떤 행위를 하게 한다는 점에서 제삼자의 수익태는 사역구문과 같은 구조를 가지고 있다고 할 수 있을 것이다.

g. 院長が個室をとる

→ 貞乃が院長に(頼んで)霧子のために個室をとってやる

→ 貞乃が院長に頼んで霧子のために個室をとってもらう

위의 용례와 같은 타입의 동사구문에서도 원래의 동사구문에 없었던 인물이 새로이 추가되는데 ガ格의 「貞乃」라는 인물은 동작주체인 「院長」에게 「個室をとる」라는 행동을 하게 하는 인물이며 그 행위의 결과 이익을 보는 사람은 「霧子」라는 인물이다. 위와 같은 타입의 동사구문의 보이스성도 원래의 동사구문에 없었던 인물이 추가되어 그 인물이 동작주체에게 행위를 하게 하는 사역문과 같은

---

12 高橋(1994)에서는 보이스에 있어서 「파생」이라고 하는 개념에 관하여 다음과 같이 정의하고 있다.
「つかいだての文や第三者のうけみの文がもとのたちばからの派生というのは、そのあらわすことがらが第三者なしに成立しているのに対して、つかいだてのたちばの文と第三者のたちばの文のあらわすことがらは、それに第三者をくわえたものとなっている。」
즉 高橋는 사역문과 제삼자수동태문은 원래의 동사구문에서 파생된 구문이라는 것을 나타내면서 「二郎がさち子をなぐった → はな子が二郎にさち子をなぐらせた。」와 같은 예를 들고 있다.

구조를 가지고 있음을 알 수가 있다.

4. 사역야리모라이

사역야리모라이란 사역형에 야리모라이동사가 결합한 구문이다. 사역야리모라이구문의 구조를 고찰하기 위해서는 전항동사의 의미타입에 따라서 사역야리모라이 구문을 분류하기로 하겠다.

1) 직접의 사역야리모라이구문
① 직접의 사역야리모라이구문의 구조

직접의 사역야리모라이란 ガ격의 사역주체가 ヲ격이나 二격의 동작주체에게 영향을 미치는 사역구문에 야리모라이동사가 결합한 구문이다.

Ⓐ ヲ격의 동작주체에 영향을 미치는 사역구문

(14) 彼女は礼を言って、案内の少年を帰らせてやった。（人間の壁)

위의 용례(14)는 원래의 사역동사구문은 「彼女が少年を帰らせる」와 같이 사역주체인 「彼女が」가 ヲ격의 동작주체인 「少年に」영향을 미치는 구문에 야리모라이동사 「てやる」가 결합한 구문이다. 야리모라이구문에서 이러한 타입이 되는 사역동사는 「帰らせる, 行かせる, 座らせる, 会うわせる, 喜ばせる, 楽しませる, 忘れさせる,

休ませる, 住まわせる, 加えさせる, 退院させる, 転勤させる」와 같이 ガ격의 사역주체가 ヲ격의 동작주체에게 영향을 미치는 동사구문이다. 이 타입의 사역동사는 주로 자동사에서 파생된 사역동사라는 공통점을 가지고 있다.

   Ⓑ ニ격의 동작주체에 영향을 미치는 구문

     (15) 私たちじゃ時に十円も持たずに⟨R⟩へ行き、マダムに頼んで店の名前を書いたプラカードを<u>持たせてもらった</u>。 (風に吹かれて)

   위의 용례(15)의 원래의 사역동사구문 「マダムが私たちにプラカードを持たせる」은 사역주체인 「マダム」가 ニ격의 동작주체인 「私たち」에게 영향을 미치는 사역동사 구문에 「てもらう」가 결합한 구문이다. 사역야리모라이 구문에서 이러한 타입이 되는 사역동사는 「持たせる, 飲ませる, 食べさせる, 忘れさせる, 思い出させる」와 같이 ガ격의 사역주체가 ニ격의 동작주체에게 영향을 미치는 동사구문이다. 이 타입의 사역동사는 주로 사람을 동작대상으로 취하지 않는 타동사에서 파생된 사역동사가 대부분이다.

   ② 직접의 사역야리모라이의 보이스성

   h. 彼女が少年を帰らせる

     → 彼女が少年を帰らせてやる／くれる

　　→少年が彼女に帰らせてもらう

Ｉ．マダムが私たちにプラカードを持たせる

　　→マダムが私たちにプラカードを持たせてやる／くれる

　　→私たちがマダムにプラカードを持たせてもらう

　위의 용례의 h구문에서는 「せてやる(くれる)」 구문과 「せてもら
う」 구문 사이에 「彼女が → 彼女に」「少年を → 少年に」와 같이 格
이 교체되고 있다. 즉 앞에서 언급한 高橋(1994)의 보이스의 정의에
따르면 「대립」의 구조를 갖고 있는 구문임을 알 수 있겠다. 또한 Ｉ
구문도 「せてやる(くれる)」 구문과 「せてもらう」 구문 사이에 「マダ
ムが → マダムに」「私たちに → 私たちが」와 같이 格이 교체되고
있다. 즉 「대립」의 보이스 구조를 갖고 있는 구문임을 알 수 있을
것이다.

2) 소유주 사역야리모라이

　소유주 사역야리모라이란 ガ격의 사역주체가 ノ격의 소유주의
ヲ격이나 ニ격의 부분 또는 소유물에 대하여 영향을 미치는 사역구
문에 야리모라이동사가 결합한 구문이다.

① 소유주 사역야리모라이구문의 구조
Ⓐ ノ격의 소유주의 ヲ격의 부분에 영향을 미치는 사역구문

　(16)　松吉は手ぬぐいを取って岩見の額の汗をぬぐった。そして新

しい寝衣を持って来て<u>着替えさせてくれた</u>。　　　　　(蒲団)

위의 용례(16)은 원래의 사역동사구문은 「松吉が岩見の寝衣を着替えさせた」이다. 이 구문은 사역주체인 「松吉が」가 ノ격의 소유주인 「岩見」의 소유물인 「寝衣」영향을 미치는 구문에 「てやる」가 결합한 구문이다. 야리모라이 구문에서 이러한 타입이 되는 사역동사는 「脱がせる, 満足させる, 着替えさせる, 履かせる, 入れさせる」와 같이 재귀동사에서 파생된 사역동사이다. 재귀동사는 타동사이지만 동작주체인 자신에게 영향력이 미친다는 의미에서 자동사적이다. 그러므로 재귀동사는 사역동사가 됨으로써 사람에 대해 영향을 미치는 타동사화되어 야리모라이구문이 됨을 알 수가 있다.

Ⓑ ノ격의 소유주의 ニ격의 부분에 영향을 미치는 사역구문

(17)　高校生がズボンのポケットから素早く手帳をとり出して、男の子の手に<u>握らせてくれた</u>。　　　　(いつか汽笛を)

위의 용례(17)는 원래의 사역동사구문은 「高校生が男の子の手に手帳を握らせた」이다. 이 구문은 사역주체인 「高校生が」가 ノ격의 소유주인 「男の子」의 소유물인 「手帳」에 영향을 미치는 구문에 「てやる」가 결합한 구문이다. 야리모라이 구문에서 이러한 타입이 되는 사역동사는 「くわえさせる, かぶらせる, 握らせる」와 같이 재귀동사에서 파생된 사역동사이다. 마찬가지로 재귀동사가 사역동사가

됨으로써 사람에 대해 영향을 미치는 타동사화되어 야리모라이구
문이 됨을 알 수가 있겠다.

② 소유주 사역야리모라이의 보이스성

j. 松吉が岩見の寝衣を着替えさせる

→ 松吉が岩見の寝衣を着替えさせてやる／くれる

→ 岩見が松吉に寝衣を着替えさせてもらう

k. 高校生が男の子の手に手帳を握らせた

→ 高校生が男の子の手に手帳を握らせてやる／くれる

→ 男の子が高校生に手帳を握らせてもらう

위의 용례의 j구문은「せてやる(くれる)」구문과「せてもらう」
구문 사이에 사역주체인「松吉が → 松吉に」소유주인 ノ격의 인
물이「岩見の → 岩見が」와 같이 格이 교체하고 있다. 직접의 사역
야리모라이구문와 같은「대립」의 보이스 구조를 갖고 있는 구문이
다. 또한 k구문도「せてやる(くれる)」구문과「せてもらう」구문
사이에 사역주체인「高校生が → 高校生に」, 소유주인 ノ격의 인
물이「男の子の → 男の子が」와 같이 格이 교체하고 있다. 마찬가
지로 이 구문도「대립」의 보이스 구조를 갖고 있는 구문임을 알 수
있겠다.

5. 야리모라이에서 모달리티로의 파생

야리모라이구문에 있어서는 구문 중에 이익주체[13]와 이익대상[14]
이 존재하고 그 이익주체가 이익대상에게 이익행위를 한다고 하는
것은 모든 구문에 공통적인 현상이다. 이와 같이 지금까지 보아온
바와 같이 야리모라이구문에 있어서는 구문 중에 이익주체가 ガ격
으로 표시되고 ヲ격이나 ニ격 또는 ノタメニ로 이익대상이 표시되
어 이익주체가 이익대상에게 어떤 이익행위를 했다는 것이 모든 구
문에 공통적으로 나타나게 된다. 그와 같은 구조에서 문의 내부구조
에 이익주체와 이익대상이 존재하지 않지 않게 되면 야리모라이구
문의 구조가 변화되어 화자가 문의 전면에 나타나는 모달리티구조
로 이행하게 된다.

1) 「てやる」에서 모달리티로의 이행
「てやる」구문의 내부에 이익을 주는 이익주체가 존재하지 않거
나 이익대상이 존재하지 않을 경우에는 행위의 주고 받음이 불가능
하게 된다. 그와 같은 경우에는 화자가 자신의 의지를 나타내거나
화자가 청자에게 영향을 미치는 「働きかけ의 모달리티」구조로 이
행하게 된다.

---

13 이익주체란 이익행위를 하는 사람을 의미한다. 예를 들면 「太郎が次郎に本を詠ん
  でやる(くれる)」에서 이익주체란 「太郎」를 의미한다.
14 이익대상이란 이익을 얻는 사람을 의미한다. 예를 들면 「太郎が次郎に本を詠んで
  やる(くれる)」와 같은 구문에서는 「次郎」가 이익대상에 해당된다.

① 화자의 의지를 나타내는 모달리티

(18) (見つけてやるぞ、待っているがいい)磯辺は心の中で、数え きれないほど呟いた同じ言葉をくりかえした。(河)

용례(18)에서는 화자인 「磯辺」가 「妻をみつける」라고 하는 자신 의 행동에 대하여 자신의 의지를 강조하는 의미로서 「てやる」 동사 가 사용되고 있다. 위의 구문에서는 동작주체는 존재하나 이익대상 이 존재하지 않는 구문으로 동작주체인 화자가 자신의 행동에 대하 여 과시하거나 강조하는 의미로 사용되고 있는 구문이다.

② 의뢰의 모달리티

「てやる」 구문에서 모달리티구조로 이행한 구문 중에는 화자가 청자에게 어떤 행동을 해 달라고 의뢰하는 구문이 있다. 의뢰의 모 달리티구문으로는 「てやって」形과 「てやれ」형이 있다. 「てやる」 동사가 의뢰의 모달리티형태로 쓰일 때에는 화자가 청자에게 구문 에서 언급된 화제의 인물에게 이익행위를 하도록 의뢰하거나 명령 하는 의미가 된다.

(19) 「駅長さん、弟は今出ておりませんの?」と葉子は雪の上を目捜 しして、
「駅長さん、弟をよく見てやって、お願いです。」 (雪国)

63

위의 용례(19)에서는 화자인 「葉子」가 청자인 「駅長」에게 화제의 인물인 「弟」를 잘 봐달라고 의뢰하고 있는 구문이다.

2) 「てくれる」 동사와 「てもらう」 동사에서 모달리티 구조로의 移行

「てくれる」 동사의 야리모라이성도 이익주체와 이익대상, 이익행위라고 하는 세가지 요소가 갖추어져 있을 때에 성립된다. 그 세가지 요소 중 어느 하나가 결여되면 야리모라이성을 잃게 된다. 야리모라이성을 잃게 되면 화자가 어떤 일에 대한 평가나 희망 또는 청자에 대한 의뢰나 명령의 의미를 나타내는 모달리티구조로 이행되게 된다.

① 평가의 모달리티

「てくれる」 구문 중에는 동작주체는 존재하나 그 동작주체가 이익주체는 아니며 동작대상도 존재하지 않는 구문이 있다. 그와 같은 구문에 있어서는 화자가 동작주체의 행동이나 존재, 감정 또는 자연현상 등에 대하여 평가하는 모달리티구문이 된다. 평가의 모달리티 구문이란 「てくれる」 구문에만 존재하는 구문으로 시점을 달리하여 「てやる／てもらう」 구문으로 바꿀 수가 없다.

(20) 巨人、長島監督「緒方にヒットは期待したが、よもや満塁ホームランとは。普段、有り得ない珍しいことがよく起りますね。それに桑田がよく投げてくれた。 (毎日新聞)

(21) 日本ハム・広瀬「フライトかと思ったけど、いい具合に風が

吹いてくれた。」　　　　　　　　　　　　　　　(毎日新聞)

위의 용례(20)에서는 「桑田」라고 하는 동작주체의 「投げる」라고 하는 동작에 대하여 화자인 「長島監督」이 「桑田」의 행위가 바라던 행동이라고 평가하는 구문이다. 또한 용례(21)은 「風が吹く」라는 자연현상에 대하여 화자인 「広瀬」가 자신에게 이익이 되었다고 평가하고 있는 구문이다.

② 희망의 모달리티

「てくれる」 구문 중에서 청자가 화자의 눈앞에 존재하지 않는다거나 자연현상이거나 현실과 반대되는 사건일 경우에는 화자의 희망을 나타내는 희망의 모달리티 의미로 이행하게 된다. 희망의 모달리티를 나타내게 되는 경우에는 「てくれれば」「てくれたら」 등의 조건표현의 형태를 취하는 경우가 많다.

(22)　俺としてはあんな妹など、北海道か、鹿児島か、できるだけ東京から遠いところに行ってくれれば有難い。　　　(親爺)

(23)　私は自分の過去を顧みて、あの時両親が死なずにいて呉れたなら、少なくとも父か母か何方か、片方で好いから生きていて呉れたなら、私はあの鷹揚な気分を今迄持ち続ける事が出来たろうにと思います。　　　　　　　　　　(こころ)

위의 용례(22)에서는 화자인 「俺」가 「妹」의 존재에 대하여 어딘가로 사라져 주기를 바라는 희망을 나타내고 있다. 위의 용례(23)에서는 화자인 「私」가 현실적으로는 존재하지 않은 부모님의 존재에 대하여 살아계시면 좋겠다는 자신의 희망을 나타내는 구문이다.

③ 의뢰의 모달리티성

「~てくれる」구문 중 ガ格의 이익주체로부터 ヲ格이나 ニ格, 「のために」로 표시되는 이익대상에 대한 이익행위를 한다고 하는 야리모라이구문의 구조를 잃게 되고 화자가 청자에게 영향을 미치는 구문으로 구조가 바뀌게 되면 청자에게 의뢰하는 모달리티 구조로 바뀌게 된다. 의뢰의 모달리티의 의미는 화자가 청자(2인칭)에게 의뢰하거나 명령하거나 하는 구문이므로 당연히 청자가 화자의 눈앞에 존재해야 하는 조건하에서 성립하는 구문이다. 야리모라이구문의 구조 내에서는 「てくれる」동사 구문과 「てもらう」동사 구문은 다른 구조의 구문이었으나 의뢰의 모달리티 구조에서는 화자가 청자에게 의뢰하는 구문으로 이행되어 다음의 용례 a, b에 대한 용례 c에 보이는 바와 같이 구문상의 차이를 나타내지 않게 된다.

〈やりもらい구문〉

a. 太郎が次郎に道を教えてやった(くれた)

b. 次郎が太郎に道を教えてもらった

〈의뢰의 모달리티구문〉

c. 道を教えてくれますか／もらえますか(次郎が太郎に)

(24) 「私もそう思います。ただ、先生もごいっしょに<u>行っていただ
けますか?</u>」(過去)

(25) ばあさんは、おもてに出て、人が来るのをまっていた。する
と、むこうから、一人のさむらいがやってきた。
「もし、もし、おさむらいさん、この手紙を<u>読んでくれません
か</u>。」(漫談)

위의 용례(24)와 (25)에서는 화자인「私」와「ばあさん」가 청자인
「先生」「さむらい」에 대하여「行く」「詠む」라는 행동을 해줄 것을 의
뢰하는 구문이다.

Ⅲ. 결론

본고에서는 야리모라이동사와 결합하는 전항동사의 의미 타입에
따라 야리모라이구문이 직접의 야리모라이, 소유주야리모라이, 제
삼자의 야리모라이 세 가지 타입의 구문이 있다는 것을 알 수가 있
었다. 이 세가지 타입의 구문 중 직접의 야리모라이와 수유주야리모
라이 구문은 수여태와 수익태의 보이스 관계에 있어서 동작주체와
동작대상이 서로 격이 교체하는 수동태와 같은 구조의「대립」의 보
이스 구조를 이루고 있음을 알 수가 있었다. 한편 제삼자의 야리모
라이 구문은 원래의 구문에 존재하지 않던 인물이 새로이 추가되는
구문으로 보이스의 면에서는 사역구문과 같은「파생」의 구조를 가

지고 있음을 알 수 있었다.

　그리고 사역동사와 결합하는 사역야리모라이구문의 구조도 고찰하였다. 사역야리모라이구문도 야리모라이동사와 결합하는 사역동사의 의미 타입에 따라「직접의 사역야리모라이」,「소유주의 사역야리모라이」두 가지 타입의 구문이 있다는 것을 알 수가 있었다. 이 두 가지 타입의 사역야리모라이구문도 수여태와 수익태의 보이스 관계에 있어서 사역주체와 동작주체가 서로 격이 교체하는 대립의 보이스 구조를 이루고 있었다.

　「야리모라이」구문은 이익주체와 이익대상, 이익행위라고 하는 세가지 요소를 근간으로 하여 성립되는 구문이다. 그러나 구문에 이 세가지 요소 중에서 이익주체가 존재하지 않거나 이익대상이 존재하지 않으면 야리모라이구조는 모달리티 구조로 이행하게 된다. 야리모라이에서 파생된 모달리티로는「평가의 모달리티」,「희망의 모달리티」,「의뢰의 모달리티」의 타입이 있음을 알 수가 있었다.

제3장

「女」 관련 어휘의 사용실태

— 国研「ことばに関する新聞記事見出しデータベース」를
분석대상으로 —

❀ ❀ ❀

오 미 선

Ⅰ. 들어가기

일본의 대표적인 국어사전의 하나인 『広辞苑』(6판)[1]은 표제어 「男」
「女」의 (이하 「男」, 「女」로 표기함) 의미해설에서 인간의 성별을 男과 女
로 나누고 「아이를 낳을 수 있는 기관」을 분류기준으로 그 기관을
가지고 있는 쪽을 女로 가지지 않은 쪽을 男으로 규정하고 있다. 표
현 범위로는 「男」은 성인남자, 남성의 특질을 갖춘 남자, 남편, 情夫,
출가하지 않은 남자, 남자 하인, 아들 등을 「女」는 성인여자, 여성의

---

1 岩波書店, 1판(1955년), 2판(1969년), 3판(1983년), 4판(1991년), 5판(1998년), 6판
(2008년)

특질을 갖춘 여자, 처, 情婦, 첩, 매춘부, 여자하인 등을 제시하고 있으며, 남녀의 특질은 「男」은 「강하고 견실하다」「힘이 세다·격렬하다」, 「女」는 「천성이 상냥하고 감정이 풍부하다」로 기술되어 있다. 또 하나의 대표적인 사전인 『大辞林』(3판)[2]에서는 「男」이 「여자를 임신시킬 수 있는 기관과 생리를 갖는 쪽」이라고 기술되어 있으며, 남녀의 특질은 「男」에 『広辞苑』(6판)의 의미해설에 「떳떳함, 적극성」이 「女」는 「얌전함, 연약함, 소극성」이 추가되어 있다. 아울러 남녀의 가치는 「女」가 「용모의 좋고 나쁨」, 「男」이 「남자의 명예·체면」이라고도 기술되어 있다. 두 사전 공히 최근 개정판으로 일본 국어사전의 「男」「女」의 표제어 의미해설이 「男」〈사회적인 판단〉 /「女」〈性的인 특징〉이라는 표현기준 및 「男」〈強·플러스 가치〉 /「女」〈弱·마이너스 가치〉라는 이미지의 대응관계를 포함하고 있다는 것을 파악할 수 있다. 이와 같은 대응관계는 吳美善(2005.10.)에 따르면, 「男」「女」뿐만 아니라 男과 女가 포함된 관용구나 복합어·숙어[3] 등의 표제어에서도 공통적으로 보이며, 특히 대응하는 男에 관한 표현이 없는 「女**」「**女」형태 표제어의 압도적인 양과 세분화된 의미 분야 등은 일본 국어사전의 女에 대한 gender 의식의 단면을 시사하고 있다.[4]

국어사전의 표제어에서는 「女」가 弱·마이너스 가치라는 이미지로 쓰이는 경향이 파악되었는데, 일본인의 일반적인 평가나 의식은

---

2 三省堂, 1판(1988년), 2판(1995년), 3판(2006년)
3 복합어는 「女心(おんなごころ)」와 같은 형태를 나타내며, 숙어는 「女性(じょせい)」와 같은 음독 한자어로 1語의 성격이 강한 것을 말함.
4 吳美善 「일본어와 gender -『広辞苑』의 표제어를 중심으로-」(『일본학연구』제17집 단국대학교일본연구소, 2005.10.

어떨까? 예를 들면 공정한 표현을 사용한다는 신문이나 방송 같은 매스컴에서는 중립적인 gender 의식이 지켜지고 있을까? 이른바 〈사회적인 평가〉를 개관하기 위해 신문기사 제목 코퍼스인 「ことばに関する新聞記事見出しデータベース」(日本 国立国語研究所)를 분석자료로 국어사전의 의미해설만으로는 접근하기 힘든 「女」관련 일본어 어휘의 구체적인 평가나 사용의식이 신문이라는 현대일본어의 문장 언어에서는 실제로 어떻게 사용되고 있는가를 파악하고자 한다.[5] 「女」가 포함된 기사제목을 전문 검색하여, 그 분포 및 제시 형태와 의미를 정리하여 신문기사 제목에서 〈女〉라는 테마가 어떤 분포를 보이고 있으며 어떻게 평가되어 다루어지고 있는가를 중심으로 사용실태를 분석한다. 이와 같은 「女」 관련어휘의 사용실태 분석을 통해 신문이라는 현대일본 문장어에서의 〈女〉에 대한 사용의식을 관망할 수 있으며, 일본어의 gender에 대한 기본 인식의 일면을 유추할 수 있을 것이다. 또한, 이러한 분석은 gender의 규범적인 측면을 알아보는데 의의가 있으며, 구체적인 문장 언어와 담화언어의 사용실태 비교분석의 출발점이 되는 기초 자료로도 활용할 수 있다.

---

5 http://www.kokken.go.jp/sinbun/ 1949년부터 2009년 3월까지 「言語」「言語生活」의 視点에서 수집된 약 141,500건의 신문기사 데이터베이스로 특정 단어나 표현뿐만 아니라 언어에 대한 의식, 의견, 해설이나 언어 배경상황 등을 전하는 기사를 수집대상으로 하고 있어, 일본어 및 일본인의 언어생활, 언어의식의 변천 등을 파악할 수 있는 자료로 평가되고 있다. 이하 国研 「切抜集DB」로 제시함.

Ⅱ. 「女」관련기사의 분포

国研「切拔集DB」에서 「女」가 포함된 기사는 총4966건이며, 그 중 비고 등이 아니라 제목 자체에 「女」가 포함된 기사는 3,312건으로 国研「切拔集DB」총 141,500건의 2.34%를 점유하고 있다. 참고로 「老」가 포함된 기사는 638건(0.45%), 「老人」은 305건(0.2%), 「家族」은 402건(0.28%), 「家庭」은 601건(0.42%)를 점유하고 있는 것을 보면 「女」가 포함된 기사 2.34%는 상대적으로 높은 비율로 사회적인 관심도를 示唆하는 바 크다. 2009년은 3월까지 수집되어 있어 9건이며, 그 외 세부사항은 아래 표와 같다. 년도(기사 건수)로 제시되어 있으며, 기사 건수는 異語彙 기준으로 집계한 것이다.

〈표 1〉 国研「切拔集DB」「女」포함 기사건수

1949(1)	1959(9)	1969(25)	1979(74)	1989(76)	1999(58)	2009(9)
1950(5)	1960(21)	1970(17)	1980(141)	1990(46)	2000(61)	
1951(17)	1961(34)	1971(32)	1981(114)	1991(55)	2001(75)	
1952(10)	1962(20)	1972(22)	1982(86)	1992(63)	2002(82)	
1953(18)	1963(16)	1973(35)	1983(110)	1993(67)	2003(49)	
1954(26)	1964(27)	1974(35)	1984(125)	1994(58)	2004(100)	
1955(15)	1965(22)	1975(75)	1985(109)	1995(58)	2005(84)	
1956(23)	1966(19)	1976(51)	1986(137)	1996(74)	2006(71)	
1957(13)	1967(23)	1977(81)	1987(133)	1997(48)	2007(104)	
1958(21)	1968(25)	1978(67)	1988(97)	1998(64)	2008(79)	계(3312)

전체적인 분포를 보기 위해 변화가 거의 보이지 않는 앞의 10 여년과 3월까지 부분적인 데이터가 수집된 2009년을 제외한 1961년부

터 2008년까지를 꺾기선으로 나타내 보면 〈표 2〉와 같다.

1975년을 기점으로 기사 건수가 증가했다가 감소, 1980년 다시 급증하여 그 상태가 유지되다가 1990년 급감하기 시작해 감소된 상태를 보이다가, 다시 2004년과 2007년에 급증하는 분포를 보이고 있음을 알 수 있다. 이하 기사건수가 급증된 1975, 1980, 2004, 2007년을 중심으로 그 급증 원인을 분석하고자 한다.

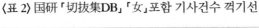

〈표 2〉 国研 「切抜集DB」 「女」 포함 기사건수 꺾기선

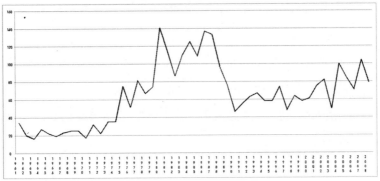

1975년에는 남녀차별이 사회 문제시된 다음과 같은 기사들이 급증하는 양상이 보인다.

「女課長」の表現に潜む偏見·差別 (朝日 1975.2.12.)

職名からも男女差別を追放 (西日本 1975.3.15.)

妻の姓を平等に (サンケイ 1975.8.8.)

放送界の女性差別用語をなくして… (読売 1975.9.25.)

73

「放送での女性差別」に異義あり「ご夫君」いただけず 世間の大衆が
選んだものに (読売 1975.9.30.)

「放送での女性差別」に異義あり かわいい子にゃ 私だって料理作る
(読売 1975.9.30.)

なぜ女が"作る人"なの「差別CM」とリブが抗議 (朝日 1975.10.1.)

「トゲのないバラはない」女性差別用？"バラにトゲ" (毎日 1975.10.5.)

米国版"ワタシ作ルヒトボク食ベルヒト"男女差別用語追放 乗り出
した出版社 まずヤリ玉は教科書 (サンケイ 1975.10.19.)

男女差別用語の指摘について 方向は正しくとも性急さは禁物 (朝日
1975.10.22.)

つくる人食べる人 "差別CM"やめます 女性の抗議に"降参"放送は
今月限り (朝日 1975.10.28.)

「私たちやめさせる人」女性の気勢に「作る人」「食べる人」CM中止決
める (読売 1975.10.28.)

差別論争"NHKの反省足りぬ"「女の会」が回答に反発 過度の制約、
国語破壊文芸家協会声明 (読売 1975.11.6.)

  제목 자체에「女」가 포함되지 않아도 같은 내용을 보이는 다음과
같은 기사도 있다.

遠藤周作の勇気ある言葉(59) ぼく食べる人わたし作る人「わたし、
食べる人」「ぼく、払う人」(毎日 1975.10.6.)

남녀차별이라는 테마는 이전부터 職名이나 呼称, 결혼 후의 아내의 姓 선택 등으로 꾸준히 다루어져 왔으나, 1975년 하우스식품의 인스턴트라면 CM에서 사용된 「私作る人」「僕食べる人」라는 짧고 단순해 보이는 카피 문구가 계기가 되어 사회적인 큰 이슈로 새롭게 부각된다. 자기 집에 놀러 온 남자아이에게 인스턴트라면을 만들어준 여자아이가 「私作る人」라고 말하고, 그 라면을 먹는 남자아이가 「僕食べる人」라고 말하는 간단한 내용의 이 CM은 방송 2개월 후에 갑자기 중단된다. 중단된 이유는 「国際婦人年をきっかけとして行動を起こす女たちの会」라는 단체가 이 CM이 '남자는 일, 여자는 가사·육아라는 종래의 성별역할 분담을 한층 정착시키는 것'이라고 하우스식품에 CM 중지를 요청했기 때문이라고 한다.[6] 1960년 미국에서 시작된 '여성해방운동'이 전 세계적으로 확산되어 일본에서도 남녀차별이나 여성멸시가 사회적인 문제로 다루어지게 된 시점인 1975년에 발생한 사건이 CM이라는 미디어의 파급력에 의해 사회적 이슈가 확대 생산되는 정황이 위의 관련기사들에 잘 나타나 있으며, 「米国版 "ワタシ作ルヒトボク食ベルヒト" 男女差別用語追放乗り出した出版社 まずヤリ玉は教科書」(サンケイ 1975.10.19.)와 같이 남녀차별 논란이 교과서로도 확산되어 가는 양상도 파악할 수 있다.

1980년에는 다음과 같은 여성어 관련기사들이 급증한다.

---

6 「放送事故、ハプニングタレコミコーナー」 http://www.jiko.tv/cm/stop.html

〈女ことば〉(2)

おんな言葉 (北海道 1980.11.8.)

女ことば (西日本 1980.10.11.)

〈女のことば〉(28)

『女のことば男のことば』井出祥子·著 (東京 1980.2.13.)

日本語 1 女のことば (読売 1980.5.10.)

女の言葉男の言葉 (東京 1980.7.6.)

オレとオマエの仲だから… (東京 1980.7.13.)

日本人ですか (東京 1980.7.20.)

大阪の方ですか (東京 1980.7.27.)

ユウショク·フジン (東京 1980.8.3.)

連呼のせりふ (東京 1980.8.17.)

がまんしなきゃ (東京 1980.8.24.)

両刀遣い (東京 1980.9.7.)

テネジャパ語 (東京 1980.9.14.)

メシ·フロ·ネル (東京 1980.9.21.)

君とさんと (東京 1980.9.28.)

女言葉の乱れ (東京 1980.10.5.)

いきおくれる (東京 1980.10.19.)

ニックネーム (東京 1980.11.2.)

ごちそうさま (東京 1980.11.23.)

よろしくお願い (東京1980.12.7.)

敬語の使い方 (東京 1980.12.14.)

すみません（東京 1980.12.21.）

台湾高山族の男のことば女のことば 語源保つ女性形 貴重な＝水方言（朝日 1980.8.5.）

女の言葉 男の言葉（北海道 1980.8.10.）（北海道 1980.8.31.）

英語のように日本語に敬語がなかったら…（北海道 1980.10.15.）（北海道 1980.10.26.）（北海道 1980.11.9.）（北海道 1980.11.16.）（北海道 1980.11.23.）

〈女性ことば〉(2)

女の先生が男の先生に 教科書の怪 訂正させる「行動起こす女たちの会」出版社に抗議 子供の作文、名前かえたり女性ことばを男性語に（読売 1980.4.24.）

女性ことばの男性化汚いとはいえません（朝日 1980.6.7.）

〈女性語〉(1)

子どもとことば〈9〉 三歳境に女性語から男性語へ（読売 1980.3.3.）

〈女とことば〉(1)

女とことば（西日本 1980.4.21.）

〈日本語と女〉(1)

『日本語と女』『暮らしの京ことば』寿岳章子著 高みの見物ではない言葉論（週間読書人 1980.3.17.）

〈日本語 男女の違い〉(1)

日本語2 男女の違い（読売 1980.5.12.）

구체적인 내용은〈女ことば〉(2)〈女のことば〉(28)〈女性こと

ば>(2) <女性語>(1) <女とことば>(1) <日本語と女>(1) <日本語 男女の違い>(1) 총36건으로 1980년 전체건수 141건의 24.5%에 이른다. 여러 신문들이 <女の言葉 男の言葉)라는 제목의 특집으로 연재한 것도 알 수 있다.

일본어에서는 平安時代(794-1192)부터 여성어·남성어와 같은 gender에 의한 性差 표현이 있었다고 전해지며, 江戸時代(1600-1867)에도 여성의 말투를 엄하게 교육시켰다 한다. 현대 일본어에서도 gender에 의한 표현의 차이가 비교적 완전한 체계를 이루고 있다고 평가되고 있다.[7] 이러한 性差表現은 「女房詞」「遊里語」등을 대상으로 한 문헌연구가 전통적인 '国語学'의 연구 분야에서 다루어지는 정도였으나 gender에 따라 특정 언어형식과 표현이 편중된다는 분석들이 나오기 시작한 1970년대에 이르러 본격적인 연구가 시작되었다고 할 수 있다. 특히 1979년에 발간된 『女のことば、男のことば』(井出祥子, 日本経済通信社), 『日本語と女』(寿岳章子, 岩波新書)의 2권의 저서와 1980년에 창간된 「女性による研究紙」라는 타이틀의 『ことば』(現代日本語研究会)라는 학술잡지 등이 본격적인 연구의 출발점이 되었다.[8] 이어 월간 학술잡지 『言語生活』의 1984년 3월호 특집으로 「女性とことば」가 발간되었으며 『日本語学』에서도 1993년 5월 임시증간호로 「世界の女性語 日本の女性語」가 발간되게 된다.

이와 같은 사회적인 분위기들이 1980년의 「女」관련 기사제목들에

---

7 呉美善 「여성은 왜 'めし食いに行こうぜ'라고 말하면 안 되는 걸까?」『일본문화총서006』, 한국일어일문학회, 2003, 294쪽.
8 주4)와 같은 논문, 357-358쪽.

나타나 있으며, 1979년에 출간된 대표적인 여성연구 저서 2권이 언
급되는 「『女のことば男のことば』井出祥子・著(東京1980.2.13.)」「『日本
語と女』『暮らしの京ことば』寿岳章子著　高みの見物ではない言葉
論(週間読書人1980.3.17.)」과 같은 기사도 포함되어 있다. 또한 이러한 기
사 중에는

　　　女性ことばの男性化汚いとはいえません (朝日 1980.6.7.)
　　　女の言葉男の言葉 女言葉の乱れ (東京 1980.10.5.)
　　　若者たちはいま〈90〉ボク言葉 若い女性らがなぜ？ (北海道1980.2.3.)

와 같은 여성어의 혼란이나 남성어화에 관한 기사도 보이며, 기사제
목에는 「女」가 제시되어 있지 않으나,

　　日本語4　　困った常識 (読売　1980.5.24.) 備考 : 女らしい話し方と
　　　　　　　堅い内容共存するはず
　　日本語6　　オレとワタクシ (読売1980.5.16.) 備考 : 女性のことば
　　　　　　　の使い分けについて
　　日本語7　　ボクの場合 (読売1980.5.19.) 備考 : 若い関東地方の女
　　　　　　　子学生に「ボク」流行
　　日本語8　　終助詞の変化 (読売1980.5.20.) 키워드1 : 男ことば・女こ
　　　　　　　とば
　　日本語9　　敬語は減った？(読売1980.5.21.) 키워드1 : 男ことば・女
　　　　　　　ことば

日本語10　主婦の世界(読売1980.5.22.) キーワド1:男ことば·女ことば

日本語11　お勉強 （読売1980.5.23.) 備考：美化語の「お」

日本語12　美しいもの （読売1980.5.24.) 備考：女性は敬語多い

日本語13　独身貴族 （読売1980.5.26.) 備考：女について言うか

日本語17　逸脱 （読売1980.5.30..) 備考：男のことばは正統から逸脱したもの

日本語18　階級意識 （読売1980.5.31.) 備考：女がより正しいことばを使うのはなぜか

日本語19　脇役 （読売1980.6.2.) 備考：女性の役割

日本語20　新しい時代 （読売1980.6.3.) 備考：なぜ女性語研究するか

과 같이『女のことば男のことば』의 저자 井出祥子씨가 〈여성어와 남성어〉〈남성과 여성〉을 비교하는 내용의 기사를 연재한 것도 기사 제목이 아닌 備考나 키워드를 통해 알 수 있어 1980년 당시 사회적인 분위기를 한층 더 파악할 수 있다. 구체적인 비교내용은 여성어의 특질이라고 생각되어 왔던 1인칭대명사, 종조사, 경어, 딱딱하지 않은 내용, 美化語「お」, 올바른 표현 등과 남성의 조연에 해당되는 여성의 역할 등이 있다.

2004년의「女」관련 기사 급증 요인으로는 우선 2004년 6월 1일에 佐世保에서 일어난 급우에게 살해된 다음과 같은 초등학교 6학년 여학생 사망사건을 들 수 있다.

佐世保の小6女児死亡 授業で事件と向き合う 各地の教室で 声で伝

えるのが一番 (朝日 2004.6.6.)

佐世保·小6事件 大切な命奪った11歳 もとは仲良し インターネット
マナー 暴力的な映画 女児の今後 (読売 2004.6.12.)

「会って謝りたい」 小6事件 加害女児 核心は沈黙 弁護士「やや幼い
印象」文集に「パソコン不安」怜美さん ネット利用実態調査へ (読売
2004.6.13.)

가해자가 초등학생이며 더구나 살인 현장이 초등학교라는 사실
이 일본 전체를 충격으로 몰아간 사건이었다. 이 사건이 〈女〉와 관련
된 사건으로 확대되게 된 계기는 「元気な女性が多くなったという
ことですかな」라는 井上喜一 内閣府特命担当장관의 사건의 본질
을 벗어난 6월 4일의 발언과 「カッタナイフーで脛動脈を切るとい
う犯罪は昔は男の犯罪だった」「放火なんていうのはどちらかと言
えば女性の犯罪」라는 谷垣禎一 財務장관의 마치 범죄의 종류가 성
별에 따라 정해져 있다는 것 같은 6월 5일의 발언이다. 일개의 살인
사건이 gender적인 측면에서 사회적인 비판으로 확대되어 가고 이
어 두 장관이 발언을 철회하게 되는 2004년의 일본사회 상황들이 다
음과 같은 기사들에 순서대로 나타난다.

知事の謝罪求め 女性らが街頭活動「ババァ」発言で (毎日 2004.3.19.)

「元気な女性多くなったのか」井上防災相が発言 佐世保事件「謝罪し
ない」 (朝日 2004.6.4.)

同級生殺害 「重たい」の一言発端 仕返しでHP改変も 元気な女性多

くなった」井上担当相が発言（毎日 2004.6.4.）

「元気な女性多くなった」佐世保・小6事件 井上防災相発言（読売
2004.6.4.）

「元気な女性」首相「発言は慎重に」防災相は改めて撤回拒否（読売
2004.6.5.）

「女性元気」発言 訂正求めぬ方針 官房長官（毎日 2004.6.7.）

首相「閣僚、発言注意を」井上防災相「元気な女性」撤回せず 谷垣財務
相「配慮欠いた点は反省」「官房長官の発言に誤り」河村文科相（朝日
2004.6.8.）

「元気な女性」発言 井上防災相が撤回（朝日 2004.6.11.）

「元気な女性」発言 井上防災相が撤回（読売 2004.6.11.）

기사제목에 「女」가 포함되지 않은 다음과 같은 기사에서는 두 장
관이 발언을 철회하지 않고 있는 상태도 나타나 있다.

小泉内閣また軽率発言 井上防災相 訂正要求に応ぜず（朝日 2004.6.5.）

井上担当相 発言撤回を拒否「間違ったこと言ってない」（毎日2004.6.5.）

2004년의 또 다른 급증 요인으로는 〈남녀혼합 출석부〉 시행에 관
련된 기사도 있다. 일본에서는 고등학교까지의 남녀공학 학교에서
는 남녀별로 각각 생년월일이나 50음순으로 나열하고 남학생을 앞
으로 하는 출석부가 사용되어 왔으나 1999년의 男女共同参画基本
法 제정으로 분위기가 바뀌기 시작했다. 東京都에서는 2000년에 男女

公同参画基本条例가 제정되고 2001년에는 男女公同参画基本審議会에서〈남녀혼합 출석부〉의 제안이 이어졌다. 페미니즘의 입장에서 찬성하는 추진파와 실용적인 입장에서 전통적인 방법을 유지하고자 하는 반대파의 논의가 진행되게 되는데 이러한 논의는 단순히 출석부에 제한되지 않고〈ジェンダーフリー〉라는 명칭으로「~さん」「~くん」과 같은 경칭선택에서 아동인권 문제까지 확대되어 가는 양상이 보여 진다. 2004년에는「石原知事 ジェンダーフリー教育を 非難 推進派を「感性薄れた人たち」と(毎日 2004.4.10.)」과 같은 石原지사의 반대 입장 발언에 관련된 기사들이 이어진다.

> 出席簿の男女混合 2年前上回る浸透状況 都教委定例会 委員から反対意見相次ぐ (毎日 2004.5.25.)
>
> 男女混合名簿導入進む 都教委まとめ 小学校8割高校9割 (朝日 2004.5.26.)
>
> 公立校男女混合名簿「あいうえお順で、いいんじゃないの」石原知事、容認の考え (毎日 2004.5.29.)
>
> 石原知事 男女混合名簿を警戒 ジェンダーフリー反対で (毎日 2004.6.12.)
>
> 石原知事発言録 運動に利用のおそれ 男女混合名簿 (朝日 2004.6.15.)
>
> 「男女混合名簿」続ける?やめる? 都教委通知で広がる戸惑い 不明確な線引きに批判 自粛ムード」を心配も 藤田英典·国際基督教大教授 (教育社会学) 強圧的な措置子ども困る (朝日 2004.10.5.)
>
> ジェンダー·フリー 言葉の定義で食い違い 教育現場にも困惑広が

る 都教委が否定的見解 男女混合名簿にもクギ (毎日 2004.10.14.)

다음으로 「女」 관련기사가 급증한 2007년에는 「産む機械」라는 柳沢伯夫 厚生労働장관의 1월 27일 발언이 문제가 된다. 출산율 저하가 계속되고 있는 일본의 사회적인 상황을 타개하기 위한 대책을 논의하는 집회에서〈출산은 여성만이 할 수 있는 것이며 그 여성을 '産む機械'라고도 표현하며 여성들은 출산율을 높여야 한다〉는 내용의 柳沢장관의 발언이 매스컴에서 「柳沢大臣『女性は(子供を産む」機械』と発言」이라고 보도되며, 사회적인 지탄을 받게 된다.

> 厚労相発言を批判 女性例え「産む機械」野党、辞任要求も「わかりやすく」本人釈明 (朝日 2007.1.29)
>
> 柳沢厚労相「産む機械」発言 批判拡大適正問題に 女性議員ら辞任要求 省幹部もため息「娘にも男性と同じ教育を」弁明、火に油 (매일 2007.1.30.)
>
> 柳沢厚労相へ包囲網 憤る女性議員、自民でも 自民役員会も批判が相次ぐ「発言に注意を」首相呼びかけ (朝日2007.1.30.)
>
> 救えぬ失言 柳沢厚労相「産む機械」首相謝罪「辞任も続投も地獄」「女性を敵に戦えぬ」候補予定者も動揺 (朝日 2007.2.1.)
>
> 柳沢厚労相辞任論拡大 進むも退くも失言地獄「選挙」おびえ参院強硬 与党 世論背に拒否戦術 野党「擁護」…危うい賭け 首相 4野党女性銀辞任求める集会 (毎日 2007.2.1.)
>
> 外相・財務相も「不適切だった」柳沢厚労相発言 (朝日 2007.2.13.)

産む機械」発言、独でも「保育所増設　女性格下げ」カトリック司教
批判噴出、でも撤回せず（朝日 2007.2.24.）

　그러나 다른 한편에서는 柳沢장관의 발언을 「女性は子供を産む
機械」라고 요약하는 것은 왜곡이라고 하는 매스컴의 보도자세를 지
적하는 발언이 이어지기도 해 이러한 소동은 「「産む機械」発言、独
でも「保育所増設 女性格下げ」カトリック司教 批判噴出、でも撤
回せず」(朝日2007.2.24.)과 같이 외국의 매스컴에도 보도되기도 했다.
　이상과 같이 国研「切拔集DB」에서 제목 자체에 「女」가 포함된 기
사는 3,312건이며 1949년부터 2009년 3월까지의 전체적인 분포중
기사건수의 급증이 일어난 해를 중심으로 분석한 결과, 1975년은
〈「私作る人」「僕食べる人」〉라는 인스턴트라면 CM 카피문구, 1980년
은 〈본격적인 여성어 연구 개시〉 관련기사, 2004년은 佐世保 초등학
생 살인사건과 관련된 〈「元気な女性」〉〈男の犯罪〉 발언과 〈男女混合
출석부〉, 2007년은 〈「女性は子供を産む機械」〉 발언 등이 급증요인
임을 알 수 있다. 6가지 급증요인은 각각 당시까지 고정되어 왔던
〈男は仕事、女は家事·育児〉와 같은 gender적인 인식이 변화가 진행
되어 이미 현실이라기보다는 가상현실[9]에 가까운 상태로 스테레오
타입[10]화 되어 가고 있는 사회상을 시사하고 있다.

9　金水敏는 현실의 일본어와는 다른 가상현실(virtual reality)의 일본어의 존재가 있
　다고 주장하고 이를 「役割語」라고 부르고 있다. 『ヴァーチャル日本語　役割語の謎』,
　岩波書店, 2002, vi~vii쪽.
10　金水敏는 「우리는 일상생활 속에서 인간을 성별, 직업, 연령, 인종 등으로 분류하는
　일이 많다. 그 분류에 속하는 인간이 공통적으로 갖고 있다고 인식되고 있는 특징
　을 스테레오 타입이라고 한다」고 정의하고 있다. 주9)와 같은 책, 33쪽.

Ⅲ. 「女」관련어휘의 제시 형태

国研「切拔集DB」의「女」가 포함된 3312건의 기사에서 「女」관련 어휘는 延語彙 기준으로 3411회 제시된다. 5회 이상 제시된 「女」관련 어휘는 다음과 같다.

〈표 3〉国研「切拔集DB」「女」관련어휘 제시형태

女性(1263)	少女(115)	女児(28)	老女(17)	女人(6)
女 (778)	女優(62)	彼女(27)	女中(17)	女医(6)
女子(349)	女房(42)	女王(22)	処女(10)	女神(5)
子女(264)	女史(32)	長女(20)	幼女(9)	才女(5)
男女(205)	女流(31)	美女(18)	乙女(8)	이하생략

「女」관련 어휘의 대표적인 제시형태는 〈女性(1263)〉〈女(778)〉〈女子(349)〉 2390회로 전체 3411회의 70%의 점유율을 갖는다. 〈女性〉이 점유율이 가장 높은 것은 아래의 기사와 같이 1989년 무렵부터 관공서를 비롯해 공적인 명칭을 「婦人」→「女性」 바꾸는 작업이 이루어지는 사회적인 분위기를 반영하는 것이다.

お役所用語「婦人」→「女性」へ (西日本 1989.3.25.)
「婦人」じゃなく「女性」を使う問題　言葉は世につれ、人につれ　提言、号令など必要ないわ (毎日1989.4.3.)
お役所「女性」へなびく　看板ぬりかえ急ピッチ　課や政策の名前「婦人」若人ソッポ (朝日 1989.4.8.)

〈표 3〉의 어휘 대부분은 한국어에서도 같은 형태가 쓰이나, 〈女房 (42)〉〈老女(17)〉〈女中(17)〉〈乙女(8)〉는 쓰이지 않는다. 그 중 특히 한일 의 사용인식의 차이가 현저한 「老女」는 「老人」이 gender적인 측면 에서 중립적으로 쓰이거나 性差적인 표현으로 쓰이는 것과는 달리 性差적인 표현으로만 쓰이고 있다. 『広辞苑』6版에서 「年とった女」 로 해설되어 있으며 대응하는 형태인 「老男」이라는 표제어는 없다. 또한, 신문기사를 검색해 보면 〈老女〉의 대상은 단지 〈나이가 든 여 자〉가 아니라 80세 전후로 상당히 나이가 많은 것으로 추정되어 구 체적인 연령 기준이 65세에서 70세로 변화해 가고 있는 「老人」[11]보 다 그 사용연령이 높은 것을 알 수 있다. 평가적인 면에서는「老婦人」 보다「老女」를 상대적으로 낮은 평가로 제시하고 있을 뿐만 아니라 国研 「切抜集DB」의 키워드 항목에서도 差別語·不快語로 분류하고 있으며, 대체어를 요구하는 기사내용도 제시되고 있어 「老女」의 마 이너스 평가를 유추할 수 있어[12], 〈老人〉을 gender적인 표현으로 구 별하지 않는 한국어와는 차이가 있다고 할 수 있다.

〈女性〉〈女〉〈女子〉의 각각의 제시형태에 대한 일본인의 사용인식 은 차이가 보인다. 일반적으로 「男性·女性」, 「男子·女子」의 〈男〉과 〈女〉의 音 DAN과 ZYO를 비교했을 때는 그 어감이나 평가가 차이가 있다고는 느껴지지 않으나 「男·女」를 訓으로 읽었을 때의 OTOKO

---

11 呉美善「현대일본어의 「老」관련어휘의 사용실태 -国研「ことばに関する新聞記事見 出しデータベース」를 분석대상으로-」『일본학연구』제31집 단국대학교 일본연구 소, 2010.9., 385쪽.
12 呉美善「현대일본문장어의 「老人」 사용실태-国研「ことばに関する新聞記事見出し データベース」,「現代日本語書き言葉均衡コーパス」를 분석대상으로-」『비교문화연 구』제25집 경희대학교비교문화연구소, 2011.12.30., 636-638쪽.

와 *ONNA*는 그 어감이나 평가가 대등하게 느껴지지 않는다고 생각하는 사람이 많은 것 같다.[13] 原田邦博가[14]

> 例えば「○○したのはこの男です」というと何かをたたえているように受け取れるが、反対に「○○したのはこの女です」となると、**なぜか悪いことをしたように聞こえてしまう。**

라고 *ONNA*의 어감을 언급하고 있듯이 일본어에서 인간의 性差 체계성은 한자로 「男·女」로 쓰고 각각 *DAN*과 *ZYO*, *NAN*과 *NYO*로 읽으면 정리되지 않으며, *ONNA*에는 차별적인 어감이 느껴진다고 할 수 있다. 이는 들어가기 앞부분에 언급한 『広辞苑』의 「男」「女」의 미해설에도 나타나 있다.

이하, 신문에서는 「女」관련어휘가 어떻게 사용되고 있는가를 파악하기 위해 〈女性〉〈女〉〈女子〉를 중심으로 国研 「切拔集DB」의 「女」 관련어휘 제시형태를 분석하고자 한다.

1. 〈女〉 관련어휘

778회가 제시된 〈女〉 관련어휘는 소수를 제외하고는 거의 대부분 〈女**〉의 형태로 제시되며, 여성이나 여성의 직업을 표시하는 형태

13　a : 原田邦博「ジェンダーの視点から「呼称」を考える一新聞・放送に見る「女」と「男」」
　　　　『日本語とジェンダー』第8号, 日本語ジェンダー学会, 2008.3., 4쪽.
　　b : 田中克彦『差別語からはいる言語学入門』明石書店 2001, 56쪽.
14　주13)의 a, 3-4쪽.

가 197회로 가장 빈도수가 높으며, 그 다음으로 여성어나 여학교 등에 관련된 제시형태가 있으며, 구체적인 내용은 〈표 4〉와 같다. ( )가 없는 제시형태는 1회 제시이다.

〈표 4〉国研「切拔集DB」〈女〉관련어휘

여성	女の子(113) 女の赤ちゃん 女の人 女やもめ 女丈夫 五月女(2) 大阪女 日中女 長崎女 蜘蛛女 不滅の女 夜の女	125
직업	女学生(9) 女高生(17) 女校生(5) 女生徒(7) 女大生 女大学生	72
	女教師(9) 女の先生(5) 女先生	
	女店員(4) 女事務員 女ボス 女詐欺師(2) 女課長 女部長 女兵士 女医師 女主人 女探偵 女弟子 修道女(2)	
여성어	女言葉(28) 女の言葉(10)	107
	女心(35) 女の気持(34)	
학교	女高 女短大 女大(3) 女大学 女学館 女学園(3) 女学院(8)	18
계		322

〈女〉 관련어휘 제시형태 중에서 「女の子」가 113회로 총 197회의 57%의 높은 비율을 점유하고 있다. 아울러 〈표 3 国研「切拔集DB」「女」관련어휘 제시형태〉에서 나타나는 「少女(115)」「女児(28)」「幼女(9)」의 합계 152회를 더하면 신문기사 제목에서 나이가 어린 여성이 제시되는 횟수가 한층 증가하는 양상을 보인다.

그 다음으로 학교와 관련된 〈女〉 관련어휘는 「女教師(9)」「女の先生(5)」「女先生(1)」와 같은 〈여교사〉와 「女高生(17)」「女校生(5)」「女大生(2)」「女大学生(1)」「女生徒(7)」「女学生(9)」과 같은 〈여학생〉이 있으며, 「女高(1)」「女短大(1)」「女大(3)」「女大学(1)」「女学館(1)」「女学園(3)」「女学院(8)」의 〈여학교〉가 있어 학교와 관련된 〈女〉 관련어휘는 고등학교가 중심이 되는 것을 알 수 있다. 〈여교사〉 외의 직업관련 제시형태는 「女

ボス(1)」「女課長(1)」「女兵士(1)」「女部長(1)」「女詐欺師(2)」「女事務員(1)」
「女医師(1)」「女店員(4)」「女弟子(1)」「女主人(1)」「女探偵(1)」「修道女(2)」
로 직명 및 직위가 다양하지 않으며, 그 수도 한정되어 있다.

그 밖에 〈여성어〉가 「女言葉(28)」「女の言葉(10)」, 〈여성의 마음〉이
「女心(35)」「女の気持(34)」로 높은 빈도수를 나타낸다.

2. 〈女性〉관련어휘

1263회가 제시된 〈女性〉관련어휘 중에서 여성을 표시하는 제시형
태는 〈女性＊＊〉과 〈＊＊女性〉로 나누어진다.

우선 〈女性＊＊〉는 직업에 관련된 어휘가 주를 이룬다. 구체적인 내
용은 〈표 5〉와 같다. ( )가 없는 제시형태는 1회 제시이다.

〈표 5〉国研「切拔集DB」〈女性＊＊〉형태 〈女性〉관련어휘

직업	女性アナ(6)　女性カメラマン　女性キャスター(2)　女性スタッフ　女性タレント 女性プロデューサー 女性レポーター 女性ドライバ 女性スモーカー 女性会社員　女性社員(3) 女性職員 女性課長(2) 女性店主 女性サカナ博士　女性研究者 女性教授(5)　女性講師 女性言語研究者 女性技術者 女性読者　女性受講者 女性警察官(2) 女性記者 女性代議士 女性議員(3) 女性首相(2)　女性手話通訳者　女性詩人　女性作家(2)　女性作曲家　女性歌手(3) 女性落語家 女性選手	54
여성어	女性言葉(6)　女性の言葉(2)　女性語(6)　女性の声(6) 女性の意見　女性の言葉遣い(4)　女性の長電話(6) 女性誌(10) 女性雑誌(3)　女性週刊誌(2)	46
여성관	女性論(3)　女性侮辱(2)　女性史　女性像(2)　女性優先 女性上位(4)　女性援軍　女性進出　女性差別(4)	19
계		119

여성의 직업에 관련된 제시형태는 〈女〉 관련어휘가 〈여교사〉 외에는 직종이 소수에 지나지 않았던 것과는 달리 〈女性〉관련어휘는 46회로 다양한 직종이 제시되고 있으며, 기사제목에서도 「職業」은 다음과 같이 「女性」이 결합된 형태가 나타난다.

同時通訳 女性の新しい職業 国際会議の裏方さん チームで資料を徹底的に勉強(毎日 1966.8.18.)
女性の職業とゆがんだ呼び名 現場労働の軽視から 生活内容とのズレにご注意 理解と自覚で消しましょう(東京 1958.2.10.)

같은 가르치는 직업도 「教師」 「先生」은 「女」와 결합하여 「女教師」 「女の先生」 「女先生」가 되며, 「教授」는 「女性」과 결합하여 「女性教授」가 된다.

방송과 관련된 새로운 직종은 직업항목의 위 칸에 분류된 것과 같이 가타카나와 결합된 형태로 나타나고 있다. 그 중 빈도수가 가장 높은 「女性アナ」는 1963년부터

アナは年中苦悩する10 敬語の片寄りに注意 液体飲まぬ女性アナ(中部日本 1963.9.10.)
女性アナに不適当なことば (東京 1965.7.26.)
日本語3 女性アナ (読売 1980.5.13.)
宇都宮大研究室 TVでニュース読む声、4年前と比較 女性アナの低音化進む 抑揚は一層大きく TV局「聞きやすい」と低い声指導

91

(朝日 1996.3.1.)

女性アナの間違いで明るく (読売 2001.2.14.)

メディア 女性アナ形容 セクハラでは (朝日 2003.8.14.)

과 같은 기사가 제시되고 있는데, 약어가 아닌 「女性アナウンサー」
라는 원래 형태는 제시되지 않으며, 「女性アナに不適当なことば」
(東京1965.7.26.) 「メディア 女性アナ形容 セクハラでは」(朝日2003.8.14.)과
같은 기사는 「女性アナ」라는 표현이 나타내고 있는 gender적인 마
이너스 측면을 시사하고 있는 기사도 포함되어 있다.

〈여성어〉관련어휘는 「女性言葉(6)」「女性の言葉(2)」「女性語(6)」가
있으나 〈女〉 관련어휘에는 「女言葉(28)」「女の言葉(10)」가 제시되어 있
어 〈女性+言葉〉보다는 〈女+言葉〉의 형태가 한층 빈도수가 높은 것
을 알 수 있으며, 〈여성의 마음〉관련어휘도 「女性の声(6)」「女性の意
見」와 「女心(35)」「女の気持(34)」가 제시되어 있어 〈女〉 관련어휘가 주
로 쓰이는 형태임을 알 수 있다. 아울러 〈女〉 관련어휘의 주된 제시
형태에 하나인 〈여학생〉〈여학교〉는 〈女性〉관련어휘에서는 보이지 않
는다.

〈**女性〉형태는 「世界女性」「外国女性」「日本女性」와 같이 지역
별로 여성을 제시하거나, 「若い女性」「現代女性」「働く女性」과 같
이 수식어구와 결합된 형태로 여성을 제시하는 형태가 주를 이룬
다. 구체적인 내용은 〈표 6〉과 같다. ( )가 없는 제시형태는 1회 제
시이다.

〈표 6〉 国研「切抜集DB」〈**女性〉형태〈女性〉관련어휘

지역		世界女性 外国女性(4) 外国人女性(3) 外人女性(10) カタコト女性 中国女性(3) アメリカ女性 米国女性 米女性(3) カンボジア女性 ソ連女性 タイ女性 タイ人女性 ドイツ女性(2) ブラジル女性 仏女性 比女性(2) 英女性(3) 韓国女性 香港女性 アイヌ女性 北海道女性 沖縄女性 日本の女性 日本女性(18) 日本人女性 地方の女性 里帰りの女性 帰国女性 難民女性 二世女性	53
수식	연령	30代女性 40代女性 ヤング女性 若い女性(35)	67
	시대	大正女性 戦後女性 最近の女性(2) 平安女性(2) 現代女性(3) 王朝女性	
	직업	働く女性(2) プロの女性 脱OL女性 博士号をとった女性 男に負けぬ女性 歩き出した女性 社会へ出る女性	
	결혼	未婚の女性 未婚女性	
	기타	いやがらせ女性 リズムに弱い女性 本読む女性 声なき女性 新聞読まない女性 漢字に強い女性 話せぬ女性 胸やむ女性 重度障害の女性	
계			120

지역별로 여성을 제시할 때는 외국의 경우「アメリカ女性」「カンボジア女性」「ソ連女性」와 같이 나라별로 제시하는 것보다는「外国女性(4)」「外国人女性(3)」「外人女性(10)」와 같이 외국으로 전체적으로 제시하는 형태의 빈도수가 높으며, 부자연스러운 일본어 구사를 비유해 외국여성을「カタコト女性」이라고 한 기사도 보인다.

カタコト女性を集め ニッポン放送外人司会者選び (読売 1954.6.27.)

수식의 경우는 시대, 직업, 결혼 등보다는 연령이 빈도수가 높으며 그것도「ヤング女性」「若い女性(35)」와 같이 젊은 여성이 대부분이다.

93

「女性」이란 말은 특별히 언급하지 않더라도 「若い」가 포함되는 경우
가 많다. 예를 들면, 田中克彦는 ""「明朗な女性求む」라는 표현의 경우
「女性」를 「婦人」으로 바꿀 수 없으며, 『女姓自身』라는 주간지는 남자가
읽어도 부인이 읽어도 상관없지만 목표는 「若い女性」로 정해져 있다고
편집자뿐만 아니라 사회에서도 인정하고 있다"[15]고 언급하고 있다.

浅草はセンベイの味 －ヤング女性が抱くタウン・イメージ 銀座オ
レンジ 新宿は灰色 (読売 1974.8.14.)
若い女性の話しことば 極端な敬語と粗末さ 落書きのある美しさを
(朝日 1954.1.19.)
若い女性の長電話 (産経 1958.12.8.) (中部日本 1963.10.10.)
若い女性へ 言葉に厳しくあれ (東京 1963.2.21.)
若い女性の言葉の乱れ (読売 1968.12.11.)
気になる若い女性の言葉遣い (北海道 1977.7.25.)

신문기사 제목에 제시되는 「ヤング女性」와는 달리 「若い女性」는
거의 대부분이 위의 기사와 같이 젊은 여성들의 긴 통화 시간이나
잘못된 언어사용을 지적하는 마이너스 어감의 내용이다.

3. 〈女子〉관련어휘

〈女子〉관련어휘는 「大卒女」「小学女」 등 일부를 제하면 거의 대부

---

15 주13) b와 같은 책, 61쪽.

분 〈女子**〉의 형태로 제시되며, 〈여학교〉〈여학생〉관련어휘가 주를 이룬다. 구체적인 내용은〈표 7〉과 같다.

〈표 7〉 国研「切拔集DB」〈女子〉관련어휘

직업	女子アナ(3)　女子社員(9)　女子行員(2)　女子選手 女子消防官　女子乗務員　女子新入社員	18
학교	女子高(11)　女子高校(2)　女子短期大学(4)　女子短大(8)　女子大(2)　女子大学(15)　女子美大　女子商高　女子医大女子医科大女子第二中学高等学校 女子中高(2)　女子中学校(11)　女子学園(3)	63
학생	女子高校生(6)　女子高生(29)　女子短大生(2)　女子大生(6)　女子学生(11)　女子留学生(2)　女子専門学生　女子語学留学生　女子中高生(5)女子中生	64
기타	女子トイレ　女子バレー　女子レスリング 女子青年会　女子教育	5
계		150

직업의 「女子アナ」는 다음과 같은 기사가 있다.

　　自然な発音バーチャル女子アナ 東芝開発　文字情報　聞いてくださ
　　い…ねっ (読売 2001.6.6.)
　　国語力が低い？女子アナ (読売 2003.1.17.)
　　語尾不明りょうな女子アナ (毎日 2004.12.16.)

「自然な発音バーチャル女子アナ」(読売2001.6.6.)는　東芝에서　開発한 음성합성기술로 표현된 「聞いてください…ねっ」과 같은 여성 아나운서의 특징적인 문말표현에 관련된 기사제목이며, 다른 2기사는 여성 아나운서의 언어에 대한 문제점을 지적하는 것으로 공히 일반적인 아나운서가 갖추어야 될 언어력이 미흡하다는 것을 언급하고 있는 것이다. 原田邦博는「女子アナ」라는 말이 나타내는 개념은 개인차는 있겠지만 "①「若い」②「かわいい」등의 플러스 어감이 있는 반면에 ③「ニュースが読めない」④「頭カラッポ」등의 마이너스 인상을 느끼는 사람도 적지 않을 것이다"[16]라고 기술하고 있는데,「アナウンサー」에 gender를 나타내는「女性」을 붙이고「アナ」라고 축약을 하고「女性」을「女子」로 바꿀수록,〈アナウンサー → 女性アナウンサー → 女性アナ → 女子アナ〉순으로 평가가 내려가는 것을 나타내고 있는 것이다.「アナウンサー」라는 원래의 형태보다「アナ」라는 축약형은 略式이라는 느낌과 간단하게 가볍게 취급되는 것 같은 어감이 느껴진다.[17] 아울러 직종에 gender 표현을 붙이는 것은 평가를 절하시키는 것이며,「女性」보다「女子」라는 gender 표현이 그 평가가 한층 낮다는 의미를 나타내는 것이다. 따라서 직업의 경우는 앞의〈女性〉관련어휘의 분석에도 있는 것처럼「女性」을 붙이는 경우가 많게 되는 것이다.

〈여학교〉의 경우는 〈女〉관련어휘가 주로 고등학교를 나타내는 것과는 달리〈女子〉관련어휘는 대학교까지 폭넓게 쓰이는 것을 알 수 있다. 田中克彦도 학교에서는「女子」라고 하면 차별적인 어감이 없다[18]고 할 정도로 여학교의 정식명칭에도「女子」가 포함되어 있는 예가 많다.

---

16 原田邦博「現代マスコミのジェンダー意識」『日本語とジェンダー』第10号,　日本語ジェンダー学会, 2010.3., 2쪽.

17 中村明『センスある日本語表現のために』, 中公新書1199, 1994.

18 주13) b와 같은 책, 60쪽.

Ⅳ. 맺음말

본고에서는 日本 国立国語研究所의 「ことばに関する新聞記事見出しデータベース」를 분석자료로 「女」가 포함된 내용을 전문 검색하고, 그 분포 및 제시 형태를 정리하여 〈女〉라는 테마의 통시적인 분포 및 사회적인 의미와 평가의 양상 등의 사용실태를 분석하였다.

「ことばに関する新聞記事見出しデータベース」는 1949년부터 2009년 3월까지 「言語」「言語生活」의 視点에서 수집된 약 141,500건의 신문기사 데이터베이스이며, 「女」가 포함된 기사는 3312건으로 약 2.34%를 점유하고 있다. 「女」관련 기사 건수는 1975년을 기점으로 기사 건수가 증가했다가 감소, 1980년 다시 급증하여 그 상태가 유지되다가 1990년 급감하기 시작해 감소된 상태가 유지되다가, 다시 2004년과 2007년에 급증하는 분포를 보이고 있음을 알 수 있다.

1975년은 〈「私作る人」「僕食べる人」〉라는 인스턴트라면 CM 카피 문구, 1980년은 〈본격적인 여성어 연구 개시〉 관련기사, 2004년은 佐世保 초등학생 살인사건과 관련된 〈「元気な女性」〉〈男の犯罪〉 발언과 〈男女混合 출석부〉, 2007년은 〈「女性は子供を産む機械」〉 발언 등이 급증요인임을 알 수 있다. 6가지 급증요인은 각각 당시까지 고정되어 왔던 〈男は仕事、女は家事·育児〉와 같은 gender적인 인식이 변화가 진행되어 이미 현실이라기보다는 가상현실virtual reality에 가까운 상태로 스테레오 타입화 되어 가고 있는 사회상을 시사하고 있다.

国研 「切抜集DB」의 「女」가 포함된 3312건의 기사에서 「女」관련

어휘는 3411회 제시된다. 「女」관련 어휘의 대표적인 제시형태는 〈女性(1263)〉〈女(778)〉〈女子(349)〉 2390회로 전체 3411회의 70%의 점유율을 갖는다.

〈女〉 관련어휘 제시형태 중에서 「女の子」가 113회로 높은 비율을 점유하고 있으며, 「少女(115)」 「女児(28)」 「幼女(9)」의 합계 152회를 더하면 신문기사 제목에서 나이가 어린 여성이 제시되는 횟수가 한층 증가하는 양상을 보인다. 〈여성어〉나 「女言葉(28)」 「女の言葉(10)」, 〈여성의 마음〉은 「女心(35)」 「女の気持(34)」로 〈女〉관련어휘의 빈도가 높다.

〈女性〉관련어휘의 제시형태는 〈女性**〉과 〈**女性〉로 나누어진다. 〈女性**〉는 직업에 관련된 어휘가 주를 이룬다. 〈**女性〉형태는 「世界女性」 「外国女性」 「日本女性」와 같이 지역별로 여성을 제시하거나, 「若い女性」 「現代女性」 「働く女性」과 같이 수식어구와 결합된 형태로 여성을 제시하는 형태가 주를 이룬다. 수식의 경우는 「若い女性」가 35회로 가장 높은 빈도수를 나타내며 마이너스 평가의 내용으로 제시되는 경우가 많다.

〈女子〉관련어휘는 〈女子**〉의 형태로 제시되며, 〈여학교〉〈여학생〉 관련어휘가 주를 이룬다.

제4장

語構成要素로서 1字漢語「気(キ・ケ)」의 変遷

― 大蔵流狂言 3種의 名詞用例를 中心으로 ―

❀ ❀ ❀

유 상 용

Ⅰ. 머리말

현대일본어의 1字 漢語「気(キ)」는 '기운, 호흡, 정신, 기질, 절기節氣' 등 추상적인 의미를 나타내며「気(キ)」의 명사적인 용법 이외에 語構成要素 및 관용구적인 용법으로 사용되고 있다[1].

---

1 大槻文彦(1956)『新訂大言海』와 日本大辞典刊行会編(1980)『日本国語大辞典』에서는「気(キ)」를 다음과 같이 기술하고 있다.

き[気] (1)天地ノ間ニテ、寒暑、陰晴、風雨ナド、自然ニ運リ現ルル象。(2)地球ノ周ヲ囲メル大気。(3)香、烟、湯ナドヨリ立チ上ルモノ。気(ケ) (4)万物ヲ生育スル、天地ノ精。元気。(5)動物ノ、生キテアル力。タマシヒ。生活。精神。(6)息。呼吸。(7)心ノ趣ク所。ココロバセ。好ミ(8)ココロ、カンガヘ。ココロモチ。オモンバカリ。意思(9)威勢。気勢(10)相気。機根(11)有様。様子。ケシキ。オモムキ。情趣。風致。(12)野菜ノ、臭気アルモノの称(13)十五日、一期ノ称。(『新訂大言海』)

「気(キ)」의 의미와 용법이 다양한 이유는 井手至(1967)의 지적과 같이 1자한어 「気(キ)」가 형식명사와 유사한 의미영역을 공유하고 있기 때문으로 판단된다[2].

본 논문은 1字 漢語 「気(キ)」가 어구성요소로 사용되는 명사적 용례를 중세구어자료인 大蔵流虎明本狂言(1642年)을 중심으로 분석한다. 분석된 결과를 大蔵流狂言 虎寛本(1792年)과 虎光本(1818年)의 용례와 비교 분석하여 동일문헌에 나타나는 「気(キ)」의 명사적 용례의 용법과 의미 변화에 관해 고찰해 보고자 한다. 또한 중세말기 구어자료인 朝鮮資料와 キリシタン資料와 비교 고찰을 통해 공시적 통시적인 연구를 병행하여 1字 漢語 「気(キ)」가 어구성요소로 사용되는 명사적 용례의 용법과 의미 변천을 보다 구체적으로 정리하려한다.

II. 선행연구 및 연구방법

竹田建二(1966)은 「気」에 관해 아래와 같이 記述하고 있다[3].

き[気] ①変化、流動する自然現象。または、その自然現象を起こす本体。②生命、精神、心の動きなどについていう。自然の気と関係があると考えられていた。③取引所で、気配(きはい)の事。人気。「気崩れ」「気直る」(『日本国語大辞典』)

또한 『日本国語大辞典』에서는 1자한어「気(キ)」의 217예의 관용구적 용례를 확인할 수 있었다.

2　井手至(1967)는 「気(キ)」를「思想」을 意味하는 形式名詞로「ツモリ·気·考え·所存·心底·予定」로 분류하고 있다.
　　井手至(1967)「形式名詞とは何か」、「口座日本語文法3品詞各論」、明治書院、41쪽.

3　武田建二(1996)「「気」の原義と「気」の思想の成立」、「日本語学」、明治書院、20쪽.

　「気」は、日常我々が日本語を用いる際にしばしば使う言葉の一つである。もっとも、周知の通り、「気」はそもそも古代中国において成立した概念であり、先秦時代の思考を伝える多くの文献に既に登場している。日本語における「気」は、そうした中国における「気」を基盤としなしがら、そこに日本語として独自のニュアンスを加えつつ形成されたといってよかろう。

　中国語의 「気」가 日本語로 정착하는 과정에 관한 歷史的 硏究는 中井正一(1947)를 筆頭로 현재까지 다양한 방면에서 연구되고 있다. 中井正一(1947)는 古事記, 万葉集로부터 江戸時代까지 「気」에 관련된 어휘 및 관용구를 중심으로 「気」의 역사적 変遷過程을 구체적으로 제시하고 있다[4]. 또한 赤塚行雄(1996)는 中井正一(1947)의 연구결과를 구체적인 용례를 통해 증명함과 동시에 중세자료를 중심으로 「機」와 「気」의 혼동에 관해 지적하고 있다[5].

　또한 小島幸枝(1996)는 キリシタン資料를 중심으로 「気」의 使用頻度를 文献別로 考察하였다. キリシタン資料 중 「気」의 빈도가 높은 문헌적 특징을 「黙想語에 「気」의 用例가 많고, これらは人間の心の働きを意味するものがほとんどであった。」로 기술하고 있다[6].

---

4 中井正一(1947) 「気(け、き)の日本語としての変遷(昭和二十二年二月十二日報告)」, 帝国学士院紀事.
5 狂言3種에는 아래와 같이 「機嫌」과 「気嫌」의 표기가 混同되어 나타나는 경우가 있다. シテ「いつ〳〵より御気嫌の替らせれて御座ルニ依而すハ御手打ニも成舛ルかと存て、身の毛を詰て居ました(虎光本「文庫」)
상기와 같은 표기의 混同은 赤塚行雄(1996)에서도 지적되고 있으나, 本論文에서는 이 부분은 向後의 課題로 남겨두기로 한다.

　　국내 연구는 주로 우리말과 일본어의 「気(キ)」의 번역방법 및 의미
대조가 주류를 이루고 있다고 판단된다. 정수현(1996)은 우리말과 일
본어 「気」를 대조하여 일본어 「気」를 우리말로 번역하는 경우 명사
및 부사와 형용사의 범위로 해석해야 하는 多樣함을 지적하였으며[7],
朴舜愛(2013)는 현대일본어를 중심으로 「気」를 한자어와 관용구로 분
류하여 고찰하였다[8]. 또한, 劉相溶(2012)은 중세일본어 구어자료를 중
심으로 「気」의 관용구적인 표현 중 「気の毒だ」와 「欝陶しい」의 意
味共有 및 形式語 「ツモリ」와의 관련성을 근거로 1字 漢語 「気」의
의미확대에 관해 기술하였다[9].

　　本 論文은 「気」가 어구성요소로 사용되어 名詞를 구성하는 용례
를 大蔵流狂言 「虎明本」「虎寛本」「虎光本」 3種을 대상으로 고찰해
보고자 한다. 이와 같이 同一 資料群의 용례를 통시적으로 고찰하는
이유는 同時代의 문헌이라도 자료에 따라 어휘의 사용빈도가 相異
하게 나타나는 경우가 있기 때문이다. 따라서 同一系列의 문헌을 고
찰함으로서 어구성요소로 사용되어 名詞로 나타나는 1字漢語 「気」

6　小島幸枝(1996)「キリシタン資料における「気」」, 『日本語学』, 明治書院, 53쪽.
7　정수현(1996)은 우리말과 対照하여 「気が弱い(기가 약하다)」와 같이 「気」와 '기'가
　　대응하는 用例, 「気が合う(마음이 맞다)」 「気が遠くなるような(정신이 아찔해지
　　다)」 「気が早い(성질이 급하다)」 「気を使う(신경을 쓰다)」로 分類하고 있다. 또한
　　이 이외에 「気が利く(눈치가 빠르다)」와 같이 다른 語彙를 使用하는 用例로 '마음'
　　'기분' '정신' '성질' '신경' '눈치' '재치' '주의' '양심' '맥' '긴장' 등을 提示하고 있
　　다. 또한 「気が多い(변덕스럽다)」와 같이 형용사나 부사로 対応하는 용례를 분류하
　　여 제시하고 있다.
　　정수현(1996)「「気」の語句をめぐる表現の日・韓対照研究」, 『日本語学』, 明治書院,
　　68-74쪽.
8　朴舜愛(2013)「日本語の「気」に関することば」, 『日本語文学』 제55권.
9　劉相溶(2012)「欝陶(ウットウ)用法の変遷」, 『日本学研究』, 331쪽.
　　_____(2016)「形式語「ツモリ」の意味変遷-洒落本을 中心으로-」, 『日本学研究』 269쪽.

의 용법과 의미의 변화를 고찰할 수 있을 것으로 판단된다. 하지만
이와 같은 방법론만으로는 문헌에 따른 制限的인 형태만을 고찰할
수 있을 것으로 판단된다. 따라서 文献的 성격에 따른 오류를 방지
하기 위해 中世末期의 口語文献 以前의 문헌도 고찰 대상으로 포함
하여 분석해 보고자한다. 고찰방법은 일본의 고전문학작품「万葉集,
竹取物語, 伊勢物語, 古今和歌集, 土佐日記, 後選和歌集, 蜻蛉日記,
枕草子, 源氏物語, 紫式部日記, 更級日記, 大鏡, 方丈記, 徒然草」의
용례를「古典対照語い表」(1971)를 중심으로 정리하여 분석한다.[10] 또
한 中世末期의 口語文献인 キリシタン文献 中 天草版「平家物語」
「エソポ物語」「金句集」「邦訳日報辞書」, 朝鮮資料인『捷解新語』「原
刊本」「第1改修本」「重刊改修本」의 用例를 比較 考察하고, 天草版
「平家物語」는 원거본인 高野本과 百二十句本과 比較하여 考察해
보고자 한다.

Ⅲ. 大蔵流狂言 3種의 名詞 用例

「虎明本」에서는「気(き·け)」総114例를 확인할 수 있었다. 이 중 명
사의 語構成要素로 분류할 수 있는「気」의 용례는 総50例를,「虎
寛本」総241例 중 96例,「虎光本」総166例 중 71例를 확인할 수 있
었다.

---

10 宮島達夫編集(1971)『古典対照語い表 笠間索引叢刊 4』, 笠間書院.

虎明本을 중심으로 語構成要素 「気」가 명사로 쓰이는 용례를 정리해보면 「天気てんき, 喉気のどけ, 気色けしき, 気味きび, 中風気, 酒気さけげ, 若気, 神気, 雪気ゆきげ, 上気じょうき, 気色きしょく, 筋気すぢけ, 狂気きょうき, 脚気かっけ, かいけ」의 용례를 확인할 수 있었다.

먼저「天気」의 용례에 관해 고찰해 보기로 한다.

1. 「天気」의 용례

1) (妻)「~略~けふは天気がようてうれしうおりやらします(「河原太郎」虎明本)[11]

1-2) (夫)「~略~、扨も〳〵おびたゝしひ人かな、けふは天気がよひに依て、したゝかな市立じや~略~(「かはらたらう」虎寛本)[12]

1-3) (妻)「ようおじやつた、けふは天気がよひに依て、とうからまいつた (「河原太郎」虎光本)[13]

2-1) (妻)「是は此のあちありに住居致す、太郎が妻にておりやらします、今日はかはらの市で御ざるほどに、酒を持て参りうらふと存る、けふは天気がようてうれしうおりやらします(「河原太郎」虎明本)

2-2) (女)是は此当りに住居致す、太郎と申者の妻で御ざる。わらはゝ毎年酒を造て商売致しまする。則今日は、河原の市で御

11 池田広司 北原保雄(1972-1983)『大蔵虎明本狂言集の研究』表現社 以下「虎明本」이라 称함.
12 笹野堅(1965)『大蔵虎寛本能狂言』岩波書店 以下「虎寛本」이라 称함.
13 橋本朝生(1990)『大蔵虎光本狂言集』古典文庫 以下「虎光本」이라 称함.

ざるによつて、あれへ参り、商売致さうと存ずる。(「かはら
たらう」虎寛本)

2-3)　女「童は此当リ二住居致舛ル(の者て御座る)。毎年酒を作て
河原の市二定見世を出ふ(出さふ)と存ル。何卒今日も仕合を
能致度事で御座ル。<u>天気</u>も能御座ルニ依而夥敷市立で御座
ル。(「河原太郎」虎光本)

상기의 例文 1)은 「天気」가 「虎明本」「虎寛本」「虎光本」과 대응하
는 용례이면, 例文 2)는 「虎明本」과 「虎光本」이 대응하는 용례이다.

중세시대 구어자료 중 하나인 『邦訳日葡辞書』는 1字 漢語 「気(キ・
ケ)」를 다음과 같이 기술하고 있다[14].

Qi. キ(気)心,元気,または,心の気力. ¶Qiga sanzuru. 1, qiuo sanzuru.(気
が散ずる.または,気を散ずる)気晴らしをする. ¶Qiga tçucaruru.(気
が疲るる)心が甚だしく疲れて,元気を失う. ¶Qiga tçumaru.(気が詰
まる)上同. ¶Qiga tçuquru.(気が尽くる)内面の力がひどく衰えて尽
きてしまう. ¶Qini ataru.(気に当る)気にさわる. ¶Qini cacaru.(気に懸
かる)不安である,あるいは, 懸念される. ¶Fitono qiuo nadamuru.(人
の気を宥むる)人を慰め和らげる. ¶Qiuo yawaraguru.(気を和ぐる)心
を柔和にする. ¶Qiuo nomu.(気を呑む)非常に苦しみ悩む, または, 心
痛する. ¶Qiuo vxinŏ.(気を失ふ)失神する. ¶また,意気消沈する. ¶Qiuo

14　土井忠生, 森田武, 長南実 編集·翻訳(1995)『邦訳日葡辞書』岩波書店 以下,「邦訳日ポ」
로 称함.

vru.(気を得る)元気を得る.(『邦訳日葡辞書』)

† QE. ケ(気) 気配. 例, Amape.(雨気)天候に雨にある気配があること.

¶Yuqipe(雪気)天候が雪の降りそうな気配であること.(『邦訳日葡
辞書』)

상기와 같은 의미를 나타내는 1字 漢語「気(キ·ケ)」의 용례를 명사
를 중심으로 고찰해본 결과 虎明本 용례 중 例文1)의「天気」가 16例
로 가장 높은 빈도로 나타나고 있었다.「天気」의 용례는 例文 1)~
1-2)와 같이 3種이 대응하는 것이 一般的이었으며, 虎寛本에서는 36
例 虎光本에서는 32例의 분포를 확인할 수 있었다.

이와 같은「天気」의 용례는「徒然草」「蜻蛉日記」「土佐日記」의 용
례를 확인할 수 있었지만「天気」의 표기법으로「ていけ」「てんき」를
확인할 수 있었다[15].

---

15 宮島達夫編集(1971)『古典対照語い表 笠間索引叢刊 4』, 笠間書院.
　「古典対照語い表」를 중심으로「天気」의 용례를 조사해본 결과,「天気(てんき)」徒然
草1예,「天気(てんげ)」蜻蛉日記2예,「天気(ていけ)」土佐日記2예를 확인할 수 있었
다. 하지만 蜻蛉日記의 경우 日本古典文学大系와 다른 판본을 비교해 본 결과「天気
(てんげ)」의 해석방법의 문제점이 있다고 판단하여「天気(てんげ)」蜻蛉日記2예를
제외하였다.

　　ふしんたりつる人もおきて、「いとよきことなり、てんげ(天気)のえほうにもま
　　さらん」など、わらふ／＼いヘば、さながら書きて、ちゐさき人してたてまつれ
　　たれば、このごろ時の世の中人にて、人はいみじくおほくまいりこみたり、内
　　裏へも「とく」とて、さはがしげなりけれど、かくぞある。「かげろふ日記」

　상기의 예문을 日本古典文学大系 두주에서「天気は陰陽宿曜道天文の気」로 설명하
　고있는 것에 반하여「新日本古典文学大系」와「日本古典文学大系」에서는「いとよき
　ことなり、天下のえほうにもまさらん」으로 기술하고 있으며「日本古典文学大系」
　의 두주에서는「最大限に強めた表現」으로 기술하며「それはほんとによいことです
　わ。どんなすばらしいえほうよりも、ずんとましでしょうよ」로 해석하고 있다.

3) そのおとをきゝて、わらはもおむなも、いつしかとしおもへ
    ばにやあらん、いたくよろこぶ。このなかに、あはぢのたう
    めといふひとのよめるうた、
      おもかぜのふきぬるときはゆくふねのほてうちてこそうれ
    しかりけれ
    とぞ、ていけのことにつけていのる。「土佐日記」

   상기의 例文 3)은 「土佐日記」의 용례이며 頭注에서는 「天候のこ
とに関して、仏神に祈願するの意か」로 기술하고 있다.[16] 이와 같
이 날씨의 의미 이외의 「天気」의 용례는 중세구어자료 중 キリシタ
ン資料인 天草本『平家物語』에서는 용례를 확인할 수 없었지만 高
野本『平家物語』에는 다음과 같은 용례를 확인할 수 있었다.

4) 「いかに」と御たづね有に、蔵人奏すべき方はなし。ありの
    まゝに奏聞す。天気ことに御心よげにうちゑませ給て、「林
    間煖酒焼紅葉」といふ詩の心をば、それらにはたがおしへけ
    るぞや。「高野本 平家物語「紅葉」」[17]

   例文 4)는 高野本『平家物語』의 용례이며 頭注에는 「天皇のごき

---

16 鈴木知太郎 川口久夫 遠藤嘉基 西下経一 校註(1962)『けがろう日記』日本古典文学大
    系 岩波書店 172쪽.
    長谷川政春 今西裕一郎 伊藤博 吉岡曠 校註(1990)『けがろう日記』新古典文学大系 岩
    波書店 97쪽.
17 梶原 正昭, 山下 宏明 校註(1991)『平家物語 上』新日本古典文学大系 岩波書店.

げん」으로 기술하고 있다.[18]

「天気」를 동시대의 キリシタン資料인 「邦訳日ポ」에서는 아래와 같이 기술하고 있다.

> Tenqi. テンキ(天気) Sorano qi.(天の気)天候が良いとか悪いとか言う
> 時の天候, あるいは, 天候の性質や状態. ～用例省略～
> † Tenqi. テンキ(天気) Teiuǒno qixoqu.(帝王の気色)国王の顔色.

현대 일본어의 날씨의 의미를 나타내는 「天気」의 용례는 同時代의 資料인 이에 비해 捷解新語와 抄物類에서는 다음과 같은 용례를 확인할 수 있었다.

5) やぜん<u>てんき</u>あしう御ざ候あいだ(原刊本)[19]

5-1) やぜん<u>てんき</u>あしく御ざ候あいだ(第1改修本)[20]

5-2) やぜん<u>てんき</u>あしく御ざ候あいだ(重刊改修本)[21]

6) 竜皮李徳裕極熱時金盆貯水漬白ーー唐ノ李ーー大ゴクネツの
時ニ金ノ盆ニ水ヲーハイクンテソレニ白ーーヲツケテヲイタ
ワ煩暑都尽如渉高秋水ニ.竜皮ヲツケてヲイタレバシワヅラ
ウタアツサの気ガスキト皆ニナッて六月ノ<u>天気</u>カ九月ワタリ

18 梶原 正昭, 山下 宏明 校註(1991)『平家物語 上』新日本古典文学大系 岩波書店, 327쪽.
19 『原刊活字本 捷解新語』(1990) 弘文閣.
京都大学文学部国語学国文学研究室 編(1973)『三本対照捷解新語 釈文·索引·解題篇』京都大学文学会 以下「原刊本」으로 称함.
20 安田章 鄭光(1991)『改修捷解新語』太学社 以下「第1改修本」으로 称함.
21 『重刊改修本 捷解新語』(1990) 弘文閣.

末ノ秋ニアウたヤウニスサマジウ,ナツタソ。(『玉塵抄』)[22]

7)   諸葛孔明カ塩井ト云テ、塩ヲノ出ル井カルソ。ソレハ、四五
      月ニ、天気ノ蒸時ニ、ツヨウ出ルソ。(『湯山聯句抄』)[23]

·

捷解新語의「原刊本」에는「天気」를 14例 確認할 수 있었다. 이에
반해「玉塵抄」卷七에서는 상기의 例文 6)을 확인할 수 있었다. 또한
「湯山聯句抄」에서도「玉塵抄」와 같은「天候」의 의미를 나타내는 용
례를 확인할 수 있었다. 이와 같이「天気」의 용례는 시대에 따라 그
의미가 날씨의 의미로 고착화되어 가는 것을 확인할 수 있었다. 또
한, 狂言의 용례는 날씨에 관련된 것으로 도입부분에 집중적으로 나
타나는 것이 특징이며 中世口語資料에 일반적으로 쓰이고 있다고
지적할 수 있다.
    다음은「気色キショク」의 용례에 관해 고찰해 보기로 한다.

2.「気色キショク」의 용례

8)   《「と云て上下のかたをぬき、刀に手をかくる、ていしゆ大名
      にいだきつき、まづこらへさせられいといふ、太郎扇に手を
      かけ、きしよくして、つがひをみて、がんをとつてのく》(「雁
      盗人」虎明本)

---

22 中田祝夫(1970)『玉塵抄(2)』抄物大系別卷, 勉誠社, 177쪽.
    『玉塵抄』는 抄物의 샘플로 卷1,7만을 対象으로 용례를 고찰해 보았다.
23 来田隆 清文堂 (1997)『湯山聯句抄』, 44쪽.

9)　　(大名)「何とめいわくしたか　(太郎冠者)「いつよりも<u>御きしよ</u>
　　　　<u>く</u>がかわつてござる程に、もはや、お手うちになるかとぞん
　　　　じて○身のけをつめてござる(「じせんせき」虎明本)

9-1)　(シテ)　何と気づかひに有たか。(太郎冠者)毎もよりは、<u>気色</u>
　　　　が替らせられて御ざるに依て、すは御手打にでも会ませうか
　　　　と存て、身の毛をつめておりました。(「じせんせき」虎寛本)

9-2)　シテ「何と気遣に有たか　太郎「毎へよりも<u>御気色</u>の替らせれ
　　　　て(替らせられて)御座ルニ依而すハ御手打ニも成升ルかと存
　　　　て身の毛を詰てをりまして御座ル(「二千石」虎光本)

　　例文 8)은 「気色キショク」의 용례로 虎明本 4例, 虎寛本 10例, 虎光
本 4例로 虎明本보다 虎寛本의 용례가 증가하는 것을 지적할 수 있다.
「邦訳日ポ」를 중심으로 「気色」를 정리해 보면 아래와 같다.

　　Qixocu. キショク(気色) 顔色・表情. ¶Goqixocuga yoi, l, varui.(御気色
　　が良い, または, 悪い)ある尊敬すべき人が, 気分の良い, あるいは,
　　悪い顔色をしている¶Qixocuuo　tçucurô.(気色をつくろふ)ある人を
　　喜ばせ, 歓心を得るように努める.

　　中居正一(1947)의 指摘과 같이 「気色」는 『竹取物語』『源氏物語』의
문헌에서도 그 용례가 확인되며 中世時代에서도 보편적으로 사용
되어지는 어휘로 판단할 수 있다[24].
　　「気色」의 읽는 법으로 「キショク」이외에 「キソク」의 용례를 확인

할 수 있다.

> 10) 人ごとに、我身にうとき事をのみぞ好める。法師は兵の道を
> 立て、夷は弓ひく術知らず、仏法知たる気色し、連歌し、管
> 絃を嗜み合へり。されど、おろかなる己が道よりは、なほ人
> に思ひ侮られぬべし。(「徒然草」第八十段)[25]

　例文 10)은 『徒然草』의「古典対照語い表」(1971)를 통해「徒然草」와「大鏡」에 각각 2例「キソク」를 확인할 수 있었다. 例文 10)의「気色」을 頭注에서는「荒武者は、弓の引き方も知らないで、仏法を知っているような顔をし。正徹本には「仏法知たるきそくし」が無い」로 기술하고 있는 것으로 판단했을 때「気色キソク」의 의미를「顔つき」로 해석할 수 있다.

　또한, 覚一本『平家物語』에서「キソク」의 용례를 7例 확인할 수 있었다.

24　中井正一(1947)「気(け、き)の日本語としての変遷(昭和二十二年二月十二日報告)」帝国学士院紀事, 19-20쪽.
　　「気色」なる言葉が初めてあらわれるのは竹取物語に於て聖ある。19쪽
　　源氏物語で「気色」(用例六四〇)「けしき」(用例三二)であるが、「気色」と「けしき」はその時の筆の都合でそう書かれるらしく意味の差は全然みとめられない。そしてその三分の二は「御気色」と敬語をつけてあつぜ、多く殿上の心理表現に用いているのである。「気色」の大部分は喜怒哀…楽の感情、表情,動態の表現として用いてある。(用例二七九) 20쪽.
　　宮島達夫編(1971)『古典対照語い表』, 笠間索引業刊.
　　「気色(きそく)」를「徒然草」「大鏡」에서 각각 2例 확인할 수 있었다.
25　西尾実(1957)『徒然草』, 日本古典文学大系, 154쪽.

11) 今朝の禅門のきそく、さる物ぐるはしき事も有らんとて、車
をとばして西八条へぞおはしたる(覚一本)

11-1) 今朝ノ入道ノ気色ハ左モ物狂キコトモヤマシマスラントテ、
急キ車ニ乗リ西八条へソヲワシケル(百二十句本)

11-2) けさの清盛の気色さる物狂はしい事もやあるらうとて、車を
飛ばせて西八条へ出でられて(天草本)

하지만 「邦訳日ポ」에서는 「気色キソク」의 표제어를 확인할 수 없
었다.

12) (主)「してぶあくはまだ見えぬか (太郎冠者)「其事でござる、
此中さん〳〵に煩まらして、お前へ罷出ぬと申て、さい〳〵わ
たくしかたへ人をおこおしてござ有が、終にようござらぬと
申てめいわくがりまらする (「ぶあく」虎明本)

12-1) (主)例の不奉公者の、ぶあくめは何としたぞ。(太郎冠者)去
ば其事で御ざる。今朝も人をおこしましたが、気色も段々に
快う御ざるに依て、此間には出勤をも致うと、申越しまして
御ざる。(「ぶあく」虎寛本)

12-2) 主「例の不奉公者の武悪め八何とした　太郎「去バ其事で御座
ル。けさもけさとて人を超まして御座ルが段々病気も快而追
付(近々)出勤(を)致ふと申超まして御座ル(「武悪」虎光本)

13) しやうぐわんきしよくがかんにんなるべきほどならばまかり
いでたいとこッそぞんじられども(「原刊本」)

13-1) しやうぐわんじのきしよくが〇つくろわるるほとならば〇し
　　　ゆつきんいたされたうぞんじまッすれとも(「第1改修本」)

14)　エソポ少しも臆した気色もなう、諸人の中を臆めず憚らず
　　　(「エソポ物語」)

例文 12-1)는 虎寛本의「気色」용례이며 例文 12)와 같이 虎明本에는 대응하는 부분을 확인할 수 없었다. 虎寛本의「気色も段々に快う御ざるに依て」를 虎光本에서는「段々病気も快而追付」로 改修하고 있고 있다. 이와 같이「気色」를「病気」로 개수하는 것은「気色」의 의미가 변화하고 있다는 것을 反証한다고 생각한다.「病気」는 虎寛本에서만 그 용례를 확인할 수 있었다.「邦訳日ポ」에서는「Biǒqi. ビャゥキ病気 やまい、わずらい.」로 기술하고 있는 것으로 보아 현대일본어와 같은 의미로 사용되고 있다고 판단된다[26].

15)　とンねぎがこのあいだきあいけで御ざッたにちッと　なおり
　　　まるしたほどに(原刊本)

15-1) 主 とうらいがこのあいだわ 御びやうきて御ざつたが〇すこ
　　　し 御こころよう御ざるにより(第1改修本)

15-2) 主 とうらいさまがこのあいだわ御びやうきて御ざつたが〇
　　　すこし 御こころよう御ざりまッするゆゑ(「重刊改修本」)

---

[26]「邦訳日ポ」에서는 아래와 같이 Biǒqi(病気) Beǒqi. ビャゥキ(病気)의 용례를 확인할 수 있었다. 53쪽
Beǒqi. ビャゥキ(病気) Biǒqi(病気)の条を見よ.

113

捷解新語 3種을 대조하여 「病気」와 유사한 의미영역을 공유하고 있는 「ヤマイ」를 고찰해 본 결과 아래와 같이 「病気」와 대응하는 용례 이외에 「ヤマイ」「ビョウシン」과 대응하는 용례를 확인할 수 있었다.

16)　そのごろわ<u>やまい</u>がよかろうことも御ざろうほどに　御めお
　　　かかりまるするまいか(原刊本)

16-1)　主　そのごろわ<u>びやうき</u>がへいゆいたしましたらば○御めに
　　　かかりまッするて御ざろう(第1改修本)

16-2)　主　そのころわ<u>びやうき</u>がへいゆいたしましたらば○御めに
　　　かかりまッするて御ざろう(「重刊改修本」)

17)　こころゑまるしたそうしまるせうただししやうぐわんじそう
　　　して<u>やまい</u>けなひとで御ざッたに(原刊本)

17-1)　客 こころゑましたそう しまッせう○ しかし しやうぐわんわ
　　　もと<u>びやうしんな</u> ひとて御ざりまッするに(第1改修本)

17-2)　客 こころゑましたそう しまッせうけれとも○しやうぐわん
　　　わもと<u>びやうしんな</u>ひとて御ざりまッするに(「重刊改修本」)

例文 13)은 捷解新語의 용례로서 「原刊本」과 「第1改修本」이 対応하고 있는 용례이다. 捷解新語「原刊本」에는 「きしょく」를 2例 확인할 수 있었다. 例文 14)는 キリシタン資料인 天草本 「エソポ物語」의 용례이며 「エソポ物語」에서는 上記의 1例만을 확인할 수 있었다.
　다음은 「気色ケシキ」의 용례에 관해 고찰해 보기로 한다.

3. 「気色ケシキ」의 용례

「気色けしき」의 분포를 「古典対照語い表」(1971)를 중심으로 정리해
보면 아래의〈표 1〉같이 정리할 수 있다[27].

〈표 1〉「気色(けしき)」의 용례수 정리

徒	方	大	更	紫	源	枕	蜻	後	土	古	伊	竹	万
18	1	45	12	22	718	53	34	0	3	0	6	5	0

다음은 「ケシキ」의 용례로 「虎明本」에서는 「ケシキ」를 4例 확인
할 수 있었다. 例文 4) 이외의 용례는 아래와 같이 「ケシキ」 대응하
지 않거나 대응하는 曲目을 확인할 수 없었다.

18) (男二)「しんずるものに福ぞ給はる《「いざさらはぎんじてみ
うと云て、ふしにて吟ずると、一声うち出す、あらきどく
や、いきやうくんじたゞ事ならぬけしきじや、いざさらはこ
ちへよらしめと云て~略~(「大黒連歌」虎明本)

19-1) (二のアド)信ずる者に福ぞ給はる、と付ませう(「大黒連歌」虎
寛本)

19-2) 次アド「信ル者ニ福ぞ給ると致ませう(「大黒連歌」虎光本)

20) 思うて取ってくらうたぞと気色を変へて叱らるれば(「エソ
ポ物語」)

---

27 宮島達夫編(1971)『古典対照語い表』, 笠間索引業刊.

例文 18)는 虎明本의 「けしき」가 지문에서 사용되는 용례로서 虎寛本, 虎光本은 대응하지 않는 용례이며 '범상치 않은 모습이다'와 같이 解釈할 수 있다.

例文 20)은 「エソポ物語」의 用例이며 「qexiqiuo cayute」로 記述되어 있다. 「エソポ物語」에서는 上記의 1例만을 確認할 수 있었으며 「顔色を変えて」로 解釈할 수 있을 것으로 判断된다.

「邦訳日ポ」에서는 「気色ケシキ」를 아래와 같이 기술하고 있다.

> Qexiqi.ケシキ(気色) 顔つき. 例, Tçuuamondomo firumu qexiqini miyetari qeru.(兵ども怯む気色に見えたりける) Taif.(太平記)巻二十三. 兵士らは恐れる様子を見せていた. ¶Qexipiga cauaru.(気色が変わる).

이와 같은 「気色ケシキ」의 용례는 대사 이외에 지문에서도 그 용례를 확인할 수 있었다.

「気色ケシキ」의 용례 고찰해본 결과 覚一本 「平家物語」 21例, 天草本 「平家物語」에는 11例 확인할 수 있었다.

21-1) 雪ははだれにふッたりけり、枯野のけしき誠に面白かりければ、わかき侍ども卅騎ばかりめし具して(覚一本)

21-2) 雪ハ葉垂レ二降タリケリ、枯野ノ気色面白カリケレハ(百二十句本)

21-3) 雪ははだれに降つたれば、枯野の気色まことに面白かつたによって、若い侍ども三十騎ばかり召し具して(天草本)

22-1) 今朝の禅門の<u>きそく</u>、さる物ぐるはしき事も有らんとて、車をとばして西八条へぞおはしたる(覚一本)

22-2) 今朝ノ入道ノ<u>気色</u>ハ左モ物狂キコトモヤマシマスラントテ、急キ車ニ乗リ西八条ヘソヲワシケル(百二十句本)

22-3) けさの清盛の<u>気色</u>さる物狂はしい事もやあるらうとて、車を飛ばせて西八条へ出でられて(天草本)

23) 三体詩ニ、綺岫宮ノ詩か一ノ末ニアルソ。玄宗ノ、五十年、太平ノ天子テイラレテ、奢ヲ極テ後ニ亡タホトニ、雲モ愁ヘナケク<u>ケシキ</u>有テト云ソ。(「湯山聯句抄」)

例文 21)은 「ケシキ」가 3種 모두 대응하는 용례이며, 현대어의 「景色」의 의미를 타나내는 용례로 판단된다. 22)는 「覚一本」의 「キソク」와 「ケシキ」가 대응하는 용례이다. 23)은 抄物의 용례로 「湯山聯句抄」에는 상기의 1예만을 확인할 수 있으며 「気色」「様子」와 같이 해석할 수 있을 것으로 판단된다.

다음은 「気味キビ」의 용례에 관해 고찰해 보기로 한다.

4. 「気味キビ」의 용례

24) (通行人一)「いや〳〵さういふても、くふてみてかはねはね<u>きび</u>がわるひ、何とせうぞ、思ひ出た、おぬしくうてみせひ(気味(「あわせ柿」虎明本)

例文 24)는 「気味キビ」의 용례로서 虎明本 4例, 虎寛本 20例, 虎光本 21例로 시대의 변화에 따라 용법이 확대되는 것을 확인할 수 있었다.

「気味キビ」를 「古典対照語い表」(1971)를 중심으로 고찰해 본 결과 「方丈記」의 1예만을 확인할 수 있었다. 즉, 「天気」「気色」와는 다른 양상을 보여준다고 판단된다.

> 25)　鳥にあらざれば、その心を知らず。閑居の気味もまたおなじ。住まずして誰かさとらむ。(「方丈記」)[28]

例文 25)를 頭注에서 「世を離れて静かに生活する味わい。」로 기술하는 것을 보아 「気味」는 「味わい」의 의미를 나타낸다고 판단된다. 「気味」를 「邦訳日ポ」에서는 다음과 같이 기술하고 있다.

> Qibi. キビ(気味) 様子, または, 体裁. ¶Qibino yoi,l,varui koto.(気味の良い, まはた, 悪いこと)立派に見えたり, 言ったりすること, または, 悪く見えたり, 言ったりすること.
> Qimi. キミ(気味) 風味, あるいは, 味わい. 文書語.

「邦訳日ポ」에서는 「キビ」「キミ」의 의미를 구분하고 있으며 이것은 「キビ」와 「キミ」가 相異한 意味領域을 가지고 있는 것으로 파악

---

28 西尾実(1957)『方丈記』古典文学大系, 43쪽.

할 수 있다.

捷解新語「原刊本」에서는 다음과 같은 用例가 보인다.

26)　さてけうわみぎのたうりおしやうぐわんも御ふんベッつあつ
　　て<u>きび</u>よきやうに 御さいかくさしられ(原刊本)

26-1) さッてこんにちわみぎのたうりおしやうぐわんも御りやう
　　(けん)なされて<u>きみ</u>よう御さばきくたされませい(第1改修本)

26-2) さッてこんにちわみぎのたうりおしやうぐわんも御りやうげ
　　んなされて<u>きみ</u>よう御さばきくだされまッせ(「重刊改修本」)

原刊本에서는「気味」의 읽는 법을「気味キビ」로 第1改修本과 重刊改修本에서는「気味キミ」로 改修하고 있는 것을 확인할 수 있었으며 原刊本의 朝鮮語訳註으로「気味 됴케」로 기술되어 있는 것으로 보아 '기분 좋게'로 해석할 수 있을 것을 판단된다.

27)　(売り手)「そなた達ほど<u>きさく</u>なかひてはなひほどに、みや
　　げをおまら⁽⁷²⁾ぜう (「虎明本」)

27-1) (売手) 先おまちやれ。そなた達は余<u>気味</u>の能買人じやに依て、
　　みやげをおまさう。(虎寛本)

27-2) 売「そなた達ハ余リ<u>気味</u>の能買人ぢやニ依而土産をおまそう
　　(虎光本)

例文 27)은 虎明本의「気さく」와 虎寛本 虎光本이「気味」로 대응

119

하는 용례이다. 「気さく」를 『時代別国語大辞典』는 「形容動詞とし
て用いられ、あっさりとしていて、気軽に人と接する性格である
意を表す」로 기술하고 있다[29].

5. 「神気かみげ」와「狂気きゃき」의 용례

28) 『〜略〜、ひがさもはやく竹がさの、ほねおれやはらたちや
     とて、<u>かみげ(神気)</u>のこどくにくるひまはるたゞすいきやう
     や、〜略〜(「虎明本」)

28-1) 『〜略〜、骨折やはらだちやとて、<u>神気</u>のごとくに狂ひ廻る
      は、〜略〜(「虎寛本」)

28-2) 同『<u>かみげ</u>のことくにくるいまわるハ　唯すいきやう顔ハ朱
      傘の　〜略〜(「虎光本」)

29) (大名)「それまではゑまつまひよ　(新座)「<u>かみげ</u>でござる　(大
     名)「<u>かみげ</u>とはなんと《はらたつる》(新座)「ゑ申まひ (「虎明
     本」)

29-1) (秀句)<u>かみ気</u>で候。(シテ)<u>かみげ</u>とは。(秀句)え申まい。(シ
      テ)しさりおろ。(「虎寛本」)

29-2) アト「<u>かみげ</u>で候 シテ「<u>かみげ</u>とハ アト「つれ／＼に申う シテ
      「何と／＼迄待るゝ物か。(「虎光本」)

---

29 室町時代語辞典編修委員会(1989) 時代別国語大辞典 (室町時代編 2) 三省堂.

例文 29)는 「神気かみげ」의 用例로 虎明本 5例, 虎寛本 4例, 虎光本 3例로 그 용례 수가 감소하는 것을 확인할 수 있었다. 例文 29)를 頭注에서 「狂気。神がかりの状態。傘に張る紙をかけた秀句。「少しかみげになりて候」(謡曲・歌占)로 기술하고 있다. 「邦訳日ポ」와 キリシタン資料등 구어문헌에서는 「神気かみげ」의 용례를 확인할 수 없었다. 다음은 「神気」와 유사한 의미영역을 공유하고 있는 「狂気きゃき」의 용례에 관해 고찰해 보기로 한다.

30) (夫)『きかまほしの御声や、あれはつまにてましますか、さりとてはかへりあひ、きゃうきをやめたび給へ』(虎明本)

30-1) (シテ、謡)聞まほしの御声や。あれは妻にてましますか。さりとては帰り、あひ狂気をやめてたび給へ。(「ほうしがはゝ」虎寛本)

30-2) シテ『きかまほしの御声や　あれハ妻にてあしますか　去とてハ帰りあひ　狂気をやめてたび給へ(「法師ヶ母」虎光本)

例文 30)을 「邦訳日ポ」에서는 「Qiǒqi.キャウキ狂気 Cucŭ qi.狂ふ気気が狂うこと。」로 기술하고 虎明本에서는 「狂気」2例, 虎寛本와 虎光本 1例만을 확인 할 수 있었으며 모두 謡曲의 용례이다.

6. 「若気ワカゲ」「上気じょうき」의 용례

31) (大名)「~略~、わかげのいたる所にや(「虎明本」)

121

31-1) (して)~略~、若気の至る所にや、(「虎寛本」)

31-2) シテ「~略~、若気の至ル処ニや、(「虎光本」)

32) 「たゝきはいたさぬ、あまりめいわくさに、じやうきいたひ
て、扇をつかふたが、それがさはつたものじやあらふと云、
(「虎明本」)

例文 31)은 「若気ワカゲ」의 용례로 「虎明本」2例, 「虎寛本」「虎光本」
에 각각 1예를 확인할 수 있었으며, 頭注에 「年が若くて考えの足ら
ない結果からか。」와 같이 설명하고 있다. 「若気ワカゲ」를 「邦訳日ポ」
에서는 아래와 같이 기술하고 있다.

Vacague. ワカゲ(若気) 若者らしい, または, 子どもらしいこと, すな
わち, 思慮分別が足りないでしたこと.

「若気(ワカゲ)」는 중세구어자료인 キリシタン資料와 朝鮮資料
인『捷解新語』에서는 그 용례를 확인할 수 없었다.
例文 32)는 「上気ジョウキ」의 용례로 「徒然草」에 다음과 같은 용례
를 확인할 수 있었다.

33) 四十以後の人、身に灸を加へて三里を焼かざれば、上気の事
あり。必灸すべし。(「徒然草」)

例文 33)을 頭注에서 「三里にも灸をしないと。「三里」とは膝関

節の外側のくぼんた所。のぼせる。」로 설명하고 있다. 또한 「邦訳日ポ」에서는 「Iŏqi. ジャウキ上気 Qiga agaru. 気が上がる 血や体液が頭にのぼること. 例, Iŏqi xita, I, suru 上気した, 또는, する」로 기술하고 있는 것으로 보아 그 의미는 「のぼる」로 해설할 수 있을 것으로 판단된다.

이 이외에 아래와 같은 용례를 확인할 수 있었다.

34) (次郎冠者)「一段よからふ、ことにたのふだ人は、<u>ゑびすぎ</u>な人じや程に、ご満足なされうが、何とはやひてよからうぞ(「虎明本」)

34-1) (次郎冠者)是は一段と能らうが、何といふてはやすぞ。(「虎寛本」)

34-2) 次郎「一段と能ふが何と言てはやすぞ(「虎光本」)

35) 此中ながのたびをいたひたれは、<u>がいき</u>をいたひて、~略~(「虎明本」)

35-1) (為朝)此間私は<u>がいけ</u>に御ざつて、(「虎寛本」)

35-2) 為「イヤ、<u>がいけ</u>~略~(「虎光本」)

36) (医者)「さやうに御ざらふ、こしのいたみ斗でなふて、<u>中風気</u>に御ざる(「虎明本」)

37) 《「さてなはなへ、とりおへ、みつをくめ、つかひに行と云、すじけ、かつけ、のどけなど云てきかぬ》(「虎明本」)

37-1) (シテ)畏ては御ざりますが、私は持病に<u>脚気</u>が御ざつて、こなたへさへやう〳〵と這もふて参りましたに依て、山一つあ

123

なたで御ざらば、馬上でなくは得参られますまい。(「虎寛本」)
37-2) シテ「畏而ハ御座れ共私ハ今朝より脚気か起まして是へさへ
漸と参りまして御座ル。(「虎光本」)

例文 34)를 頭注에서「七福神の中の夷のようにいつもにこにこ
して機嫌のよい人。」로 기술하는 것으로 보아 現代語의「機嫌の良
い人」와 같이 해석할 수 있다.「ゑびすぎ」의 用例는 상기의 1例만을
確認할 수 있었다. 또한「邦訳日ポ」에서는「夷気」의 標題語는 確認
할 수 없었다.
「咳気ガイケ」「中風気」와 같이 사용빈도가 낮은 用例도 확인할 수
있었다.「咳気ガイケ」를「邦訳日ポ」에서는 다음과 같이 기술하고 있다.

† Gaiqe. ガイケ(咳気) 気管支カタル. 下(X)の語.
Gaiqi. ガイキ(咳気) 気管支カタル. ¶Gaiqiuo suru.(咳気をする) 気管支
カタルにかかっている.

例文 37)은「脚気」의 용례로서 虎明本 1例, 虎寛本 5例, 虎光本 6
例로 用例数가 増加하고 있으며「邦訳日ポ」에는「Cacqe. カッケ脚気
足や脚部, その他四肢の, corrimentosのような病気」로 기술하고
있다.

Ⅲ. 맺는말

本 論文은 大蔵流狂言 3種을 중심으로 「気」가 語構成要素로 使用된 語彙를 중심으로 1字 漢語 「気(キ)」의 용례를 분석해 보았다. 전체적으로 「気」의 용례는 虎明本狂言 113例, 虎寛本狂言 241例, 虎光本狂言 166例로 虎明本狂言보다 虎寛本狂言의 用例가 増加하는 것을 確認할 수 있었다. 이 중 명사의 語構成要素로 분류할 수 있는 「気」의 용례는 虎明本狂言 総50例, 虎寛本狂言 96例, 虎光本狂言 71例를 확인할 수 있었다. 虎明本狂言을 중심으로 용례를 정리해보면 「天気てんき, 喉気のどけ, 気色けしき, 気味きび, 中風気, 酒気さけげ, 若気, 神気, 雪気ゆきげ, 上気じょうき, 気色きしょく, 筋気すぢけ, 狂気きょうき, 脚気かっけ, かいけ」를 확인할 수 있었다. 이 중 天気てんき의 용례가 16例로 가장 높은 분포를 보이고 있었으며 天気てんき의 용례는 중세구어자료 이전의 자료에서도 확인할 수 있었으며 현대어의 '날씨'의 의미 이외에 '안색' 등의 의미도 확인할 수 있었다. 하지만 중세구어문헌 이후의 자료에서는 일반적으로 '날씨'의 의미로 고착되는 것을 확인할 수 있었다. 이 이외에 「気色キショク」는 虎明本 4例, 虎寛本 10例, 虎光本 4例로 虎明本보다 虎寛本의 용례가 증가하는 것을 지적할 수 있다. 「気色ケシキ」의 용례는 虎明本 4例를 확인할 수 있었으며 「景色」「様子」의 해석할 수 있었다.

이와 같은 연구결과를 바탕으로 「気」가 語構成要素로 使用된 어휘의 수가 증가하는 것을 지적할 수 있을 것이다.

향후에는 江戸時代의 文献 중 口語性이 높은 문헌을 중심으로 「機嫌」과 「気嫌」 표기 문제에 관해 考察하고자 한다.

한일문화 연구의 새 지평 2

타자의 눈으로 바라본 일본

제2부
문학과 시대상

한일문화 연구의 새 지평 2

타자의 눈으로 바라본 일본

제5장

순바 개명 짓펜샤잇쿠작 고칸 『貧福交換欲得』의 서지와 창작법에 대하여

－ 잇쿠작 빈부물 기뵤시 『貧福蜻蛉返』와의 비교를 단서로 －

❀ ❀ ❀

강 지 현

Ⅰ. 들어가며

『貧福交換欲得』(힌푸쿠토리카에바야: 빈부를 바꾸고 싶구나)의 연구의의
는 다음과 같다. 첫째 하기 목록류 외에는 선행연구를 찾아 볼 수 없
다는 점, 둘째 문학사적으로 삼대 잇쿠三代目十返舍一九 습명을 표방한
작품이라고 하는 사료적 가치를 지니는 점, 셋째 내용적으로 당시
성행하였던 복수담 고칸敵討物合卷과는 상이한 기뵤시풍 고칸黃表紙風
合卷이라고도 할 수 있는 특이점을 지닌다고 하는 점에 연구의의를
찾을 수 있는 작품이다.

분량은 전20장 40페이지의 단편이며, 작가는 짓펜샤 잇쿠로 개명한 산테 슌바, 간행연도는 1845년弘化二年에 서문이 쓰였으므로 1845년을 간행연도로 가정하고 있으며, 출판사는 미정이나 文会堂山田屋佐助가 아닐까 필자는 추정하고 있다.

작품내용을 한 줄로 요약하면, 정직한 사람은 아마노쟈키를 잘 이용하여 부자가 되고, 욕심쟁이는 대흑천 덕분에 한때 부자가 되지만 지나친 욕심으로 이윽고 부를 잃는다고 하는 골계담이다. 그리고 본 작품의 줄거리를 단문으로나마 유일하게 소개하고 있는『十返舎一九ほか作品目録』(静岡市教育委員会編·発行, 1989)에서는 「『貧福蜻蛉返』의 표절」이라고 단정 짓는다. 이 지적의 당위성을 물으려면, 두 작품의 내용을 상세히 비교 분석해야 할 것이다. 여기에 본 연구의 목적이 있다.

그『貧福蜻蛉返』(힌푸쿠톤보가에리: 되돌아오는 빈부. 이하 「선행 기뵤시」또는 『蜻蛉返』라고 약칭)는 寛政十二年(1800년)刊, 初代十返舎一九作画, 전10장 20페이지의 기뵤시이다. 国会·慶應대학·早稲田대학·東京都立中央図書館(본 글의 도판인용은 都立本)외 많은 곳에 소장되어 있고, 『近代日本文学大系黄表紙集』, 『続帝国文庫黄表紙百種』등에서 일찍이부터 번각 소개되어졌고, 『黄表紙総覧』中編 및 中山尚夫『十返舎一九研究』에도 해제가 실릴 만큼 유명한 작품이다. 게으름뱅이가 착실한 아마노쟈키에게 가난을 기원하여 일확천금하는 역전의 골계담이며, 이 줄거리로부터『貧福交換欲得』는 「『貧福蜻蛉返』의 표절」이 아닐까 의심되어질 만하다. 그렇다면 10장짜리 黄表紙를 20장짜리 合巻으로 바꾸기 위하여 새롭게 정직한 사람과 대흑천을 부가하고 내용을 증보한 것에 지나지 않는 것일까?

그러나 「표절」이라고 판정하려면 세계와 등장인물의 일치는 물론이고 세세한 취향 및 문장 표현 또한 차용하는 부분이 있어야 할 것이다. 본 글에서는 이 부분을 검증함으로써 전거에 의한 부분과 창작인 부분을 구별하고 표절의 정도를 규명하고자 한다.

결론을 먼저 말하자면 선행 黃表紙 『蜻蛉返』와의 유사성으로 창작담인지 同趣向인지 구별해 보면 본 고칸은 다음 구성으로 성립됨을 알 수 있다. 작품의 페이지 순서대로 대강을 표시하면, ① 創作譚一, 発端 「하늘님과 대흑천」 → ② 同趣向으로서의 「아마노쟈키」一 → ③ 創作譚二, 「긴피라」 → ④ 同趣向으로서의 「아마노쟈키」二, 라고 하는 도식을 도출할 수 있다. 즉 본 고칸은 창작담과 선행 취향을 교차시키는 구조를 가지고 있으며, 이는 선행작을 전용하여 제 2의 창작품을 만들고자 할 때의 수법이라고 추론할 수 있다.

Ⅱ. 창작담

1. 하늘님과 아마노쟈키·대흑천의 출현

発端部에 해당하는 三ウ·四才의 내용을 요약하면 영악한 사이조와 정직한 돈타로는 가난한 이웃 처지로 하늘님에게 복덕을 하사해달라고 매일 아침 기원한다. 본문내용과 충실한 삽화가 그려져 있고 滑稽味가 없는 본 冒頭는 『蜻蛉返』에는 전혀 묘사되지 않는 이야기이다.

　이어지는 四ウ·五才에서는 기도가 하늘에 닿았는지 가벼운 궤짝과 무거운 궤짝을 가진 하늘님이 두 사람 앞에 나타나 어느 쪽을 선택할지 묻는다. 사이조는 무거운 것으로부터는 괴물이, 가벼운 것으로부터는 보물이 나오는 것은 세 살 아이라도 아는 낡은 취향이라고 호언장담한다. 「하늘님 조금도 기죽지 않고… 지금 인간이 그런 꾀임에 안 넘어간다는 것은 이 하늘님도 다 알고 있다네. 이 궤짝 두 개는 내가 무척이나 궁리해 온 것이지. 그 유명한 오사카에서 온 잇쵸사이 정도의 마술은 저리 가라야. 이번에 처음으로 하늘에서 온 텐토사이거든 이라고 말장난치니 天道樣少しもへこみ給はず…今時の人間がそんな甘口ではゆかぬといふことは、この天道が見通しじゃによって、この櫃二つは、わしがよほど工夫をして来たのじゃ。なか／＼大坂下りの一蝶斎ぐらゐな手づまではない。今度始めて天から下った天道斎ぢゃと洒落給へば」 결정을 못 내리는 두 사람. 드디어 하늘님 제안으로 가위 바위 보로 정하기로 한다. 대사는 이처럼 본문 속에 융화하고 있으며 가키이레로서 따로 놓여지거나 하지는 않는다. 그리고 해당 장면 삽화에는 두 개의 궤짝을 지니고 사이조와 돈타로 앞에 나타난 하늘님이 그려진다. 이 또한 순수한 창작 삽화이다.

　다음 페이지인 五ウ·六才이다. 가위바위보에 져서 무거운 궤짝에 당첨된 돈타로는 유명한 낡은 취향이라면 귀신이 나와서 자신은 먹히겠지, 역으로 新趣向이라면 보물이 나올지도 모르겠다라고 고민하고, 가벼운 궤짝에 당첨된 사이조는 대흑천이 그려진 종이쪼가리가 나온 것에 실망하는 한편 일말의 기대로부터 대흑천에게 기원한다고 하는 줄거리 전개가 골계스럽다. 즉 상투적인 낡은 취향의 거

꾸로가 아닐까 하고 전전긍긍하는 주인공들의 모습이 참신한 것이다. 삽화도 스토리에 충실하여 풀어헤쳐진 궤짝 앞에서 손을 마주하고 벽에 부착한 대흑천 尊像에 기원하는 사이조와, 끈으로 묶은 채 궤짝위에 걸터앉아 팔짱을 끼고 고심하는 돈타로가 그려진다.

사이조가 요술방망이에서 금화가 나오도록 기원하여 손뼉을 쳐대는 소리를 들은 돈타로는 그럼 사이조가 아니라 자신의 궤짝에 보물이 있는 거라고 생각하여 열자 나 온 도깨비에 놀라 도망치는 바람에 쓰러진다. 그 소리를 듣고 사이조가 달려오는 이야기가 六ウ·七才에 전개, 삽화에는 궤짝 안에서 나온 **아마노쟈키**(뿔 한 개. 호랑이 가죽 샅바 차림)에 놀라 고꾸라지는 돈타로를 보고 놀라는 사이조가 그려진다.

한편 선행작『蜻蛉返』冒頭(一ウ·二才)는 콩 뿌리기 행사날 밤, 폐지 장사꾼 곤파치 집에 「호랑이가죽 샅바 찬 뿔 달린角があって虎の皮の褌せし」 아마노쟈키가 쑤욱 들어오는 것으로부터 이야기가 시작된다. 가난한 사람 집에 출현한 「아마노쟈키」라고 하는 부분은 공통되는데 선행작의 아마노쟈키는 뿔 두개에 하반신 앞가리개湯文字를 두른 모습으로 그려져 있다면 본 고칸에는 뿔 한 개에 호랑이 거죽 샅바를 두른 모습〈그림 1〉로 그려진 형상이 상이하며, 그 외의 공통점은 보이지 않으므로 본 아마노쟈키 출현 장면 스토리는 창작담에 가깝다.

이어지는 七ウ·八才에 있어서 아마노쟈키는 인연이 닿아서 이 집에 온 것이니까 무서워하지 않도록 돈타로에게 말해주길 바란다고 사이조에게 부탁하는 사이에 「돈타로는 숨을 내쉬고 √야 야 사이조 님인가. 무서운 꿈을 꿨습니다. 우리 집에 도깨비가 와서 …라고 문득 집을 보니 아마노쟈키가 싱글벙글하며 담배 피우는 모습을 보고 √야 또 꿈 속이 되었네 하고 비명 지르며 소란을 피우니 …√보통 도깨비가 아니라 아마노쟈키님이라고 하시는 분으로 사리분별에 아주 밝은 달인이라네.鈍太郎は息吹き返して√やれ／＼サイ조殿か。怖い夢を みました。わしがうちへ鬼が来て…と、ふとうちを見れば、アマノ쟈키はにこ／＼と 煙草くゆらせて大あぐらの体を見て、√ヤレまた夢になったと叫き騒げば、…√只 の鬼ではなくてアマノ쟈키様と申すお方でとんだ分かった通人さ。」라고 하는 사 이조 말에 안정을 되찾고√부디 다른 집에 가 주세요どうぞ他の家へで も行っておくんなせへ라고 하는 돈타로 말에 그러면 더욱 갈 수 없다고 말한다. 삽화에는 돈타로에게 술을 따르게 하는 아마노쟈키가 그려 지는데, 일컬어진 말의 반대 행동을 하는 것이 아마노쟈키의 캐릭터 라는 성격을 보여주며 아마노쟈키 출현을 둘러싸고 전개하는 긴 해 당 장면은 『蜻蛉返』와는 전혀 분위기를 달리한다. 선행작의 곤파치 에게는 「곤파치라고 하는 게으름뱅이権八といふのらくらもの」 폐지 장 사꾼이라고 있을 뿐으로, 그다지 가난한 사람으로도 묘사되지 않으 며 「성격」이라고 할 만한 내용도 없었지만, 돈타로에게는 소심한데 다 정직한 사람이라는 성격을 부여함으로써 새로운 화제가 도출되 고 있는 것이다. 이웃인 사이조에게는 영악하고 욕심쟁이 성격을 부 여함으로써 대흑천과의 사건이 벌어지는 것과 일맥상통한다.

　다음 페이지ハウ·九オ에서는 「√그런데 형님에게는 대접을 잘 받았 습니다. 우선 당분간 이 집에서 무위도식하기로 합시다. 뭔가 나름 의 용무가 있으면 하지요. 만약 대장 반드시… さて／＼兄貴にはご馳走に なりました。まづ当分ここのうちの居候と決めやせう。何ぞ相応な用もあらば致し

やせう、もし親方必ず…」라며「빗자루를 들고 주변을 쓸고 청소籌おっ取りそこら掃き掃除」하며 동생인척 거주하는 아마노쟈키였다. 아마노쟈키는 일컬어진 것의 반대행동을 한다고 하는 본성은 그를 취급하는 작품이라면 당연히 등장하는데 본 고칸에서는「일꾼働き者」이라고 하는 새로운 성격을 부여한 것이다. 해당 장면에서는 스스로 빗질 청소를 하고 나중에는 토지나 봉공인을 찾기 위하여 땀 흘려 일한다고 하는 설정이 옴으로써 선행 기보시와 同趣向이면서도 새로운 맛을 자아내고 있는 것이다.

한편 돈타로 옆집에서는 욕심쟁이 사이조에게 벌을 내리고 싶은 **대흑천**이「복신福の神」이라고 하는 역할 상 어쩔 수 없이 궁리를 하는 이야기가 온다. (대흑천 덕분인지 술안주에서 나온)「돈을 자본으로 하여 큰 길 쪽에 집을 구하고 큰 생선가게를 시작했는데 나날이 번창金を元手として、表通りに売り据えあるを買ひ求め、手広に魚店を始めるに、日に増して繁盛」하는 사이조였다. 삽화에는 잉어 배에서 많은 금화가 나와 놀라는 사이조와, 그 장면을 바라보는 아기를 업은 기혼여성 두 명(도메소대: 留袖)과 고양이 한 마리가 덧붙여 그려져 있다. 대흑천이『蜻蛉返』에는 등장하지 않는 신이므로 대흑천 관련 스토리는 전부 본 고칸의 창작담에 해당된다.

九ウ·十才에는 사이조의 요릿집인 듯 번듯한 풍경이 그려진다. 본문에는「남녀 봉공인 10여명 눈 깜박할 사이에 길모퉁이 가게를 출점하여 금새 출세하니, 이는 하늘로부터의 하사품으로 정말 대흑천의 덕분이라고 기뻐하며 아침저녁으로 신심을 게을리 하지 않는다. 사이조도 원래 미카와 지방출신으로 가게 간판도 미키와야라고

135

부르는 그 때부터 지혜주머니를 쥐어짜내며 핫쿄루라고 하는 누각 이름을 붙여 만사를 청결하게 해서 열심히 일하니 원래부터 자본은 돌고 일체 자유롭게 출입하는 상인들도 미카와야 어르신이라면 지불을 잘 하고 물건을 많이 사용한다, 어쨌든 그냥 두고 가라 대금은 맡겨 두면 언제든 받을 수 있어. 필경 돈을 자기 집 창고에 쌓아 둔 거나 같은 거라고, 상대방 쪽에서 안심하니 부족함 없는 신분. 저울을 어깨에 대고… 男女の奉公人十人余り、瞬くうちに一つ角の店を仕出して忽ち立身なしけるは、これ天よりのたまものにて全く大黒天のおん陰と喜び、ちゃうせき(朝夕)信心怠らず、才蔵もと三河の国の生まれにて家名(いへな)も三河屋と呼びけるより、知恵袋を絞りいだして、八橋楼(はっきゃうろう)といふ楼號合(ろうがう)をまうけ、諸事きれいごとにして出精いたしけるに、もとより元手は回り一切のことに、じゆうがたり出入り諸商人も三河屋の親方ならば払ひはよし、ものは沢山遣う、何しろものにても只おいてゆけ、代はあづけて置けばいつでも取れるもの、畢竟銭金を我が蔵へしまふて置いたも同じ事ぢゃと、先から安堵してしょしてつかへのない身上、されば天秤棒を肩に当て…」등과 같은 번창한 가게 모습이 묘사된다.

여기에서는 사이조 요릿집의 번창, 다음 十一ウ・十二才에서는 돈타로의 번창하는 우산 가게라고 하는 식으로「번창하는 가게」광경은 두 번에 걸쳐 묘사된다. 그리고 선행 기보시『蜻蛉返』에서도 폐지 장사꾼 곤파치가「폐지나 폐기처분한 장부 등의 도매점을 출점하여 紙屑古帳などの問屋みせを出して」(七ウ・八才)번창하는 이야기가 있으므로 유사 취향이기는 하나, 어느 쪽도 선행 기보시와 중복되는 사건이나 표현은 없고 창작담에 가깝다.

상권 권말+ウ이다. 「…마누라감이라도 있으면 맞이하려고 생각하는데 마침 단골 알랑쇠 의사가 와…女房もあらば娶らんと思ふところへ出入りの太鼓医者きたり」서 「적당히 주선하니, 사이조는 즉시 양해하고 그 마누라를 맞이하였다. 과연 틀림없이 아름다운 용모, 정말 지옥의 심판도 돈이 좌우한다더니 맞는 말. 사이조에게는 과분한 마누라라고 세상 소문 자자했다. さぢ加減よく持ち掛けられ、才蔵は早速得心してその女房を迎へ取りけるに、なるほど話しに違ひなく美しきあだもの、げに地獄の沙汰も金次第とのたとへの通り、才蔵には過ぎた女房と世間での噂なりけらし。 대흑천 √이 대흑을 월하노인 대신이라니 황공하군. 그러나 사이조놈이 저런 좋은 마누라를 가진 것도 모두 내 노력 덕분이지. 그러니 나 대흑은 맺는 복신이기도 하지 大黒天√この大黒を月下老人(げっかろうじん)の名代とは恐れるの。しかしさいぞめがあんないいかかしゅを持ったもみんな俺が丹精ゆゑぢゃ。さすればこの大黒はむすふくの神でもあらう」라고 인연을 맺는 신과 복신을 동음이의어로 말장난하는 대흑천이 삽화에서는 구름 위에서 두 사람의 인형을 내려뜨려 실로 조종하는 모습이 그려지고, 지상에서는 사이조와 마누라가 마주보고 앉아 있다. 서명 란에는 「作者春馬改十返舍一九作」라고 있는, 본 권말에는 스토리나 표현상 선행 기보시와 중복되는 곳 없이 창작되어지고 있다.

이상의 상권 줄거리를 요약하면, 정직하지만 소심한 돈타로와 영악한 사이조는 하늘님에게 빌어서 나온 궤짝을 각각 하사 받는다. 무거운 궤짝에서 나온 아마노쟈키는 무서워하는 돈타로 집에 거주한다. 가벼운 궤짝에서 나온 대흑천을 그린 尊像을 사이조는 信心한 덕분에 부자가 된다. 본문이 三ウ~十ウ, 즉 7.5장 분량의 본 상권은

137

선행 기보시 『蜻蛉返』와 비교하면 「아마노쟈키」라고 하는 등장인물 이외에는 공통분모가 보이지 않는다. 그 아마노쟈키를 포함하여 하늘님과 대흑천, 돈타로와 사이조, 각각에게 성격을 부여하면서 그 성격에 맞추어 일어나는 사건을 상세하게 묘사함으로서 스토리의 **「起」** 에 해당하는 부분은 새로워지고 창작담으로 채워지고 있는 것이다.

2. 긴피라와 대흑천의 활약

다음은 대흑천, 미카와야三河屋 사이조, 사카타坂田의 긴피라, 암흑녀黑闇女가 메인으로 활약하는 창작담이다. 스토리 전개상 긴피라와 대흑천이 확약하는 장면은 「전転」에 해당되며, 칠복신과 가난신의 취향은 「결結」에 해당된다. 전술한 본 고칸 발단부의 「기起」 부분에서는 기보시에는 등장하지 않는 하늘님과 대흑천이 새로운 인물로서 새로운 이야기를 구축하고 있었다면, 본 「전転」에 해당되는 부분에서는 제3의 인물 「긴피라」가 돌연히 등장, 전혀 새로운 스토리가 전개된다.

「사이조는 점차 재산이 불어나면서 여러 가지 제멋대로가 늘어나…아직 대량의 술을 마신 사람을 본 적이 없는데 이거 아무쪼록 사카타의 개구진 어른 긴피라님을 초청해서 술을 드실 수 있는 만큼 드려보고 싶다고 묘한 취미를 가지시니, …사카타 저택에 사람을 보내 긴피라님을 초청하였다.…무서운 것 없다 才蔵は次第に身上立ち上るに従ひ、色々と我が儘がつのり…まだ大酒を飲んだ人を見ぬが、これは何でも坂田のわんはく旦那金平様をお招き申してご酒をあかるほど上げてみたいとおつりきな

好みをなしければ、…坂田の屋敷へ人をつかはして…金平をぞ招きける。…怖いものなし」는 긴피라이므로, 「형태를 요괴로 만들어 긴피라를 어디 한번 놀라게 해서 위안거리 삼는 건 어떻겠냐고 化け物に形を拵へて金平を一番おどして慰まんはいかがと」 근처 젊은이들에게 말을 들은 사이조가 그 아이디어를 물으니, 「우선 첫 번째는 이웃집 개구쟁이 소년에게 돈을 주고 머리 늘어뜨린 시중소녀로 변장시켜 찻잔 받침대와 찻잔을 연결하여 그것을 소년의 손에 묶고, 예 차 한잔 하고 내밀면 긴피라 그 찻잔을 받으려고 해도… 묶어놨으므로 찻잔은 떨어지지 않고, 이거참 하고 놀라는 사이에 종이로 만든 큰 머리를 넘어보기 법사로 만들어 로쿠로목 조종 처리를 해서 이것을 철사줄로 만들어 긴피라 녀석 목에 걸어 잡아당기면 어떤 호걸이라도 금방 포박당하는 법 まづ一番は隣のいたづら子蔵(꼬마)をかってきりかぶろに拵へ茶台と茶碗一つに結はへ、それを子ぞうの手に括り付けて、ヘイお茶一つと差し出せば金平その茶碗を取らんとするに…括り付けたれば、茶碗は離れず、これはと驚くそのきっかけへ張り子の大あたま、見越し入道に仕立てて、ろくろ首の仕掛けを仕込み、これを針金の細工に拵らへ金平めが首玉へ…付けて引っ張るならば、いかなる強き者でも忽ち括り付けるは必定」. 그러나 이 작전이 실패한 「사이조는 긴피라를 초청하여 쓸데없는 요괴 아이디어 짓거리로 긴피라에게 미안한지라 여러모로 젊은이들의 장난을 사과하니, 긴피라도 호인인지라 전혀 개의치 않고 …앞으로 이것을 인연으로 才蔵は金平を招き要らざる化け物思ひ付きをし損なふて、金平に面目なく色々と若い者らの戯れを詫びければ、金平も通り者(:通人)にて、少しも心に掛けず、…これからこれを御縁として」 종종 방문할 테니 이 큰 넓적 술잔으로 마시게 해달라고하자 사이조 내심 후회한다.

139

매일 공짜 술을 마셔대니 가게사정이 안 좋아지고 또다시 대흑천에게 복을 기원하는 욕심장이 사이조였다. 이상, 十四ウ·十五才의 긴피라를 메인으로 하는 본문내용으로, 따라서 말미에 대흑천이 재등장하는데 생략한다.

이렇게 해서 十三ウ·十四才에서는 술고래를 보고싶다고 사이조는 사카타노긴피라를 초청, 놀라게 하는 궁리를 하지만 전혀 치하지 않는 긴피라. 十四ウ·十五才에서는 숙면하는 긴피라에게 차 드세요 하는 소녀를 긴피라는 내동댕이치고 로쿠로 목에 몰래 감아둔 철사를 잘라서 원통돌리기 놀이를 하며 노는 긴피라였다. 사과하는 사이조에게 앞으로도 넓적 술잔으로 마시게 해달라고 해서 매일 공짜술ᄅ로 가게는 기울어진다. 그래서 또다시 대흑천에게 복을 부탁하는 사이조라고 하는 긴피라를 주축으로 하는 장면을 4쪽에 걸쳐 창작해내고 있는 것이다. 十三ウ·十四才에는 긴피라에게 내던져진 긴머리 아이가 그려지고, 十四ウ·十五才에는 중앙에는 술통과 오홉짜리가 들어가는 큰 술잔이 놓여져 있고, 다섯 개의 원통을 돌리는 곡예를 해 보이는 긴피라의 앞에 엎드려 있는 사이조가 그려진다.

그리고 다섯 장이나 뒤인 十九ウ·二十才라고 하는 결말부에 긴피라는 재등장하는 것이다. 일곱 명의 자식을 결혼시키고 가난해진 사이조 가게에 「어느 날 긴피라는 여느 때처럼 사이조네에서 잔뜩 술을 마시고 귀갓길에, 돈타로 집에 살고 있던 아마노쟈키 얼큰하게 취한 기분에 ある日金平はいつもの如く才藏かたより飲んだくれになりて帰りける道すがら、鈍太郎のうちにゐて付きの天の邪鬼ほろ酔い機嫌にて」밤길을 걷다가 「긴피라와 딱 마주쳤는데 긴피라는 전날밤 사이조네에서 젊은이들이 요괴차림으로 위협하려고 했던 것을 상기하고 , 또 다시 그들이 도깨비 흉내로 장난치는 걸 거라고 얄밉게 생각해서 그 대로 짓밟고는 가지고 있던 우산으로 호되게 매질한 후 시치미 뚝 떼고 노래 부르며 살며시 자택에 돌아갔다 (: 골계. 이야기 줄거리도 합리적). 그런데 뒤에 남은 아마노쟈키 일어서지 못하고 헉헉대며 괴로워하다가 간신히 돈타로집에 굴러들어가, 어떤 놈의 짓인지 다리 허리가 부러질 정도로 때려서 이 상태로는 하늘에 돌아갈 수도 없고 이젠 쇼로누케(しょろぬけ: 유녀에게 혼이 빠짐의 뜻인지 의미 불명확)한 것처럼 되었기에 아무런 쓸모도 없고, 이 몸은 슬프다 슬퍼하고 엉엉 우는 것은 우습기도 하고 가엽기도 했다. 그런데 '도깨비 눈에 눈물'이라는 속담은 이때부터 시작되었다 ばったりと金平に突き当たりしが、金平は先夜才蔵かたにて若い者どもが化け物に出で立ちて脅さんとしたるを思ひいだし、またもや彼らが鬼の真似してのてんがう(=悪戯)ならんと、小面憎く思ひ、そのまま踏み倒して、持ちたる大黒傘にてしたたかに打ち、何食はぬ顔にて歌ひ歌ふてしづ／＼と屋敷へ立ち帰りしが、後には天の邪鬼足腰立たず、ひい／＼と言って苦しがり、やう／＼鈍太郎かたへ転げ込み何者の仕業にか足腰もくぢけるばかり打たれ、これにては天へ帰ることもならず、最早しょろぬけ(: 女郎抜けか))のしたるやうになりたれば、何の役にも立たず、わしゃ悲しい／＼とおい／＼と泣きけるは、可笑しくもまた気の毒なり。さて鬼の目に涙とはこの時よりぞ始まりける」라고 예전의 젊은이들이 변장한 것이라고 착각한 긴피라에게 매질당하여 하반신을 못쓰게 된 아마노쟈키라고 하는 긴피라는 재등장, 아마노쟈키와 돈타로가 이별하게 되는 계기를 만드는 것이다. 이에 해당하는 十九ウ・二十オ의 전반부 이야기, 즉 긴피라에게 우산으로 맞아서 쓰러

져 있는 아마노쟈키에 상당하는 삽화는 앞 페이지인 十八ウ·十九
才에 먼저 그려진다.

한편, 사이조의 기도로 인해 十四ウ·十五才 본문 말미에 재등장
하는 **대흑천**은 또다시 자신에게 의존해 오는 것이 미워서 사이조의
꿈에 나타나, 「보물을 원한다면 도깨비 섬으로宝が欲しくば、鬼ヶ島へ」
라고 알려준다. 「도깨비 섬에 가서 소원을 깨닫거라 라고 말한 것은
친구 돈타로 집에 언제부턴가 도깨비가 무위걸식하며 살고 있으므
로 즉 돈타로네 집을 도깨비 섬에 비유하고 그 도깨비에게 보물을
달라고 하라고 하는 것을 대흑천이 수수께끼로 낸 것이 분명하다
鬼ヶ島へゆきて願はん事を悟れといふたは、友達の鈍太郎がうちへいつぞやより、
鬼が居候にゐてつくゆゑ、則ち鈍太郎がうちを鬼ヶ島に例へ、あの鬼へ宝物を願
へ、といふことを大黒天が謎を掛けたに違ひはない」고 「아마노쟈키를 만나 아
무쪼록 하사해주십시오 하고 天の邪鬼にあふて、何卒宝を授けたまはれと」
부탁하니, 「그 날부터 계속 가게도 한가해지고 보물은 둘째치고 나
쁜일만 거듭되므로 その日より打ち續きて店も暇になり、宝はさておき、悪いこ
とばかり重なりければ」 화내는 사이조에게 아마노쟈키는 「보물을 하사
하라는 말을 들으면 하사하지 않지. 무슨 바보도 아니고 라고 하자
사이조 기가 막혀 …대흑천에게 부족함을 말하니 …어디 보자 이렇
게 된 이상 자식 보배를 잔뜩 안겨주지 라고 말씀하시자 사이조 크
게 기뻐하며 …자식이 매년 태어나 도합(이상 十五ウ·十六才)일곱 명의
아이들…지출이 늘고…차례차례 성장하여 양자로 보내는데도 지참
금을 붙이고, 시집보내는 데도 땅을 덧붙여… 「宝物を授けろといっちゃア
授けねへ。なに馬鹿ぢゃあるめへしと言はれて、才蔵呆れ果て…大黒天に不足を言

へば、…どれこの上はしこたま子宝を授けませうと宣へば、才蔵大喜び、…子供とし／＼産まれてつがふ(以上、十五ウ・十六才)七人の子供、…物入り多く、…おひ／＼に生長して養子にやるにも持参を付け、嫁貸すにも地面を添へ、…」하녀랑 유모까지 딸려보내고「친척들이란 친척 모두와 어엿하게 교제해야 하므로 해마다 지출이 많아 親類緣者緣引き皆歷々の付き合ひなれば、とし／＼のいりに多く」더욱 돈이 줄어들어 매일 대흑천만 의지한다(이상十六ウ・十七才).

이와 같이 욕심장이 사이조의 꿈에 출현한 대흑천의「鬼깨비 섬에 가서 소원을 깨닫거라 鬼ヶ島へゆきて願はん事を悟れ」라는 말의 뜻을 돈타로네의 도깨비에게 부탁하라는 말로 해석한 사이조가 보물을 부탁하자 나쁜 일만 일어난다. 대흑천에게 불평을 하니 자식 보배를 선사하겠다고 하여 마누라도 첩도 회임, 태어난 일곱 명의 이기적인 자식들을 양자나 시집보내는데 사용한 지참금등으로 재력이 줄어든 사이조는 더욱 대흑천만 만지작거리며 산다. 대흑천에 의해 야기되는 사건을 묘사한 4쪽 분량의 해당 장면은 선행 기보시에서는 욕심쟁이도 등장하지 않을뿐더러 하물며 가난해지는 이야기도 전개되지 않으므로 창작담인 셈이다.

대흑천을 중심으로 전개되는 스토리 4쪽 분량이 삽화에서는 十五ウ・十六才의 그림 한 장에 축약 묘사된다. 구름위에서 대흑천이 보물(여의보주, 산호 등)을 던지는 것을 지상에서 받아내는 아이들과 대흑천 옆에서 난처한 얼굴로 지상을 내려다보는 아마노쟈키, 그리고 아이들 옆에는 사이조 부부가 있는데 마누라 가슴에는 아직 젖먹이 아이가 젖을 물고 있는 것이다. 아이는 총 다섯 명이 그려지는 등, 사이조가의 상황을 그대로 묘사하고 있는 듯하다.

143

Ⅲ. 同趣向으로서의 아마노쟈키의 활약

전반부에 해당되는 상권에서 출몰한 아마노쟈키이지만 본격적인 활약은 중·후반부인 하권에 묘사된다. 따라서 선행 기묘시 『蜻蛉返』와 유사한 이야기가 전개될 가능성도 높아진다. 同趣向으로서 먼저 세가지를 추출할 수 있다. ① 돈이 줄어들도록 아마노쟈키에게 부탁한다, ② 돈은 필요없다고 아마노쟈키에게 부탁하여 번창하는 가게, ③ 칠칠치못한 봉공인과 각시를 아마노쟈키에게 부탁하자 반대되는 사람이 온다고 하는 취향이다. 스토리 전개상 기승전결에 대입하자면 「承」에 상응하는 부분이다. 그리고 나서 「結」에 상응하는 부분에는 ④ 자식은 바라지 않는다고 하여 태어난 건강하고 영리한 아이들, ⑤ 아마노쟈키에게 집에 남아줄 것을 부탁하지만 떠나간다, 고 하는 두 가지 취향이 이어진다. 표절인지 아닌지 규명하는데 이 글의 목적이 있으므로 원문을 인용하면서 논해야 하지만, 지면 관계상 발췌하는 형식을 취하고자 한다.

1. 돈이 줄어들도록 부탁하다

한잔 마시고 용기가 난 돈타로는 「√저기 아마노쟈키님, 저는 무슨 인과인지 세상 사람들과는 달리 여러 가지 싫어하는 것들이 많아서 난처합니다. 제일 먼저 돈이 싫은지라 집안형편이 나아지는 것이 싫사옵니다. 부디 평생 가난하여 부자유스럽게 살고 싶습니다. 당신께서는 아무쪼록 그대로 지켜주시옵소서 라고 하니, 아마노쟈키 든

고 √무슨 어디 그렇게 소원대로 될 소냐. 싫다고 하니 맘껏 돈을 하 사하여 집안 형편을 좋게 하지 않으면 안되겠군. 어디 두고 보자. 돈 이 늘어나 곤란하게 해주지. 무슨 바보도 아니고 라고 하니, 돈타로 해냈다고 기뻐하며 그 날은 자신의 생업인 낡은 우산살을 사려고 나 간 뒤에, 아마노쟈키 혼잣말로 글쎄 주인놈이 돈이 싫다고 지껄여댔 으니 우선 옥황상제에게 오 육십냥 정도 임시변통하여 집주인놈에 게 돈을 갖다대서…해줘야지. 그리하여 집주인이 곤란해 하는 얼굴 을   즐기자고 √モシ天の邪鬼様、わたくしはどういふ因果か世の中の人と違ひま して、色々嫌ひなものが多くて甚だ困りいります。まづ第一番に<u>銭金がきらひで身上 のよくなることが嫌でございます。どうぞ一生貧乏で不自由して暮らしたいとおもひます</u>、あ なた何分その通りにお守りなされて下さりませといへば、天の邪鬼ききて√どうし て／＼さう上手くゆくものか。嫌ひだといへば、おも入れ銭金を授けて身上を良く させねばならぬ。今に見ろ、金が増えて困るやうにしてうやるぞ、何馬鹿ぢゃアあ るめへしといひければ、鈍太郎してやったりと喜び、その日はおのが生業の唐傘の 古骨かはうにいでける後にて、天の邪鬼独り言に何でもあるじめが銭金が嫌ひたと いひおったから、一トまづとてんして天帝より五六十両ばかりとき借り[1]をして、宿 六めに金を押しつけて…やらねばならぬ。さうして宿六が困る顔を見て楽しみませ う」.(<u>가마솥을 열고 금화를 본 돈타로</u>)√샛노란 색이어서 고구마밥 인가 했는데 내가 싫어하는 돈 밥이네(이상十一才) あまり黄色だから、薩摩 芋飯かと思ったら、俺が嫌ひの金の飯だ」. 삽화 〈그림 1〉에는 아마노쟈키의 지시로 <u>가마솥을 열었더니 금화가 넘쳐서 놀라는 돈타로</u>가 그려진

---

1 ときがり【時借】：一時的に金を借りること。当座の借金。当座借り。日本国語大辞典

다. 해당 삽화에 상응하는 본문내용은 늦어져서 다음 쪽에 적혀진다. 말기 고칸에서는 문장이 장황해져 삽화보다 이처럼 본문내용이 뒤늦는 경향이 있다.

한편 기뵤시 『蜻蛉返』二ウ·三才에는 아마노쟈키 앞에 손을 짚은 곤파치가 가난을 좋아하므로 돈이 줄어들도록 부탁하는 장면이 전개된다. 이어지는 『蜻蛉返』三ウ·四才에서는 땡전 한 푼 없으면서 곤파치는 「아무쪼록 장사로 손해를 봐서 가난해지도록 지켜주십시오何卒商売に損をして貧乏になるやうに守って下され」라고 아마노쟈키에게 부탁하는 것이다. 그 부탁의 결과로서 『蜻蛉返』三ウ·四才의 삽화 〈그림 2〉에는 폐지바구니 안에서 금화 꾸러미를 발견하고 기뻐하는 곤파치가 그려진다. 전술한 고칸 인용문의 밑줄친 부분처럼 돈을 싫어하므로 평생 간난하게 살고 싶다며 아마노쟈키에게 부탁한 결과 삽화처럼 본 고칸에서는 가마솥에서 금화가 흘러넘치는 것을 본 돈타로가 환호하며, 기뵤시에서는 폐지바구니에서 금화가 흘러넘치는 것을 본 곤파치가 환호하고 있다고 하는 본문 내용 및 삽화 구도의 상호 유사성이 엿보인다.

이로써 이전 작품의 영향을 받았는지 단정할 수는 없다. 왜냐하면 아마노쟈키는 일컬어진 것의 역행동을 하는 성질을 지니고 있으며, 이를 이용한다는 발상은 희작에는 상식이며, 특별한 취향이 아니기 때문이다. 슬리 전개방식이나 표현상 유사한 부분으로 방증할 필요가 있다.

〈그림 1〉 고칸   〈그림 2〉 기뵤시

2. 봉공인과 새색시를 희망하다

아마노쟈키에게 돈을 싫어한다고 하니 더욱 늘려야 하겠다는 말을 들은 「돈타로 마음속으로 웃음을 담고 그 돈을 귀찮은 듯 치우고, 이래선 가난해지지 않으니까 손해보도록 커다란 셋타신발 가게라도 내고 鈍太郎心に笑みを含み、その金を迷惑さうにしまひ、これじゃ貧乏にはなられぬから「損をするやうに大きなせきだ店でも出し」싶다고 한다. 아마노쟈키는 「손해를 보고 싶다니 절대 손해 안 보게 해야지をしたいといっちゃア損はさせへね」라고 또 진력을 다하여 길목 좋은 곳에 「붙박이 가구와 함께 내 논 가게 냄새를 맡고 즉시 이 가게를 사들여 셋타신발가게를 열게 한다. ⋯나날이 번창하여 좀처럼 혼자만으로는 만사를 꾸려

나갈 수 없는지라 또 궁리하여 아마노쟈키를 움직이게 하고자…<u>방탕하고 게으르고 장사에 둔한 봉공인이 두 세 명 필요하옵니다.</u> 급여는 얼마든지 원하는 만큼 드리지요 라고 하니, 아마노쟈키 오 잘 알았네 하고는 어느 날 <u>나이가 오십쯤 되는 남자</u>와 열 두 세 살되는 아이를 데리고 왔다… 이 분은 모 셋타 (가게에 있던 사람으로), 이 아이는 아드님으로 매우 얌전한 천성에 정직한 데가 있으므로 …부자가 봉공을 해도 좋다며, 써주시기만 하면 <u>급여는 한 푼도 필요 없다고 하는군</u>売り据えあるをかぎ出して、早速この店を買ひ取りせった店をぞ開かせける。…日に増して賑わしく中々手一つにては万事行き届かねは、また工夫して天の邪鬼を働かせんとて、…<u>道楽者怠け者の商売に疎い奉公人が二三人欲しうございます。給金は</u>いくらでも望み次第出しませうといへば、天の邪鬼おっと承知／＼と言って、ある日<u>年の頃五十ばかりなる男</u>と十二三才の子供を連れてきたり…「このお人はさるせきだ…この子はご子息で至って大人しい生まれ付きのはかぬところがあらば、…奉公親子にてしてもよしとのこと、置いてさへくださらば、<u>給金は一文も要らぬといふ</u>」이라고 아마노쟈키에게 소개받고 고용한다. 또 아마노쟈키에게 소개받은 새색시는 「…부모에게 효도하고 아침잠은 싫고 철야는 좋고 만사에 철저한 마누라, 게다가 부모가 애지중지하는 자식이라서 시집보내도 체면이 서도록 <u>지참금</u> 이백냥을 가지고 와도 그것을 전혀 잘난 척 하지 않고 돈타로를 받들며 집안사람들 색시를 걸고 소중하게 지키므로 <u>아마노쟈키는 그저 싱글벙글, 이 마누라에게는 집주인놈이 또 난처하겠지 하고 킥킥 웃는 것도 우스운데, 돈타로도 내심 잘됐다하고 기뻐하는 것도 한층 우습다</u>」(이상十二ウ·十三才)(…親に孝心深く、朝寝嫌ひの夜なべ好き万事抜け目のない女房、そのうへ親の秘蔵子にて、嫁に行っても肩身の狭くないやう

に、持参金二百両は持ってきたれごと、それを少しも鼻に掛けず鈍太郎を大切に家内の者嫁をかけて身上大事と守りければ、天の邪鬼は只にこ／＼、この女房では宿六めがまた困るであらうとくつ／＼笑ふも可笑しきに、鈍太郎も腹の内に、してやったりと喜ぶもこれまた猶をかし」)라고 하는 장면은, 파도선 그은 부분과 대응되는 장면이 선행 기뵤시에서는 봉공인을 희망하는 장면과 새색시를 희망하는 장면 두 군데에서 전개된다.

먼저『蜻蛉返』四ウ・五才에서는 돈을 낭비하고 친정이 가난한 마누라를 원하자 거래처 어르신으로부터 지참금 오백 냥을 낼 테니 자신의 첩을 마누라로 삼아달라고 하는 이야기가 들어온다.「셈이 빠른 마누라를 갖게 했으니 틀림없이 곤파치가 곤란해 할 거라고 아마노쟈키 내심 우스워한다利勘な女房を持たせたから、さぞ又権八が困るだろふと、天の邪鬼心におかしがる」고 하는 표현은 위 고칸의 밑줄 친 부분과 대응한다. 이어서『蜻蛉返』六ウ・七才에서는 큰 가게를 낼테니까「게으름뱅이에 돈을 물 쓰듯 할 수석 점원怠け者で金をよく使ってくれさうな手代」과「칠칠치 못한しまりのない不埒者」지배인을 원하자, 시중들기 좋아하는데 자기의 부하들이 시중들지 못하게 한다고 불평하는 은거님이 지배인으로 오고「수석점원도 좋은 집안의 도련님으로 수행을 위해 봉공 시키고 싶으므로 써 주시오. 철따라 해 입히는 옷과 급여도 이쪽에서 보내지요 라는 부탁으로 그러면서도 모두 성실한 자들을 한 푼도 들이지 않고 고용한다手代もよい所の息子株で修業のため奉公させたいから、使って下せえ。仕着せも給金もこっちからつかはします、との頼みにて、そのくせ皆実体なてあひを、一文いらずに抱へる」라고, 시중들기 좋아하는 은거님을 지배인으로 하고 급여는 자신이 내고 싶다고 하는 도

149

련님을 수석점원으로 맞이하는 에피소드에, 삽화는 안채에서 은거
님 지배인이 지켜보는 가운데 가게를 방문한 무사를 응대하는 도련
님 수석 점원과, 무사의 종복인 주겐中間에게 차를 내오는 수습사환
아이가 그려진다.

이상의 색시나 봉공인등의 소재 및 스토리 전개는 선행 기뵤시와
본 고칸의 가장 유사한 장면으로 발상뿐만 아니라 표현법도 밑줄 친
부분처럼 중복됨으로써 표절 가능성이 가장 높다고 생각된다. 특이
점으로서는 본 고칸에서는 아마노쟈키가 직접 활동하는 부분이다.
이전 장면 十一ウ・十二才에서는 금화를 돈타로에게 하사하기 위하
여 하늘에 올라가 옥황상제天帝로부터 직접 꿔온 돈을 스스로 가마
솥 안에 넣어둔다. 해당 장면에서는 스스로 땀 흘려 적당한 가게를
찾아내고는 매입하여 돈타로에게 부여한다. 또한 중개인처럼 봉공
인을 스스로 데리고 와서는 그들의 태생을 직접 설명하는 등, 인간
처럼 땀흘려 성실하게 일하는 점이 골계스럽다. 아마노쟈키에게 성
실성이라는 성격을 부여함으로써 그저 원전을 책상 옆에 두고 보면
서 베낀 것은 아닌 작품으로서 완성되고 있다.

이렇게 하여 기승전결에 대입하면 「승承」 부분에 해당되는 十一才
/十一ウ・十二才/十二ウ・十三才라고 하는 2.5장 5쪽 분량은 선행
기뵤시와 유사한 취향으로 성립되고 있었다. 각각 『蜻蛉返』二ウ・三
才/三ウ・四才돈, 六ウ・七才/七ウ・八才가게, 四ウ・五才새색시/六ウ・
七才봉공인이라고 하는 식으로, 이야기가 펼쳐지는 순서는 다르지만
전 10장 20쪽짜리 기뵤시로부터 고칸은 6장 12쪽을 도입하고 있는
것으로 보아 무관하다고 할 수는 없을 것이다.

3. 자식을 바라다

스토리의 「승承」 부분에 있어서 「돈이 줄도록 아마노쟈키에게 부탁하다」, 「돈은 필요 없다고 아마노쟈키에게 부탁해서 번창하는 가게」, 「칠칠치못한 봉공인과 새색시를 아마노쟈키에게 부탁해서 반대되는 사람이 온다」고하는 선행 기뵤시와 비슷한 세 가지 취향이 사용되고 있었다. 그리고 이전 장에서 거론한 대흑천과 사이조에 관한 창작담을 중간에 두고 후반부에서는 「④ 아마노쟈에게 자식을 바란다」고 하는 선행작과 비슷한 네 번째 취향이 놓인다.

「…저는 무슨 영문인지 아이라는 게 아주 싫사옵니다. 그것도 한 명쯤이면 몰라도 남자아이가 둘 여자아이가 하나, 도합 세 명, 남자는 몰라도 <u>여자아이는 용모가 빼어나고, 천연두도 가볍게 겪고 영리하고 효자로</u> 뭐 하나 마무랄데 없는 아이는 이젠 정말 딱 싫사옵니다 라고 하니…, 드디어 자식을 소원대로 세명까지 점지(한다.) 돈타로는 내심 기뻐서 또다시 아마노쟈키를 향하여 √점점 당신 덕분에 <u>싫다고 하는 돈은 늘어나고, 마누라 자식까지 싫은 것이 생겨</u>, 정말 귀찮사옵니다. 당신도 우리 집에서 밥 먹고 술 먹으며 일 년 내내 놀고만 계시는 괜찮은 손님 처지…내가 싫다고 하는 것을 기어코 하신다고 하는 것은 글쎄 은혜를 원수로 갚는 것. 이제 더 이상 결코 금전…이어서는 꿈에도 싫사옵니다 라고 하니 아마노쟈키 무척 불쌍해하며 √이거 참 송구합니다. 이후 반드시 삼가하겠습니다 라고 하니 돈타로 간 떨어지게 놀라, 그것을 삼가다니 될 법이냐 마음속으로 생각하고, √글쎄 아까 말씀드린 건 그저…농담. 당신을 원망할

리가 있겠습니까. 절대로 불평은 하지 않겠습니다. 그러나 금전은
싫사옵니다 라고 하니, 아마노쟈키✓오 좋다 좋아 싫다고 하니 하사
하지 않으면 안되겠군. 뭐 바보도 아니고 라고 하자(돈타로 일단 안
도하였다)」,(…わたくしはどうしたことやら子供といふものは、一向嫌ひでござります。それも一人ぐらゐはともかくも、男の子が二人女の子が一人つがふ三人、男はともあれ、<u>女の子は器量のよい、**痼瘡**も軽くして利口者で親に孝行で何一つ言ひ分のないと</u>、子供はもう／＼、きつい嫌ひでござりますといへば…、やがて子供を望みの通り三人まで授け(る) 鈍太郎は心の内に嬉しく、また／＼天の邪鬼に向かひ✓だん／＼あなたのお陰で<u>嫌ひだと申す金銀は増え、女房子供まで嫌ひなものが出来</u>、迷惑至極でござります。あなたもわしがうちに、飯食って酒飲んで、年中遊んでばかりござる、結構な客分の身…わしが嫌ひだといふことを意地に掛かってなされると申すは、さて／＼恩を仇で返すと申すもの、モウこの上は決して／＼金銭…ではおくびにも嫌でござりますと、不足らくいへば、天の邪鬼いっそ気の毒がり✓これは恐れ入りました。以後きっと慎みませうといへば、鈍太郎肝を潰し、それを慎まれてたまるものかと、腹の内に思ひ、✓さてたか申したいほんの…冗談どうして／＼あなたを恨んでよいものでござりますか。決して愚痴は申しませぬ。しかし金銭は嫌ひでござりますといへば、天の邪鬼✓おっとよし／＼嫌ひだといへば、授けねばならぬ。何馬鹿ぢゃアあるめへしといひけるに)(이상 十七ウ・十八オ. 해당 페이지의 삽화는 다음 장에 전개되는 장면을 먼저 그리고 있는데, 흰 쥐를 탄 대흑천이 사이조네 집의 가미다나 족자에서 빠져나와 하늘을 난다. 앞에 나타난 암흑녀에게 놀라는 사이조).

이와 같이, 자식이 싫다고 하는 것을 들은 아마노쟈키로부터 세명을
점지 받은 돈타로원망을 늘어놓자 뜻밖에 차후에는 삼가겠습니다
라는 말을 듣고, 당황한 돈타로는 농담이었다고 얼버무리고 금전이
싫다는 말을 꺼낸다고 하는 이야기이다.

이와 비슷한 기묘시『蜻蛉返』五ウ에서는 병약한 아이를 원한 곤 파치가,『蜻蛉返』六才에서는 건강한 아이가 태어나자 기뻐하며「이 아이가 무척 부상당하도록 아마노쟈키에게 부탁하는 게 좋겠군この坊主が随分怪我過ちをするよふにと天の邪鬼へお頼み申たがいい」이라고 마누라에게 말하는 것이다. 본 고칸에서는 파도선을 그은 바와 같이, 아마노쟈키에게 바라는 자식에 대한 반대되는 희망이 매우 전형적인데, 기묘시는 단지「병」에 대해서만 집중적으로 희망하고 있었다. 본 고칸에서는 건강뿐만 아니라 용모, 품성, 재능, 인원과 성별까지 구애받는 것에 특이점이 있다.

이어지는 十九ウ・二十才후반의 경우「⑤ 집에 남아 줄 것을 부탁한다」고 하는 측면에서 선행 기묘시와 유사한 다섯 번째 취향이 전개된다. 이에 대해 이 글에서는 생략하나 기승전결에 대입하면「結」부분에 해당되는 十七ウ・十八才／十九ウ・二十才후반부는 선행 기묘시『蜻蛉返』五ウ／六才아이, 八ウ・九才／九ウ・十才이별과의 영향관계가 추정된다. 그렇다면 전 10장 20쪽짜리 기묘시로부터 고칸은 전술한 6장을 포함하면, 二ウ・三才부터 九ウ・十才까지 순서를 뒤바꾸면서 전부 도입한 셈이 된다. 단, 본 고칸의 경우 펼쳤을 때 양쪽페이지에 두 개의 다른 화제가 오는 경우가 많으므로 단순히 쪽수 분량으로 비교하는 것은 주의할 필요가 있다. 그러나 기묘시『蜻蛉返』에 전개되는 주요 모티브를 전부 전용한 것은 사실이며, 오늘날 관점에서는 이른바 '표절'이라고 비판받을 여지가 충분히 있는 것이다.

Ⅳ. 나가며

슌바가 개명한 삼대잇펜샤 잇쿠작 고칸작품『貧福交換欲得』가 모방한 원전이라고 하는 초대잇쿠작 빈부물 기보시『貧福蜻蛉返』와 비교해 보았다. 선행연구에서 일컬어진 것처럼 표절인지 아닌지 규명하는 것에 이 글의 목적이 있었는데,「표절」운운하는 것은 용이한듯하면서도 난이하다. 따라서 줄거리와 등장인물에 있어서 차용한 부분이 있는지, 문장표현(말투, 문체) 면에서 영향을 받은 면이 있는지를 검증함으로써 전거에 의한 부분과 창작에 의한 부분을 구분하고자하였다.

그 결과 선행작에 전개되는 주요 모티브 다섯 가지를 전부 전용하고 있으므로 오늘날의 관점에서 이른바 '표절'이라고 비판받을 여지가 충분히 있는 반면, 20쪽에 불과한 선행작을 40쪽으로 늘리는데 있어서 도입된 많은 새로운 취향에 의해, 단순한 증보작이나 개작이아니라 마치 다른 작품인 것 같은 인상을 독자에게 주는 점에 대해서 논했다.

구체적으로는 선행작에도 등장하는 아마노쟈키가 활약하는 장면에 유사 취향이 집중되면서 모방 수법이 두드러졌다. 한편 긴피라·대흑천·칠복신과 가난신이라고 하는 새로운 인물을 등장시켜 상이한 스토리를 구축하거나, 동일한 등장인물이어도 선행작에는 없던 '성격'을 부여하거나, 전후사정을 상세히 설명함으로써 황당무계한 사건에도 현실성을 부여하는 등, 모방이라고 쉽게 결론짓기에는 주저되는 별개의 작품으로서 감상할 수 있는 여지를 지니는 희작이었기도 하였다. 원래 작자 슌바가 아마노쟈키와 대흑천, 정직한 사람과 욕심쟁이, 복신과 가난신이라고 하는 이중구조를 작품의 뼈대로 세웠을 때, 선행작과의 동일한 취향과 창작담을 마치 안과 밖처럼 상호 교차시키면서 스토리를 구축하고자 하는 창작 수법이 수반되었으리라고 추론된다.

한편 초대 잇쿠작 빈부물 기뵤시『貧福蜻蛉返』를 표절했다고 일컬어지는 고칸『貧福交換欲得』에 대해, 스토리의 기승전결 관점에서 다음과 같이 작품구조를 세분할 수 있다.

1. 起 : 창작담一, 발단 「하늘님과 대흑천·아마노쟈키의 출현」
2. 유사 취향으로서의 「아마노쟈키」의 활약
  承 : ① 돈이 줄어들도록 부탁하다 ② 번창하는 가게 ③ 봉공인과 새색시를 바라다
  結 : ④ 자식을 바라다 ⑤ 남아줄 것을 부탁하다
3. 転 : 창작담二, 「긴피라」「대흑천」의 활약
4. 結 : 창작담三, 「칠복신과 가난신」의 취향

이 구성분석표로부터 선행 기뵤시에도 등장하는 「아마노쟈키」가 활약하는 장면에 유사 취향이 집중하는 것을 알 수 있다. 따라서 등장인물이라고 하는 측면에서 본 고칸을 살펴 볼 필요가 있는데 일반적으로 주인공은 모두그림(口絵)에 그려진다. 그리고 본 고칸에는 두 장의 모두그림이 본문 이전에 놓여진다.

첫 번째 모두그림(一ウ·二才)에는 중앙에 책상다리를 하고 앉아 있

는 「낡은 우산살 장수傘古骨買 돈타로」가 접어서 갖고 있는 우산으로 부터 가느다란 연기가 나와 왼쪽 위로 피어오르고 있다. 오른쪽에는 칼 두 자루를 차고 술 주전자를 칼에 매달고 생선 술안주를 든 「아마노쟈키」(뿔 한 개)가 게타를 신고 서 있다. 왼쪽에는 궤짝 안에서 나온 「공덕천功德天」이라고 하는 선녀가 중국풍 복장으로 그려진다. 두 번째 모두그림(二ウ·三才)은 직전 페이지에서 피어오른 연기가 이어지고, 그 연기에서 나타난 「대흑천」이 왼쪽위에서 복 자루를 둘러메고 지상을 내려다보고 있다. 지상에는 대흑천을 올려다보는 「미카와야 사이조」와 「사카타노 긴피라」. 앉아있는 그들 사이에는 다복녀에 가까운 「암흑녀黑闇女」가 중국식 복장을 하고 서 있다. 이른바 아마노쟈키를 그려 넣은 첫 번째 모두그림은 대체적으로 선행 기보시와의 유사성을 엿볼 수 있는 인물들이고, 대흑천을 그려 넣은 두 번째 모두그림은 본 고칸에서 새롭게 등장한 인물들이라고 할 수 있다. 즉 두 장의 모두그림은 각각 닮은 듯 다른 상황을 묘사하고 있으며, 본 고칸은 이와 같이 처음부터 이중구조로 스토리를 구축할 의도였음을 알게 한다.

참고로 에도희작에는 〈~물〉이라고 할 수 있는 그룹이 다수 존재하는 가운데 필자는 본 고칸 외에도 골계본이나 요미혼을 포함하는 〈빈부물〉 그룹을 상정하고 있다. 이와 같은 〈~물〉은 선행작에도 등장하는 유사취향이 사용되는 경우가 많다. 세계가 같은 그룹이면 당연히 일어나는 현상이나, 선행연구자에 의해 표절이라고 비판받아온 초대 잇쿠 작품도 '세계는 빌리고 취향은 새롭게 한다'고 하는 에도희작의 기본 창작법을 구사한 것에 불과하다. 그 결과 잇쿠 작품

군에서 필자는 〈천둥신물〉〈혼인물〉〈야채물〉〈군기물〉이라고 하는 계
보를 작성하여 선행작과 비교분석함으로써, 세계에서 찾아보기 어
려운 풍부한 에도희작의 장치를 추출하고자 시도해왔으며, 이 글 또
한 그러한 작업의 일환으로서 〈빈부물〉에 들어가는 기뵤시와 고칸을
거론한 바이다.

한일문화 연구의 새 지평 2

타자의 눈으로 바라본 일본

제6장

원작과 영화의 서사구조 비교

— 아키나리의 『雨月物語』와 미조구치의 《雨月物語》를 중심으로 —

❀ ❀ ❀

김 경 희

Ⅰ. 들어가며

『우게쓰 이야기雨月物語』(1776)[1]는 우에다 아키나리(上田秋成: 1734~
1809)에 의해 쓰인 일본 전통소설 장르 중 하나인 요미혼読本의 대표
작이다. 에도 시대 유행하던 중국 백화소설의 번안물 형식을 띠고
당시 괴담으로 간행되어 호평을 받았다.[2] 동 시대의 요미혼 작가[3]뿐

---

1 9편의 괴담으로 구성되어 있다. 제1권 「白峯」「菊花の約」, 제2권 「浅茅が宿」「夢応の
鯉魚」, 제3권 「仏法僧」「吉備津の釜」, 제4권 「蛇性の婬」, 제5권 「青頭巾」「貧福論」이
수록되었다.
2 『雨月物語』는 1776년(安永5)에 간행된 이후, 1783년 이후에서 1787년 사이에 再刊
이 이루어지고, 1798년 전후로 三版이 간행되었다.(中村幸彦 『上田秋成全集』 第七
巻, 中央公論社, 1990).
3 江戸時代 후기 戯作者로 山東京伝, 曲亭馬琴 등을 들 수 있다.

만 아니라 미시마 유키오三島由紀夫, 사토 하루오佐藤春夫와 같은 근대
문학 작가들에도 영향을 끼쳤다. 『우게쓰 이야기』가 높이 평가받은
이유로는, 『겐지 이야기源氏物語』『곤자쿠모노가타리슈今昔物語集』, 요
쿄쿠謡曲 등의 일본 고전과 중국 소설을 절충한 간결하고도 감각적
인 문체와 지적인 구성력 등이 맞물려 아키나리의 소설로서 환골탈태
한 점을 들 수 있다. 또한 작품 속에 작가의 풍부한 고전 지식과 하이
카이에서 배양된 문예적 기량이 적극 반영되어 있음을 볼 수 있다.

현대에 이르러서 이 작품은 미조구치 겐지(溝口健二, 1898~1956) 감독
에 의해 영화로 제작된다. 미조구치 감독은 원작 『우게쓰 이야기』속
아홉 편의 이야기 가운데 「아사지가야도浅茅が宿」와 「자세이노인蛇性
の婬」의 두 편을 소재로 삼아 1953년에 《우게쓰 이야기》[4]라는 동명
의 영화를 발표하였다. 그 해 제14회 이탈리아 베니스 영화제에서
영화 《우게쓰 이야기》는 환상적 영상미를 높이 평가받아 은사자상[5]
과 이탈리아 비평가상을 수상하여 국제적으로 그 예술성을 인정받
았다.

지금까지의 선행연구 가운데, 아키나리의 『우게쓰 이야기』와 미
조구치 감독의 《우게쓰 이야기》[6]를 비교한 연구로는 다나카 고이치
田中厚一의 「「浅茅が宿」「蛇性の婬」から映画「雨月物語」へ」[7]가 주목
할 만하다. 당시에는 영화가 개봉되기 전에 시나리오가 소설로서 발

---

4 1953년 3월 26일에 개봉되었다. 大映京都撮影所 제작.
5 이 해 베니스 영화제에서 금사자상(그랑프리) 수상자가 없었으므로 실제적으로
   는 최고상이 된다.
6 영화 《우게쓰 이야기》는 미조구치 감독의 구상에 요다 요시카타(依田義賢)가 각
   색하였다.
7 『秋成文学の生成』에 수록됨. 森話社, 2008. 169-190쪽.

표되는 것이 관례였기 때문에 영화《우게쓰 이야기》가 개봉되기 전에 가와구치 마쓰타로川口松太郎에 의해 소설「우게쓰 이야기」[8]가 출판된 상황이었다. 다나카는 미조구치의 영상《우게쓰 이야기》와 당시 개봉 전 발표된 가와구치의 소설「우게쓰 이야기」와의 대조를 통해 원작과의 비교를 시도하였다. 국내의 연구로서, 김희경은「미조구치 겐지溝口健二 감독의 작품연구-원작들과의 관계를 통해서 본〈우게쓰 이야기〉-」[9]를 통해 미조구치 영화의 여성성과 시대성에 관하여 논하고 있다. 이러한 연구의 대부분은 한 작품의 원작 소설이 어떠한 방식으로 영화화 되는가 하는 점에 초점이 놓여 있다. 비교문학적인 관점에서 소설과 영화의 상호관계를 연구하는 것으로 주로 영화가 소설을 어떻게 재해석했는가 하는 점이 중심을 이룬다고 할 수 있다.

본 글에서는 소설과 영화가 서로 상이한 장르와 매체임에도 불구하고 두 매체에 공유되는 서사적 특징이 있는 점에 주목하여 원작 소설과 동명 영화와의 서사구조를 비교하고자 한다. 원작의 언어 텍스트가 시각과 청각의 텍스트인 영화 시나리오로 각색이 되면서 아키나리의 소설이 가지는 독특한 서사형식이 영상매체인 미조구치의 영화 속에서 어떤 방식으로 의미화 되는가 하는 점을 고찰한다. 구체적으로는 원작 소설의 서사가 영화화되는 과정 속에서 어느 부분의 전개방식이 차용되었고, 영상 매체의 특성에 따라 어떤 부분

---

8 『オール読物』1953년 2월 출판.
9 김희경「미조구치 겐지(溝口健二) 감독의 작품연구-원작들과의 관계를 통해서 본 〈우게쓰 이야기〉-」,『일본어문학』제52집, 한국일본어문학회, 2012.

에 있어서 개변改變이 일어났는지, 원작소설이 영화로 형상화되는 과정에서 무엇이 남겨지고 무엇이 배제되었는지를 살펴보려 한다.

Ⅱ. 원작 소설의 서사

아키나리의 『우게쓰 이야기』에는 아홉 편의 이야기가 수록되어 있다. 그 중 여성을 주인공으로 한 삼부작 중 「아사지가야도」와 「자세이노인」의 두 편이 영화를 위한 텍스트에 이야기의 소재로써 사용되었다. 원작 『우게쓰 이야기』로부터 이 두 편의 이야기를 선택한 이유에 대해 미조구치 감독 자신은 다음과 같이 이야기하고 있다.

> 『우게쓰 이야기』에 흥미를 갖고 영화를 생각한 건 벌써 오래 전의 일입니다. 전편을 다 읽고 난 뒤, 「자세이노인」과 「아사지가야도」 이야기로부터 강한 감명을 받았습니다. (중략) 「자세이노인」은 愛欲의 妄執이라는 것을 단적으로 강렬하게 그려내고 있습니다. 「아사지가야도」에 나타난 것은 인간 목숨의 허무함, 다시 말해 인생무상을 느끼게 하는 것들입니다. 그리고 그 뒤에 있는 인간의 物欲이 아내의 생사조차 도외시하게 만드는 섬뜩함을 상상하게 만듭니다.[10]

위의 글은 미조구치 감독이 베니스영화제에서 수상한 이후 그 이

---

10 「『雨月物語』について」, 『映画監督溝口健二』別冊「太陽」 生誕百年記念, 平凡社, 1998, 128쪽.

듬해 색채영화를 연구하기 위해 미국으로 건너갔을 때 할리우드에
서 강연한 원고의 일부를 인용한 것이다. 미조구치가 영화를 구상할
때 원작 소설 「자세이노인」과 「아사지가야도」로부터 각각 인간의
애욕과 물욕에 관한 주제를 얻었음을 밝힌 것으로, 이를 통해 영화
《우게쓰 이야기》가 무엇을 그려내려고 했는가를 짐작할 수 있을 것
이다.

그렇다면 먼저 원작 소설의 서사구조를 살펴보도록 하자.

1. 「아사지가야도」 - 가쓰시로와 미야기

「아사지가야도」의 전체적인 줄거리는 다음과 같다.

옛날 시모우사下総 지방 가쓰시카葛飾 군의 마마真間에 사는 가쓰시
로勝四郎는 몰락한 집안을 일으키기 위해 아내 미야기宮木에게 가을
까지 돌아오겠다는 약속을 남기고 교토로 장사를 떠난다. 그러나 전
란으로 인해 남편은 고향으로 돌아갈 기회를 잃은 채 타향에서 7년
이란 세월을 보내게 된다. 그러던 어느 날 갑작스레 마음을 돌이켜
고향으로 돌아가는데, 여전히 남편을 기다리고 있는 아내를 발견한
다. 두 사람은 뜻밖의 재회를 하지만, 이튿날 남편은 아내가 혼령이
었음을 깨닫게 된다.

본 이야기의 서사를 간략히 정리하면, ① 이야기의 발단 → ② 전
란발생 → ③ 교토로의 이동과 일의 성공 → ④ 7년경과 → ⑤ 귀향 후
아내와의 재회 → ⑥ 결말 의 구조를 보이고 있다. 이것을 작품 속 문
장에 나타난 작가 아키나리의 의도와 관련지어 좀 더 구체적으로 서

163

술해보자.

① 이야기의 발단은 남편 가쓰시로가 아내를 남겨두고 교토로 비단을 팔기 위해 장사를 떠나는 상황에서 시작된다. 작가는 가쓰시로의 '천성적으로 집안일에 얽매이기를 싫어하고 힘든 농사일을 지겨워하는 성격生長て物にかかはらぬ性より、農作をうたてき物に厭ひけるままに'[11]이 원인이 되어 집안이 기울어졌음을 이야기한다. 아내는 남편을 걱정하여 교토로 장사를 떠나는 것을 만류하지만, 남편은 그해 가을에 돌아오겠다는 다음과 같은 약속을 남기고 떠나게 된다.

> "어찌 부목을 타고 떠도는 것 같은 불안한 타향에서 오랫동안 머물 수가 있겠소. <u>칡 나무 잎사귀가 바람에 나부끼는 올 가을에는 꼭 돌아오리다.</u> 그러니 마음을 굳게 먹고 기다려주시오. いかで浮木に乗つもしらぬ国に長居せん。葛のうら葉のかへるは<u>此の秋なるべし。</u>心づよく待ち給へ。"[12]

여기서 '불안한 타향에서 어찌 오랫동안 머물 수 있겠는가' 라는 남편의 말과 '칡 나무 잎사귀가 바람에 나부끼는 올 가을에는 꼭 돌아오겠다'는 말에는 바람에 나부껴서 칡 나무 잎사귀의 뒷면이 보인다는 뜻의 말인 '우라미裏見'가 원한의 뜻 '우라미恨み'를 연상하게 하는 수사법이 사용되었다.[13] 즉, 바람에 나부껴 칡 나무 잎사귀가 뒷면

---

11 본 글에서의 본문 인용은 高田衛校注『英草紙西山物語雨月物語春雨物語』新編日本古典文學全集78, 小學館, 1995에 의한다.
12 上揭書 307쪽.
13 주인공의 대사에 원한의 뜻 '우라미(恨み)'가 수사법으로 사용된 것에 대해서는,

을 드러내는 가을이 되면 돌아오겠다는 그 말은 결국에는 돌아오지 않는 남편때문에 '원한의 가을'이 될 것을 암시하는 복선의 역할을 하고 있다. 남편의 이 말은 아내로 하여금 전란 중에도 피신하지 못하고 남편을 기다리게 하고 마지막에는 죽음에 이르게 하는 중요한 기능을 하게 된다.

②에서는 이야기의 배경으로 교토쿠享德 4년(1455) 전란의 시기를 무대로 하고 있다. 전란의 험난한 상황 가운데에서 미야기는 돌아오지 않는 남편의 박정함을 원망하며 자신의 처지를 슬퍼한다.

한편, ③에서 교토로 간 남편은 비단 장사로 성공을 거둔 후, 들려오는 전란 소식에 고향으로 돌아가려한다. 그러나 도중에 산적을 만나고는 낙심하여 귀향을 단념해버린다. ④에서는 '불안한 타향에 오래 머물 수 있겠는가' 라고 말하던 남편은 고향으로 돌아갈 생각을 접고 7년이란 세월을 타향에서 보내게 된다. 그러다가 문득 자신의 무심함을 깨닫고는 고향으로 돌아간다. ⑤에서는 귀향한 후 미야기와 남편은 기쁨의 재회를 하고 하룻밤을 보내게 되는데, 아내는 남편에게 다음과 같은 말을 한다.

"오늘 이렇게 당신을 만났으니 이젠 오랜 슬픔도 원망도 다 사라지고 그저 기쁘기만 합니다. 만날 날만 기다리다 끝내 당신을 만나지 못하고 안타깝게 죽어버렸다면 다른 사람은 모르는 원한 만이 남았을 테지요. 今は長き恨みもはればれとなりぬる事の喜しく侍り。逢を待間に恋ひ死

졸저「浅茅が宿に見られる俳諧的手法」,『일본연구』제38호, 한국외국어대학교 일본연구소, 2008, 179쪽에서 논한 바 있다.

なんは、人しらぬ恨みなるべし。"**14**

돌아온 남편을 맞이한 것은 실은 미야기의 혼령이었다. 위의 인용문을 통하여 미야기에게는 남편이 이해하지 못하는 원한이 남아 있음을 엿볼 수 있다.

마지막으로 ⑥의 결말에서는 이튿날 미야기가 남긴 와카和歌를 발견하고 결국 아내의 죽음을 알게 되면서 자신의 무정함을 깨닫게 된다.

'그래도 돌아오겠지 라고 당신 돌아 올 날만 의심치 않고 믿은 내 마음에 속아서 오늘까지 살아 온 목숨이여さりともと思ふ心にはかられて世にもけふまでいける命か'**15**

미야기가 남긴 이 노래에는 돌아온다는 남편의 말을 믿고자 하는 미야기의 마음과 남편이 돌아오지 않을 것을 알아버린 미야기의 또 다른 마음이 표현되어 있는 것이다. 두 마음 가운데 갈등하고 괴로워한 아내의 처절한 몸부림이 노래를 통해 한층 더 무게 있게 표현되어 있다.

2. 「자세이노인」 – 도요오와 마나고

영화의 소재가 된 또 하나의 작품인 「자세이노인」의 전체 줄거리

---

14 上揭書 314쪽.
15 上揭書 316쪽.

는 다음과 같다. 남자 주인공 도요오豊雄는 마나고真児女라는 여인의 아름다움에 빠져 결국에 부부의 인연을 맺는다. 그러나 마나고는 뱀의 화신이라는 자신의 정체가 탄로 나자, 자신을 버리고 도요오가 새롭게 결혼한 도미코富子에게 옮겨 들어간다. 도요오는 목숨을 걸고 도미코를 구하려는 결심을 하기에 이르고 마침내 고승高僧의 힘을 빌려 마나고를 퇴치하게 된다.

이야기의 서사를 간략히 정리하면, ① 이야기의 발단 → ② 사건의 발생 → ③ 사건의 전개 → ④ 위기 고조 → ⑤ 결말의 구조를 보이고 있다. ① 이야기의 발단에서 도요오는 우연히 마나고라는 미모의 여성을 만나게 되고 그녀로부터 청혼의 징표로 보검을 받아가지고 돌아온다. 여기서 작가는 등장인물의 이름과 사건을 구성하는 요소에 설화 등 일본 고전의 세계를 연상하게 하는 단어를 설정함으로써 내용에 있어서 중층의 이미지를 유도하고 있다. 예를 들어, 본 이야기의 전거가 되는 작품 중 하나인 '안친安珍·기요히메淸姬 전설'로 잘 알려진 도조지道成寺 관련 설화[16]를 살펴보면, 여자 주인공인 기요히메가 뱀의 화신이라는 점과 출신지가 '마나고真砂'인 점을 들 수 있다. 본편의 여자 주인공의 '마나고'라는 이름은 독자로부터 도조지 설화의 이야기를 떠 올리게 한다. 그 밖에도, 도요오가 마나고를 처음 만나는 장면에서 '갑자기 동남쪽에서 검은 구름이 몰려와 빗방울을 뿌리기 시작했다暴に東南の雲を生して、小雨そぼふり来る'는 것이 둘의 만남

---

16 안친(安珍)·기요히메(淸姬) 전설은 일본 기슈(紀州) 지방에 전해지는 이야기로 승려 안친에게 마음을 주었으나 배신당한 기요히메가 격노한 나머지 뱀으로 변한 후에 도조지(道成寺)라는 절의 범종 안에 숨은 안친을 태워 죽인다는 줄거리의 설화이다.

의 계기가 되는데, 동남쪽은 진사辰巳의 방위에 해당하므로 이것도 도요오가 뱀의 화신과 만나게 될 것이라는 것을 암시하고 있다. 또한, 도요오가 마나고에게 우산傘을 빌려주고, 자신은 도롱이삿갓蓑笠을 쓰고 돌아가는 상황이 전개되면서 우산은 이후 마나고와 재회하는 구실을 만들어 준다. 당시의 우산이라면 뱀의 눈 모양을 형상화한 자노메가사蛇の目傘를 자연스레 연상하게 되고, 도롱이삿갓蓑笠도 뱀에 비유되는 야자과 포규蒲葵의 이파리로 만드는 경우가 많았으므로 역시 마나고를 암시하는 것이라 할 수 있다.

② 사건의 발생에서는 청혼의 징표로 받아온 것이 도난당한 보검으로 밝혀져 도요오는 누명을 쓰게 되는 등 마나고와 관련하여 기이한 일을 당하게 된다. ③ 사건의 전개에서는 의혹이 풀리지 않은 상황임에도 불구하고 끈질긴 마나고의 구애에 도요오는 마나고와 결혼을 한다.

> 하루하루 시간이 지남에 따라 도요오도 마음이 풀어지고 원래부터 마나고의 용모에 빠져 있던 터라 두 사람은 드디어 부부의 백년가약을 맺고, (중략) 매일 밤 깊은 부부의 정을 나누며 서로가 이제야 만난 것을 한탄할 뿐이었다.豊雄も日々に心とけて、もとより容姿のよろしきを愛よろこび、千とせをかけて契るには、(中略) 只あひあふ事の遅きをなん恨みける。[17]

---

17 上揭書, 374-375쪽.

결혼을 한 이후에는 도요오와 마나고 모두 서로가 좀 더 빨리 만나지 못한 것을 아쉬워하는 마음이 표현되어 있다.

④ 위기 고조에서 도요오는 신통력 있는 스님을 통해 마나고의 정체를 알게 되어 그녀로부터 벗어나려 하나, 마나고는 도요오와의 애욕에 집착하며 위협하기에 이른다.

> 마나고는 방긋 웃으면서 「당신, 너무 이상하게 여기실 것 없습니다. 천지신명께 약속한 우리의 사랑을 당신은 빨리도 잊으셨지만, 이렇게 될 운명이었기에 다시 또 다시 만나게 된 것이지요. 다른 사람들이 말하는 것을 진실이라 생각하고 또 다시 나를 멀리하려 하신다면 <u>그 원한을 반드시 갚아드릴 것 입니다.</u>」女打ちゑみて、「吾君な怪しみ給ひそ。海に誓ひ山に盟ひし事を速くわすれ給ふとも、さるべき縁にしのあれば又もあひ見奉るものを、他し人のいふことをまことしくおぼして、強に遠ざけ給はんには、恨み報ひなん。)[18]

마나고는 서로의 사랑을 확인하고 부부로서 백년가약을 맺었음에도 불구하고 새로운 아내 도미코를 맞은 남편 도요오에 대하여 무서운 집착을 드러내면서 그의 사랑을 갈구하는 여인의 모습을 여실히 보여준다. 이것을 통해 작가는 자신의 뜻대로 되지 않을 때, 상대의 애정을 얻기 위해서라면 어떤 것도 불사하겠다는 여인의 무서운 본성과 애욕에 대한 집착을 인간이 아닌 음욕을 지닌 뱀의 화신을

---

18 上揭書, 381쪽.

통하여 그려냈다고 할 수 있다.

⑤ 결말에서는 뱀의 화신인 마나고의 정체가 밝혀지고 마나고는 파멸을 맞이하면서 이야기는 끝이 난다.

Ⅲ. 각색 영화의 서사

영화《우게쓰 이야기》는 겐주로源十郎와 미야기宮木 부부의 이야기를 중심축으로 하여 겐주로의 여동생 부부 도베이藤兵衛와 오하마阿浜의 이야기가 함께 전개된다. 원작의 가쓰시로와 도요오의 두 인물을 합친 겐주로라는 남자 주인공이 탄생하였고, 아내는 원작과 같은 미야기의 이름으로 등장하여 아들을 지키고자 하는 모성애가 강한 인물로 각색되었다. 그리고 애욕의 화신인 마나고를 대신하여 와카사若狹라는 인물이 만들어졌다.

1. 겐주로와 미야기

영화《우게쓰 이야기》의 서사는 ① 이야기의 발단 → ② 전란발생 → ③ 일의 성공 → ④ 사건의 전개 → ⑤ 애욕의 절정 → ⑥ 위기 고조 → ⑦ 귀향 → ⑧ 재회 → ⑨ 결말의 구조를 보이고 있다. 다음에서 좀 더 구체적으로 살펴보도록 하자.

① 이야기의 발단에서 도공 겐주로는 전란을 틈타 돈을 벌고자 서둘러 도자기를 만든다. 그리고는 아내 미야기와 어린 아들 겐이치을

데리고 도베이와 오하마 일행과 함께 비와琵琶 호수를 건너 마을로
장사를 떠난다.

② 전란의 발생에서는 원작이 가마쿠라鎌倉 시대를 배경으로 한
것에 대해, 영화에서는 한층 더 혼란한 상황인 센고쿠戦国 시대를 무
대로 하고 있다. 미조구치는 전란을 배경으로 설정함으로써, 인간
본능의 물욕과 애욕이 노출되어 결국에는 인간을 잠식해버리는 비
극을 보여주고자 했다.[19]

그리고 겐주로 일행이 배를 타고 비와 호수를 건너는 장면에서 미
야기는 이렇게 이야기한다.

'아, 배로 갈 수 있어서 다행이야. 걸어서 갔다면 벌써 살아남지 못
했을 거야.ああ、良かった、良かった、舟で良かった。陸で行けば今頃はもう
命は無かったね。'[20]

미야기가 안도하며 한 말이지만, 결국 이 말은 미야기의 죽음을
암시하는 중요한 복선이 된다. 해적을 만나 거의 죽게 된 뱃사공으
로부터 여자들을 조심하라는 당부에 뱃길의 위험을 느껴 아들을 데
리고 다시 육지로 돌아가지만, 미야기는 그만 패잔병의 창에 찔려
허망하게 죽임을 당한다.

③ 일의 성공에서는 미야기의 처지를 모르는 겐주로와 도베이, 오

---

19 溝口健二, 前揭書, 128쪽.
20 영화의 대사는 DVD(雨月物語日本名作映画集28, cos-028)에서 인용하였다. DVD
(00:24:26-00::24:32)

하마는 나가하마에 도착하여 도기를 팔아 큰돈을 모은다.

④ 사건의 전개에서, 구쓰키朽木 저택으로 도기를 가져간 겐주로는 와카사로부터 도공으로서의 예술적 솜씨에 대한 칭찬을 듣고 환대를 받으며 그녀와 맺어지게 된다.

⑤ 애욕의 절정에서 겐주로는 구쓰키 저택에서 와카사와 함께 꿈과 같은 향락의 나날을 보낸다.

⑥ 위기 고조에서 어느 날 스님으로부터 자신이 귀신에게 빠졌음을 듣게 된 겐주로는 유령을 멀리할 주술을 몸에 받아서 돌아온다. 주술 때문에 겐주로를 가까이 할 수 없는 와카사는 필사적으로 겐주로를 저승으로 데려가려 한다.

⑦ 귀향에서는 가까스로 와카사로부터 벗어난 겐주로가 고향으로 돌아갈 결심을 한다.

⑧ 재회에서는 집으로 돌아온 겐주로를 아들을 잠재우던 미야기가 따뜻하게 맞이한다.

⑨ 결말에서는 다음 날 미야기가 죽은 혼령이었음을 알게 된 겐주로가 미야기의 무덤가에서 아내의 혼을 위로하며 끝이 난다.

2. 도베이와 오하마

도베이와 오하마의 이야기에는 모파상의 원작 『훈장』속에 등장하는 남자 주인공의 훈장에 대한 집착과 명예욕이 모티브로 사용되었다. 여기서는 도베이와 오하마 이야기의 서사구조를 간략히 살펴보겠다. 겐주로와 미야기의 서사와 중복되는 부분이 있으므로 앞에서 서술한 번호와 연동하여 살펴보면, ③' 일의 성공 → ⑤' 아내의 희생 → ⑥' 아내와의 재회 → ⑦' 귀향의 구조를 볼 수 있다. 먼저, ③' 일의 성공에서 도베이는 도기를 팔아 번 돈으로 칼을 사서 전쟁에 참가하여 거짓으로 공을 세우며 염원하던 사무라이가 된다. ⑤' 아내의 희생에서는 도베이를 뒤좇던 오하마가 잡병들에게 집단 강간을 당하고 창녀로 전락하고 만다. ⑥' 아내와의 재회에서는 사무라이로 출세하여 고향으로 가던 도베이가 부하들을 데리고 들른 유곽에서 창녀가 된 아내 오하마를 발견한다. ⑦' 귀향에서는 자신의 잘못을 깨달은 도베이가 사무라이를 그만두고 오하마와 함께 고향으로 돌아가게 된다.

Ⅳ. 서사구조의 재구축

여기서는 원작 소설 『우게쓰 이야기』의 「아사지가야도」와 「자세 노인」이 《우게쓰 이야기》의 영화 텍스트로 각색되면서 어떠한 부분이 차용되었고, 어떠한 변용이 일어났는지, 또한 원작이 영상화되면서 버려진 것과 영화로 탄생되면서 얻어진 것은 어떤 것인지에 대해 고찰해보고자 한다.

1. 원작 서사의 차용과 변용

영화의 전체적 서사구조는 「아사지가야도」의 기본적인 서사구조

로 시작하여 주인공 겐주로가 구쓰키 저택의 혼령 와카사를 만나는
부분에서 「자세노인」의 서사를 차용하여 전개한 후 마지막의 귀향
부분에서는 「아사지가야도」의 서사로 결말을 짓는 형태를 보이고
있다. 영화가 시작하는 첫 장면에서 '제1부 「자세노인」 제2부 「아사
지가야도」'라는 자막을 명시함으로써 감독이 의도하는 축은 「자세
노인」을 제1부로 삼고, 「아사지가야도」를 제2부로 삼았다는 것을
나타내고 있다. 이것에 대해서는 앞에서 언급한 바와 같이 미조구
치가 「자세노인」으로부터 인간의 애욕에 관한 주제를 얻었고, 「아사
지가야도」로부터 인간의 물욕에 관한 모티브를 얻었다고 한 것으로
부터 짐작할 수 있다. 즉, 겐주로와 미야기의 이야기에서는 「아사지
가야도」의 서사구조를 차용하면서도 주제에 관해서는 「자세노인」으
로부터 인간의 애욕에 관한 모티브를 얻어 형상화하였다고 할 수 있
고, 또 하나의 보조적인 축을 이루는 도베이와 오하마의 이야기에서
는 「아사지가야도」로부터 인간의 물욕에 관한 주제를 차용했음을
알 수 있다. 인간의 물욕과 애욕이 본능적으로 분출하게 되는 상황
과 인간의 모든 환경을 지배하고 파괴해버리는 극단적인 상황을 연
출하기 위해 원작의 전란 상황을 차용하면서도 더욱 혼란한 센고쿠
의 전란시대[21]로 설정하고 있는 것이다.

또 하나, 원작 『우게쓰 이야기』가 작가 아키나리의 고유한 글쓰기
를 통해 괴담이 가지는 기이한 분위기와 초현실의 환상적 세계를 표

---

21 영화 첫머리에서 '센고쿠 시대의 어느 해 이른 봄, 오미 지방 비와 호수의 북쪽가
(戦国時代、ある年の早春。近江国琵琶湖の北岸)'라는 자막으로 배경을 설명하고
있다.

현해낸 것에 대해, 영화《우게쓰 이야기》는 괴담이라는 원작 소설이 가진 환상소설의 특성을 시각과 청각에 호소하는 영상매체를 통하여 가장 효과적으로 극대화시켰다고 할 수 있다. 영화의 도입부에 나타나는 다음의 문장을 인용하자.

> 「우게쓰 이야기」의 기이하고도 환상적인 이야기는 현대인들의 마음속에서 느껴질 때에 더욱 다양한 환상을 불러일으킨다. 이 영화는 그 환상으로부터 새롭게 태어난 이야기입니다.「雨月物語」の奇異幻怪は 現代人の心に ふれる時 更に 様々の幻想をよび起す これはその幻想から 新しく 生まれた物語です

이 문장을 통하여 미조구치는 영화 전체적으로 환상적 영상미를 추구하고 있음을 알 수 있다. 이를 위해, 노能의 양식을 도입하여 환상적이고도 몽환적인 영상미를 표현해 내었다. 작품 가운데 대표적으로 두 곳을 들 수 있다. 먼저, 전란으로 인한 병사들의 약탈이 마을에까지 미치자 겐주로가 구운 도기들을 가지고 여동생 부부와 함께 비와 호수를 건너가는 장면이다. 자욱하게 피어난 물안개로 시야를 분간할 수 없는 어두운 호수 위를 오하마가 고우타小唄를 부르며 천천히 노를 저어가는 장면이 연출된다. 그 때 어디선가 유령의 배 한 척이 나타나 다가오고 그 안에는 거반 죽게 된 뱃사공이 해적을 만나 습격당한 이야기를 하고는 숨을 거둔다. 이것으로 인해 일행들에게는 위기감이 감돌게 되고, 겐주로와 미야기는 열흘 후에 다시 만날 것을 기약하며 헤어지게 된다.

175

 다른 한 부분으로 겐주로가 와카사를 따라 구쓰키 저택에 다다랐
을 때부터의 연출을 들 수 있다. 어둡고 넓은 구쓰키 저택은 자연스
런 빛이 아니라 인공적이고도 환상적인 불빛이 비추고 있다. 겐주로
가 와카사를 따라 집 안으로 들어가는 긴 복도는 마치 노 무대의 하
시가카리橋掛り를 연상하게 하듯, 겐주로가 지나갈 때에 불이 켜졌다
가 커지는 효과를 통하여 환상적인 세계를 연출하고 있다.

 또한, 원작에서와 마찬가지로 초현실적인 존재가 등장하고 있음
을 지적할 수 있다. 「아사지가야도」의 미야기는 앞에서 서술한 바와
같이 '우라미'를 가진 여인으로서 망령이 되어서까지 남편을 기다리
고 있었다. 그리고 「자세이노인」의 마나고는 뱀의 화신으로서 여인
이 가진 음욕의 본능을 유감없이 보여주고 있다. 이것에 대해, 영화
《우게쓰 이야기》속의 여자주인공 미야기의 망령은 집으로 돌아 온
남편을 예전과 다름없이 맞이하지만, 어린 아들을 죽어서까지도 지
키고자 하는 어머니의 모습으로 표현되고 있다. 구쓰키 저택의 와카
사도 죽은 성주의 딸의 혼령으로서 등장하여 남자와의 사랑을 갈구
하는 여인의 모습을 나타내고 있다. 아키나리와 미조구치는 괴담이
라는 장르 속에 괴기적 존재를 등장시켜 욕망에 사로잡힌 인간의 내
면과 그 속에서 나타나는 갈등과 고통을 표현하고자 했다. 작품 가
운데 괴기가 필요한 이유를 그 점에서 찾아볼 수 있을 것이다. 그리
고 미조구치는 영화를 통해 미야기의 망령에 강한 모성애를 부여하
고, 와카사에게는 망령으로 등장할 수밖에 없는 배경을 설정함으로
써 더욱 현실적으로 표현해내었다고 할 수 있다.

2. 미조구치의 주제 비틀기

그렇다면, 원작 소설의 주제는 영화로 각색되면서 어떠한 개변이 일어났는지에 대하여 살펴보도록 하자.

미조구치가 「아사지가야도」의 작품을 읽고 인간의 물욕에 관한 모티브를 얻었다고 했듯이, 이야기 속의 남자 주인공 가쓰시로가 만류하는 아내를 버려두고 교토로 비단을 팔러 간 심리에는 역시 인간이 가진 재물에 대한 욕심이 가장 크다고 할 수 있다. 가세가 기울어진 이후에 친척들의 홀대가 심해질수록 더욱 더 돈을 벌어 집안을 일으켜야겠다는 의지가 강해지는 것이 당연한 이치이다. 그러나 그것으로는 「아사지가야도」의 주제를 이야기하기에 부족하다. 「아사지가야도」의 전체적인 이야기를 이끄는 것은 남편의 약속을 기다리는 아내 미야기의 이미지이다. 이상적인 여성으로 설정되어 있는 미야기의 경우, 사소한 일에는 얽매이길 싫어하는 성격을 가진 남편의 말을 믿고 끝까지 기다리는 아내의 이미지와 죽어 망령이 되어서까지 기다리라고 한 말의 약속을 지키고자 하는 미야기의 애절한 모습을 그리고 있다. 아니 기다리며 죽어간 아내의 모습만을 나타내는 것에 그치지 않는다. 미야기가 읊은 노래를 통하여 그녀의 통절한 마음이 표현되어 있다. 남편의 약속을 믿고 기다렸건만 결국에는 남편에게 배신당했다는 것을 알게 된 마음과 '그래도 돌아오겠지'라고 믿었던 자신의 마음에 속아서 알면서도 떠나지 못하는 그녀의 두 마음이 이야기를 더욱 슬프게 만든다. 게다가 그러한 아내의 마음과 전혀 소통하지 못하는 남편 가쓰시로의 모습을 통해 아내의 고통과

177

원한은 더욱 깊게 느껴진다. 그렇기 때문에 망령으로 등장하는 미야기는 괴담으로서 공포를 느끼게 할뿐 만 아니라 어쩌면 현실세계의 인간이기에 표현하지 못하는 깊은 내면의 마음까지 드러냈다고 할 수 있다. 이것이 또한 오늘날까지도 아키나리의 괴담이 독자들에게 읽혀지고 있는 이유일 것이다.

한편, 영화《우게쓰 이야기》에 등장하는 동명의 아내 미야기 또한 이상적이고 헌신적인 인물로서 그려지고 있다. 남편 겐주로의 말에 순종하고 따르면서 가족의 행복만을 바라지만, 돈벌이에 몰두하고 점점 재물에 집착하는 남편을 걱정하는 여성이다. 불안한 마음으로 남편을 따라나서지만, 뱃길이 위험하다는 말에 어린 아들을 데리고 서둘러 집으로 돌아가는 길에 허망하게 패잔병의 칼에 찔려 죽는 비운의 여자 주인공이다. 원작에서와 마찬가지로 영화에서 아내 미야기는 죽어서 망령이 되었지만 생전의 모습 그대로 나타나 집으로 돌아온 남편 겐주로를 맞이하고 있다. 그런데 영화의 경우, 망령인 미야기가 집에서 남편을 기다린 것은 열흘 정도면 돌아올 거라는 남편의 말을 기다리기 보다는 어린 아들 겐이치를 지키고자 하는 어머니의 모성애적 모습이 더욱 강하다고 할 수 있다. 그것은 남편 겐주로와 아내 미야기의 사이에서 주고받는 대화 속에 언제나 겐이치를 보호하는 것이 우선되고 있는 것을 통해 알 수 있다. 어린 자식이 있는 부모라면 그러한 모습이나 행동이 극히 자연스럽겠지만, 바로 그 점이 미조구치가 원작 소설의 미야기의 이미지를 비틀어 놓은 점이라고 할 수 있다. 미조구치가 그리는 미야기는 남편의 약속을 믿고 죽기까지 기다리는 아내의 이미지가 아니라 죽어서까지도 아들의 곁을 지키고자 한 어머니의 이미지가 강하다고 할 수 있다. 그렇기 때문에 원작에는 없는 어린 아들 겐이치를 설정하고 등장시켜서 모성애가 강한 아내의 모습을 담아내고 있는 것이다. 또한, 원작 소설과 마찬가지로 전란 속에서의 여성은 남성보다 더 큰 희생을 감수하지 않으면 안 되는 약자의 모습으로 그려지고 있다. 아키나리가 그리는 미야기가 전란 속에서 힘겹게 정절을 지키며 죽어갔다고 한다면, 미조구치가 그린 미야기는 전란으로 인해 허무하게 죽임을 당한다는 점에서 비극성은 더 크게 작용한다고 할 수 있을 것이다.

여자 주인공 이외에도 영화《우게쓰 이야기》에는 미야기 못지않은 큰 비중의 와카사가 등장하고 있고, 앞에서 말했듯이 보조적인 서사로서 오하마가 모습이 강렬하게 묘사되고 있다. 원작 「자세노인」으로부터 인간의 가진 애욕을 모티브로 얻었다고 말한 미조구치 말대로 영화《우게쓰 이야기》로부터 가장 강한 인상을 받게 되는 것이 겐주로와 와카사가 그리는 남녀의 욕망이고 그것의 매개자인 와카사라는 여인의 인물조형이라고 할 수 있다. 원작 「자세노인」에서 애욕에 집착하는 여성 마나고가 뱀의 화신이었던 것에 비해, 미조구치가 그리는 와카사는 미야기와 마찬가지로 망령으로 등장한다. 「자세노인」의 마나고는 아름다운 여인의 모습으로 나타나 남자 도요오와의 사랑을 꿈꾸지만, 뱀의 화신이라는 정체를 알고 멀어져버린 남자와의 애욕에 집착하며 파멸해가는 여성의 모습을 異類가 주는 공포감으로 표현하였다. 그것에 비해, 미조구치가 그린 와카사라는 인물은 원작과 마찬가지로 인간이 아닌 점에서는 같지만, 여기서 등장하는 와카사는 아무런 이유 없이 망령이 된 것은 아니었다. 와카사는

179

구쓰키 성주의 딸로서 그녀 또한 전란으로 부모를 잃은 피해자이면서 꽃다운 나이에 남자와의 사랑을 알지 못한 채 죽게 되어 구천을 떠도는 혼령이 된 것이다. 그렇기 때문에 영화 속의 와카사는 아름답고도 요염한 여성의 모습을 지녔지만, 동시에 알 수 없는 깊은 어두움과 슬픔의 이미지가 그녀를 감싸고 있다. 그러한 그녀가 왜 겐주로를 선택했는지에 대해서는 이유를 알 수 없지만, 그녀가 경험해 보지 못한 남녀의 욕망을 겐주로라는 인물을 통해서 맛보고 자신의 사랑을 이루고자 했음을 알 수 있다. 또한 혼령인 와카사는 현실세계에서는 사랑을 이룰 수 없기에 이승이 아닌 저승으로 겐주로를 데려가고자 했고, 그것은 곧 겐주로에게는 파멸이며 죽음을 뜻하는 것이다. 남자가 가진 욕망이 결국에는 자신을 파멸과 죽음으로 이끌게 되리라는 것을 영화를 통해 미조구치가 말하고자 하는 점이기도 하다.

또 한 여성 오하마는 아키나리의 원작에는 없는 인물이지만 영화의 보조적인 서사 속에서 강렬하고 자극적인 이미지를 보여준다. 남편 도베이는 사무라이가 되어 출세하고자 하는 욕망에 사로잡혀 아내 오하마를 버려둔다. 오하마는 도베이를 만류하고자 따라나섰지만, 그만 남편이 그렇게도 되고자 원했던 사무라이들에게 집단 강간을 당한 후 창녀로 전락하는 비극의 여인이다. 결국 부정한 방법으로 사무라이가 되어 출세를 하지만, 자신의 욕망 탓에 아내가 희생되었다는 스스로의 잘못을 깨달으면서 모든 것을 버리고 아내와 고향으로 돌아가게 된다. 미조구치는 겐주로를 통하여 남성의 재물에 대한 욕망과 성에 대한 애욕을 보여주려고 하였고, 도베이

를 통하여 출세와 권력에 대한 남성의 욕망을 말하고자 하였던 것
이다.

V. 나오며

흔히 문학 작품을 영상화할 때 원작 소설을 뛰어넘는 평가를 받기
란 쉽지 않다. 시각과 청각의 영상 텍스트가 주는 인상은 강하지만,
원작의 문학 텍스트를 통해 느끼는 보이지 않는 상상력과 여운이 더
큰 울림을 줄 수 있기 때문이다. 그러한 점에서, 우에다 아키나리의
원작 소설 『우게쓰 이야기』는 일본의 근대 작가들에게 많은 영향을
주었을 뿐만 아니라 미조구치 겐지 감독에 의해 동명의 영화로 만들
어지면서 또 다른 재미와 감동을 남겨주었다.

아키나리의 『우게쓰 이야기』가 일본의 고전과 중국의 소설들을
바탕으로 하면서도 환골탈태한 작품으로서 탄생하였듯이, 미조구치
의 영화《우게쓰 이야기》 또한 원작의 작품을 소재로 하여 기본적인
서사를 차용하면서도 미조구치 영화의 작품세계와 시대성이 적절
히 가미되어 또 다른 작품으로 탄생하였다고 할 수 있다.

본 글에서는 원작과 소설을 바탕으로 만들어진 영화와의 서사구
조를 비교하는 관점에서 서술에 의해 구축된 원작의 언어 텍스트로
부터 시각과 청각의 텍스트인 영화 시나리오로 각색이 되면서 어떠
한 개변改變이 일어났는지에 대하여 살펴보았다. 아키나리의 원작에
서는 문장의 표면적 의미와 이면적 의미를 통하여 인간의 표층과 심

층의 내면심리가 다양하게 그려지고 있다. 또한, 독자에게 그것을 읽어내게 하는 장치나 연상을 유도하는 언어들을 배치함으로써, 괴담 속의 공포 효과를 배가시켰다고 할 수 있다. 미조구치는 아키나리의 원작으로부터 「아사지가야도」 → 「자세이노인」 → 「아사지가야도」의 전개방식으로 서사구조를 차용하면서, 괴담이라고 하는 원작소설이 주는 심상 이미지를 환상적 영상미를 통해 극대화시키고 있다. 주제에 있어서도, 원작으로부터 물욕과 애욕을 모티브로 얻어 차용하면서도 미조구치식의 주제 비틀기가 행해졌음을 확인할 수 있었다. 이러한 원작소설과 영화의 서사 구조를 비교하여 아키나리의 우게쓰 이야기가 어떻게 수용되었는지를 살펴봄으로써 원작을 더욱 이해하게 되리라고 생각한다.

제7장

1970년대라는 시대의 투영과 '악녀'

— 아리요시 사와코有吉佐和子의
『악녀에 대해서悪女について』를 중심으로 —

❀ ❀ ❀

김 정 희

I. 머리말

일본 근현대문학사에서 아리요시 사와코有吉佐和子는 특이한 위치에 있는 작가이다. 1956년 25세의 나이로 소설 『지우타地唄』가 아쿠타가와 상芥川賞 후보에 오르며 재능 있는 여성으로 일약 주목을 받았다. 이후 발표하는 작품들도 베스트셀러에 오르는 등 대중에게는 큰 사랑을 받았으나 남성들이 중심이 되어 만들어진 기존의 순문학계에서는 오랜 기간 제대로 평가받지 못했다.

여성 작가가 드물었던 패전 후, 이들 여성 작가를 '여류'라고 불렀는데, 그 용어에는 '지나치게 활발한 사람', '지나치게 자기주장이 강

183

한 사람', 그 결과 '무서운 사람'이라는 인식이 따라다녀서 차별적 용어로 사용되었다.[1] 이 여류를 대표하는 인물이 바로 아리요시 사와코로, 그녀 자신이 시대의 주목을 받으면서도 항상 차별을 의식하면서 창작활동을 할 수 밖에 없었던 것이다. 그리고 그러한 시대적 분위기를 포착하여 여성의 말로 여성에 대해서 쓰는 대표적인 작가로 자리매김해 가게 되는데, 이러한 그녀의 작품을 높이 평가한 사람이 하시모토 오사무橋本治였다.[2] 여성이 자립하여 자유롭게 살아가는 것을 묘사한 아리요시의 소설을 높이 평가한 것이다.

이 글에서 다룰『악녀에 대해서』는 1978년에『주간아사히週刊朝日』에서 연재된 소설이다. 아리요시의 작품은 그녀의 사후 비로소 연구자들에 의해 재평가되고 현재까지도 연구가 진행되고 있으나, 이『악녀에 대해서』에 관해서는 아직까지 본격적인 연구가 소개되고 있지 않다. 그러나 이 작품 역시 아리요시 작품들이 가진 '자유롭게 사는 여성'이라는 테마를 계승하고 있고, 여기에서 한 발 더 나아가 1970년대 사회에서의 여성의 위치라는 당시의 사회상을 투영한 중요한 작품이라고 할 수 있다.

이 글에서는 이『악녀에 대해서』라는 작품, 특히 주인공인 스즈키 기미코鈴木君子라는 여성이 당시의 추리소설의 유행과 우먼 리브와 관련해서 조형된 인물이라는 것을 밝히고, 1970년대의 사회적 쟁점이 이 작품에 어떻게 투영되어 있는지에 대해서 고찰해 보고자 한다.

---

1 関川夏央『女流 林芙美子と有吉佐和子』, 集英社文庫, 2009, 356쪽.
2 橋本治「解説」有吉佐和子『母子変容』(下), 講談社文庫, 345-347쪽.

Ⅱ. 환상적 추리소설 붐과 『악녀에 대해서』

아리요시 사와코는 소설 『악녀에 대해서』에서 기존의 그녀의 소설과는 다른 수법을 사용하고 있다. 스즈키 기미코(후에 도미노코지 기미코(富小路公子)로 개명)의 사후, 그녀의 과거와 현재를 알고 있는 27명의 인물들이 그녀에 대해서 증언을 하는 방식을 취하고 있다. 그러나 그 증언의 내용은 증언자에 따라서 서로 어긋나서 기미코는 어떤 사람에게는 악녀로, 또 어떤 사람에게는 성녀로 인식되고 있다. 미스테리한 수법은 아리요시의 본 작품과 1982년에 발표된 『개막 벨은 화려하게開幕のベルは華やかに』에서도 사용되고 있다. 이와 같이 70년대 후반에 작가가 미스테리 수법을 사용하고 있는 것은 당시의 추리소설 붐의 영향이라고 볼 수 있다. 신조사新潮社 문고판의 해설부분에서는 다음과 같이 이 작품과 추리소설 붐과의 관련성에 대해서 설명하고 있다.

> 80년대 대중문예 〈중간소설〉계에서 현저한 상황으로 들 수 있는 것, 미스테리의 융성이다. 거의 매월 어느 것인가 중간 잡지에서는 추리특집이 기획되고 있는 현상을 봐도 현대소설로서는 미스테리어스한 맛을 가지는 소설이 독자에게 얼마나 환영을 받고 있는지를 잘 알 수 있다. 따라서 아리요시 작품의 현대소설(폭넓은 대중 독자층을 대상으로 한 대중 문예작품으로서의), 예를 들어 본편과 『개막 벨은 화려하게』와 같은 장편의 작품의 격조가 충분히 미스테리하게 만들어져 있는 것에서도 저자의 소설작법의 첨예함을 엿볼 수 있다.

八〇年代の大衆文芸＜中間小説＞界において顕著な状況として
挙げられるもの、ミステリーの隆盛がある。ほとんど毎月のよう
にいずれかの中間雑誌では、推理特集が企画されている現状を見
ても、現代小説としてはいかにミステリアスな味わいを持つ小説
が読者に歓迎されているかということがよく判るのである。従っ
て、有吉作品の現代小説(幅広い大衆読者層を対象とする大衆文芸
作品としての)、たとえば本篇や『開幕ベルは華やかに』のような長
篇の作調が多分にミステリー仕立てになっているところにも、著
者の小説作法の尖鋭さがうかがわれるのである。[3]

그렇다면 본 작품의 이해를 위해서 먼저 당시의 추리소설 붐에 대
해서 살펴보고자 한다. 1975년을 전후로 해서 추리소설 붐을 견인해
간 것은 요코미조 마사시横溝正史이다. 그가 그리는 긴다이치 고스케
金田一耕助를 중심으로 한 이야기들은 『야쓰하카무라八つ墓村』가 대표
하듯이, 환상적, 괴기적인 것이 특징이다.

추리소설 중에서도 예를 들어 마쓰모토 세이초松本清張가 쓰는 사
회파 추리소설과는 그 성격이 매우 상이하다. 1955년 전후로는 더
이상 패전 후의 상황이 아니라는 인식과 동시에, 그럼에도 불구하고
전쟁의 상흔이 남아있는 상황에서의 리얼리티를 그리는 것이 마쓰
모토 소설의 특징이었다. 그러나 1975년을 전후로 해서는 마쓰모토
의 사회파 추리소설은 인기를 잃어버리고, 환상적인 요코미조의 추

3　武蔵野次郎「解説」有吉佐和子『悪女について』, 新潮文庫, 1983, 518쪽.

리소설이 큰 인기를 끈다. 이러한 인기는 갑작스럽게 찾아온 것이 아니라 그 기반이 마련되어 있었기 때문에 가능한 것이었다.

1955년 경 마쓰모토의 소설을 읽지 않은 새로운 세대, 즉 단카이 세대団塊世代는 어린 시절 책 대여점을 통해서 만화를 읽고 성장하였다. 세이초의 소설이 붐일 때 이들은 영웅이야기를 다룬 만화를 읽었고, 10대가 되어서는 이른바 '극화劇画'라는 만화를 책 대여점에서 대여하여 읽었다.[4] 즉 이 세대들은 책 대여점을 통해서 같은 내용을 섭취할 수 있었던 것이다. 이 극화 만화의 주요 작가들은 시라토 삼페이白土三平, 미즈키 시게루水木しげる, 다쓰미 요시히로辰巳ヨシヒロ 등으로, 기존의 권선징악적 내용의 만화와는 완전히 다른 내용을 다루었다. 이시코 준조石子順造는 다쓰미를 중심으로 한 이들의 공통점에 대해서 다음과 같이 지적하고 있다.

만화에서 웃음의 요소를 없애고 심리적인 묘사를 넣은, 보다 리얼리스틱한 묘사법으로 만화 독자층의 연령을 조금이라도 높이고 싶다고 의도한 것이다. 즉 다쓰미는 만화는 재미있고 우스꽝스러워서 웃음의 요소가 없어서는 안 된다는 그때까지의 통념에 의문을 가지고 독자층도 포함해서 새로운 만화를 만들어내려고 생각하고 극화라는 명칭을 사용한 것이라고 말하고 있다.

マンガから笑いの要素をなくし、心理的な描写をとり入れた、

---

4 추리소설과 만화와의 관계에 대해서는 藤本亮「戦後の社会意識の変容─横溝正史ブームを手がかりに─」,『社会学論集』140号, 日本大学社会学会, 2001, 1-20쪽에서 많은 시사점을 얻었다.

よりリアリスティックな描法によって、マンガの読者層の年齢を
いくらかでも高めたいと意図したというのである。すなわち辰巳
は、マンガはおもしろおかしいものであって笑いの要素がなくて
はならないというそれまでの通念に疑問を持ち、読者層もふくめ
て新たなマンガをつくり出そうと思って、劇画という名称を使っ
たのだと述べている。[5]

1965년 이후에는 이들 극화 작가들이 중앙으로 진출하여 활동하고, 이들의 극화 만화가 당시 주간지인 『주간소년매거진週間少年マガジン』과 『주간소년선데이週間少年サンデー』에 연재되기 시작하였다. 이들 주간지가 극화 작가들의 작품을 연재하기 시작한 이유는 단카이 세대의 성장과 함께 잡지의 독자연령을 높이고자 한 시도 때문이었다. 극화 만화가들의 활동과 함께 이들 잡지는 독자들의 읽을거리로 환상적인, 기괴한 내용의 에피소드를 소개하는 데에 많은 지면을 할애하고 있었다. 따라서 단카이 세대들은 주간지를 통해서 환상적인 세계에 익숙하고 기존의 세대와는 다른 분위기의 읽을거리를 즐기는 세대였던 것이다.

기존의 세이초를 즐겨 읽던 세대는 전쟁과 패전 후라는 동시대의 공통적인 경험을 향유한 세대였다. 그러나 단카이 세대는 전공투의 혁명에도 좌절한 후, 그들을 이어줄 명확한 목표를 가지지 못한 애매한 상황에 놓인 세대였다. 이들은 환상소설이라는 리얼리즘이 아

---

5 石子順造『戦後マンガ史ノート』, 紀伊国屋書店, 1975, 81쪽.

닌 원인은 알 수 없는 세계에 매료되었고, 이 세대의 구미를 잘 파악하고 있었던 당시 가도카와 서점角川書店의 가도카와 하루키角川春樹는 잊혀졌던 환상적 추리소설을 쓰는 작가들의 작품을 전집화하기 시작했다. 그 1탄이 『에도가와 란포 전집江戸川乱歩全集』(1969)으로, 이후 요코미조의 전집(1970)도 가도카와를 통해서 출판된다.

1975년에는 요코미조의 『본진살인사건本陣殺人事件』이 영화화되고, 이에 맞춰 문고본 페어를 개최하는데, 압도적인 선전과 문고본 커버의 화려한 비주얼이 만화를 접한 세대에게 크게 어필하여 그들을 추리소설 독자로 끌어들이는데 성공했다.

이러한 시대적 분위기를 볼 때, 아리요시가 이 추리소설 붐의 영향으로 『악녀에 대해서』 등 그녀의 작품에서 미스테리 수법을 사용하여 이야기를 구상했다는 점은 쉽게 추측해 볼 수 있다. 뿐만 아니라 이 작품의 결말은 스즈키 기미코라는 여성이 과연 어떤 인물인가를 정확히 판단하기 어려운, 열린 결말로 마무리되고 있으며 꿈을 좇고 리얼리티를 불식시키는 그녀의 캐릭터는 소설 전반에 걸쳐 환상성을 부여한다. 이와 같은 스토리의 전개와 인물조형은 당시 요코미조를 중심으로 한 환상 추리소설 붐을 반영한 결과라고 할 수 있을 것이다.

Ⅲ. 꿈을 좇는 여성–악녀인가? 성녀인가?

이 작품은 전쟁 중에 태어난 스즈키 기미코가 야채가게를 운영하는 부모님 밑에서 화족인 비토尾藤 가에 드나들게 되는 이야기를 시

189

작으로, 많은 남성들과 만나면서 패전 후 여성 실업가로 성장하고 전성기에 죽음을 맞이하는 이야기를 다루고 있다. 작품의 배경이 된 시기는 대략 1936년-1977년 정도로 추정되는데, 그녀의 40여년에 걸친 인생이 27명의 사람들의 입을 통해서 재구성된다.

스즈키 기미코는 야채가게를 운영하는 절름발이 아버지와 좀도둑질로 인해 전과를 가지고 있는 어머니 사이에서 태어난다. 어머니인 스즈키 다네鈴木タネ는 기미코를 자신이 낳은 아이라고 증언하는데, 그러나 기미코 자신은 어린 시절부터 주위 사람들에게 출생에 대해서 어머니와는 다른 이야기를 하고 있다.

> '사실은 아버지는 내가 어렸을 때 돌아가신 것으로 되어 있어요. 어머니가 말하고 싶어 하지 않지만, 패전 이전에는 화족이었어요. 아버지는'이라고 말하는 모습에서 이유는 손바닥 들여다보듯이 알 수 있었어요. 화족의 아들이 잔심부름꾼에게라도 손을 대서 임신시킨 것이겠죠.
> 「実は、父は、私の小さい頃に亡くなったことになっているんです。母が話したがらないのですけれど、戦前は華族でしたの、父は」と、言う様子から、訳は手にとるように分かりましたよ。華族の若様が小間遣いにでも手を出して孕ませたのでしょう。 (132)[6]

위의 본문은 기미코가 교제한 유부남 사와야마 에이지沢山栄次에게 한 이야기로, 아버지는 화족 출신이고, 현재의 부모는 자신을 키

---

6 본문의 인용은 有吉佐和子『悪女について』, 新潮文庫, 1983에 의하고 페이지수를 표시하였다. 본 인용문은 132쪽에서 인용하였다.

운 양부모라고 이야기하였다는 것을 알 수 있다. 또한 스즈키 기미코鈴木君子라는 이름을 도미노코지 기미코富小路公子라고 바꾸는데, 이 이름은 그녀가 사람들에게 화족華族의 후예라는 인상을 심어준다. 그녀의 화족에 대한 동경은 특히 그녀가 즐겨 쓰는 표현인 '어쩜まあぁ'이라는 말투에서 읽을 수 있는데, 이것은 공가公家의 핏줄인 비토 데루히코尾藤輝彦의 어머니의 말투와 동일하다.

'도미노코지 기미코네. 이름도 달라졌어. 기미코라고 썼어, 이전에는' '도미노코지라는 건 교토에 있는 거리 이름인데 공가 화족에는 없어' '공가 화족과 결혼할 리 없잖아요. 그 사람이' '그건 그러네. 그치만 이런 성, 평민에게도 있었던가'…… '어쩜'이라고 하는 것은 엄마의 입버릇이었어요.

「富小路公子だわ。名前の方も違ってるわ。君子と書いたのよ、前は」「富小路というのは、京都にある通りの名だけど、公家華族にはない筈よ」「公家華族と結婚するわけないでしょ、あの人が」「それはそうね。でも、こんな苗字、平民の方にもあったのかしら」……「まああ」と言うのは母の口癖だったんでございます。　　　(38-40)

인용문은 데루히코의 어머니와 그녀의 딸인 유키코雪子와의 대화로, 도미노코지라는 기미코의 성에서 구舊화족을 연상하지만, 이러한 성은 화족 가운데에는 있을 리가 없다고 의아해하는 장면이다.

패전 후 화족들은 대부분 몰락의 길을 걸었다. 다자이 오사무太宰治의 『사양斜陽』이 대표하듯이, 현실 감각의 결여와 무능력이 경제적

몰락으로 이어지고, 패전 후 화족 해체로 인해 사회적인 보장도 불가능하게 된다.[7] 비토 가문은 이러한 당시 화족의 상황을 대변하고 있는데, 그래도 여전히 남아있는 화족에 대한 환상을 기미코는 무슨 일이 있어도 상류층으로 올라가려는 자신의 꿈에 이용하고 있다. 즉 그녀는 화족출신이라는 환상을 다른 사람들에게 심어주어 자신을 고귀한 핏줄의 후손으로 인식시킨다. 그 영향도 있어서인지, 인터뷰를 한 사람 중 일부는 그녀가 결벽한 성격의 소유자고, 반듯한 여성이며 고귀한 사람이라고 이야기한다.

그러나 그녀는 확실히 악녀라고 불릴만한 요소도 가지고 있다. 그녀 자신의 출생에 대한 수수께끼도 그렇지만, 3명의 남성, 비토 데루히코, 사와야마 에이지, 와타세 요시오渡瀬義雄와 15세 무렵부터 동시에 성적인 관계를 가지고 있었고, 그렇기 때문에 이 시기에 태어난 2명의 아이의 아버지가 누구인지는 알 수 없다. 아이들에게 비토 데루히코의 이름을 한 글자씩 붙인 것으로 보아 그의 아들인 것 같기도 하지만, 와타세 요시오와 혼인신고서까지 제출하고 위자료를 받아내는 것에서 첫째 아이는 와타세의 아이처럼 보이기도 한다. 그리고 그와의 이혼 과정에서 드러나는 그녀의 태도는 상상을 초월하여 악녀적인 성향을 아낌없이 보여준다.

그 사람이 갑자기 앞으로 고꾸라져 쓰러졌을 때 나도 깜짝 놀랐지만 남편은 역시 남자예요. 갑자기 눈치를 챈 듯 '어이, 너 조금 전에 뭘

---

7 後藤致人「敗戰·戰後と華族」,『歷史読本』47-5, 新人物往来社, 2002, 127쪽.

먹었어?'라고 안아 일으키면서 물었어요. '여기에서, 죽게, 해, 주세요'
……'그치만 그쪽이 마음대로 호적에 이름을 올린 거라면 이쪽도 마
음대로 호적에서 빼고 정식 혼인신고서를 내면 어떨까요?' '그런 짓을
하면 그쪽이 생각한 대로 되는 거예요' '왜요' '중혼죄가 성립돼요. 형
사소송을 제기하면 요시오 군은 갑자기 체포돼요'

　あの人が、急に前にのめって倒れたとき、私もびっくりしまし
たが、主人はやはり男ですね、咄嗟に気がついたらしくて、「お
いッ、お前さっき飲んだのは何だ？」と、抱き起して訊いたんで
す。「ここで、死なせて、頂く、つもり、です」…… 「しかし、むこ
うが勝手に籍を入れていたのなら、こちらも勝手に籍を抜いて、
こちらで正式の婚姻届を出したらどうですか」「そんなことをした
ら向うの思う壺ですよ」「どうして」「重婚罪が成立してしまいます。
刑事訴訟を起されたら、義雄君は、いきなり逮捕されますよ」(76-78)

기미코가 임신한 후 와타세는 동거하던 집에서 나갔고, 그에게 5
년 동안 아무 연락도 하지 않았던 그녀가 막 재혼한 와타세의 부모
를 찾아가 그 앞에서 음독자살을 기도하고, 와타세에게 중혼죄가 성
립될 수 있도록 상황을 꾸민 것이다. 게다가 이 인용문의 직후에는
기미코가 모든 상황에 대비해서 악질변호사까지 미리 섭외하고 있
었던 사실이 드러난다.

　기미코는 항상 자신은 '깨끗하고 올바르게 꿈이 있는 인생이 나의
이상이니까清く正しく、夢のある人生が私の理想なんだから'(362)라고 하듯이
반듯하게 살아가는 것을 목표로 하여 아름다움을 추구한다고 하지

193

만 그와는 정반대의 면이 다른 사람의 시점에서 드러나는 것이다. 이와 같은 성聖과 속俗의 이중성이 스즈키 기미코의 특징으로, 이 특성은 그녀가 꾸는 꿈을 대변하는 보석 사업에서도 드러난다.

패전 후 가공 기술이 발달하여 가짜 보석이 유통되고 있는 가운데 스즈키와 30년간 비즈니스 관계를 유지해 온 보석 장인은 그녀는 절대로 나쁜 짓을 했을 리가 없다고, 신뢰해도 된다고 이야기한다.

> 그 사람은 나쁜 짓 하려고는 손톱의 때만큼도 생각한 적이 없어. 30년 친분이 있는 내가 하는 말이야. 그거야 말로 신용해도 돼. 그렇게 선량하고 상냥하고 깨끗하고 올바른 것을 좋아하는 여자는 그 애 이외에는 알지 못해.
>
> あの子は、悪いことしようなんて、爪の垢ほども思ったこたあ ないよ。三十年から付きあいのある俺の言うことだ。それこそ信 用してほしいね。あんな善良で、優しくて、清く正しいものが好き な女は知らないよ。　　　　　　　　　　　　　　　　　　(315)

그러나 정재계 거물의 부인들만이 입회할 수 있는 레이디스 소사이어티에서 만난 정치가 세가와 다이스케瀬川大介의 부인의 증언에 따르면 사정이 전혀 다르다.

> 그보다 더 무서운 것은 반지로 만들어 준 비취는 그냥 구슬을 기름에 담근 가짜였던 것과 사파이어는 색도 형태도 같은데 합성석이기는 커녕 그냥 유리라는 거야. '주위의 다이아몬드 플레어는 진짜에요. 부

인께서 끼고 계시면 아무도 가짜라고는 생각하지 않겠지요. 실례합니다만, 외국에서 사셨는지요?' '아니, 그 니혼바시의 몽레브에서 샀어' '아, 요즘 조금씩 이쪽으로 나오십니다. 부인께서도 도쿄 레이디스 소사이어티의 회원이십니까?' '아니, 나는 회원은 아닌데. 저기, 회원으로 역시 나 같은 것을 산 사람이 있어요?' '정말 안 됐지만 도저히 성함을 말씀드릴 수는 없습니다'

それより、もっと怖ろしいのは、指輪に直してもらった翡翠は、ただの玉を油につけた偽物になっていたのと、サファイアの方は、色も形も同じだけど、合成石どころか、ただの硝子だって。「まわりのダイアモンド·フレアは、本物でございますのよ。奥さまがはめていらしたら誰も偽物とはお思いになりませんでしょう。失礼ですが、外国でお求めになりました？」「いいえ、あの日本橋のモンレーブで買ったの」「ああ、このところ、ちょくちょく皆様こちらへおいでになります。奥様も東京レディズ·ソサイエティの会員でいらっしゃいますか？」「いえ、私は会員じゃないんだけど。あのォ、会員で、やっぱり私みたいなもの買わされてた人たちがいるんですか？」「それはもうお気の毒で、とてもお名前を申上げることができません」 (295)

기미코의 보석가게인 몽레브에서 직접 구입한 것이 아니라 기미코가 도쿄 레이디스 소사이어티에서 몽레브의 이름으로 개인적으로 판 보석들이 가짜인 것으로 드러난다. 그녀의 악녀적인 측면이 다시 드러나는 장면인데, 보석은 기미코 자신을 상징하기도 한다.

195

화족의 핏줄인 것 같기도 하지만 실제로는 가짜일 수도 있는 그녀의
존재는 진짜 보석만을 취급하는 것 같은 결벽증적인 성격 이면에 숨
어있는 남을 속였을 수도 있다는 가능성과도 상통하는 것이다.

　그녀의 꿈을 꾸는 인생에서 빼놓을 수 없는 꽃도 마찬가지로 이러
한 스즈키 기미코 자신을 드러내는 상징물이다. 아름다운 꽃을 누구
보다도 사랑하는 그녀가 20여년 만에 만난 초등학교 친구에게 자신이
직접 만든 조화인 장미를 선물로 보낸다. 그러나 인터뷰 과정에서 기
미코의 차남에게 이 사실을 이야기하자 그는 그 말을 믿지 않는다.

> 조화는 엄마는 좋아하지 않았다고 생각해. 그러니까 자기가 그런
> 것을 할 리가 없어. 엄마는 아름다운 것만을 너무 좋아해서, 그건 좀 병
> 적일 정도였는데, 응, 자기도 그렇게 말했었어.
> 　造花は、ママは好きじゃなかったと思うよ。だからさ、自分で
> そんなことする筈ないよ。ママは美しいものだけが、むやみと好
> きで、それはちょっと病的なくらいだったけど、うん、自分でもそ
> う言ってた。
> (510)

　이와 같은 기미코의 성과 속의 이중성은 야채가게의 딸로 태어났
지만 타고난 두뇌와 미모를 자산으로 혼란스러운 패전 후의 시대
를 남자에게 기대지 않고 혼자 힘으로 살아가면서 정상으로 올라가
고자 한 여성이 갖출 수밖에 없었던 특성이라고도 할 수 있다. 그리
고 꿈을 이루었지만, 사실은 조금씩 현실에서 균열이 생기고 있었다
는 점이 그녀의 사후에 드러난다. 죽기 전 기미코의 약혼자였던 고

지마 마코토小島誠의 증언에 따르면 그녀는 심한 저혈압과 불면증에 시달리고 있었고, '밤이 무서워서 너무나 외로워져요夜が怖くて、むしょうに淋しくなっちゃうのよね'(407)라는 것처럼 고독에 시달리고 있었다는 것을 알 수 있다. 그녀의 죽음이 자살인지, 타살인지는 알 수 없으나 심리적으로 불안한 상태였으며, 그렇기 때문에 꿈이 완전히 깨지기 전에 죽음에 이른 것이라고 할 수 있다. 그녀의 죽음에 대해서 차남은,

엄마는 그날 빌딩의 탈의실에서 무지개 색으로 빛나는 구름을 본 거야. 아름다운 것에는 정신을 빼앗기는 엄마였으니까 앞뒤 안 가리고 그 구름에 타려고 한 거야. 그날은 날씨가 좋았으니까. 게다가 한 낮의 일이었지? 엄마 옆에는 아무도 없었던 거야, 분명히. 말릴 사람이 없었던 거야. 나는 엄마의 죽은 얼굴을 봤는데 예뻤어. 아름다운 것에 안겨서 만족하는 듯한 느낌이었어. 엄마는 자신의 마음도 몰랐던 것이 아닐까. 엄마가 악녀라니 말도 안 돼. 엄마는 꿈과 같은 일생을 보낸 귀여운 여자였어. 정말이야.

ママは、あの日、ビルの更衣室で虹色に輝く雲を見たんだ。美しいものには眼のないママだったから、前後の考えもなく、その雲に乗ろうとしたんだ。あの日は上天気だったからね。それにまっ昼間の出来事だったでしょう？ママの傍には誰もいなかったんだよ、きっと。止める人がなかったんだ。僕はママの死に顔を見たけど、綺麗だったよ。美しいものに抱かれて満足しているって感じだったよ。ママは、自分が死んだのも知らなかったんじゃな

いかなあ。ママが悪女だなんて、とんでもないよ。ママは夢のよう
な一生を送った可愛い女だったんだよ。本当だよォ。　　　(514)

라고 이야기한다. 즉 그녀는 낭만적 기질을 가지고 패전 후라는 혼
돈의 시대에 꿈을 좇으며 살았으며, 그러한 시대 속에서 인생을 지
탱할 수 있었던 것은 바로 악녀, 성녀라는 이중성이었던 것이다.

Ⅳ. 남성의 '집안'에서 여성의 '집안' 건설로

스즈키 기미코라는 인물이 꿈을 이루는 과정에서 보여주는 이중적
특징은 당시의 시대적 분위기를 반영한 결과라고도 할 수 있다. 이 부
분을 1970년대 우먼 리브 운동과 관련시켜 고찰해 보고자 한다.

이 작품이 발표된 1970년대는 기존의 여성 해방운동과는 일선을
긋는 획기적인 부분이 있었다. 그 이전의 여성 해방가들이 가지고
있던 이미지에 대한 글을 소개하면 당시 그들이 얼마나 곱지 않은
시선에 노출되어 있는지를 실감할 수 있다.

(여성해방)이라는 말은 뭔가 흥이 깨지고 멋이 없는 울림을 가지고
있다. 그다지 꼭 맞지는 않지만 말하자면 큰 엉덩이로 플랫카드를 들
고 걸어 다니는 주부련의 아줌마들 이미지라고나 할까. 이 이미지를
추적해 보면 메이지 이래 여성해방의 여자 투사들이 가진 중성적인,
약간 히스테릭한 이미지와 겹친다.

(女性解放)っていう言葉はなにかシラジラしい、カッコ悪い響き
を持っている。あまりピッタリこないけど、まあ言うならば大き
いお尻でプラカード支えて練り歩く主婦連のオバハン達のイメージ
かな。このイメージを追っていくと、明治以来の女性解放の女闘志
たちの中性的な若干ヒステリカルなイメージとだぶってくる。[8]

이 글을 쓴 다나카 미쓰田中美津 자신이 우먼 리브의 운동가이면서
도 메이지 시대 이후의 여성 해방운동가에 대해서는 저항감을 가지
고 있었던 것을 알 수 있다. 이러한 저항감에서 벗어나고자 1970년
대 우먼 리브는 기존의 여성 해방과는 다른 노선을 걷기 시작한다.

먼저 기존의 운동 주체가 남자에게 제대로 인정받지 못하고, 남자
에게 존재의 역할을 허락받은 주부, 아내, 어머니 등의 여성들이었
다면[9] 보통 여성과 교육을 받은 여성들이 이 시기의 우먼 리브 운동
에 가담하게 된다. 이들은 남성의 기준에 맞는 여성을 거부하고 있
는 그대로의 여자로 사는 것, 즉 남자의 기준에 맞춰서 살아야 하는
여성이기를 거부하였다. 여성의 성 해방도 이들의 중요한 쟁점 중
하나였다. 기존의 여성에 대한 담론이 여성의 성을 '주부'와 '창부'라
는 용어로 이분시키고 있는 것을 거부하고 여성의 '전체성'을 성을
포함해서 회복하려고 하였다. 이러한 여성의 전체성을 인정하고 그
위에서 여성의 성의 해방을 주장한 것이 우먼 리브의 특징인데, 특

---

8 田中美津「女性解放への個人的視点―キミへの問題提起」, 1970, 溝口明代他編『資料
日本ウーマン・リブ史』1, 松香堂書店, 1992, 196쪽.
9 上野千鶴子「日本のリブ―その思想と背景」,『日本のフェミニズム1 リブとフェミニ
ズム』, 岩波書店, 2009, 2-4쪽.

히 여성의 성의 해방에 대한 인식의 변화는 이 시대의 소녀만화와도
깊은 관련이 있다.

1972년에 이케다 리요코池田理代子의 『베르사이유의 장미ベルサイユ
のばら』[10]에서 처음으로 남녀의 성관계 장면이 등장한 후, 소녀만화
에서는 소녀의 성관계를 다룬 만화들이 등장하기 시작한다. 기존의
소녀만화에서 성적 묘사가 전혀 등장하지 않았던 것에 비하면 큰 혁
신으로, 이를 계기로 소녀들의 성에서 격리된 신체가 성적인 신체로
변모하게 된 것이다.[11] 또한 1977년을 기점으로 대중의 소비패턴이
다양해지고 여성의 사회진출이 가속화되면서 소녀만화에서의 남녀
간의 사랑 패턴도 다양해진다. 이러한 소녀만화는 당시의 우먼 리브
운동과도 연결되어 있어서 소녀만화를 그리는 창작자도, 그것을 소
비하는 독자도 모두 여성의 성과 사랑, 인생에 대해서 다양한 시점
을 획득하고 있었던 것이다.[12]

또한 이 시기 우먼 리브에서 다룬 중요한 쟁점은 1972년 우생보호
법優生保護法이 재정되면서 대두된 여성의 모성에 대한 문제이다. 이
법의 골자는 두 가지로, 우생상의 견지에서 불량한 자손의 출생을
금지한다는 것, 즉 유전적인 병이나 장애를 가진 아이의 출산을 막

---

10 加野彩子「日本の一九七〇年代─一九〇年代フェミニズム」, 江原由美子·金井淑子編『フェ
ミニズムの名著50』, 平凡社, 2002, 515-516쪽에서는 『베르사이유의 장미』가 당시의
어떤 페미니즘 관련 서적보다도 많은 여성독자들에게 영향을 줬다고 지적하고 있다.
11 宮台真司『サブカルチャー神話解体』, ちくま文庫, 2007, 30쪽. 70년대 소녀만화의
경향에 대해서는 졸고「고전의 만화화를 통한 독자의 스토리텔링 리터러시의 확대-
『아사키유메미시』의 전략」, 『일본사상』27호, 한국일본사상사학회, 2014, 55-59쪽
참조.
12 田中和生「フェミニズムを越えて」, 『群像』62-10, 2007, 106쪽.

는다는 것이다. 또 하나는 여성의 중절, 불임수술을 시행하는 조건
과 피임기구 사용, 판매에 대해서 지도한다는 것이다. 여기에서 보
이는 심각한 문제는 장애를 가진 사람에 대한 차별의식과 여성의 성
을 국가가 좌지우지하려고 한다는 것이다. 원래 아이를 낳는 문제는
개인이 결정할 권리로 우먼 리브는 이에 대해서 '누구도 아이를 죽
인 여성을 비난할 수는 없다'라는 담론으로 맞선다. 이것은 모성의
거부를 의미하는 것이 아니라 여성이 아이를 죽이는 상황으로 몰고
가는 사회적 분위기에 대한 비판의 의미를 담고 있다. 즉 '낳을 수 있
는 사회를! 낳고 싶은 사회를!' 만들어야 한다는 것을 호소한 것이라
고 할 수 있다. 남성이 돈만 벌고 가정에서 아무 역할을 하지 않는 것
은 여성에게 아이를 낳고 싶은 마음을 가지게 하는데 저해가 된다.

> 거의 모든 가정은 모자가정이다. 남자는 돈 이외에는 집 안에서 아
> 무 소용이 없다. 가장 자립하지 못한 자들, 언제가 되면 깨달을 것인가.
> ほとんどすべての家庭は母子家庭だ。男はカネ以外では家の中
> では何の役にも立たない。最も自立しえぬ者ども、いつになった
> ら気がつくのか。[13]

모성은 항상 사회가 가장 중요하다고 칭찬하면서도 그것을 빌미
로 여성이 가정에 안주할 것을 요구하며 가사를 전가시키는 착취의
키워드이기도 했다. 모성을 강조하여 여성은 가정에서 아이를 양육

---

13 上野千鶴子, 前揭書, 138쪽.

하기 위해 모든 것을 참고 견뎌야 하며, 남성은 돈을 벌어오니까 아이의 양육에 크게 관여하지 않아도 된다는 사회적 분위기가 만연하였다. 우먼 리브는 이와 같이 헌신과 자기희생을 강요하는 모성의 환상을 없애버리고자 한 것이다.

『악녀에 대해서』에 등장하는 스즈키 기미코라는 인물에게서는 확실히 이러한 우먼 리브 운동의 영향을 읽어낼 수 있다. 작가 아리요시 사와코는 우먼 리브가 있기 이전부터 혼란스러운 사회나 가정의 속박에도 굴하지 않고 씩씩하고 대담하게 살아가는 여성에 초점을 맞춘 작품들을 발표하였다. 예를 들어 대표작 『기노카와紀ノ川』에서는 3대에 걸친 여성의 삶을 그리고 있는데 전쟁과 패전이라는 혼란 속에서 시대를 받아들이고 살아가는 하나花와 집안의 굴레에서 벗어나려고 한 장녀 후미오文緒, 그리고 하나가 아끼고 그녀를 이해하는 손녀 하나코華子의 이야기가 그려진다.[14] 이와 같이 여성의 3대에 걸친 이야기로는 『향화香華』도 주목할 만한 작품이다.[15] 타고난 미모로 남성들과의 잦은 연애를 통해서 자유분방한 삶을 사는 딸과 그녀의 그러한 기질 때문에 손녀를 도맡아 기르고 결국은 발광하는 할머니, 그리고 어머니에게 버려지다시피 한 손녀의 삶에 관한 이야기이다. 이 외에 화류계 여성들의 삶을 그린 『시바자쿠라芝桜』[16]와 역사 속에 가려져 있는 여성들에게 초점을 맞춰 남성이 중심이 된 집안을 배후에서 지탱한 여성들의 삶을 그린 『하나오카 세이슈의 아내華岡

---

14 有吉佐和子『紀ノ川』, 新潮文庫, 1964, 1-357쪽.
15 有吉佐和子『香華』, 新潮文庫, 1965, 1-399쪽.
16 有吉佐和子『芝桜』(上), 新潮文庫, 1979, 1-529쪽, 『芝桜』(下), 新潮文庫, 1979, 1-492쪽.

清州の妻』[17] 도 주목해야 하는 작품들이다. 특히 후자는 18세기말 세계에서는 최초로 마취제를 사용하여 유방 적출 수술에 성공한 하나오카 세이슈를 중심으로 시어머니와 며느리의 갈등, 그리고 세이슈의 성공 뒤에서 집안에 헌신한 여성들의 이야기를 그리고 있다는 점에서 흥미롭다.

이와 같은 아리요시의 기존 소설들과 비교해 봐도 『악녀에 대해서』의 주인공인 스즈키 기미코에게서는 시대의 큰 흐름이었던 우먼 리브의 영향을 더욱 강하게 읽어낼 수 있다. 앞에서 언급한 70년대 우먼 리브가 주장한 여성의 성의 해방과 출산의 유무를 결정할 권리, 그리고 모성에 대한 환상을 깨버리고자 하는 담론들을 구현하는 듯한 인물로 조형된 것이 바로 스즈키 기미코이기 때문이다.

특히 아리요시는 70년대-80년대에 걸쳐 미국의 페미니즘 비평을 리드한 '여성으로서 쓴다'라는 입장을 일본에서 체현한 작가로서 평가받고 있다.[18] 작가 스스로가 '남자가 쓰지 않는 것을 여자가 다시 써야 한다는 의식男が書きもらしているところを、女が書き改めなくてはいけないという意識[19]'을 가지고 있다고 이야기했듯이, 우먼 리브가 성숙의 단계로 접어든 1978년에 탄생한 이 작품에서 조형된 스즈키 기미코를 작가가 당시의 우먼 리브를 의식해서 만들어냈다는 것은 쉽게 짐작해 볼 수 있다.

앞서 언급했듯이 스즈키 기미코는 10대 때 부기학원을 다니면서

---

17 有吉佐和子『華岡清州の妻』, 新潮文庫, 1970, 1-226쪽.
18 宮内淳子「解説」『作家の自伝109 有吉佐和子』, 日本図書センター, 2000, 295쪽.
19 有吉佐和子「ハストリアンとして」『波』, 1978. 1 인용문은 上掲書, 295쪽에서 재인용한 것이다.

알게 된 2명의 남성과 비토 데루히코와 성관계를 맺는다. 15세 때 처음으로 데루히코와 성관계를 맺은 후, 중화요리점과 보석점을 경영하는 유부남 사와야마 에이지와 관계를 맺고, 이듬해 와타세 요시오와 동거에 돌입한다. 사와야마와 비토와의 관계는 그들의 증언에 의하면 이후 20년 이상 지속되었으므로, 따라서 15세 무렵에는 3명과 동시에 교제를 하고 있었던 사실을 알 수 있다. 아리요시 사와코의 소설에는 예를 들어 『향화』의 이쿠요郁代와 같이 자유연애를 지향하고 분방한 삶을 사는 여성들이 등장한다. 그러나 기존의 성적으로 자유로운 여성들은 미모에 의해 남자들의 관심을 끌거나 주로 화류계의 여성들이었다. 다시 말해서 아리요시의 기존의 소설의 등장인물들은 남성과의 관계를 통해서 자신이 원하고자 하는 것을 이루는 수준에까지는 이르지 못했던 것이다.

그러나 『악녀에 대해서』의 스즈키 기미코는 다르다. 먼저 비토와의 관계는 그가 화족의 핏줄을 잇고 있다는 의미에서, 화족과 같은 범접하기 어려운 계급의 여성만이 가지고 있는 품위를 꿈꿨던 그녀에게는 필수 불가결한 것이었다. 그야말로 비토는 그녀의 이상을 충족해 줄 수 있는 남성이었던 것이다. 또한 패전 후의 혼란 속에서 성실하게 일하여 중화요리점과 보석점을 경영하게 된 사와야마와의 만남을 계기로 그녀는 보석이라는 것에 매료되고, 이를 통해서 미래에 대한 꿈을 꾸기 시작한다. 실제로 보석점에서 일하고 있었던 스즈키는 그곳의 보석 장인의 일을 바라보면서 보석을 보는 눈을 키워간다. 뿐만 아니라 사와야마와 육체적인 관계를 가지고 아이를 임신하게 된 후에는 밤에는 중화요리집의 계산대를 맡아서 일을 하게 된

다. 이러한 사와야마의 재력이 앞으로의 그녀의 미래 건설에 결정적
인 영향을 미치게 된다.

둘째가 태어났을 때에는 그녀에게 장래 니혼바시의 가게를 주려는
마음이 생겼어요. 장소가 장소니까 여자가 두 명의 아이를 키우기에는
충분하다고 생각했던 거예요. 그러나 첫째가 초등학교에 올라간 해,
그것을 말하자 그녀는 '그건 싫어, 그보다 나한테 팔아요. 살게'라고 하
는 거예요. 그것도 매달 5만엔이라는 할부로. 응, 귀엽다고 생각했어
요, 그때는. 그게 옆 귀퉁이 땅과 뒤편에 있었던 작은 가게도 어느 샌가
사 둬서 보다시피 훌륭한 빌딩이 들어섰으니까. 너무나 이상해서 멍해
질 정도였어요. …… 게다가 그녀는 자주 내게 돈을 빌리러 왔어요. 구
쓰카케의 토지를 5천평이라든가, 덴엔초후에 5백평이라든가, 3년이
지나면 원금을 돌려줬는데 그녀의 감은 굉장했어요.

二人目が生れたときは、彼女に将来は日本橋の店をやろうとい
う気になっていました。場所が場所ですから、女が二人の子供を
育てるのには十分だと思っていたんです。ところが、上の子が小
学校へ上った年、それを言うと、彼女は、「それは嫌。それより、
私に売って頂だい。買うわ」と言ったんですよ。それも毎月五万円
という月賦で、ね、可愛いと思いましたよ、そのときは。それが隣
の角地と裏側にあった小さな店も、いつの間にか買ってあって、
ご覧の通りの立派なビルが建ってしまったんですから。あまりの
不思議さに唖然としたくらいです。……それに彼女はよく僕に金を
借りに来ました。沓掛の土地を五千坪とか、田園調布に五百坪と

か、三年たつと元金を返してくれましたが、彼女の勘は冴えてま
したね。

(145-147)

둘째아이를 임신했을 때 둘 다 자신의 아들이라고 믿고 있었던 사
와야마는 니혼바시의 중화요리점을 기미코에게 주려고 생각했으나,
그녀는 그것을 팔라고 요구한다. 여기에서 더욱 놀라운 것은 이것을
예상이라도 했는지 이미 주변의 땅을 사들였다는 점이다. 이 자리에
그녀의 거점이 될 빌딩을 짓고, 이후에도 사와야마에게 토지를 사기
위한 돈을 자주 빌리러 와서 사와야마와의 관계가 그녀의 재력의 밑
거름이 된 것은 틀림없는 사실이다.

세 번째 남자인 대학생 와타세와는 동거를 하고 그 사이에 임신을
한다. 이 아이가 그의 아이라고 말하자 와타세는 낙태할 것을 종용
한다. 이를 거부하자 그는 동거하던 아파트를 떠나는데, 이러한 사
태를 예감이라도 했듯이 와타세 몰래 혼인신고서를 제출한다. 그리
고 5년 후, 와타세의 부모의 집으로 찾아가 음독자살을 기도한 끝에
5천만엔의 위자료를 받아낸다. 그와의 관계의 시작은 순수한 남녀
간의 사랑이었을지는 모르지만, 그 끝으로 받아낸 금전은 토지구입
을 위한 자본이 되었다.

그녀의 자유로운 성관계는 남자들의 여성을 바라보는 시각을 상
대화하고, 남성들의 이기심을 드러낸다. 먼저 비토의 경우, 패전 이
전에는 일류 가문으로서 명성을 얻었지만 전쟁으로 인해 몰락하고
민주주의의 물결 속에서 샐러리맨으로 살아가게 된다. 이러한 그의
모습과 밑바닥에서부터 올라가 부를 축적한 기미코와는 좋은 대조

를 이룬다. 뿐만 아니라 당당하게 사생아를 낳고 자신의 손으로 키우는 기미코와는 대조적으로 비토는 가정에 만족하지도 못하고 그렇다고 기미코와 결혼도 하지 못하며 자신의 아이를 위해 경제적인 원조도 하지 못하는 무능한 인간으로 그려진다. 사와야마 또한 기미코를 잘 키워서 자신의 가게에서 일하도록 하려는 의도를 가지고 있었고, 위의 본문에서 그녀가 중화요리점을 월 5만엔에 팔라고 했을 때에는 귀엽다고 생각했을 정도로 여성에게 사회적 능력이 있을 것이라고는 처음부터 인정하지 않았다. 와타세는 동거 중 기미코의 보살핌을 받으면서도 아이가 임신했다고 하자 자신의 아이가 아니라고 하고, 그녀가 후에 음독자살을 시도했을 때에는 돈을 위한 것이라고 그녀를 악녀로 단정한다. 그러나 동거인 여성을 임신시키고 양육비조차 지불하려고 하지 않는 와타세에게 과연 기미코를 비난할 자격이 있는가? 스즈키 기미코의 성적 자유분방함은 남성들의 이러한 사고방식을 상대화하고, 패전 후라는 혼란 속에서 무슨 일이 있어도 성공하고자 하는 그녀의 강한 생명력을 입증한다.

여성이 아이의 출산을 선택할 권리와 모성애 문제에 관해서도 기미코는 당시의 우먼 리브의 주장을 체현하는 면이 있다. 와타세와 사와야마는 그녀가 아이를 임신했다고 고백하자 자신들의 사정에 따라 낙태를 종용한다.

'저기요, 생긴 것 같아' 저는 깜짝 놀랐어요. 처치는 충분히 했으니까 그럴 리가 없는데, 게다가 최근에는 계속 같은 방에서 자고 있었을 뿐이니까 더욱 더 그럴 리가 없어. '농담하지 마. 내 아이가 아니겠지?'

207

'당신, 그건 너무하잖아요' '어쨌든 낳는 것은 그만 둬. 나는 책임질 수 없어. 나도 너도 아직 젊잖아. 부모가 되기에는 너무 젊어' '나 낳을 거예요'

「ねえ、出来たらしいのよ」僕は仰天しました。手当ては充分してましたから、そんな筈はないんですが、それにここんとこずっと同じ部屋に寝てただけだったから、いよいよそんな筈はない。「冗談言うなよ。僕の子じゃないだろうね」「あなた、それは、ひどいわ」「ともかく産むのは止めてくれ。僕は責任が持てない。僕だって君だってまだ若いんだ。親になるには若すぎるよ」「私、産みます」　　(55)

무슨 일이 있어도 아이를 낳고 자신의 손으로 키우겠다는 기미코의 대답은 위에서 언급한 우생보호법을 계기로 대두된 여성의 낙태 문제와 연결되어 있다. 그녀는 아이의 출산을 결정할 권리는 여성에게 있으며, 따라서 아이를 자기 손으로 기르겠다는 각오를 몸소 보여주고 있는데 반해, 세 명의 남성들은 처음에는 기미코가 아이를 낳고 기를 수 있는 토대를 마련해 주려고 조차 하지 않는다. 기미코라는 인물은 우먼 리브가 아이를 낳고 싶은 사회를 만들라는 주장을 뛰어넘어 남자에게 의지하지 않고 스스로 사회활동을 통해 아이를 양육해가는 여성으로 조형되고 있는 것이다.

기미코의 모성애에 대한 시점도 상대적으로, 사회가 가지고 있는 '모성'에 대한 이미지를 간단히 뒤엎는다. 이것은 두 아들이 어머니를 바라보는 시점의 차이를 통해서 드러난다. 장남 요시히코義彦는 아이들의 마음을 생각하지 않고 돈으로 무조건 아이의 환심을 사려고 하는 점 등을 이유로 어머니에 대한 반발심을 가지고 있다.

어쨌든 나에게는 어머니가 정성을 쏟아서 키워줬다는 기억은 하나
도 없습니다. 우리 형제를 먹이거나 재우거나 한 것은 지금은 나카노
에 있는 할머니였습니다.

とにかく僕には、母が手塩にかけて僕を育ててくれたという記
憶は何もないのです。僕たち兄弟を、食べさせたり、寝かせつけた
りしてくれたのは、今は中野にいる祖母だったのです。　　　(421)

여기에서 드러나는 기미코의 모습은 모성의 부재인데, 그러나 요
시히코의 시점은 일하면서 두 아이들을 키워야 하는 여성에 대한 이
해가 없이 여전히 기존의 '모성'에 기준을 두고 있다. 이에 반해 둘째
요시테루義輝는 어머니가 자신들을 위해 열심히 일하고 그 돈으로
자신들이 원하는 것을 다 해주었다는 점에서 그녀에게 강한 애정을
드러낼 뿐만 아니라 요리를 예로 들어 기미코의 자식에 대한 사랑을
설명한다.

그치만 엄마는 정말 대단한 사람이었어. 우리가 원하는 것이 뭔지
눈치 채면 요리사에게 라면과 된장국을 만들게 한 걸. 말린 정어리를
구운 것 따위 '나도 정말 좋아해'라고 무리하면서 말이지, 방글방글
웃으면서 우리들과 함께 먹었어. 엄마는 프랑스 요리를 정말 좋아해
서 식당은 프랑스 요리를 먹도록 샹데리아도 달아놓았는데 아이들을
맞이하자 거기에서 카레라이스와 스파게티를 태연하게 먹기 시작한

거야.

　でも、ママは本当に大したものだった。僕らが求めているもの
は何かって気がつくと、コックにラーメンや、味噌汁つくらせる
ようになったもの。めざしの焼いたのなんか、「私も大好きよ」って
無理してさア、にこにこしながら僕らと一緒に食べたもんね。 マ
マはフランス料理が大好きで、食堂なんかフランス料理食べるよ
うにシャンデリアもぶらさげてあったのに、子供を迎え入れる
と、そこでカレーライスやスパゲッテイを平気で食べ出したん
だ。

(498)

　이와 같이 두 아들의 시점에서 그려지는 기미코는 우선 사회가 인
정하는 일반적인 주부로서, 어머니로서의 모습에서는 일탈하고 있
다. 기미코는 돈을 버는 여성으로 스스로 요리를 하지는 않지만 아
이들이 원하는 것을 재빠르게 캐치하여 거기에 맞추려고 한다. 뿐만
아니라 가정에서의 남편과 아버지의 부재를 아랑곳하지 않고, 오히
려 자신이 원하는 스스로의 '집안'을 일구고 있는 것이다.

　아리요시의 기존의 소설도 페미니즘의 관점에서 자주 언급되어
왔다. '자립하는 여성의 저력을 드러내는 페미니즘의 완전한 구현으
로서, 모든 것이 갖추어져 있는 소설의 세계를 만들어낸 것이다自立
する女性の底力としてのフエミニズムの全き具現として、円満具足な小説世界をつ
くりあげたのである.'[20]라고 평가하고 있는데, 기존 소설의 여성 주인공

20　篠田一士「有吉佐和子・人と文学—『香華』から『和宮様御留』へ」39—11, 『群像』, 講談
社, 186쪽.

들이 독립적인 성격과 정신력을 가지고 있으면서도 어디까지나 남자들의 '집안'에 속해 있었다면 이『악녀에 대해서』는 기존의 소설에서 한발 더 나아가 남자가 지배하는 사회와 집안의 논리를 초월하여 여성의 논리로 살아가는 여성을 만들어내고 있다. 기미코의 두아들의 아버지는 결국 누구인지 밝혀지지 않는다. 오히려 이 작품에서는 두 아들의 아버지가 누구인가를 추급하는 것보다도 아이들을 키우면서 자신의 꿈을 키워가는 여성, 자신만의 '집안'을 일구는 여성을 그려내고 있는 것이다.

V. 맺음말

아리요시 사와코는 1970년대에 들어서 당시 사회의 분위기를 읽고 그에 대해서 민감하게 반응하였다. 1972년에는 치매에 걸린 노인과 그를 간호하는 며느리를 중심으로 한 가족 간의 갈등을 그린『황홀한 사람恍惚の人』을 발표했고, 1975년에는 환경오염문제를 그린『복합오염複合汚染』을 발표하였다. 이 두 작품 모두 당시에는 혁신적인 주제를 다루어 많은 주목을 받았다.

『악녀에 대해서』는 사회와의 관련성이라는 측면에서 주목을 받은 작품은 아니다. 그러나 이『악녀에 대해서』라는 제목은 기존의 남성중심적인 사회의 시점을 부각시킨다. 그 틀에서 벗어난 여성, 혼란 속에서 꿈을 꾸며 강인하게 살고자 했던 여성은 '악녀'로 취급받는다. 남성중심의 사회 속에서 두 아들을 기르며 홀로 서기 위해 몸부

211

림친 결과 가질 수밖에 없었던 성과 속의 이중성을 고려하지 않은 채 매스컴 등 사회는 그녀가 죽자마자 가차 없이 '악녀'로 낙인찍는다.

　메이지 시대 이후 여성 해방운동을 전개한 여성들에게 곱지 않은 시선을 보냈던 역사가 그러했듯이 70년대 여성의 우먼 리브의 쟁점을 체현하고 그것조차 뛰어넘는 여성인 기미코를 바라보는 사회의 시선은 곱지만은 않다. 작가 아리요시 사와코는 미스테리 수법을 통해서 '악녀'라고 불리는 여성에게 이중성을 부여하여 그녀를 독자들이 상대적인 시점으로 바라보게 함으로서 과연 당시 사회 속에서 성공하고자 꿈꾸었던 여성을 '악녀'로만 단죄할 수 있는지에 대해서 묻고자 했던 것이다.

제8장

일본 전통예능 가부키의 온나가타 고찰

❀ ❀ ❀

백 현 미

I. 머리말

　가부키歌舞伎는 양식적様式的 연극으로서 인물의 성격에 따라 사실적 재현에서 벗어나 그 형태와 색상이 유형화된 분장과 의상, 가발, 소도구 등으로 양식미를 표현한다. 또한, 하나미치花道, 회전무대와 같은 가부키의 무대구조 역시 가부키공연의 독특한 양식성을 규정하는 요소이다. 이밖에 양식성을 낳는 최대의 특징으로 '온나가타女形'¹를 들 수 있는데, 여기서 '온나가타'란 남성이 여성역할을 연기하는 것 혹은 그 배우를 지칭한다.

　온나가타란 명칭은 가부키에만 사용되지만, 세계적으로 남성이

---

1 '온나가타'는 女形 또는 女方라고 표기한다.

여성역할을 하는 풍습은 고대에서 중세, 근세에 걸쳐 일반적이었다. 그리스 비극도 셰익스피어도 인도, 중국의 고전극도 그리고 일본의 노能, 교겐狂言, 조루리浄瑠璃, 모두 온나가타였다. 왕녀 메디아도 오피리아도 처음에는 모두 남성이 연기했다. 이런 현상은 근대 여배우가 생기기까지 당연한 것이었다. 그것은 연극이 신에 대한 행사이고 신을 섬기는 자는 남성으로 한정되어 있었기 때문이다.[2]

따라서 세계연극사로 본다면 온나가타는 결코 가부키고유의 것은 아니었다. 그러나 여배우가 등장하면서 온나가타는 여배우로 전환되고, 일본과 인도 중국의 일부에만 남게 되었던 것이다. 중국 경극京劇의 경우에도 단旦이라고 하여 남성이 여성으로 분장해 연기하는 여장 배우가 있었고,[3] 한국에도 이세기, 윤백남, 이범구 등이 조직한 예성좌에서는 1916년 4월 톨스토이의 카츄사를 상영했는데 남자배우 고수길은 여자역 카츄사로 분장해 연극을 했다는 기록이 있다.[4]

하지만, 현대 중국의 경극에서도 남성이 여성역할을 하는 것은 없어졌으므로, 일본의 가부키만이 여장한 남성이 여성의 역할을 연기하는 세계적으로 유일무이한 연극이 되었다.[5] 그렇다면 '가부키의 꽃歌舞伎の花'이라고까지 일컬어지고 있는 온나가타가 어떤 이유로 현대에도 가부키에서 그 존재감을 이어갈 수 있는지에 주목하여 온나가타의 발생과 양상을 살펴보고, 에도江戸시대와 근대이후 온나가

---

2 가령 무녀나 여승은 제외한다. 渡辺保 『歌舞伎のことば』 大修館書店, 2004, 12쪽.

3 郡司正勝 『歌舞伎』, 集英社, 1966, 85쪽.

4 조옥진 「가부키 등장인물의 얼굴 분장에 관한 연구」 석사학위논문, 계명대학교 대학원, 1999, 17쪽

5 인형극인 조루리에도 온나가타가 있지만, 사람이 하는 연기에 초점을 맞추고자 한다.

타에 대한 미의 가치관이 어떻게 다르고 또 어떻게 표현되고 있는지 고찰하고자 한다. 연구방법으로는 에도시대 활약하며 온나가타 예芸를 완성시킨 요시자와 아야메(芳沢あやめ, 1673~1729)와 세가와 기쿠노조(瀬川菊之丞, 1693~1749)를 중심으로 살펴본 뒤, 현대의 명名온나가타인 나카무라 우타에몬(中村歌右衛門, 1917~2001), 오노에 바이코(尾上梅幸, 1870~1934), 오노에 기쿠고로(尾上菊五郎, 1885~1949) 등의 연기기록을 담은 예담芸談을 중심으로 검토하고자 한다.

Ⅱ. 온나가타의 발생과 양상

그리스 비극의 여역女役 남성배우, 셰익스피어 연극의 소년배우, 오페라 카스트라토[6] 등은 종교상의 배경이 있다고 하더라도 그것들은 자연발생적으로 생겨난 것이었다고 말할 수 있다. 노나 교겐의 여역 남성배우 역시 마찬가지이다. 하지만, 가부키의 온나가타(여역 남성배우)는 정치적 규제의 결과로 생겨난 것이었다.

1629년 풍기문란 등의 이유로 온나가부키女歌舞伎가 법령으로 금지되어 여성이 무대에 설 수 없게 되면서, 그 뒤 와카슈가부키若衆歌舞伎라 불리던 사람들이 등장하게 된다.[7] 에도시대의 와카슈가부키를 발단으로 야로가부키野郎歌舞伎로 이행하고 메이지유신明治維新과

---

6 소년의 목소리를 유지하기 위해 변성기 이전에 거세한 남성가수. 16-18세기 이탈리아에서 유행함.

7 近藤瑞男「女方の出現」,『国文学 解釈と観賞』, 至文堂., 1989.5, 101-102쪽.

쇼와昭和시대를 거쳐 현대에 이르기까지 여러 온나가타의 이행과정을 거쳐 가부키 특유의 온가가타가 생긴 것이다. 에도막부가 가부키에서 여배우의 출연금지 명령을 내렸지만, 이 조치는 역설적으로 온나가타가 가부키라는 연극형태를 규정하게 되는 요인이 되게 했다고도 볼 수 있다.

온나가타는 여성을 양식화하여 보이는 것으로, 남자의 골격에 맞춘 규정화된 모양과 색채의 의상을 입고, 손도 손끝만을 내보이고, 발도 뒤꿈치를 보이지 않도록 하며, 항상 어깨를 내려뜨리는 등 신체에 무리를 가하며 연기하는 것이다. 남자 역할을 하지 않는 온나가타에게 필요한 육체조건은 골격이 부드러울 것, 얼굴이 오목조목할 것, 키가 너무 작지 않을 것, 목소리가 고울 것 등이다.[8] 남자들만의 연극에서 남자가 여자가 되는 것이 최대의 관건인 온나가타는 자발적으로 생겨난 것이 아니었기 때문에 처음에는 인위적이며 부자연스런 존재였다. 하지만 점차 야로(野郎, 성인남성)가 여성역할을 하는 온나가타가 이후의 가부키 양식을 변형시키는 데 결정적 작용을 하게 되었고, 여배우 기용금지와 그 시대의 사건을 제재로 해서는 안 되는 등 정치권력으로부터 수많은 규제를 당하면서, 가부키는 표면적으로는 받아들이는 것처럼 보이면서 다른 형태로 가부키가 추구하는 바를 전개해 나갔다고 볼 수 있다. '온나가타'의 발생에 대해 도이타 야스지戸板康二는 다음과 같이 언급했다.

---

8 上村以和於『歌舞伎女形三百年史』,『演劇界』, 演劇出版社, 1996.6增刊号, 185-186쪽

가부키는 남자와 같은 체격을 가진 여자가 – 즉 온나가타가 나와서 연기하는 것처럼 의상으로도 가발로도 도구로도 연출로도 이루어져 있는 것이다. 여배우가 더 아름다운 것은 사실일 것이다. 하지만, 오히려 현실에서의 여자의 아름다움은 무대 위에서는 약한 것이다. 여기에 온나가타가 발생한 첫 번째 비밀이 있다.[9]

또한, 온나가타는 모든 것이 기교로 이루어져 있어서 그들의 고심은 하나하나가 예담으로서 결정될 수 있는 것이라고 말하고 있다.

초창기 온나가타는 여성역할 전반을 가리켰다.[10] 그것이 점차 젊은 여자역할은 온나가타가, 중년 여자역은 남자배우가, 나이든 온나가타는 노인역할 배우가 담당하게 되었다. 즉, 젊은 온나가타若女形만이 온나가타였으며, 에도시대의 명온나가타의 예담에는 이 '若'라는 한 글자가 중요하다는 구전도 있다.[11] '젊은 온나가타'는 죽을 때까지 '젊은 온나가타'여서 '젊은若い' 온나가타 혹은 '젊은 사람若手'으로서의 온나가타라는 의미가 아니라 '젊은 여자의 역할'을 하는 배우라는 의미이다. 이처럼 실제 연령을 거부한 점이 온나가타의 두

---

9 온나가타는 아름답지 않으면 안 되지만, 그 표현하는 여자는 현실의 여성의 아름다움과는 다른 것을 지니고 있어야 한다. 그리고 남자가 분장한 여자는 당연히 체격이 일반 여성보다 크다. 여배우가 여자 역할로 남자배우와 공연하는 것은 너무나도 빈약하다. 제국극장의 여배우 연극을 보면 그렇다. 戸板康二『歌舞伎への招待』, 岩波書店, 2004, 24–25쪽.

10 渡辺保, 前掲書, 12–15쪽.

11 「女形といふもの、たとへ四十すぎても若女形といふ名有。ただ女形とばかりもいふべきを、若といふ字のそはりたるにて、花やかなる心のぬけぬやうにすべし。わづかなる事ながら、此若といふ字、女形の大事の文字と心得よと稽古の人へ申されしを聞侍りし。」(郡司正勝校注『歌舞伎十八番集(役者論語)』日本古典文学大系98所収, 岩波書店, 1965, 326쪽)

번째 특징이다. 즉, 온나가타는 여성의 리얼한 흉내가 아닌 인공적으로 만들어진 객관화된 여성을 통해 여성의 본질을 표현하는 방법인 것이다. 그것을 위해서 온나가타는 자신의 신체마저도 개조했다. 겐로쿠元祿시대의 명온나가타이며 온나가타의 방법을 완성한 요시자와 아야메의 예담집[12]에는 일상생활도 여자의 마음가짐으로 생활해야한다는 이야기가 있어서, 이 말은 종종 남성의 여성화라는 식으로 오해받기도 한다. 하지만 이것은 배우로서 모든 여자 역할을 연기 할 수 있는 기본형을 몸에 익힌다는 의미이며, 여성이 된다는 것은 아니다.

요컨대, 온나가타는 여성이 되는 것이 아니며 남성도 여성도 아닌 온나가타라는 객관화된 '성'을 획득하지 않으면 안 된다. 그 결과 메이지시대 8대 이와이 한시로(岩井半四郎, 1829~1982)와 같이 긴 속옷 하나만 입고 쫓겨나도 여자로 보이는 온나가타가 생겨나는 한편, 남자이기에 생겨나는 강한 터치로 '여자'의 정열을 그려낼 수 있었던 것이다. 남자가 그리는 힘찬 선이 '여자'를 상징화하고, 여성의 핵심요소를 확대시켜 그 본질을 직접적으로 무대에 그려냈다.

가령, 온나가타의 안짱다리 걸음걸이는 다케치 데쓰지武智鐵二에 따르면, 호레키宝曆시대의 명온나가타 초대 나카무라 도미주로(中村富十郎, 1719~1786)가 처음 시작하여 일반사회로 퍼졌다고 한다. 또, 명치시대 배우 4대 나카무라 시간中村芝翫에 따르면, '온나가타의 춤은 종이를 무릎사이에 끼고 이것이 떨어지지 않도록 하지 않으면 안 된

---

12 「あやめぐさ」(『役者論語』所収)는 '무대'와 '일상생활'에 있어서의 마음가짐에 대해 29개 항목으로 기록되어 있다.

다'고 했다. 종이를 떨어뜨리지 않으려고 하면 당연히 두 발끝을 안 쪽으로 향하게 하여 걷지 않으면 안 되는데, 이 둘 모두 걷는 여자의 다리를 우아하게 보이기 위함이다. 하지만, 온나가타는 가끔씩 팔자 걸음으로 걷기도 하는데, 그렇게 함으로써 평소의 안짱다리 걸음걸 이와 비교되어 연기하는 선이 선명하게 관객에게 인상지어지는 것 이다. 기본은 안짱다리걸음, 가끔씩 팔자걸음, 이 방법이 여성이 아 닌 여성을 창조하는 온나가타의 힘이다. 3대 바이교쿠梅玉의 말을 인 용하면,

　　노년이 된 지금에야 비로소 미혼여성 역할에 대한 마음가짐을 조금 이나마 알게 된 것 같은 기분이 듭니다. (중략) 젊었을 때는 아무런 궁 리도 하지 않고 연기했던 것을 요즘은 젊은 몸짓으로 하지 않으면 안 된다고 생각하고 신경을 씁니다. 그래서 젊어서 연기한 미혼여성 역할 보다 나이 들어 하는 지금이 더 꼼꼼하게 몸을 움직여 연기하게 되었 습니다. 사람들이 자주 젊은 배우의 미혼여성역할보다도 노년 배우가 분장한 미혼여성역할이 색기色気가 있다고 합니다만, 그것은 이렇게 노인이 되면 몸짓, 동작에 신경을 쓰기 때문에 오히려 젊었을 때보다 한층 더 신체의 움직임에 유의하여 연기하기 때문입니다. 가부키는 여 배우여서는 안 된다. 반드시 온나가타의 색기가 아니면 안 된다고 하 는 것도 결국 이것과 같은 이유입니다. 　　　　　　　　　『梅玉芸談』[13]

13 中村梅玉著, 山口広一編『梅玉芸談』, 誠光社, 1949, 189-190쪽.

　이 말은 실제 신체나이로 아름다운 시기가 지나고 나서 진가를 발휘할 수 있을 때 할 수 있는 말이다. 그러므로 일상적 의미에서 주름 투성이의 노인들이 연기하는 온나가타가 결코 아름답지 않을 것처럼 보이지만, 실제로 무대 위에서 보면 아름답고 애교 넘치는 여자가 될 수 있는 것이다. 젊은 온나가타가 이들 앞에서 어설프게 느껴지는 것은, 바로 주름이 아름답게 보이는 기이함이 온나가타 '예'의 비밀이기 때문이다. 거기에 그려진 '이미지로서의 여자'가 어떤지가 이 비밀을 지탱하고 있는 것일 것이다. 온나가타는 얼굴이 전부가 아니기 때문에 아름다운 얼굴의 온나가타가 연기에 있어서 조금도 발전하지 못한 채 사라져 가는 경우도 있다. 노인이 아름다운 여자가 된다는 것을 착각, 환상이라고 볼 수도 있지만, 온나가타는 그 환상 속에 존재하는 것이며, 현실의 여자와는 다른 하나의 세계를 만들고 있다고 볼 수 있다.

　그리고 앞서 말한 셰익스피어의 '소년배우'와 온나가타의 큰 차이점은 소년배우의 경우 목소리가 바뀌기 전까지이고, 성년 후의 배우는 여자역할을 하지 않는다, 하지만, 온나가타는 나이가 들어도 훌륭하게 연기해냈다는 점이다. 즉, 이것이 온나가타가 단지 연기가 아닌 '예'라고 말할 수 있는 이유이다. 온나가타는 남자가 여자역할을 할 때 일부러 양식을 바꿔 여자 같은 목소리을 내거나 하지 않는다. 즉, '예'에 의해 표출되는 여성의 미는 '사실写実'로는 예상할 수 없는 미와 진실을 표출하는 것이다. 그래서 가부키의 온나가타는 '노'의 경우보다는 '소년배우'에 가깝다. 미소년을 내보내는 것, '남색'의 요염함이 있다는 것은 엘리자베스 왕조의 연극과 가부키와 공

통된다.[14] 하지만, 가부키의 온나가타는 '사실'에 의해 여성스러움을
내보이는 것과는 다르며, 역설적으로 거기에서 비로소 여성미가 표
현되는 것이다. 이상으로, 여배우가 더 아름답지만, 오히려 무대 위
에서는 온나가타보다 약한 것이라는 점, 실제 연령을 거부하며 여성
의 리얼한 흉내写実보다는 '예'를 통해 여자를 상징화하고, 여성의 핵
심요소를 확대시켜 여성의 본질을 직접적으로 무대에 표현한다는
방법이 온나가타의 특징이라는 것을 알 수 있다.

Ⅲ. 에도시대 온나가타의 의식과 생활

에도시대 온나가타는 무대 위에서 여성을 연기하는 것뿐만 아니
라, 무대가 아닌 일상생활에서도 여자로 생활했다. 이점이 무대 위
에서 아무리 능숙하게 여자를 연기해도 일상생활에서는 남성으로
생활하는 현대의 온나가타와 크게 다르다. 이러한 에도시대 온나가
타의 모습을 확립한 것은 겐로쿠시대와 교호享保시대에 걸쳐 활약
했던 초대 요시자와 아야메였는데, 그는 온나가타가 갖춰야 할 기
본마음가짐에 대해 『아야메구사あやめぐさ』[15]에서 다음과 같이 논하
고 있다.

---

14 菅泰男 「世界の中の歌舞伎」, 『岩波講座第一巻歌舞伎と文楽の本質』, 岩波書店, 1997,
   256쪽.
15 가부키 온나가타의 제1인자인 초대 요시자와 아야메(初代芳沢あやめ)가 생전에
   남긴 언행을 기록한 예담집 (『歌舞伎十八番集(役者論語)』 日本古典文学大系98 所
   收, 岩波書店, 1965)

221

온나가타는 색기가 기본이다. 태어날 때부터 아름다운 온나가타라
도 동작을 예쁘고 보기 좋게 하려고하면 꾸민 티가 나서 색기가 퇴색
한다. 또, 의식적으로 요염하게 보이려면 싫어질 것이다. 그래서 평
소부터 여자로 생활하지 않으면 능숙한 온나가타로 평가받기 어렵다.
무대에서 이 부분이 여자를 표현하는 가장 중요한 부분이라고 의식해
연기하려는 마음은 남자가 생각하는 마음이므로 오히려 남자로 보인
다. 일상생활이 중요하다고 생각한다.[16]

무대 위에서만 '여성스러움'을 의식하고 연기한다고 해도 잘 될
수 없으며, 일상생활에서부터 여성으로 생활하면서 평소 여자임을
의식하지 않으면 여성스러움은 몸에 배지 않으며, 능숙한 온나가타
라고 할 수 없다는 것이다.

그리고, 일상생활에서도 여자처럼 행동하며, 부인이 있다는 것을
타인에게 말하지 말고, 만약 다른 사람이 부인에 대해 물으면 얼굴
을 붉히는 정도의 마음가짐을 가지라[17] 고 했다. 실제로 아야메는 그
다지 아름다운 얼굴은 아니었다고 하는데, 선천적 핸디캡을 메우기
위해 노력하여 그 노력의 결과로 지금까지 남는 명성을 얻게 된 것
이다.

또한, 온나가타의 몸가짐으로서 사람들 앞에서 우동을 후루룩거

---

16 「女形は色がもとなり。元より生まれ付て美つくしき女形にても、取廻しを立派に
せんとすれば、色がさむべし。又心を付て品やかにせんとせばいやみつくべし。そ
れゆへ平生を、をなごにてくらさねば、上手の女形とはいはれがたし。ぶたいへ出
て爰はをなごのかなめの所と、思ふ心がつくほど、男になるものなり。常が大事と
存ずる」(郡司正勝校, 前揭書, 319쪽)

17 戸板康二『歌舞伎への招待』, 岩波書店, 2004, 29쪽.

리며 먹어서는 안 되었으며, 책상다리를 하고 앉아서도 안 된다는
계율이 있었다.[18] 그밖에 온나가타는 주연배우보다 항상 절제된 연
기를 해야 하며, 무대에서도 90센티 정도 뒤로 물러나 선다는 불문
율이 있었다.[19]정신적으로 억제됨과 동시에 머리에 무거운 가발을
써야 했으므로 육체적으로도 가쇄가 걸려있었다고 할 수 있겠다.

온나가타와 여배우의 차이를 설명한 것 중 '온나가타는 여성이 되
는 수양보다는 차라리 온나가타가 되는 수양을 주로 해야 한다.'[20]는
말은 온나가타가 추구해야만 하는 예의 목표를 제시한 것이기도 하
다. 여자로서 여성을 연기하는 여배우에게는 없는 완전히 여자가 되
는 노력, 즉 '온나가타가 되는' 노력이 상당히 어려웠을 것이다. 하지
만, 이러한 노력이 여배우로서는 달성하기 어려운 예술의 영역의 확
대를 온나가타에게는 허락하고, 여성 이상으로 '여성스러움' '아름
다움' 또는 '색기'를 온나가타에게도 부여하는 것이다. 이에 대해 앞
선 언급한 요시자와 아야메가 『아야메구사』에서 '온나가타는 색기
가 기본女形は色がもとなり'이라고 했듯이, 초대 세가와 기쿠노조는 온
나가타의 의식에 관하여 다음과 같이 '온나가타 비전女形秘伝'을 7개
항목으로 나누어 규정하고 있는데, 그 중 온나가타에게 여성 후원자
가 많은 것은 부끄러운 것이라 했고[21], '여자가 거짓으로 반해서 안

18 戸板康二『歌舞伎の話』, 講談社学術文庫, 2005, 73-74쪽.
19 「舞台で座るには女形は、立役より三寸や五寸は引下がって座るべきで…」六代目
尾上梅幸『梅の下風』, 演劇出版社, 1953, 327-328쪽.
20 「女形は女になる修業よりは、むしろ女形になる修業を主としてすべきである」小山
内薫『演劇論 全集』第5卷(女形に就いて), 未来社, 1968, 17쪽.
21 女方が女の贔屓あるは甚だ悪きことにて、女房になどならんと思われるは悪きこと
なり。男の贔屓多く、あのやうな女があればと、思わるるやうに望むことなり。六

길 때는 남자배우의 양손 위로 안기고 얼굴을 옆으로 돌리며, 진심
으로 반해서 안길 때는 왼쪽 아래로 손을 넣어 안기면 진짜처럼 보
인다'[22] 고도 했는데, 온나가타는 스스로 성을 극복하고 연기로 여자
가 되지 않으면 안 된다는 이상을 말한 것이라고 볼 수 있다. 그리고

> 여자가 물건을 가리킬 때는 검지손가락만 젖히고 다른 손가락은 쥐
> 듯이 하여 감출 것, 부채 등을 쥘 때는 새끼손가락만 손잡이 안쪽으로
> 넣어 잡을 것, 겉옷을 입을 때는 옷자락에 손을 대지 않고 발로 흩뜨리
> 듯이 해서 입을 것.[23]

이라 하여, 온나가타의 예는 근본적으로 급하게 익힌다고 몸에 배는
것이 아니므로 평소부터 여자가 된 마음가짐으로 생활하며, 무대와
사생활에 단절이 없도록 할 필요가 있다는 기술함으로써, 이른바 온
나가타의 생활에 대해 규정하고 있다. 기쿠노조는 화장을 지운 맨
얼굴이나, 사생활에서의 방심한 모습을 타인에게 보여서는 안 되며,
결코 늙고 추한 모습을 보여서 젊은 온나가타의 이미지를 손상시켜
서는 안 된다는 온나가타 만년의 각오까지도 주장하고 있다. 특히
상대 주연배우에게는 러브신의 여운이 사라지지 않도록 온나가타
본인의 대기실에 열쇠를 걸어 상대가 들어오는 것을 막았다고 하며,

代目尾上梅幸『女形の事』主婦の友社. 1944. 200쪽. 하지만, 현재 반도 다마사부로(坂
東玉三郎)와 같은 온나가타의 경우 후원자 단체 중 여성 후원자가 많다. 에도시대
온나가타에게 요구되던 규정이 변화되었음을 알 수 있다.
22 六代目尾上梅幸, 前掲書, 199쪽.
23 上掲書, 150쪽.

평생 온나가타 역할만을 했던 것으로도 알려져 있다. 사생활은 물론 무대 위에서도 온나가타에 철저했다고 말할 수 있을 것이다. 아야메가 평소부터 완전히 여자가 됨으로써 무대에서도 자연스럽게 여자를 연기하는데 반해, 기쿠노조는 평소는 물론 무대 위에서도 여자로 완전히 몰입하여 정신까지도 여자로 변신함과 동시에 어떻게 자신의 신체를 관객의 시선 속에 아름답게 인상지을지를 계산한 사람이라고 볼 수 있다.[24] 그것은 그가 남긴 '온나가타 비전'을 보면 '타고난 여자'란 평가를 받았던 배후에는 상당히 인공적인 조작을 했다는 것을 알 수 있다. 또 다른 온나가타 초대 나카무라 도미주로는 기쿠노조와는 대조적 방식을 보이는데, 이는 30년이라는 세대차가 가져온 '온나가타의 길'에 대한 변질이라고 볼 수 있겠다. 이들 두 사람이 이룬 업적은 온나가타에게 있어 가장 중요한 무용극所作事『이시바시石橋』와『도조지道成寺』를 순수 가부키무용으로 완성시킨 점이다. 게다가『교가노코무스메도조지京鹿子娘道成寺』를 완성시킨[25] 도미주로는 『게세도조시傾城道成寺』로 그때까지 선구적 역할을 하던 기쿠노조를 누르고 앞서게 된다. 결국 기쿠노조가 지켜왔던 금기를 깨고 '무술에 뛰어난 여자女武道' 역할을 잘 했던 도미주로는 '주연 남자역'은 물론 용맹스런 역할까지 했다. 즉, 최고 온나가타이면서 주연남자역도 겸한 것이다. 말하자면, 온나가타의 길에 두 개의 길이 생긴 것이다. 아야메와 기쿠노조의 '온나가타로서 살아가는 길'과 온나가타의 예를 '기술로 습득하여 주연 남자역을 겸하는 길'이다. 초대 아야메

---

24 上村以和於, 前揭書, 65쪽.
25 上揭書, 66-67쪽.

가 말했던 정신적 '온나가타의 길' 안에서, 초대 기쿠노조의 '양식주의적 온나가타 미학'이 생겨나고, 그 기쿠노조 안에서 초대 도미주로의 온나가타 '예를 기술화, 상대화하는 합리주의적 사고'로 계승되었다고 볼 수 있다.

> 2대 이치카와 쇼초市川松蔦는 일생동안 젊은 여성 역할로 끝나는 게 아닐까 할 정도로 체구가 작고 아름다운 온나가타였다. 하지만 쇼초의 아름다움은 아마추어로서의 아름다움에 지나지 않았다. 이런 아름다움은 단련된 예蕓에 의해 빛나는 아름다움이 아니라 생긴 모습이 아름답다는 것이며 배우로서는 오히려 부끄럽게 여겨야 할 아름다움이다.[26]

이 말은 보았을 때의 아름다움보다는 예로 인해 아름답게 보이는 것이 중요하다는 것을 강조하고 있다. 이것이 메이지시대 이후에는 여자다운 아름다운 온나가타를 추구하게 되는데 이점이 에도시대와 근대이후 온나가타의 큰 차이점이라 볼 수 있다.

Ⅳ. 근대이후 온나가타의 예담

제아미世阿彌의 『후시카덴風姿花伝』에는 노배우의 인생에서 각각의 시기에 맞는 수행에 대한 마음가짐을 기록한「年来稽古条々」가 있

---

26 折口信夫「役者の一生」,『かぶき讚』, 中央公論新社, 2004, 17쪽.

다. 하지만, 온나가타의 인생에 대해 그와 같은 언급을 한 예담은 많지 않다. 『6대 나카무라우타에몬六代目中村歌右衛門』(예담은「花と夢と」란 제목으로 하권에 있다)은 몇 안 되는 것 중 하나이다.

아버님의 이야기 중 내가 가장 좋아하는 말은 젊을 때는 연기과잉이라고 해도 신경 쓰지 말고 최대한 화려하게 연기할 것, 기량이 없으면 과잉은 될 수 없으니 한껏 연기할 것. (중략) 그리고 어느 정도 나이가 들면 절제된 연기를 할 것, 그 후 더 나이가 들면 신체가 노쇠하게 될 테니 그 점에 유념하여 다시 화려하게 연기할 것, 그렇다고 움직임을 화려하게 하는 것만으로는 안 되며, 나이 들어 쇠약해지고 쓸쓸해 보이는 부분을 커버한다는 마음으로 화려하게 연기하라는 것입니다.

『六代目中村歌右衛門』

남자가 여자가 되는 것. 그것이 온나가타에게 주어진 가장 큰 관문이라는 것은 말할 필요도 없다.

남자 배우가 온나가타가 된다는 것은 신체 골격이 다르기 때문에 물론 완 전히 변신할 수는 없지만, 그럴듯하게 보이도록 궁리를 하는데 옛날부터 배우들이 얼마나 고심을 했는지 모릅니다. 그래서 옛날 배우는 (중략) 어려서부터 여자 기모노를 입고 여자 머리를 하고 행동과 말씨 등 여자처럼 교육받음으로써 세상 사람들이 보면 남자 아이라고는 생각되지 않을 정도였습니다. [27]

'평소에 여자로 생활하지 않으면 훌륭한 온나가타라고 말하기 어렵다'는 것은 『아야메구사』로 알려진 에도시대 요시자와 아야메의 말이다. 이런 생활을 평생 했던 온나가타가 메이지시대에도 있었다.

> 옛날에는 훌륭한 온나가타가 있었지요. 이와이 한시로岩井半四郎와 같은 사람은 이젠 나오지 않겠지요. 한시로는 단주로団十郎도 인정했습니다. 첫째 온나가타로서의 마음가짐이 다릅니다. 평소에 여자처럼 생활하고 연습장에서는 여자기모노를 입고 보라색 모자를 쓰고 있었습니다. 리허설에는 후리소데를 입었으니, 나를 비롯해 지금으로서는 생각할 수 없는 일이지요. 메이지 14,15년경까지 그랬지요. 지금 온나가타는 온나가타 역할만 하는 게 아니라 남자역할도 하니까요. 진정한 온나가타가 되진 못한다고 생각합니다.　　　(五代目澤村源之助)[28]

일부러 메이지15년이라고 한 것이 8대 한시로가 사망한 해인 것이다. 하지만, 메이지시대까지 온나가타가 모두 이렇게 여자가 되기 위해 예술화된 생활을 보냈던 것만은 아니다. 1852년에 사망한 4대 우타에몬은 어린 9대 단주로에게 이렇게 말하고 있다.

> 우리들은 결코 온나가타를 할 만한 신체는 아니지만, 고맙게도 춤이 우리를 구원해주었고, 또 하나는 온나가타가 지켜야할 규율을 잘 지키고 있다는 것이다. 원래 남자와 여자는 골격이 달라서 남자가 여

27　六代目尾上梅幸, 前掲書, 104-106쪽.
28　黒崎貞次郎『芸談百話』, 博文館, 1940, 29쪽.

자로 보인다는 것은 당연히 어딘가 고통 없이는 불가능하다.[29]

여기서 '춤이 우리를 구웠했다'고 한 말이 핵심인데, 이것은 말하자면 기술로 만들어진 온나가타이다.

> 기쿠지로菊次郎의 손이 너무 차가워서 무심결에 꽉 쥐고, 따뜻하게 해 주고 싶다는 마음으로 연기를 했는데 나중에 들어보니 기쿠지로는 무대 뒤에서 순서를 기다리고 있는 동안 물속에 손을 담가 차갑게 했다는 것이었습니다. 그것은 내가 연극이 시작되기 전에 무심결에 한말 중에 '무대에서 여자의 손을 잡았을 때 차가우면 끌어당겨 따뜻하게 해 주고 싶어지는데 미지근하면 감기라도 걸린 게 아닌가, 아스피린이라도 먹는 게 좋다고 말하고 싶어지면서 왠지 흥이 깨진다'고 말한 것을 기억하고 그대로 상대역에게 마음을 쓴 것이겠지요. (중략) 이 기쿠지로가 자기 나이를 나보다 두 살이나 어리다고 숨긴 것도 남편역인 나보다 연하의 연인역할이어서 매력을 잃지 않기 위해 신경 쓴 것이겠지요.[30]

연인역할 배우의 거울이라고 할 수 있는 일화이다. 몬노스케門之助도 이것을 흉내 내어 드라이아이스로 손을 차갑게 했다고 한다.

> 무대에서의 남녀는 현실에는 존재하지 않는 만들어진 남녀이지만, 근본적으로는 리얼리티가 있어 진실된 마음이 통하도록 한다. 그것이

---

29 四代目中村歌右衛門『団州百話』, 金港堂書籍, 1903, 21-23쪽.
30 六代目尾上菊五郎『芸』, 改造社, 1947, 119-120쪽.

잘 되었을 때 가부키 무대는 성공하는 것이 아닐까 생각합니다. 그래서
저는 일단 무대에 서면 남편역이든 연인역이든 상대역에게 내 마음을
전부 쏟아 넣으려고 노력합니다. 그렇게 하지 않으면 아무리 좋아한다,
좋아하지 않는다고 말해도 내용 없는 형식만이 되어 버립니다.[31]

이러한 마음가짐도 필요하다고 볼 수 있겠다. 오리구치 시노부折
口信夫는 1937년경의 온나가타가 에도시대보다 아름다워졌다고 다
음과 같이 언급하고 있다.

온나가타중에는 아름다운 온나가타와 아름답지 못한 온나가타가 있
다. 남자역할立役, 온나가타를 거쳐 정말로 얼굴이 아름다운 사람이 등장
한 것은 메이지시대 이후로, 가키츠(家橘: 十五代目羽左衛門)·에사부로(栄三
郎:六代目梅幸)와 같은 아름다운 배우는 지금까지 없었다고 이치카와 신
주로市川新十郎가 말할 정도이다. 이것은 메이지시대 사진을 보면 알 수
있는 것으로, 여기에는 사진기술이 서툴다는 이유도 있겠지만,[32] 원래
아름답지 못한 온나가타가 많았다. (중략) 이런 사람들이 옛날의 온나가
타로, 일반적으로 온나가타인지 요괴인지 모를 온나가타가 많았다.[33]

---

31 四代中村雀右衛門「私の履歴書」,「日本経済新聞」, 1994.8.29.
32 1895년 일본에서 처음으로 무대사진이 사진사 鹿島清兵衛에 의해 한나절 걸려 촬
    영되었다.
33 「女形に美しい女形と美しくない女形とがある。立役·女形を通じて素顔の真に美し
    い人の出て来たのは、明治以後で、家橘·栄三郎のような美しい役者は今までな
    かった、と市川新十郎が語っていたくらいである。これは明治時代の写真を見れば
    わかる事で、それには写真技術の拙つたなさという事もあろうけれど、一体に素顔
    のよくない女形が多かった。(中略)こんな連衆が昔の女形で、その他一般に女だか
    化け猫だかわからぬ汚い女形が多かった。」折口信夫, 前掲書, 21쪽.

여기서 말하는 '아름다움'이란 본모습의 아름다움, 실제 여자다운 아름다움을 말한다. 오래된 무대사진을 보면, 지금 기준으로 볼 때 옛날의 온나가타는 그다지 예쁘다고 말할 수 없다. 게다가 옛날 가부키에는 남자인지 여자인지 구별하기 어려운 온나가타가 많았다. 즉, 아름답지 못한 온나가타도 많이 존재했던 것이다.

그에 비하면, 현대의 온나가타가 상당히 예뻐졌다고 대략적인 흐름으로서 말할 수 있다. 이것은 영화나 텔레비전의 영향도 있다고 본다. 오리구치는 이런 말도 했다.

> 가부키의 온나가타는 여자다운 여자여서는 안 된다. 가부키에서는 주연 남우를 한 이후부터가 보통 남자와는 어딘가 다른 남자가 되므로 그런 연극 세계의 남자에게 상응한 여자이어야만 하고, 현실세계의 여자여서는 안 되는 것이다.[34]

와타나베 다모츠는 「なぜ女形なのか」라는 논고(1984)에서 쇼와20년대에 본 명온나가타(당시 그들도 나이가 들어 이미 겉보기에는 아름답다고는 말할 수 없었다)-3대 나카무라바이교쿠中村梅玉, 7대 사와무라소주로澤村宗十郎, 6대 오노에 기쿠고로尾上菊五郎 등에 대해, 그들 노년의 명온나가타들이 그려내는 '여자가 고운 그리움을 지니고 있었다'고 회상하며 기술하고 있다.

---

34 折口信夫, 前揭書, 27쪽.

옛 시대의 '여자' 냄새, 마음속에 스며드는 듯한 그런 '여자'냄새가
있었다. 어쩌면 이 그리움은 고향 냄새와 닮았는지도 모른다. 고향의
풍경 속에 있는 '여자'의 냄새라고 한다면 이해하기 쉬울까? 무심한 동
작 속에 오랜 수행으로 얻은 노인들의 예芸에 그 냄새가 난다. 그것은
또 메이지시대 태생의 조모와 어머니 혹은 내 주변에 있던 노년의 여
인들의 감각이기도 했다.[35]

옛날의 온나가타가 연기했던 여자는 강인한 의지의 여자였음에
틀림없다. 가령 옛날의 온나가타가 표현하려고 한 여자, 요컨대 에
도시대의 여자는 지금 우리들이 실제로 무대에서 보는 여자와는 상
당히 다른 감각이었을 거라고 생각된다. 아마도 에도시대 관객이 당
시 가부키의 온나가타(현재 우리들이 볼 때 예쁘지 않은 것처럼 보였던 남자라고
도 여자라고도 할 수 없는 온나가타)에게 느꼈던 것과 현실의 여자란, 그 감
각적 차이가 훨씬 적었을지도 모른다.

미인이라든가 예쁘다든가하는 미적기준은 시대에 따라 크게 변
하는 것이므로 시대를 초월한 보편적인 미의 기준을 논한다는 것은
의미가 없다. 또 가부키가 동시대의 연극이 아닌 현대에는 온나가타
에 대한 미의 기준자체가 생활에서 유리된 것이 되었기 때문에 온나
가타의 미가 지시하는 것은 전혀 다른 의미를 갖는 것일지도 모른다.

현대는 여성이 남성화된 시대인데 반해 여성의 얼굴은 남성적인
용모를 잃었다. 옛날 여성의 얼굴은 남성적이었지만 반대로 여성은

---

35 渡辺保「なぜ女形なのか」, 『歌舞伎の魅力』, 文藝春愁デラックス, 1984, 14-15쪽.

내면적으로는 지금보다 훨씬 여성적이었다고도 볼 수 있다. 한편, 1955년대에 온나가타 불요론不要論이 제기되면서 온나가타가 위기에 직면한 시기도 있었다. 그런데, 여자의 행동이 더욱더 남성화되고 역으로 남성적인 용모를 잃고 점점 아름다워진 현대에 다시 인기가 생긴 것이다.

말하자면, 현대 온나가타가 용모에서 남성적 위엄을 잃음으로써 아름다워졌다고 말할 수 있다. 또, 현대 온나가타는 남자다운 소리를 버리고 가성으로 높은 소리를 만들어 여자의 목소리를 모방한다. 온나가타의 '예'가 현실의 여자를 모방하는 방향으로 치우치고 있다고 볼 수 있다. 이러한 현상은 '온나가타는 겉보기에 예쁘지 않으면 안 된다'는 풍조와 방향성에서 일치한다. 그러나 이것은 미의식만의 문제라기보다 연극의 허구를 허구로 관객이 순순히 받아들이지 않게 된 것임을 나타낸다. 현대의 관객은 온나가타에게 더욱더 기묘한, 그럴듯한 허구를 원하고 있는 것이다.

현대 온나가타 예는 연기하는 사람에게도 보는 사람에게도 '외모에 대한 아름다움'에 대한 요구, 즉, 리얼리즘에 대한 의식이 너무 강해서 허구를 허구로 없애버리기 위한 온나가타의 전략성이 약화됐다는 것이다. 이처럼 메이지시대 이후 '온나가타'의 자세는 변화되었다고 볼 수 있다. 실제로 쇼와昭和초기를 대표하는 온나가타 중 한 사람인 6대 오노에 바이코는 요염미로, 1915년 태생의 7대 오노에 바이코(1915~1995)는 단아한 규범적 온나가타로 알려졌지만, 현대의 반도 다마사부로(坂東玉三郎, 1950~)와 비교하면 큰 차이가 있다. 또한, 7대 바이코보다 2살 아래인 6대 나카무라 우타에몬과 다마사부로와 비교하면 그 차이는 더욱 확연해진다. 다마사부로가 아름다운 여성에 가깝다고 하여 예가 없다고는 결코 말할 수 없는 것이다. 현대의 대표적 온나가타인 다마사부로의 경우, 여성지지자 층이 넓고 확고한데, 에도시대 기쿠노조가 말했던 여성 후원자가 많은 것은 부끄러운 것이라는 의식과는 상반되는 점이다.

그리고 에도시대 온나가타와의 차이로 중요한 점은 근대의 극장 건축이 무대, 관객석 모두 확장되고, 촛불[36]은 전기로 바뀌면서,[37] 근대이전의 어두컴컴한 무대에서는 대강해도 괜찮았던 의상과 분장의 결점이 눈에 띄게 되었다는 것이다. 이러한 사실은 에도말기부터 메이지시대를 살았던 사람들의 회상에서 알 수 있는데, 에도시대의 생활은 램프, 가스등 및 전기를 사용하던 메이지시대와는 비교도 안 될 정도로 어두웠으며, 극장은 무대뿐만 아니라 객석까지도 어두웠다고 한다. 오카모토 기도岡本綺堂는 어머니에게 들은 이야기라 하며, 에도시대 극장은 그림에서 보면 깨끗할 거라고 생각하겠지만 실제로는 음식이 잘 보이지 않을 정도여서, 만약 메이지시대의 전기 불빛 정도라면 아마 주변의 더러움 때문에 먹을 수 없었을 것이라는 이야기를 소개하고 있다.[38] 백열등이 연기하는 배우를 비춘 것은 1887년 천람극天覧劇부터이며[39], 그 백열등이 가부키좌歌舞伎座에서 처음 실용화된 것이 1889년이다. 따라서 분장도

---

36 연기 때문에 촛불이 오히려 시야를 가리거나 배우의 분장과 의상, 때로는 배우의 목소리에까지 영향을 미치는 것은 사실이다. 神山彰「暗闇の光学」,『岩波講座 第六巻 歌舞伎の空間論』, 岩波書店, 1998.150쪽.

37 河原崎國太郎『女形芸談』, 未来社, 1972, 185-186쪽.

38 神山彰, 前揭書, 152쪽.

39 河竹登志夫「明治天覧劇の研究」,『演劇の座標』, 理想社, 1959, 257-258쪽.

상당부분 바뀌면서 육체에 온나가타다운 멋을 많이 요구하게 되었다고 생각된다. 그래서 현대에는 아름답고 여성스런 모습의 다마사부로와 같은 온나가타가 인기를 얻을 수밖에 없는 것이다. 그렇다고 여자 의상과 머리장식을 하고 무대에 선다고 여자가 되는 것이 아니므로, 온나가타에게는 몸가짐, 걷는 방법, 말투 등 모든 부분에 있어서 예담을 통해 전수되는 고심과 비결을 통해 발생부터 오늘날까지 남자의 육체를 가지고 온나가타를 만들어내기 위해 혹독한 연구가 계속될 수밖에 없으며, 그 결과 그 존재감을 이어갈 수 있다고 생각된다.

V. 맺음말

이상, 에도시대와 근대이후의 온나가타에 관한 예담을 중심으로, 이상적 온나가타가 무엇이었는지를 고찰해 보았다. 에도시대 온나가타는 일상생활에서도 여성으로 생활하고 평소부터 여자임을 의식해 왔지만, 그런 온나가타의 예는 절대규범으로 근대이후 온다가타에 적용되고 있지는 않았다. 예를 부분적으로 계승하면서도 온나가타의 기법은 더욱 풍부해지고 세련되어 왔다고 할 수 있지만, 근대이후에는 에도시대의 온나가타와는 대조적으로 일상생활에서는 남성으로 생활하지만, 남성적인 용모를 잃고 아름다워졌으며, 남자다운 소리를 버리고 가성으로 여자 목소리를 모방한다. 결과적으로 현실의 여자를 모방하며 외모의 아름다움에 대한 요구, 회화성을 추구하는 방향으로 이행했음을 알 수 있었는데, 이는 관객이 추구하는 여자다운 아름다운 온나가타라는 미美에 대한 가치기준의 변화에 따른 결과라고 생각한다.

제9장

고마치전승에 관한 일고찰

— '기다리는 여성'에서 '거부하는 여성'으로 —

❀ ❀ ❀

허 영 은

I. 머리말

가마쿠라鎌倉, 무로마치室町 시대 에마키絵巻에 '구상도九相図'라는 것이 있다. 이것은 사체의 그림이 그려진 것으로, 시체가 부패해서 백골이 될 때까지를 아홉 단계로 그린 것이다. 일본의 구상도 가운데 유명한 것은 단린왕후檀林皇后와 오노노 고마치小野小町의 구상도이다. 단린왕후의 구상도는 그녀가 생전에 불심이 깊고 죽은 뒤 자신의 사체를 방치하도록 하여 구상도를 그리게 했다고 한다.[1] 그런 의미에서 단린왕후의 구상도는 전적으로 종교적 이유에서 만들어

---

1 西山美香「九相図の展開一小野の小町と檀林皇后の＜死の物語＞」『国文学解釈と鑑賞』931, 2008, 122-124쪽.

237

진 것이라 할 수 있다. 그러나 후대에 구상도로 유명한 것은 오노노 고마치로, 고마치의 경우 용모가 빼어난 아름다운 여성의 대표격이 었고, 그런 여성이 죽으면서 뼈와 살이 썩어 추한 모습이 되는 것을 보여주는 것이 사람들에게 더욱 강한 인상을 남겼기 때문으로 추정된다. 그런데 일본 최고의 미녀로 일컬어지고 가인으로도 이름을 떨쳤던 고마치가 구상도의 주인공이 된 이유는 무엇일까. 본 논문에서는 헤이안시대平安時代 화려한 삶을 살았던 고마치가 시대가 내려오면서 몰락해 가는 고마치상을 추적하고 그 이유를 살펴보는 것을 목적으로 한다.

고마치만큼 일본인들에게 사랑받은 인물은 없을 것이다. 그런 한편으로 고마치만큼 삶의 궤적이 불분명한 사람도 없다. 그녀는 당대 최고의 미인이며 여섯 명의 가선六歌仙에 들 정도의 뛰어난 인물이라는 평가를 받기도 했지만 말년에는 늙고 추한 모습으로 전국을 유랑하며 죽어서는 들판에 해골로 나뒹구는 신세가 되었다. 그런 한편으로 일본 전국 각지에는 100 여 개 이상의 고마치와 관련된 유적들이 존재하고 고마치의 이름을 딴 각종 상품이 많은 일본인들의 사랑을 받고 있다. 고마치에 대한 이미지만큼 시대에 따라 다양한 양상을 보이는 인물도 없을 것이다. 고마치에 대한 일본인들의 이러한 양극단의 평가는 무엇을 의미하는가? 헤이안시대에 최고의 가인이며 미녀로 칭송받던 그녀의 몰락의 이유는 무엇일까? 이러한 소박한 의문에서 본 연구는 시작되었다.

고마치에 대한 연구는 첫째로 고마치의 노래를 분석하여 고마치 전승이 형성된 방식을 연구하는 방법과,[2] 둘째로는 일본 전국 각지에 있는 고마치 전승, 고마치에 관한 전설들에 대해 조사하는 방법으로 나눌 수 있다.[3] 이마제키 도시코今関敏子는 고킨슈古今集나 고마치슈小町集、이세모노가타리伊勢物語의 노래를 분석하여 '이로고노미色好み'로서의 고마치의 모습이 형성되었음을 논증하고 있고, 니시키 히토시錦仁나 아케가와 다다오明川忠夫는 특히 교토와 도호쿠지방(야마가타, 아키타, 그 중에서도 특히 아키타현(秋田県) 오가치쵸(雄勝町)에 전해지는 고마치 전승에 대해 조사) 등에 분포된 고마치 전승에 대해 조사하고 있다. 아케가와 다다오는 특히 말년에 고마치가 병을 치료하는 성녀聖女가 되는 과정에 대해 자세히 논증하고 있는데 도호쿠東北지역에 아픈 고마치전설이 많은 것은 고마치가 말년에 아픈 몸을 이끌고 자신의 고향인 아키타秋田로 돌아오는 과정에서 탄생한 것이라 한다.[4] 돌아오는 길에 신사나 절에 들러 기원을 하고 병이 나았다는 전설이 있어 이곳에 사람들이 약사당이나 관음당을 세워 치료하기 어려운 병에 걸린 여성들이 치유를 기원하는 장소가 되었고, 이로써 고마치는 성녀로 추앙받기에 이른다는 것이다.

고킨슈의 노래에서 시작되어 중세의 요쿄쿠謠曲, 오토기조시お伽草子를 거쳐 근대문학에 이르기까지 다양한 모습의 고마치상이 작품 속에 그려진다. 시대에 따라 다양한 고마치상이 성립된 이유에 대해 기존의 와카和歌의 분석이나 설화 채집만으로는 납득하기 어려운 부

---

2 明川忠夫「小町伝説の母体—古今集」『同志社国文学』14, 1979.3, 91-101쪽, 今関敏子『〈色好み〉の系譜—女たちのゆくえ』, 世界思想社, 1996, 9-42쪽.
3 錦仁『浮遊する小野小町』, 笠間書院, 2001, 1-492쪽, 伊藤玉美『小野小町—人と文学』, 勉誠出版, 2007, 1-222쪽.
4 明川忠夫『小町伝説の伝承世界』, 勉誠社, 2007, 11쪽.

분이 있다. 또한 고마치에 대한 연구가 지나치게 흥미본위의 고마치
전설에 치우친 경우가 많고, 이것이 고마치의 실상에 접근하는 것을
가로막는 장애가 되고 있다. 이렇게 다양하고 극단적인 고마치상이
존재하는 배경에는 고마치에 대한 일본인들의 지나친 애정과 관심
의 결과가 아닐까 생각된다. 따라서 여기에서는 고마치전설의 전승
과정에 대한 기존의 연구결과를 토대로 하여 다양한 고마치상이 출
현하게 된 배경을 다른 각도에서 탐구하고자 한다.

Ⅱ. 고마치전승의 성립

1. 소토오리히메衣通姫의 계승자

오노노 고마치에 대해서는 정확한 기록이 없어 대부분이 추정의
범주를 크게 벗어나지 못하는 것이 실상이다. 오노노 요시자네小野良
実의 자식이라든지, 닌묘천황仁明天皇의 후궁이라는 추측이 있을 뿐
으로, 그녀의 출생이나 배경에 대한 명확한 근거는 없다.[5] 그런 한편
으로 고마치라는 이름은 다양한 장르에 다양한 버전으로 사용되는
대표적인 이름이기도 하다.[6] 그런 한편으로 다음 『고지엔広辞苑』의
고마치에 대한 설명은 고마치에 대한 정보가 얼마나 부족한지를 나

---

5 小林茂美 『小野小町巧-王朝の文学と伝承構造Ⅱ』, おうふう, 1981, 44-47쪽.
6 新幹線이라든지 쌀 이름으로도 유명하고 일본 전국에 고마치의 이름을 딴 상품이
나 축제도 셀 수 없이 많다. 또한 고마치를 자신들의 지역과 연관시키고자 하는 의
도에서 일본 전국에 고마치와 관련한 전승은 100여 개가 넘는다.

타낸다고 볼 수 있다.

> 헤이안시대의 여류가인, 롯카센 및 산쥬롯카센의 한 사람. 데와군
> 수 오노노 요시자네(다카무라의 아들)의 딸이라고도 한다. 노래가 유
> 연하고 요염하다. 닌묘, 몬토쿠시대경 사람으로 알려졌다. 이른바 '나
> 나고마치', 등의 전설이 있다.
> 平安前期の歌人。六歌仙・三十六歌仙の一。出羽郡司小野良真(篁
> の子)の女ともいう。歌は柔軟艶麗。…仁明・文徳朝頃の人と知られ
> る。いわゆる七小町などの伝説がある。[7]

그러면 헤이안시대에 고마치상이 어떻게 정립되었는지에 대해
우선 살펴보도록 하겠다. 우선 헤이안시대에 고마치에 대해 알 수
있는 자료는 『고킨슈』에 실린 18수뿐이다. 그 대표적인 것이 다음 노
래이다.

> 꽃도 용모도 / 속절없이 시드네 / 허무하게도 / 내가 시름에 잠겨 /
> 지내는 그 사이에
> 花の色はうつりにけりないたづらにわが身世にふるながめせし
> まに   (『古今集』113)[8]

이 노래는 『햐쿠닌잇슈百人一首』에도 실린 고마치의 대표작으로,

---

7 新村出『広辞苑』, 岩波書店, 1955, 391쪽.
8 小沢正夫校注『古今和歌集』, 小学館, 1971, 이후 고킨슈 인용은 이에 의함

여성의 아름다움을 세월에 변화에 빗대어 읊은 뛰어난 노래로 꼽힌 다. 또한 이 노래로 인해 고마치가 아름다운 여성으로 사람들에게 각인되는 계기가 되었을 것으로 추측할 수 있다. 하지만 이 노래에 서 헤이안시대를 살아간 미모의 여성의 좌절을 엿볼 수 있다. 고킨 슈 서문을 쓴 기노 쓰라유키紀貫之는 고마치에 대해 다음과 같이 평 하고 있다.

> 오노노 고마치는 옛날 소토오리히메의 계승자이다. 가슴 깊은 울림
> 을 가지고 있지만 강하지 않고, 말하자면 지체가 높은 여성이 아픈 것
> 과 비슷하다. 강하지 않은 것은 여성의 노래이기 때문일 것이다.
> 小野小町は、古の衣通姫の流れなり。あはれなるやうにてつよ
> からず、いはばよきをうなのなやめる所あるににたり、つよから
> ぬはをうなのうたのうたなればなるべし。   (古今集、仮名の序)

쓰라유키는 고마치를 소토오리히메衣通姫에 비유하고 있다. 소토 오리히메란 이름은 『고지키古事記』, 『일본서기日本書紀』에 기록된 바 를 보면, 아름다운 광채가 옷을 뚫고 바깥으로 나올 정도로 미모가 뛰어나다는 의미에서 유래한다.[9] 또한 그녀의 이름이 알려진 것은 뛰어난 용모 때문이기도 하지만, 다음의 노래로 더 유명하다.

---

9 「此の天皇、意富本杼王の妹、忍坂之大中津比売命に娶ひて生みませる御子、木梨 之輕王、…次に輕大郎女、亦の名は衣通郎女[御名を衣通王と負はせる所以は、其 の身の光衣より通し出づればなり]…」(日本古典文学全集『古事記·上代歌謡』小学 館, 1973, 297-298쪽) 「容姿絶妙れて比無し。其の艶しき色、衣より徹りて見れり。 是を以て、時人号して衣通郎姫と曰す。」(新編日本古典文学全集『日本書紀』巻十三· 允恭天皇, 小学館, 1996, 115쪽)

「思ふてふ言の葉のみや秋を経て」노래 다음에 있는 노래

소토오리히메가 혼자 있을 때 인교천황允恭天皇을 그리워하며 부른 노래

그대 올 듯한 / 저녁 무렵이로다 / 거미를 보니 / 움직임만 보아도 / 미리 알 수 있구나

「思ふてふ言の葉のみや秋を経て」下

衣通姫の独りゐて帝を恋ひ奉りて

わが背子が来べき宵なりささがにの蜘蛛のふるまひかねてしるしも

(古今集·巻十四·墨滅歌1110)

이 노래는 거미의 미세한 움직임에서 그리운 님이 찾아와주기를 기다리는 소토오리히메의 간절한 바람을 표현하고 있다. 고킨슈 가나 서문에는 소토오리히메의 이 노래와 함께 고마치의 다음 노래들도 함께 수록되어 있다.

그대 그리며 / 잠드니 그대 모습 / 보이는구나 / 꿈인 줄 알았다면 / 눈을 뜨지 말 것을

思ひつつ寝ればや人の見えつらむ夢と知りせば覚めざらましを

색은 아니나 / 빛이 바래는 것은 / 무엇일까요 / 사람 마음이라는 / 꽃이 아닐까하오

色見えで移ろふものは世の中の人の心の花にぞありける

볼품도 없는 / 이 모습이 싫어서/ 부초와 같이/ 데려가 주는 대로/ 어디든 가려 하오

わびぬれば身をうき草の根を絶えて誘ふ水あらばいなむとぞ思ふ[10]

이 노래들에서 엿볼 수 있는 것은 그리운 님이 찾아와주기를 기다리는 가련한 이미지로서의 여성들의 모습이다. 소토오리히메나 고마치의 노래에 비추어진 그녀들의 모습은 꿈에서도 그리운 님을 그리워한다든지, 남자들의 마음이 언제 변할지 노심초사한다든지, 또는 자신을 어디로 데리고 가 달라고 하는 식으로 사랑에 종속된 이미지들이다. 쓰라유키가 소토오리히메의 노래와 함께 고마치의 노래 중 이 세 노래를 대표적인 것으로 꼽은 이유는 만요, 헤이안시대에 이르는 그녀들의 사랑의 방식, 삶의 방식과 관련된다고 보인다. 아키야마 겐秋山虔은 이에 대해 다음과 같이 이야기하고 있다.

쓰라유키가 고마치를 옛날 소토오리히메에 비유한 것은 노래 상에서가 아니라 사랑의 대상자라는 점이 아닐까. 「그대 올 듯한 저녁 무렵이로다 거미를 보니…」, 그 사람을 기다리는 소망이 대부분 허망하게 끝나버리는 괴로운 사랑을 하는 것이 소토오리히메이고, 또 고마치는 아니었을까. [11]

---

10 『古今和歌集』, 59쪽.
11 秋山虔 『王朝女流文学の形成』, 塙書房, 1967, 67쪽.

방처혼訪妻婚[12]이 행해지던 고대, 헤이안시대 여성들은 매일 밤 그리운 사람을 기다리며 힘들어했고, 또 이런 삶 속에서 절절한 사랑의 노래들이 탄생하게 되는 것이다. 소토오리히메는 그런 '기다리는 사랑'을 하는 여성의 대표격이었고, 고마치는 그런 소토오리히메의 전통을 잇는 여성의 대표였던 것이다. 고킨슈 초기만 해도 오노노고마치는 소토오리히메의 전통을 잇는 아름다운 여성으로, 와카의 달인으로, 또 사랑하는 님을 기다리는 연약한 여성의 이미지로 그려지고 있다. 하지만 이러한 고마치의 이미지는 이미 고킨슈의 다른 노래에서 점차 남성을 거부하는 여성의 모습으로 변화하기 시작한다. 다음으로 중세 이후 고마치의 이미지가 어떻게 변화하는지에 대해 살펴보도록 한다.

2. 모모요가요이百夜通い 전승의 시작

헤이안시대에 가선歌仙으로 추앙받을 만큼 노래에 뛰어났던 고마치는 중세 이후 '나나고마치七小町'라고 전해지는 요쿄쿠『가요이고마치通小町』『소토바고마치卒塔婆小町』『모모요가요이百夜通い』와 같은 작품 등을 통해 후카쿠사소장深草少将의 사랑을 받아들이지 않은 죄로 죽은 후에도 고통을 겪는 교만한 여성으로 그려지고 있다. 그 후 중세, 근세의 문학작품에는 전국을 떠돌며 유랑하는 유녀로, 그리고

---

12 '방처혼(訪妻婚)'이란 헤이안시대에 이르는 고대 일본에서 남편과 아내가 각자 자신의 친족 속에 살면서 태어난 자식은 여자 친족 속에서 키운다. 부부 동거가 원칙은 아닌 혼인제도를 말한다. (高群逸枝全集·第2巻『招婿婚の研究一』, 理論社, 1966, 76쪽 참조)

근대에는 다시 현모양처의 모습으로 등장한다. 고마치와 관련된 수많은 이야기 중에 가장 대표적인 것은 죽은 후에도 구원받지 못하는 여성의 이야기인 '아나메ぁなめ 전설'[13]일 것이다. 후카쿠사 소장의 사랑을 받아들이지 않은 고마치가 나이가 들어 도읍을 떠돌다 오슈奧州에 흘러들어가 들판에서 죽게 되고, 그 후 백골이 된 고마치 눈에 억새가 자라 바람이 불 때마다 "아, 눈이 아파, 눈이 아파!"하며 괴로워한다는 이야기이다. 죽어서도 눈에 억새가 꽂혀 괴로워한다는 이 전설은 당대 최고의 미인이자 이로고노미였던 여성의 몰락을 보여줌으로써 후대 사람들에게 강렬한 인상을 남겼다.

우선 고마치가 교만한 여성이 된 이유는 앞서 언급한 고마치의 다음 노래가 크게 작용했다.

꽃도 용모도 / 속절없이 시드네 / 허무하게도 / 내가 시름에 잠겨 / 지내는 그 사이에

花の色はうつりにけりないたづらにわが身世にふるながめせしまに

(『古今集』113)

이 노래에 대해 아키야마 겐은 자신의 인생사에 대한 체관을 노래한 노래로 분류하며 이 노래에 고마치의 인생 내지 생명이 담겨 있다고 평하고 있는데,[14] 이 노래는 일반적으로 시들어 가는 꽃에 대한

13 이러한 백골설화는 『和歌童蒙抄』『袋草子』『江家次第』『無明抄』『袖中抄』『古事譚』 등에 보이고, 이후 室町期에 이 이야기를 정리한 『小町草紙』가 나오게 된다.
14 秋山虔, 前揭書, 50쪽.

안타까운 마음을 자신의 인생에 비유한 뛰어난 노래로 평가되고 있다. 하지만 이 노래에 대해 소기宗祇는 다음과 같이 평하고 있다.

> 노래의 주제는 단지 내 모습이 변해가는 것을 꽃에 비유한 것이다. '내가 시름에 잠겨'라는 것은 그렇지 않아도 이 세상을 살아가자면 남자와의 사이에도 이런 저런 고민이 많을 터인데, (고마치가) <u>특히 남녀간의 정에 무른 사람이어서</u> 이 세상도 또 상대방도 원망하는 마음이 많아 수심에 잠겨 지내다 보니 용모가 변해가는 것에 놀라 탄식하는 마음을 읊은 것이다. 이것은 고마치에만 국한하는 것은 아닐 것이다.
>
> 心は、ただ我が身おとろふる事を花の色によそへていへるなり。我が身にながめせしましとは、さらでも世にふるは、とやかくやと物おもふならひなるを、<u>ことに好色の者なれば</u>、世をも人をも恨みがちにて、うちながめて明け暮るるまに、おとろふる事を驚き歎く心なり。この心、小町に限るべからずとぞ。 (「両度聞書」)[15]

『고킨슈』의 이 대표적인 노래부터 고마치는 '호색한 여성ことに好色の者なれば'으로, 세상과 사람을 원망하는 여성으로 그려지고 있다. 물론 이러한 평가는 소기宗祇가 살았던 중세의 평가로, 중세에 고마치의 이미지는 이미 '남녀 간의 정에 무른 사람好色の者'으로 정착된 것으로 보인다. 하지만 이미 헤이안 중기부터 많은 문헌에서 고마치는 '이로고노미色好み'로 간주되었던 것 같다.

---

15 片桐洋一『小町追跡;「小町集」による小町説話の研究』, 笠間書院, 1993, 183쪽 재인용

『이세이야기伊勢物語』 25단에는 다음과 같은 이야기가 실려 있다.

옛날에 한 남자가 있었다. 만나주겠다고도, 만나지 않겠다고도 확실하게 하지 않는 여자가, 막상 남자가 만나자고 하면 만나주지 않는 여자에게 노래를 보냈다

가을 들판에 / 대 숲 이슬에 젖은 / 그 날보다도 / 만나지 못해 우는 / 소매가 더 적셔오네

이로고노미인 이 여자가 보내기를,

마음이 없는 / 사람인 줄 모르고 / 오시는군요 / 마음 없는 나에게 / 이렇게 열심히도

むかし、男ありけり。あはじともいはざりける女の、さすがなりけるがもとに、いひやりける。

秋の野にささわけし朝の袖よりもあはで寝る夜ぞひちまさりける

色好みなる女、返し、

みるめなきわが身をうらとしらねばや離れなで海人の足たゆく来る (伊勢物語・25段)[16]

『고킨슈』에 「秋の野に…」와 「みるめなき…」의 두 노래는 나리히라業平와 고마치의 노래로 나란히 실려 있다. 특별한 관련이 없었던 이 노래들을 『이세이야기』에서는 나리히라와 고마치의 증답가로 바꿔놓고 있다. 오자와 마사오小沢正夫는 『고킨슈』 해설에서 이 노래에

16 片桐洋一外校注『竹取物語、伊勢物語、大和物語、平中物語』, 小学館, 1972, 159쪽.

대해 다음과 같이 설명하고 있다.

> 『이세이야기』는 작자 불명으로, 앞 노래의 답가로 되어 있다. 고마
> 치에게 이런 노래가 있기 때문에 후카쿠사소장의 '모모요가요이' 설화
> 가 탄생한 것일까.[17]

　'모모요가요이'설화는 후지와라 기요스케藤原淸輔의『오기쇼奧義抄』
를 시작으로 무로마치室町기의 오토기조시『고마치소시』, 요쿄쿠
『소토바고마치』, 『가요이고마치』등, 수많은 문학의 소재가 된 설화
이다. 고마치가 자신을 흠모하는 후카쿠사소장에게 백일 동안 자신
을 찾아오면 만나줄 것을 약속하고, 99일 동안 비가 오나 눈이 오나
매일 찾아오던 소장은 백일째 되는 날 급사를 하고 만다는 비극적
이야기이다. 이 이야기는 많은 파생문학을 낳으며 대중에게 확산되
었고, 이 설화로 인해 고마치는 남자의 순수한 사랑을 받아들이지
않는 교만한 여성으로 자리매김하게 되었다.
　『고킨슈』에서 소토오리히메의 계통을 잇는 남성을 기다리는 연약
한 여성의 이미지였던 고마치가 남성을 거부하는 교만한 여성이 된
데는『이세이야기』의 영향이 크다.『이세이야기』에는 여성에 대해
'이로고노미'라고 표현한 예가 8개 등장하는데, 이는 모두 고마치를
의미한다.『이세이야기』에서는 고킨슈나 고마치슈에 실린 그녀의
노래에 당시 그녀가 교류했던 남성들과의 이야기를 덧붙여서 고마

---

17 『古今和歌集』, 256쪽.

치설화를 만들어내고 있다.

　이마제키 도시코今関敏子는 '색을 좋아한다色を好む'란 '아름다운 것을 혹은 뛰어난 것을 선택한다'는 의미하고, 색을 좋아하는 여성色好みの女性는 자신이 주체적으로 남성을 고르는 존재라 하고 있다.[18] 즉, 더 이상 '기다리는 여성'이 아닌 '고르는 여성'이 된다는 뜻이고, '거절하는 여성'이 된다는 뜻이다. 그리고 고르는 여성, 거절하는 여성에 대한 시대의 평가는 가혹했다. '모모요가요이' 전설의 단초가 되었던 『고킨슈』의 다음 노래에 대해 『오기쇼』에서는 다음과 같이 해설하고 있다.

　　새벽녘 수백 번 도요새 날개 짓처럼 그대 오지 않는 밤을 수없이 헤아리네

　　暁の鴫の羽ねがき百羽がき君が来ぬ夜は我ぞ数かく (古今集·761)

　옛날에 자신의 뜻대로 되지 않는 여성을 사랑한 남성이 있었다. 남자가 자신의 마음을 여자에게 이야기하자 이 여자는 <u>남자의 마음을 알아보기 위해</u> 집 입구에 탁자를 세워두고, "이 위에 계속해서 백일 밤 누워있으면 당신의 말을 듣도록 하겠소"라 하자 남자는 비가 오나 바람이 부나 밤이 되면 찾아와 그곳에 묵었다. 탁자 위에서 자는 날을 세어보니 구십구일 밤이 되었다. '내일부터는 절대로 거절하지 못하겠지'하고 돌아오는 날, 부모님이 갑자기 돌아가셔서 그날 밤 못 가게 되

___
18　今関敏子『いろこのみの系譜―女たちのゆくえ』, 世界思想社, 1996, 24쪽.

자 여자가 보내온 노래이다.

　昔、あやにくなる女をよばふ男ありけり。こころざしあるよし
をいひければ、女、<u>こころみむとて</u>、来つつ物言ひける所に榻を立
てて、「これが上に、頻りて百夜臥したらむ時、言はむことは聞か
む」といひければ、男雨風をしのぎて、暮るれば来つつ臥せりけ
り。榻の端に寝る夜の数をかきけるを見れば、九十九夜になりけ
り。「明日よりは何事もえ否びたまはじ」など言ひて帰りけるに、親
の俄かにうせにければ、その夜、え行かずなりけるに、女のよみて
やりける歌なり。　　　　　　　　　　　　　　　（『奥義抄』）[19]

　『오기쇼』를 시작으로 겐쇼顯昭의 『쇼추쇼袖中抄』 등, 당시 최고의
가론서에서 같은 설을 인용하고 있다. 이들 가론서에서 공통적으로
지적하는 것은 여자가 남자의 마음을 떠보려고女、こころみむとて 백
일 동안 오도록 했다는 점이다. 앞서 언급한 『이세이야기』 25단의 이
야기에서도 여성에 대해 '만나주지 않는다고도 말하지 않는 여성ぁ
はじともいはざりける女'이란 표현을 쓰고 있다. 소토오리히메와 같이
남자가 와 주기를 오로지 기다리는 여성이 되지 못하고 남성에게 애
매한 태도를 보이거나, 남자의 마음을 떠 보는 여성 고마치는 차츰
쇠락의 길을 걷게 되는 것이다.

19　片桐洋一, 前揭書, 笠間書院, 140쪽 재인용.

Ⅲ. 고마치의 영락

고킨슈에는 고마치가 분야노 야스히데文屋康秀와 주고 받은 노래가 있다.

> 분야노 야스히데가 미카와의 관리가 되어 내려갈 때 "이번 제가 맡은 지역을 보러 가지 않으시겠습니까?"하고 물어 보길래
>
> 볼품도 없는 / 이 모습이 싫어서 / 부초와 같이 / 데려가 주는 대로 / 어디든 가려 하오
>
> 文屋康秀が三河掾になりて「県見にはえいでたたじや」と言ひやれりける返事によめる
>
> わびぬれば身をうき草に根を絶えてさそふ水あらばいなむとぞおもふ
>
> (古今集、938)

진지한 태도가 아닌 상대의 말에 가벼운 농담처럼 대응하는 노래라고는 해도 말단관리로 지방으로 내려가는 야스히데를 따라가겠다는 고마치의 대응에는 이미 쇠락의 이미지가 역력하다고 보인다. 이 노래에 대해『고콘초몬쥬古今著聞集』에서는 다음과 같이 이야기하고 있다.

> 고마치가 젊고 호색했을 때, 그 모습은 비할 것이 없었다.『장쇠기壯衰書』라는 것에는 중국의 삼황(伏羲, 神農, 祝融) 오제(伏羲, 神農, 祝融, 堯, 舜)의 비도, 한나라의 고조高祖, 주공의 처도 이런 호사스러움을 누리지

못했다고 적고 있다. … 여러 남자들을 천하게 여겨 업신여기며 왕후, 비에 마음을 담고 있었던 차에 열일곱에 어머니를 잃고, 열아홉에 아버지가 돌아가시고, 스물 하나에 오빠와 헤어지며 스물 셋에 남동생이 죽자 세상 천지에 혼자가 되어 의지할 곳이 없어졌다. 대단했던 기세도 갈수록 쇠락해지고, 화려했던 미모도 해마다 초라해져서 마음을 두었던 사람들도 점차 찾아오지 않게 되자 집은 무너져 달빛만 쓸쓸하게 비추고 뜰은 황폐해 쑥대만 쓸데없이 무성하다. 이렇게까지 되자, 붕야노 야스히데가 미카와의 관리가 되어 내려갈 때 "이번 제가 맡은 지역을 보러 가지 않으시겠습니까?"하고 물어 보길래

볼품도 없는/ 이 모습이 싫어서/ 부초와 같이/ 데려가 주는 대로/ 어디든 가려 하오

라고 읊어 보내고 그 후로도 점차 쇠락해져 결국에는 들판을 헤매게 되었다. 사람 사는 세상의 모습을 이로써 깨우쳐야한다.

小野小町がわかくて色をこのみしとき、もてなしありさまたぐひなかりけり。壯衰記といふ物には、三皇五帝の妃も、漢王・周公の妻もいまだ此をごりをなさずとかきたり。…よろづの男をば、いやしくのみ思くたし、女御・后に心をかけたりし程に、十七にて母をうしなひ、十九にて父にをくれ、二十一て兄にわかれ、二十三にて弟をさきだてしかば、單孤無賴のひとり人になりて、たのむかたなかりき。いみじかりつるさかえ日ごとにおとろへ、花やかなりし貌としどしにすたれつつ、心をかけたるたぐひもうとくのみなりしかば、家は破れて月ばかりむなしくすみ、庭はあれてよもぎのみいたづらにしげし。かくまでに成にければ、文屋康秀が参

253

川掾にてくだりけるにさそはれて、

　わびぬれば身をうきくさのねをたえてさそふ水あらば去なむと
ぞ思

　とよみて、次第におちぶれ行程に、はてには野山にぞさそらひ
ける。人間のありさま、これにてしるべし。

　　　　　　　　　　(『古今著聞集』巻第五、一八二 「小野小町が壮衰の事」)[20]

　젊은 시절 자신의 미모를 믿고 남자들을 '천하게 업신여긴よろづの
男をば、いやしくのみ思くたし' 고마치가 결국 말년에 오갈 데 없이 야스
히데가 가는 곳 어디든 따라가겠다는 지경까지 추락한 모습을 보여
주는 대표적인 예로 사용되고 있다. 『고콘초몬쥬』의 이 이야기는 그
후 다른 문학에서 다양한 버전으로 반복되고 있다. 특히 여기서 언
급한 『장쇠기』는 『다마즈쿠리 고마치 장쇠서』라는 이름으로 불리며
특별한 근거 없이 어느 사이엔가 고마치에 대한 이야기로 정착하게
되고, 근세 이후 고마치 설화가 정착되는 데 큰 영향을 미쳤다. 특히
후카쿠사 소장의 사랑을 거절한 고마치가 죽은 뒤 백골이 되어 해골
사이로 자란 억새가 바람이 불 때마다 눈을 찔러 "아, 눈이 아파, 눈
이 아파!"하며 괴로워한다는 '아나메 전설'이 가장 유명한 설화일 것
이다. 겐코법사兼好法師도 『쓰레즈레구사徒然草』에서 『장쇠기』에 대
해 다음과 같이 이야기하고 있다.

20　永積安明外校注 『古今著聞集』, 岩波書店, 1966, 167-168쪽.

고마치에 관한 것은 아주 알기 어려운 부분이 많다. 쇠락했을 때의 모습은 다마즈쿠리라고 하는 문장에 쓰여 있다. 이 문장은 기요유키淸行가 썼다고 하는 설이 있으나, 고호대사 구카이의 저작목록에 서명이 올라있다. 대사는 쇼와(834~848) 초기에 죽었다고 되어 있다. 고마치의 전성기는 그 후가 되지 않을까. 역시 분명하지가 않다.

「小野小町が事、きはめてさだかならず。衰へたるさまは、玉造と言ふ文に見えたり。この文、淸行が書けりといふ説あれど、高野大師の御作の目録に入れり。大師は承和のはじめにかくれ給へり。小町が盛りなる事、その後の事にや、なほおぼつかなし。」

(『徒然草』173段)[21]

겐코법사는『다마즈쿠리 고마치 장쇠서』가 기요유키의 작품이라는 설도, 또한 고호대사의 작품이라는 것도 수긍하지 못하고 있다. 하지만『다마즈쿠리 고마치 장쇠서』가 고마치에 관한 이야기라는 데 대해서는 전혀 의심을 하지 않고 있다. 어쨌든『다마즈쿠리 고마치 장쇠서』는 여성들이 어떤 삶을 살아야하는가에 대한 본보기가 되고, 영락한 고마치의 모습은 여성들이 남성을 거부할 때 어떤 결과를 초래하는지를 보여주는 전형적인 예로 등장하게 된다. 다음『헤이케 모노가타리平家物語』도 그런 경우이다.

황후가 "이것은 만나주지 않는 것을 원망하는 편지이다. 사람이 너

---

21 新編日本古典文學全集, 神田秀夫外校注『方丈記·徒然草·正法眼藏隨聞記·歎異抄』, 小學館, 1995, 217쪽.

무 심지가 굳은 것도 오히려 불행해지는 것이다." 이전에 오노노 고마
치라고 해서 용모가 무척 아름답고 남녀 간의 연정에도 일가견이 있던
사람이어서, 보는 사람, 소문으로 듣는 사람 너나 할 것 없이 마음을 빼
앗기고 애를 끓었다. 그러나 성격이 강하고 사람들에게 마음을 열지
않는다는 소문이 난 것일까, 결혼 상대도 없이 종국에는 사람들의 원
망이 쌓인 탓일까, 바람을 막을 만한 집도 없고 비가 들이치지 않게 할
방도도 없었다. 부서진 지붕으로 비추는 달빛, 별빛을 눈물 글썽이며
바라보고, 들판의 채소, 물가의 미나리를 뜯어 먹다가 이슬같이 덧없
는 목숨을 다하게 되었다.

女院、「これはあはぬをうらみたる文や。あまりに人の心強きも
なかなかあたとなる、物を」。中比小野小町とて、みめかたち世に
すぐれ、なさけのみちありがたかりしかば、みる人きく者胆たま
しひをいたましめずといふ事なし。されども心強き名をやとりた
りけん、はてには人の思のつもりとて、風をふせぐたよりもなく、
雨をもらさぬわざもなし。やどにくもらぬ月星を、涙にうかべ、野
べの若菜、沢の根芹をつみてそ、つゆの命をばすぐしけれ。

(『平家物語』卷九・小宰相身投)[22]

당대의 빼어난 미인으로 소문이 자자했던 고자이쇼小宰相가 다이
라노 미치모리平通盛의 구애에 응답하지 않자 황후가 남자를 받아들
이지 않아 몰락의 길을 걷게 된 고마치의 예를 들어 훈계하고 있는

---

22 日本古典文学全集, 市古貞次校注『平家物語二』, 小学館, 1975, 267-268쪽.

장면이다. 여기에서 주목할 부분은 고마치가 '성격이 강하다는 소문이 났다心強き名をやとりたりけん'는 점이다. 마음이 강하다는 것은 다시 말해 남자의 마음을 순수하게 받아들이지 않는다는 것을 의미한다고 볼 수 있다. 결국 '남자를 우습게 본', 또 '강한 성격을 가진' 고마치는 몰락의 길을 걷게 되고 근세의 요쿄쿠에서는 죽어서도 남성들의 망령에 시달리는 신세가 되는 것이다. 그리고 결국에는 유녀로 전락하게 된다.

『고킨슈』의 다음 노래들은 고킨슈에는 작자 미상으로 실려 있지만, 『고마치슈小町集』나 『고킨로쿠조古今六帖』에는 고마치의 노래로 되어 있는 노래들이다.

> 많은 꽃들이 / 활짝 핀 가을 들녘/ 나도 마음껏/ 꽃과 함께 즐기니 / 부디 말리지 말길
> もも草の花の紐とく秋の野に思ひたはれむ人なとがめそ
>
> (小町集·44)[23]

> 큰 나무들이 우거진 수풀 아래 풀들은 딱딱해져서 말도 먹지 않네 풀 베는 사람도 없네
> 大荒木の森の下草老いぬれば　駒もすさめず刈る人もなし
>
> (古今六帖·1046)[24]

---

23 『新編国歌大観·第三巻·私家集編Ⅰ』, 角川書店, 1985, 22쪽.
24 『新編国歌大観·第三巻·私撰集編Ⅰ』, 角川書店, 1984, 208쪽.

두 노래 모두 상당히 육감적인 노래로, 892의 노래는 나이가 든 고마치를 남자들이 더 이상 거들떠보지 않게 되었다는 뜻이고, 246의 노래는 꽃이 피어나듯 나도 치마끈을 풀어헤치고 마음껏 즐기자는 탐미적인 노래이다. 작자미상이던 이 노래들은 『고킨로쿠조』 『고마치슈』에는 고마치의 노래로 수록되어 사랑의 감정에 특히 무른 이로 고노미 여성 고마치의 이미지가 강조된다. 고마치의 이러한 이로고 노미로서의 이미지는 점차 증폭되어 무로마치기의 오토기조시 『고마치소시小町草子』 등에 고마치는 유녀로 등장한다.

> 「원래 세이와천황 시절에 궁궐에 고마치라고 호색한 유녀가 있었다.」
> 「또 고마치는 남자를 만나는 것이 천 명이라고 기록되어 있는데, 만나도 정을 나누지 않는다고도 써 있다.」+
> 「そもそも清和のころ、内裏に、小町といふ色好みの遊女あり。」
> 「また、小町は、男に逢ふこと、まづ千人と記したれども、逢う て逢はぬとも見えたり。」
> (『小町草紙』)[25]

『고마치소시』에 그려진 고마치는 천 명이나 되는 남자를 만나는 호색한 유녀로 그려지고 있다. 여기에서 문제가 되는 것은 『이세이야기』와 마찬가지로 남성에 대한 여성의 애매한 태도-'逢うて逢は ぬとも見えたり'(『小町草紙』), 'あはじともいはざりける女'(『伊勢物語』)- 이다. 결국 남성을 놓고 저울질하는 여성은 종국에는 유녀로 몰락할

---

25 大島建彦校注 『御伽草子』, 小学館, 1974, 110쪽, 112쪽.

수밖에 없는 신세가 되는 교훈이기도 하다.

유녀는 원래 신을 모시는 무녀가 그 원류이다.[26] 그녀들은 '성스러운 것'과 연결되어 가문과 창고의 관리자이기도 했다. 이러한 여성의 특질이 신과 관련된 행사나 예능에 있어서의 무녀, 유녀로서 활동하게 되는 배경이 된 것이다. 고대로부터 중세에 이르는 유녀들은 가문イエ를 대표하는 가장으로 천황이나 귀족들에게 총애를 받아 자식을 출산하는 경우도 있고, 그 자식이 출세하는 경우 뇨보女房가 되는 경우도 많았다.[27] 고바야시 시게미小林茂美는 '이로고노미'의 원래의 의미가 고대 왕이 종교력을 갖는 지방의 이상적인 무녀를 많이 처로 받아들여 그 체현하는 국혼을 흡수하고자 하는 것으로 보다 강대한 제정권을 장악하려고 하는 신앙에 바탕을 두는 것이라 하고 있다.[28] 이렇게 안정된 지위에 있었던 유녀의 사회적 지위가 하락하게 된 원인은 13세기에서 14세기에 불교의 영향으로 여성의 성 그 자체를 부정한 것으로 보는 '혈예관血穢れ'[29]에 근거한다. 그 영향으로 유녀들은 전국을 떠돌며 유랑하는 신세가 된다. 고마치도 늙고 추한 모습으로 유랑하는 신세로 전락한다. 『다마즈쿠리 고마치 장쇠서』에는 노년의 고마치의 모습에 대해 다음과 같이 묘사하고 있다.

---

26 五来重「中世女性の宗教性と生活」女性史総合研究会編『日本女性史』第二巻, 東京大学出版会, 1982, 120쪽.

27 辻活和『中世の<遊女>-生業と身分』, 東京大学出版会, 2017, 8쪽.

28 小林茂美, 前掲書, 446쪽.

29 여성에 대한 혈예관(血穢れ)과 여성지위의 하락에 대해서는 졸고「헤이안시대 여성차별과 하시히메전승」(단국대학교 일본연구소 『일본학연구』51권, 2017. 5, 149-152쪽) 참조.

모습이 매우 야위고 몸은 피곤해 보인다. 머리는 서리가 내린듯하고 피부는 배가 언 듯하다. 뼈는 튀어나와 힘줄이 보이고, 얼굴은 거무스름하고 이는 누렇다.

<u>벌거벗어 옷이 없고</u> 맨발에 신발도 없다.

容貌顯領けて、身躰疲痩せたり。頭は霜蓮の如く、膚は凍梨に似たり。

骨は竦ち筋抗りて、面は黒く歯黄めり。<u>裸形にして衣無く、徒跣にして履無し。</u>　　　　　　　　　　　　　　　　　(『玉造小町壯衰書』)[30]

　　고마치의 모습을 묘사하는 여러 표현들 중에 쇠락한 그녀의 모습이 벌거벗겨진 상태인 점이 눈에 띈다. 이 모습은 구상도의 모습과도 비슷하다. 옷을 입지 않은 상태라는 것은 유기된 인간의 공통적인 특징이라고 볼 수 있다. 『소토바 고마치』에 그려진 고마치의 모습도 사회에서 소외된 늙고 추한 노인의 모습니다.

지금은 천한 여자로까지 천대받으며 모든 사람들에게 멸시를 당하고, 원치 않는 나이만 들어 백세 노파가 되었습니다.

今は民間賤の女にさへ汚まれ、諸人に恥をさらし、うれしからぬ月日身に積つて、百年の姥となりて候。　　　(『卒塔婆小町』)[31]

　　병들고 의지할 곳 없는 사람-특히 여성, 노인-은 더러운 존재로 인

30　枡尾武 校注『玉造小町壯衰書』, 岩波書店, 1994, 29-30쪽.
31　小山弘志, 外校注·訳『謠曲集·二』, 小学館, 1975, 74쪽.

식되어 쫓겨나게 된다. 헤이안시대에 집이 없는 여성들은 특히 하층
민으로 추락할 가능성이 매우 높았다.[32] 갈 곳이 없는 이들은 길에서
죽음을 맞이하는 경우가 대부분이다. 이들의 사체는 새나 개 같은
동물들이 먹어 도시를 정화하는 것이다. 미녀의 영락과 죽음은 헤이
안, 가마쿠라의 이러한 시대적 배경과 맞물려 효과적 교훈을 이끌어
냈을 것이고, 고마치의 경우가 그 대표적인 예가 된 것이다. 이는 헤
이안쿄의 팽창과 이 과정에서 여성이나 천민을 도성에서 몰아내고
자 했던 당시의 시대상과 맞물려 고마치의 말로를 더욱 자극적인 방
향으로 묘사하게 되었던 것으로 보인다.[33] 이 부분에 대해서는 앞으
로 좀 더 자료를 보완하여 살펴보도록 하겠다.

Ⅳ. 맺음말

고마치는 헤이안시대 아름다운 여성으로, 또 애절한 사랑노래를
읊은 가인으로 많은 사람들의 사랑을 받은 가인이다. 하지만 헤이안
시대 이후 그녀의 삶의 궤적은 몰락의 일로를 걸어 중세, 근세에는
다양한 장르의 문학에서 늙고 추한 노인, 유녀의 이미지로 등장한다.
그녀가 이렇게 시대에 따라 다양한 모습으로 남게 된 배경은 무엇일
까 하는 의문에서 본 연구는 시작되었다.

---

32 西山良平「平安京の女性·性·生命」倉地克直·沢山美菓子他『「性を考える」わたした
　ちの講義』, 世界思想社, 1997, 36쪽.
33 網野善彦「遊女と非人·河原者」『大系仏教と日本人8·性と身分』, 春秋社, 1989, 124-126쪽.

결국 그녀의 매력과 더불어 신비에 싸인 그녀의 삶이 후대 사람들의 그녀에 대한 다양한 관심을 끌게 되었고, 헤이안시대라고 하는 '기다리는 삶'을 여성에게 요구하는 시대사상이 '꽃도 용모도花の色ば'로 대표되는 그녀의 노래에서 애절하고 덧없는 여성의 모습을 만들어내고자 한 것은 아닌가 생각된다. 그 후 다양한 작품의 소재로 활용되면서 시대에 따른 여성지위의 하락과 함께 고마치의 설화는 점차 남성을 거부하여 그 죄로 죽어서도 고통을 받는 모습으로 변화하게 되는 것이다. 그녀의 삶이 베일에 싸여 있었기 때문에 설화의 주인공으로서는 가장 적합한 소재였을 것이다.

고마치의 삶은 비밀에 쌓인 부분이 많다. 그런 이유로 시대에 따라 다양한 모습의 고마치상이 존재하고, 헤이안시대에서 근대에 이르기까지 다양한 장르의 다양한 작품에 등장하고 있다. 헤이안시대에는 아름다운 용모를 지닌 가선으로서, 중세에는 남성의 사랑을 거절한 교만한 여성으로, 그리고 그 인과로 늙고 추한 노년의 삶을 살다가 죽어서는 해골도 고통을 받는 비참한 모습으로 그려진다. 결국 오노노고마치의 삶은 시대에 따라 제도권의 보호를 받지 못하는 여성이 어떤 삶을 걸어왔는지를 보여주는 좋은 예시로 남게 되었다.

그동안 고마치에 대한 연구가 고마치 유녀설, 무녀설, 병을 고치는 성녀 등의 설화적 측면이 지나치게 강조된 면이 있다. 이것이 오히려 고마치에 대한 제대로된 평가를 저해하는 요소가 된 것도 사실이다. 그런 면에서 본 연구는 시대에 따른 여성지위의 변화라는 측면에서 고마치전승을 평가하고자 했다. 다만, 여전히 고마치 전승에 대해서는 자료 부족으로 실체를 파악하기 어려운 측면이 있다.

한편, 근대에 이르러 엔치 후미코円地文子의『고마치 변화 모습小町
変相』등의 문학에서는 고마치 이미지를 근대라는 시대에 따른 새로
운 모습으로 계승과 변화시키고 있다.[34] 앞으로 근세, 근대에 이르는
고마치상의 변화모습을 통해 고마치라는 여성이 시대에 따라 어떤
모습으로 그려지고 있는지를 시대정신과 함께 고찰해 보고자 한다.

---

34 『小町変相』에 대해서는 須浪敏子「『小町変相』論」佐藤泰正編『表現のなかの女性像』
笠間書院, 1994, 1~19쪽 등의 논이 있다.

한일문화 연구의 새 지평 2

타자의 눈으로 바라본 일본

제10장

바킨 요미혼에 나타난 교훈성과 서민 교화적 태도

홍 성 준

I. 머리말

19세기 일본은 에도江戸 시대 말기와 메이지明治 시대로 구분 지을
수 있으며, 문학에서는 에도시대 말기를 근세 말기라고 칭한다. 이
시기에 일본에서는 대량의 서적이 간행, 유통되고, 다양한 계층의
사람들이 독서를 즐기게 되었다. 오타 난포(大田南畝, 1749-1823)와 같은
문인이 장서가藏書家로서 활발히 활약하였고, 경제적인 이유로 서적
구매가 어려운 사람들을 위한 서적 대여업에 종사하는 사람의 수가
크게 증가하여, 1808년에는 종사자가 656명에 달했다고 한다[1]. 이는

---

1 中村幸彦「読本の読者」『中村幸彦著述集』第5巻, 中央公論社, 1982, 448쪽.

265

무사 계급뿐만 아니라 일반 서민들 역시 독서를 즐기는 문화를 지니고 있었음을 대변한다.

근세에 데라코야寺子屋라는 교육기관이 있었으며 이곳은 글자를 읽고 쓰는 법을 배우는 곳이었다. 꾸준히 증가세를 보이던 데라코야는 19세기 초에 들어서 폭발적으로 그 수가 늘어났는데[2], 서적의 활발한 유통이 그 이유라고 생각된다. 출판 기술의 발달과 다양한 장르의 소설 작품의 간행이 글을 배우고자 하는 사람들의 폭발적인 증가로 이어진 것이다. 이 때 간행된 소설장르 중에 구사조시草双紙[3]로 불리는 작품들은 서민들이 읽기 쉽도록 히라가나로 쓰여 지고 삽화가 많이 수록되었다. 내용 역시 해학적인 것이 많아 특별한 지식이 없이도 즐길 수 있는 소재를 활용하였다. 초등교육용 교과서인 오라이모노往来物는 처음부터 교육을 목적으로 만들어진 서적으로서 서간체 형식을 띠고 있으며 문학 작품으로서의 성격은 크게 지니고 있지 않은 데에 반해, 구사조시는 그림책의 형식을 띤 전형적인 소설 작품이다. 글자를 배우려는 목적의식을 지니고 있지 않더라도 가볍게 읽을 수 있는 소설책을 통하여 교훈적인 내용을 전달할 매개가

---

2 개업한 데라코야의 수를 조사한 데이터를 보면, 1780년까지 평균 26개 정도의 데라코야가 개업했던 것이 덴메이(天明, 1781-1788) 101개, 간세이(寛政, 1789-1800) 165개, 교와(享和, 1801-1803) 58개를 거쳐, 분카(文化, 1804-1817) 387개, 분세이(文政, 1818-1829) 676개, 덴포(天保, 1830-1843) 1984개, 고카-가에이(弘化-嘉永, 1844-1853) 2398개, 안세이-게이오(安政-慶応, 1854-1867) 4293개와 같이 1800년대 초 무렵부터 폭발적인 증가세를 보이고 있다. 市川寛明·石山秀和『江戸の学び』, 河出書房新社, 2006, 6쪽.
3 구사조시는 아카혼(赤本), 구로혼(黒本), 아오혼(青本), 기뵤시(黄表紙), 고칸(合巻)의 총칭이다. 고칸을 제외하고는 내용이 그다지 길지 않아 가볍게 읽을 수 있는 그림책으로 인식되었다. 고칸은 근세 후기로 갈수록 내용이 길고 방대해졌으며 작품소재 또한 고전, 전설, 역사 등에서 따온 경우가 많았다.

생겨난 것이다.

그런데 구사조시는 본래 희작戱作으로 교화보다는 오락적인 요소가 강한 소설장르이다. 다시 말해 당시 사회에서 유행하던 소문 따위가 소재가 되어 독자들의 웃음 유발을 목적으로 한 작품이라고 할 수 있다. 또한 서적 유통 산업의 발달로 서점이나 책대여점 입장에서 한 권이라도 더 팔아야 이윤을 남길 수 있었기 때문에 더욱 가볍고 재미있는 내용으로 된 작품의 간행을 선호하게 되었다. 당시의 서점은 출판업도 겸하고 있었기 때문에 작가들과 직접 연락을 취하여 출판 가능한 작품의 성격을 주문하기에 이르렀다. 소설 창작에 출판업자의 입김이 작용하기 시작한 시기가 바로 이 시기인 것이다.

위와 같은 기본 배경을 바탕으로 교쿠테이 바킨(曲亭馬琴, 1767-1848)의 요미혼読本에 나타난 교훈적인 내용을 검토하고 그가 독자로 내세운 婦幼가 구체적으로 어떤 독자층을 의미하는지를 분석하여, 그가 희작자이면서 서민 교화적인 태도를 지니고 있었을 가능성을 고찰해 보고자 한다.

II. 문학작품과 교훈성

근세 초기에 유행한 가나조시仮名草子라고 불리는 소설 중에서 뇨라이시(如儡子, 생년미상-1655경)의 『가쇼키可笑記』(1642년 간행)라는 작품은 교훈성이 짙은 작품으로 알려져 있다. 이 작품은 수필형식을 띠고 있어 근세 수필문학의 효시라고도 불리며, 유교적, 불교적 입장에서 세상을 비판하는 내용으로 이루어져 있다. 또한 우키요조시浮世草子의 대표작가인 이하라 사이카쿠(井原西鶴, 1642-1693)의 『혼초니주후코本朝二十不孝』(1686년 간행)나 『닛폰에이타이구라日本永代蔵』(1688년 간행)도 당시 사회상을 그리며 독자에게 교훈적인 메시지를 던지고 있다[4]. 사이카쿠 작품의 경우 우키요조시 특유의 오락적인 요소와 함께 교훈적인 요소가 담겨 있다고 볼 수 있다.

위와 같이 교훈성이 짙게 나타나는 작품이 있으며, 한편으로 작가가 교화를 목적으로 쓴 작품도 있다[5]. 잇사이초잔(佚齋樗山, 1659-1741)의 『이나카소지田舎荘子』(1727년 간행)는 단기본談義本이라고 하는 대중 교화를 목적으로 만들어진 장르를 개척한 작품이다. 단기본은 18세기 중엽부터 19세기 초엽까지 유행한 장르이며 교도敎導를 목적으로 함과 동시에 골계滑稽적인 내용을 그려내고 있어 이 장르는 곧 희작으로 발전되었다.

18세기말에 유행한 산토 교덴의 기뵤시黄表紙 『신가쿠하야소메구사心学早染草』(1790년 간행)는 등장인물을 선善과 악惡으로 나누어 심학心学[6]을 재미있게 소설로 구현한 작품이다. 당시 심학이 인기를 끌어

---

4 사이카쿠는 현실의 문제를 작품에서 꼬집어 묘사하는 데에 능하였다. 그의 작품은 당시 사회상을 파악하는 자료적 성격 또한 지니고 있다. 서문의 언설을 통하여 독자에게 교훈을 전하는 그의 전달방식에 관한 선행연구가 있어 인용해 두겠다.

4 '고전에서 존재하는 지난한 효행은 지금 세상에서는 가업을 제대로 이행하고 금전을 획득함으로써 가능해졌고 그럼에도 이를 행하지 못하는 불효자들이 많아 그들은 그 죄과를 당대에서 받게 되며 그러한 예를 제시함으로써 효행의 중요성을 강조하고자 하는 것이 서문에서의 작가의 언설이다.' 정형 「『本朝二十不孝』에서의 佛」『일본학연구』17, 단국대학교 일본연구소, 2005, 242쪽.

5 '교훈성이 짙게 나타나는 작품'과 '교화를 목적으로 쓴 작품'을 구분 짓고 있다. 전자는 유불 사상이나 권선징악 등이 전반적으로 드러나는 작품을 말하며, 후자는 작가가 독자를 교화하려는 의도를 지니고 이러한 사상을 포함시킨 작품을 말한다.

많은 사람들이 관련 서적을 찾았으며 이렇게 유행 작가에 의하여 소설로 간행이 되니 더욱 많은 사람들이 책을 읽고 교훈을 얻었다. 『신가쿠하야소메구사』의 내용을 간략히 기술하면 다음과 같다.

인간에게는 하늘로부터 하사받은 선의 영혼이 있고 때에 따라 악의 영혼이 생기기도 한다. 에도 상인의 아들 리타로理太郎는 선의 영혼의 소유자였는데 어느 날 악의 영혼이 몸속에 들어온다. 그 때문에 리타로는 아사쿠사浅草 참배를 마치고 요시와라吉原에 들러 유녀遊女를 만나게 된다. 이때부터 리타로의 마음속에서 선과 악의 영혼이 서로 다투게 되고, 악이 이겨 선을 내쫓기에 이른다. 리타로는 악의 영혼에 이끌려 도적질까지 하게 되고, 그러던 어느 날 유명한 도리道理 선생님한테서 가르침을 받고 교화된다. 다시 선의 영혼이 악의 영혼을 내쫓고 리타로는 선심으로 돌아가 부모에게 효를 다하게 된다.

기보시는 본래 이치를 따지는 내용을 담지 않음에도 이 작품은 선이 악을 물리쳐서 효심을 되찾게 된다는 지극히 도덕적인 내용을 주제로 삼고 있다. 리타로를 교화하는 도리 선생님은 실제 심학자心学者로 유명세를 떨쳤던 나카자와 도니(中沢道二, 1725-1803)이며, 그 때문에 당시 이 소설을 읽은 독자들은 도리 선생님의 가르침을 소설 속에서 접하며 교훈을 얻었다. 교덴의 이러한 시도는 호평을 얻어 후

---

6 심학(心学)이란, 근세 중기의 사상가인 이시다 바이간(石田梅岩, 1685-1744)에 의해 창시된 인생철학으로 사회교화운동으로 발전하였다. 1729년에는 교화운동을 위하여 교토에서 강좌를 열기도 하고, 전국적인 교화운동을 펼쳐 후학 양성에도 힘썼다. 심학 사상의 보급은 강좌 외에도 오라이모노나 서민문학, 라쿠고(落語) 등을 통하여 이루어졌고, 에도막부 말기에 쇠퇴하기까지 서민교화의 대표사상이었다.

속작인 『닌겐잇쇼무나잔요人間一生胸算用』(1791년 간행)와 『간닌부쿠로
오지메노젠다마堪忍袋緒〆善玉』(1793년 간행)가 간행되어 교덴 이외의 작
가들 사이에도 심학물이 유행처럼 번지게 되었고[7], 이 시기에 기보
시의 창작에 열을 올리고 있던 바킨 역시 스승인 교덴의 영향을 받
아 『시헨즈리신가쿠소시四遍摺心学草紙』(1796년 간행)를 출간하였다. 교
덴의 작품이 유행한 것에 대해 동시대 작가인 바킨과 산토 교잔(山東
京山, 1769-1858)은 다음과 같은 기록을 남겼다.

(1) 바킨 『긴세이모노노혼 에도사쿠샤부루이近世物之本江戸作者部類』(1834
년 간행)
그 가운데 『신가쿠하야소메구사』, 또한 그 후편인 『닌겐잇쇼무나잔요』,
함께 선의 영혼과 악의 영혼을 소재로 삼아 특히 시대의 호감을 얻어
지금도 여전히 사람들의 입에서 입으로 회자된다.〈오덴마초大伝馬町,
오와다야스베大和田安兵衛 판, 세 책, 후편·속편은 쓰타주蔦重 판이다〉
就中『心学早染草』、又その後編『人間一生胸算用』、共に善玉悪玉の
趣向、尤時好に称ひて、今なほ人口に膾炙す〈大伝馬町、大和田安
兵衛板、三冊物、後編·続編は蔦重板也〉。[8]

(2) 산토 교잔 『산토교덴이치다이키山東京伝一代記』(성립년미상)
간세이 2년 경술년 『신가쿠하야소메구사』 이 책자는 세상에 선의 영

---

7 짓펜샤잇쿠(十返舎一九, 1765-1831)의 기보시 『신가쿠도케이구사(心学時計草)』
  (1795년 간행)도 역시 교덴 작품의 인기에 영향을 받아 쓰여진 작품이다.
8 德田武校注 『近世物之本江戸作者部類』, 岩波書店, 2014, 40쪽.

혼, 악의 영혼이라는 것을 처음으로 써 내려가 교덴의 훌륭한 작품이 특히 교훈의 뜻이 깊으며 크게 유행하여 2편『닌겐잇쇼무나잔요』, 3편『간닌부쿠로오지메노젠다마』, 차차 3편까지 출판하고, 후에 초편부터 3편까지 고칸 한 권으로 하여 책 주머니에 넣어 판매하였다. 〈그 후에 쓰타야에서 교쿠테이 바킨작으로〉『시헨즈리신가쿠소시』, 그 후에 이를 모방하여 〈잇큐, 산바〉 등이 집필함.

寬政二年庚戌、〈大極上請合売〉心学早染草〈板元大和田〉此冊子、世に善玉悪玉といふ事を初て書出し、京伝が妙作、殊に教訓の意ふかく、大いに行れて、二編〈悪魂後編〉人間一生胸算用〈寬政三亥年、蔦屋板元〉、三編堪忍袋緒〆善玉〈同五丑年〉追々三編まで出板し、後に初編より三編まで合巻一冊となし、袋入となし鬻しなり。〈其後つたやより、曲亭馬琴作にて〉四遍摺心学草紙、其後是に擬して、〈一九三馬〉など戯作す。[9]

교덴 작품의 유행에 대한 두 작가의 기술내용이 비슷한 것을 알 수 있는 한편, 교덴의 동생인 산토 교잔은 바킨과는 달리 작품이 교훈의 뜻이 깊다는 점을 언급하고 있다. 그런데 심학물의 특징은 교훈을 그리고 있음에도 교훈서가 아니라 희작물이라는 점이다. 당시에도 심학은 일반 서민이 이해하기에는 어렵고 지루한 사상이었을 것이다. 그러한 사상을 교덴은 기뵤시에 담아 심학의 정신을 독자들에게 전달하는 데 성공한 것이다. 저명한 심학자까지 등장시킨 것으

---

9 鈴木俊幸『江戸の読書熱』, 平凡社, 2007, 19쪽.

로 보아 교덴은 이 작품을 통해 서민 교화적인 시도를 했음을 엿볼
수가 있다.

『신가쿠하야소메구사』의 서문에는 다음과 같은 구절이 있다.

> 그림책은 이치를 따지는 것을 싫어한다고 하지만, 지금 그러한 이치를
> 따지는 것을 하나의 작품 경향으로 삼아 세 책에 담아 아동에게 바친다.
> 画草紙は理屈臭きを嫌ふといへども、今そのりくつ臭きをもて一
> ト趣向となし、三冊に述て幼童に授く。

즉, 이 작품은 구사조시이기 때문에 이치를 따지는 것에 맞지는
않지만, 아동을 위하여 교훈을 굳이 작품 경향으로 삼겠다는 것이다.
이 구절에서 교덴의 교화적인 태도를 엿볼 수가 있으며, 실제 작품
속에서 심학자 나카자와 도니가 등장하거나 선의 영혼이 승리하는
등 충분히 교화적인 내용이 담겨 있다.

이와 같이 교덴은 심학을 소재로 교화적인 작품을 발표하였으나,
이후에 완성된 그의 작품을 보면 교훈성이 돋보이는 작품이 그리 많
지는 않다. 사실 그는 유희적인 내용의 작품으로 더욱 유명했으며,
교훈적인 사상을 전면적으로 내세운 작가는 아니었다. 반면에 작가
생활 초반부에 교덴 밑에서 배우며 집필 활동을 했던 바킨은 유교와
불교 사상을 바탕으로 한 작품을 다수 간행하였으며, 독자를 향한
교화적인 태도 또한 명확하였다. 다음 장에서 바킨 작품의 교훈성을
살펴보도록 한다.

Ⅲ. 바킨 요미혼의 교훈성

바킨은 교덴을 비롯한 동시대의 다른 작가들에 비해 교훈성을 작품 속 본문에 직접적으로 드러내는 경향을 지닌다. 예를 들어『니와소지 친부쓰자와庭荘子珍物茶話』(1797년 간행)에 다음과 같은 구절이 있다.[10]

> 소소베는 한걸음도 나서지 않고 남의 행복을 시기한다. 그 행동하는 바, 그 품행이 비슷하다고 말하지만, 선악에 자연스레 차이가 있다. 부귀빈 천은 하늘이 정한다. 남이 돈을 가지고 있다고 해도 원해서는 안 된다.
> そゝう兵衛は、いっぽの道を出ずして人のさいわいをねたむ。その のなす所、そのしなにたりといへども、ぜんあくおのづからたが いめあり。ふうきひんせんは天なり。人がかねもつたとて、ほしひ と思ふべからず。[11]

이 구절은 이야기 속에 포함된 부분이지만 작가의 언사言辞에 해 당한다. 이야기 내내 소소베는 다른 사람의 부를 시기하고 있으며, 그렇게 하면 하늘의 뜻을 거스르는 것이라는 경각심을 독자에게 안 겨주고 있다. 이와 같이 본문에 작가 자신의 견해를 포함시켜 독자 들이 자연스레 이를 읽고 이해할 수 있게 하는 수법은 근세시대의

---

10 이 작품의 교훈성에 대해서는 이미 国領不二男에 의해 지적되어 있다. 国領不二男「黄表紙よりみた馬琴の教訓性」『馬琴』日本文学研究資料叢書, 有精堂, 1974, 146-154 쪽 참조.

11 『庭荘子珍物茶話』早稲田大学図書館古典籍総合データベース(請求記号：ヘ13 02946 0116), 1797년 서문, 10丁表.

작가들에게 나타나는 공통적인 특징이라고 할 수 있다. 그 중에서
도 바킨의 경우는 더욱 노골적으로 교훈성을 드러내고 있다고 볼
수 있다.

　바킨은 기보시 창작에 큰 흥미를 가지지 못하였는데, 그 이유로
지면紙面의 제약으로 교훈적인 내용을 많이 쓰지 못한다는 점을 들
수 있다. 바킨은 1797년경을 기점으로 기보시 집필을 줄이고 요미혼
読本이나 고칸合巻을 집필하게 된다. 기보시의 제한된 지면에는 바킨
이 원하는 교훈을 다 담을 수가 없었던 것이다. 바킨이 담고자 했던
교훈이란 주로 유교사상을 말하며 인의팔행仁義八行의 덕목과 권선
징악 사상이 바로 그것이다.

　인의팔행이란, 유교에서 강조하는 '인의예지충신효제仁義礼智忠
信孝悌'의 여덟 가지 덕목을 말한다. 주지하다시피 이 덕목은 바킨의
『난소사토미핫켄덴南総里見八犬伝』(1814-1842년 간행)의 모티프가 된 덕목
이다. 이 작품에서 주인공인 여덟 명의 무사 핫켄시八犬士는 인의팔
행의 덕목을 하나씩 안고 태어나 그에 걸맞는 품성을 지니고 살아간
다. 그들의 이름에도 여덟 덕목이 하나씩 포함되어 있어 그들이 인
의팔행의 분신임을 나타내고 있다[12].

　바킨이 이 덕목을 처음으로 사용한 것은 『나니와바카리무메노훈
린浪速秤華兄芬輪』(1801년 간행)이며, 인의팔행의 '팔행八行'은 바킨 특유의
표기이며 이는 『무소뵤에 고초모노가타리夢想兵衛胡蝶物語』(1809-1810년

12　犬塚信乃戌孝, 犬川荘介義任, 犬飼現八信道, 犬山道節忠与, 犬田小文吾悌順, 犬江親兵
　衛仁, 犬村大角礼儀, 犬坂毛野胤智. 이름에 각각 덕목이 하나씩 포함되어 있음을 알
　수 있다(밑줄부분).

간행)에서 처음 사용되었다[13].『난소사토미핫켄덴』말고도 인의팔행은
작품 속에서 직, 간접적으로 언급이 되고 등장인물의 운명을 결정짓
는 역할을 하고 있다. 특히 주변인물 또는 조력자의 죽음의 장면에서
여덟 가지 중에 몇 가지 덕목이 드러나는 점이 바킨 요미혼의 특징이
라고 할 수 있다[14].

　인의팔행 중에서 바킨이 특히 중요하게 생각한 덕목은 효孝와 충
忠이다. 대표적인 예로,『난소사토미핫켄덴』에서 효의 분신인 시노信
乃가 아버지의 유언을 지키기 위해 고군분투한다거나, 충의 분신인
도세쓰道節가 주군을 위하여 복수극을 벌이기 위해 시종일관 기회를
노리는 점 등과 같이 각각의 덕목에 맞는 역할과 활약상이 그려지는
점을 들 수 있다. 덕목이 명확하게 표기되지 않더라도『진세쓰유미
하리즈키椿説弓張月』(1807-1811년 간행)의 주인공인 미나모토노 다메토모
源為朝의 스토쿠인崇徳院에 대한 충성, 기헤이지紀平治의 다메토모에
대한 충성,『라이고아자리카이소덴頼豪阿闍梨怪鼠伝』의 주인공인 시미
즈노칸쟈 요시타카美妙水冠者義高의 부하인 유키우지行氏의 충성, 오
히메大姫의 효심 등 작품 내에서 은연중에 강조되는 경우가 많다. 이
렇게 강조되는 덕목은 특히 등장인물의 죽음의 장면 등과 연관되어
독자들에게 자극적이고 인상적으로 그려지는 경우가 대부분이며,
역시 등장인물의 대사를 통하여 해당 덕목의 부재로 인한 죽음이라
는 부분이 강조되는 형태로 교훈성을 띠게 된다.

13　洪晟準「馬琴読本の死の場面と仁義八行-『俊寛僧都嶋物語』と『頼豪阿闍梨怪鼠伝』
　　を中心に-」『일본학연구』47, 단국대학교 일본연구소, 2016, 227-231쪽 참조.
14　洪晟準, 위의 논문, 238-239쪽 참조.

다음은 근세 요미혼의 가장 근간을 이루는 사상인 권선징악사상
이다. 선을 권하고 악을 벌한다는 단순한 논리가 당시 문학작품에
없어서는 안 되는 기본 사상이었다. 권선징악사상은 모든 작품에 나
타나기 때문에 그 예가 무수히 많으며, 나타나는 형태 또한 다양하
다. 서문이나 발문과 같이 작품의 본문과 별도로 마련된 지면을 할
애하여 권선징악에 대해 논하는 경우, 작품 속 등장인물의 언행을
통하여 '권선' 또는 '징악'을 그리는 경우 등과 같이 여러 형태가 있
다. 우선 전자의 예를 하나 살펴보면, 『무소뵤에 고초모노가타리』의
서문을 들 수 있다. 이 작품은 유코쿠시遊谷子의 『와소뵤에和荘兵衛』
(1774년 간행)를 저본으로 한 편력체 소설로서 주인공이 큰 연을 타고
여덟 개 나라를 돌아보며 교훈을 얻는다는 내용이다.

> 우키요는 마치 큰 꿈과 같다. 선악은 장자와 호접과 같다. …(중
> 략)…선을 행함도 내 마음에 있고, 악을 행함도 내 마음에 있다.
> 浮世は恰も大夢に似たり。善悪は荘子と胡蝶の如し。…(中略)…
> 善をなすも、わが心にあり、悪をなすも、我が心にあり。[15]

이 세상(우키요)은 꿈과 같으며 선과 악은 장자의 호접몽胡蝶夢과 같
다는 말은 즉, 선과 악은 어느 것이 선이고 어느 것이 악인지 분간이
안 간다는 뜻이다. 또한 선이든 악이든 내 마음에 있다고 하여 자신
의 마음가짐의 중요성을 설파하고 있다. 주인공은 인간의 각종 욕망

---

15 『夢想兵衛胡蝶物語』「胡蝶物語自叙」, 国民図書株式会社編『曲亭馬琴集』下, 近代日本
文学大系16, 国民図書株式会社, 1927, 343쪽.

을 대표하는 여덟 나라를 방문하여 욕망의 부질없음을 깨닫고 인생
에서 중요한 것이 무엇인지 알게 된다. 작품은 이렇게 주인공이 각
나라를 방문하고 깨달음을 얻고 난 후에 작가인 바킨이 총평을 늘어
놓는 형태로 구성된다. 작품 전체를 통하여 바킨의 인생관과 사회관
을 엿볼 수 있으며, 거의 작품 중에서도 교훈성 짙은 작품으로 평가
받고 있다.

다음으로 후자의 경우는『세키겐이쿄石言遺響』(1805년 간행)를 들 수
있다. 이 작품에서는 특히 '징악'을 강조하고 있는데, 그 이유로 효자
로 나오는 하치고로八五郎가 선의 업보가 아닌 악의 업보를 맞이한다
는 점을 들 수 있다. 바킨의 권선징악에서 선인은 선이나 악 둘 중 하
나의 결과를 맞이하게 되고, 하치고로의 경우는 부모의 악행이 원인
이 되어 결과적으로 악의 업보가 주어진다. 또한 반면에 악인의 경
우는 반드시 악의 결과만 맞게 되기 때문에 '권선'보다 '징악'에 중
점을 두고 있음을 알 수가 있다.

또한 바킨은 권선징악을 그릴 때에 독자를 의식해서 내용 집필
에 임하여 자칫 지루할 수도 있는 내용을 재미있게 구상하기도 했
다.『무카시가타리시치야노쿠라昔語質屋庫』(1810년 간행)의 서문을 보면
다음과 같은 기술이 있다.

나는 아이가 즐길 수 있는 책자를 만들 때에 근거 없는 말이라고 하더
라도 권선징악을 주된 의도로 삼으려 애쓴다. 또한 고사, 속설의 이동
異同을 말할 때 이理를 퍼뜨리고 의義를 논함을 즐거움으로 삼는다. 따
라서 봄날, 가을밤에는 아이들이 책상을 둘러싸고 모두 나의 설교를

들으려고 청한다. 하지만 도리를 품은 말은 귀에 잘 들어오지 않으니 비유하여 농담을 섞는다.

余兒戲の冊子を綴るに、結空無根の言といへども、勉めて勧懲を旨とす。聞亦故事俗説の異同を弁じて、理を推し義を演ぶるを楽しみとしつ。よりて春の日秋の夜には、比舎の童子等案頭に囲繞し、皆わが説を聴かんとぞ請ふなる。然れども大声里耳に入らざるが為に、比喩してもて冗談をまじふ。[16]

즉, 아이 독자를 위한 책에도 권선징악을 포함시킨다는 바킨의 태도가 잘 나타나 있다. 그리고 소설이 사상적 내용만으로는 지루할 수 있기 때문에 오락적 요소도 가미한다는 것을 알 수 있다. 이 작품은 전당포의 창고 속 도구들의 대화를 통해 고전, 학문의 필요성이나 일본, 중국 왕실의 정통론 등을 역설하는 내용을 담고 있다. 의인화 수법이 사용된 독특한 작품이며, 바킨의 사회관, 역사관, 그리고 소설 작법을 알 수 있는 작품으로도 알려져 있다.

한편 바킨 요미혼의 교훈성을 논할 때 유교사상과 나란히 놓고 볼 수 있는 것은 불교사상이다. 일본문학 장르 중에 불교장편소설, 이른바 간게본勧化本은 말 그대로 불교 권화를 목적으로 하는 작품을 말한다. 『사요노나카야마레이쇼키小夜中山霊鍾記』(1748년 간행)는 근세 후기의 작가에게 큰 영향을 미친 대표적인 간게본 작품이라 할 수 있다. 『세키겐이쿄』는 『사요노나카야마레이쇼키』의 번안물翻案物로

---

16 『昔語質屋庫』「自叙」. 国民図書株式会社編『曲亭馬琴集』下, 앞의 책, 601쪽.

선대先代에서 후대後代로 이어지는 인과因果의 중요성을 당시 유행하던 '밤에 우는 돌夜泣き石', '무간의 종無間の鐘', '아기 키우는 사탕子育て飴'과 같은 전설 일화를 통하여 풀어낸 작품이다[17].

인과응보란 원인과 결과에는 반드시 이유가 있다는 뜻이며, 불교에서는 전생의 선과 악에 따라 현재의 행복과 불행이 있고, 현재의 선과 악에 따라 내세의 행복과 불행이 있다는 것을 말한다. 즉, 선대先代에서 후대後代로 업보가 계승되는 것을 말하는 것으로, 이것이 가장 뚜렷하게 드러나 있는 작품은 『신카사네게다쓰모노가타리新累解脫物語』(1807년 간행)이다. 이는 전체적으로 불교장편설화의 형식을 따랐으며, 인과응보사상에 지배되는 인간상을 묘사한 작품이다. 『시료게다쓰모노가타리키키가키死靈解脫物語聞書』(1690년 간행)라고 하는 가나조시 작품으로부터 영향을 받았으며, 이는 '가사네가후치 괴담累ヶ淵怪談'이라고 하는 당시 유행하던 괴담이야기가 소설화된 것이다. 실화를 바탕으로 쓰여졌기 때문에 더욱 큰 인기를 끈 작품이기도 하다. 『신카사네게다쓰모노가타리』의 인과응보는 부모의 악의 업보가 자식에게 그대로 이어져 결국에는 참회와 자결이라는 결말을 맞게 되는 것을 말한다.

『미노노후루기누하치조키단美濃舊衣八丈綺談』(1813년 간행)이라고 하는 요미혼 작품 역시 인과응보가 잘 나타나 있는 작품이다. 이 작품은 바킨의 자평집自評集인 『조사쿠도큐사쿠랴쿠지효테키요著作堂舊作略自評摘要』(1844년 성립)에서 바킨 스스로 좋은 평가를 내리고 있는

---

17 洪晟準「馬琴の勧懲観─『石言遺響』を中心に─」『国語と国文学』93-7, 東京大学国語国文学会, 2016, 53쪽.

데, 그 이유는 다음과 같이 설명되어 있다.

　　이 책은 『베베교단皿々郷談』과 같이 분카10년(1813년)의 졸작이므로 나
　　의 주의도 잘 반영되어 윤회응보의 장면이 통하지 않을 일이 없다.
　　この一書は『皿々郷談』と同じく文化十年の拙作なれば、用心もよ
　　く届きて、輪廻応報の段、貫通せずといふことなし。[18]

　여기에서 말하는 윤회사상과 인과응보란 효자인 기지로木二郎와
그가 다시 태어난 사이사부로才三郎를 말하며, 이와 관련하여 바킨은
작품 말미에 다음과 같이 덧붙이고 있다.

　　단지 고마운 것은 효자 기지로가 전생의 공덕에 의해서 사이사부로로
　　다시 태어나 …(중략)…오바나尾花 사이사부로의 전생은 효자 기지로.
　　只有がたきは、孝子木二郎前身の功徳によりて、才三郎と生変
　　り、…(中略)…尾花才三郎が前身は、孝子木二郎。

　기지로 역시 전생의 공덕으로 인하여 효자로 불린 것이었으며, 다
시 태어나서도 역시 효자로서 살아가게 된다는 것은 윤회사상과 인
과응보의 대표적인 형태라고 할 수 있다.
　마지막으로 『진세쓰유미하리즈키』의 예를 보고자 한다. 이는 '인
물에서 인물로 계승되는 선과 악의 이미지'라는 측면에서 앞선 예와

---

18 『조사쿠도큐사쿠랴쿠지효테키요』「八丈綺談」자평.　神谷勝広·早川由美編『馬琴の
　自作批評－石水博物館蔵『著作堂旧作略自評摘要』－』、汲古書院, 2013, 148쪽.

는 조금 다르다. 이 작품에서 가장 중심이 되는 이야기는 미나모토
노 다메토모가 일본 본토와 류큐(琉球, 현재의 오키나와)에서 활약을 하
는 이야기이며, 그 과정 속에 스토쿠인에 대한 충성 역시 중요한 의
미를 지닌다. 스토쿠인이 본래 지니고 있던 선의 이미지金毘羅大権現
와 악의 이미지(모반자)의 양쪽이 모두 다메토모의 이미지로 계승되
어 그 역시 선과 악의 두 이미지를 지니게 되는 것이다[19].

Ⅳ. 요미혼의 독자층 '婦幼'

앞서 말했듯이 구사조시는 오락을 목적으로 만들어진 작품이기 때
문에 독자층이 매우 다양했다. 그림이 많이 수록되어 있고 어려운 한
자 대신 히라가나를 사용했기 때문에 글을 아는 사람이라면 남녀노소
가릴 것 없이 읽을 수 있었다. 하지만 장편 고칸이나 요미혼의 경우는
우선 어려운 한자가 많이 사용되고 내용 또한 일반 서민이 이해하기
에는 난해한 경우가 많아 독자층이 한정되어 있었다고 할 수 있다.

특히 바킨 요미혼의 경우 그 독자층은 일반 서민이라기보다 상위
계급에 속하는 사람들이라고 할 수 있다. 그 이유는 우선 일반적인
교육 수준의 독자로서는 이해하기 어려운 한자어를 많이 사용했기
때문이다. 바킨 자신이 무사집안에서 태어났기 때문에 그 신분에 걸
맞는 집필 태도를 보였다고도 할 수 있으나, 그보다 바킨 자신이 남

---

19 洪晟準「『椿説弓張月』と崇徳院怨霊譚—為朝像の造型に関わる点に注目して—」,『일
어일문학연구』82-2, 한국일어일문학회, 2012, 85-89쪽 참조.

들에 비해 지식적으로 우월한 상태라는 점을 책을 통해서 알리고자 했기 때문이라고 생각한다. 또한 그는 중국 고전이나 유학儒學에 남다른 지식을 가지고 있었으며 한문에 조예가 깊어 요미혼 곳곳에 유교 서적이나 불교 경전을 인용하거나 중국 고대의 한시나 한문을 표기하였다.

그런데 요미혼의 독자층이 상위계급에 속했다고 하더라도 신분이 아주 높은 계층을 뜻하는 것은 아니다. 요미혼에 유교와 불교 사상이 포함되고 권선징악이나 인과응보 사상이 작품의 근간이 된 것은 맞지만, 큰 범주 안에서 희작임에는 틀림없다. 즉, 다른 희작(기뵤시, 고칸 등)의 독자층과 비교하였을 때 요미혼의 독자층은 상위계급의 사람들이라는 뜻이다. 다만, 작가에 따라서 또는 작품에 따라서 독자층이 달랐다. 같은 요미혼이라도 교덴의 요미혼과 바킨의 요미혼의 독자층이 달랐는데, 그 이유는 작가에게 있었다고 해도 과언이 아니다.

앞에서 바킨은 작품 내에서 자신의 지식수준을 알리려는 태도를 지니고 있었다고 말했다. 반면에 교덴은 그런 태도는 거의 가지고 있지 않았고, 단지 오락성 넘치는 희작 작품을 만드는 데에 몰두했다. 이는 작품 내용을 보면 확연히 드러난다. 본 논문에서 일일이 인용하지는 않겠으나, 예를 들어 바킨은『진세쓰유미하리즈키』후편의 「비고備考」, 속편의 「습유고증拾遺考證」, 잔편의 「잔편인용구설애략殘編引用舊説崖略」과 같이 많은 지면을 할애하여 자신의 지식과 고증을 독자에게 알렸다. 이러한 태도는 19세기 작가들 중에서도 바킨만이 가지는 특유의 창작 태도라고 할 수 있다.

그런데 바킨 작품의 서문을 보면 그가 염두에 두었던 독자층에 여

성과 아이婦幼가 포함되어 있음을 알 수 있다. 여성과 아이에게 교훈
을 주기 위하여 작품을 썼다거나, 그들의 이해를 돕기 위해서 특정
장면을 그려 넣었다거나 하는 취지의 말을 확인할 수 있는데, 문제
는 그의 작품을 읽은 독자가 정말로 여성과 아이였느냐는 점이다[20].
아래에 婦幼의 예를 몇 가지 들어보겠다.

(1) 『진세쓰유미하리즈키』 전편 권1 서문

사事는 그 시대를 고려한다고 하지만, 문文은 오히려 산림의 말투를 벗
어나지 않는다. 이는 婦幼가 보고 들어 이해하기 쉽게 하기 위한 것이
다. 화画도 또한 그렇다.

事はその時代を考るといへども、文はなほ山林の口気を脱れず。
これ婦幼の耳目に解し易からんが為なり。画も又しかり。[21]

(2) 『스미다가와바이류신쇼墨田川梅柳新書』(1806년 간행)

　　스미다가와바이류신쇼를 간행하는 예墨田川梅柳新書を刊する例
이 책도 또한 그와 같은 부류로서 부인과 아이를 위한 것이므로, 단지

20　이와 관련하여 이타사카 노리코(板坂則子)의 선행연구가 있다. 『도쿄대학소장
　　구사조시목록』의 婦幼 관련 400여 작품의 데이터를 바탕으로 독자층을 분석한
　　연구에 따르면, 당시의 희작 작가들은 婦幼를 대상으로 한 작품을 집필하는 것
　　을 부끄럽게 여겼으며 특히 구사조시에서 그런 경향이 두드러졌다. 또한 구사
　　조시는 속(俗)문학에 속하고 그 중에서도 가장 세속적인 문학임을 나타내는
　　방법 중 하나가 독자층으로 婦幼를 내세우는 것이었다. 한편으로 독자로서 다
　　이진(大人)이 대두되기도 했지만, 속문학에서 그들이 독자로서 언급된 적은
　　없었다. 즉, 독자층 婦幼의 배경에는 일본문학의 아(雅), 속(俗)의 속성이 자리
　　잡고 있는 것이다. 板坂則子 『曲亭馬琴の世界─戯作とその周縁』, 笠間書院, 2010,
　　497-534쪽 참조.
21　後藤丹治校注 『椿説弓張月』 日本古典文学大系60, 岩波書店, 1958, 73쪽.

선을 권하고 악을 물리치고, 바른 것을 내세우고 바르지 않은 것을 뒤
로 물리는 것만 다르지 않다.

この書も又その類にして、婦わらはべの為にとてすなれば、只善
を勧め悪を懲らし、正を挙げ邪を退くることのみ違はず。[22]

(3) 『난소사토미핫켄덴』肇輯卷之一「八犬伝序」
당산 고신씨의 황녀가 한코〔개 이름이다〕에 시집을 간 고사를 모방
해서 이 소설을 창작하여 인을 밀고 과를 설명하여 婦幼의 잠을 깨우
는 것이다.

唐山高辛氏の皇女、槃瓠〔犬の名なり〕に嫁したる故事に倣ふて、
個小説を作設、因を推、果を説て、婦幼のねふりを覚すものな
り。[23]

결론부터 말하자면, 婦幼란 물론 사전적인 의미로는 '부인과 어린
아이'를 뜻하지만, 바킨에게 있어서는 상위계급의 지식층에 속하지
않은 독자층을 가리킨다. 『진세쓰유미하리즈키』에서 악녀 구마키미
阿公가 임산부의 배를 갈라 태아를 훔치는 악행을 저지르는 과정을
상세히 묘사하거나 해당 장면을 삽화로 그려 넣는다거나 하는 것을
과연 (1)에서 말하듯이 婦幼의 이해를 돕기 위한 것이라고 할 수 있
을지는 의문이다. (2)의 권선징악, (3)의 인과응보와 같은 사상적 개
념을 婦幼가 이해하기 쉽도록 배려를 했다는 점 역시 여성과 아이를

22 国民図書株式会社編『曲亭馬琴集』近代日本文学大系15, 国民図書株式会社, 1927, 111쪽.
23 小池藤五郎校訂『南総里見八犬伝』1, 岩波書店, 1990, 5쪽.

뜻하는 것이 아니라 자신보다 지식적으로 하위계급에 속하는 독자를 지칭하고 있다고 이해하는 편이 자연스럽다.

한편 바킨의 자평집自評集인『조사쿠도큐사쿠랴쿠지효테키요著作堂旧作略自評摘要』(1844년 성립)에서 바킨이 婦幼를 또다른 의미로 사용한 예가 있어 그것에 대해서도 살펴보고자 한다. 여기에는 총 11개의 예가 있으며, 이를 작품별로 나누어 정리하면 다음과 같다.

(1)「賴豪阿闍梨怪鼠伝」자평

내가 나이가 들어 기억을 잃어버린 이래로 3, 40년 전의 작품은 단지 그 제목을 알 뿐 조금도 이를 외우고 있지 못하다. 그 때문에 올해(1844년) 봄날에 婦幼에게 읽혀 내용을 들어보니 다른 세상의 다른 작품과 같이 새로웠다.

予老て記憶を失ひしより、三四十年前の旧作は只其書名を知るのみ、毫も是を覚たる者なし。この故に今茲(甲辰)春の日ぐらしに婦幼に読せてうち聞くに、世を隔たる他作の如く耳新たなる心地ぞせらる。[24]

(2)「俊寛僧都嶋物語」자평

단지 도라노마키의 진위여부를 논하는 담화는 가장 잘 쓰여진 부분이지만, 婦幼는 물론 이를 좋아하는 독자는 드물 것이다.

只虎の巻の真偽を弁ずる談は、大関目なれども、婦幼はさら也、是を愛る看官は稀なるべし。[25]

---

24 神谷勝広·早川由美編, 앞의 책, 135쪽.
25 神谷勝広·早川由美編, 앞의 책, 150쪽.

(3) 「三国一夜物語」자평

이마가와 야스노리가 후지의 고사를 논하고, 후지에몬과 아사마 데루유키의 무악에 관한 토론은 婦幼에게는 지루하겠지만, 일부분의 진지함이 여기에 있다. 어리석은 눈을 가진 독자는 반드시 작가의 의도를 알아야 한다.

只今川泰範が富士の故事を弁じ、富士右門が浅間照行と舞楽の討論は婦幼の為には厭るべけれど、一部の実目こゝにあり。具眼の看官は必作者の用意を知るべし。[26]

(4) 「月氷奇縁」자평

이 책 지금은 모두 잊어버려서 하나도 기억하지 못함을, 지난날 ① 婦幼에게 읽히고 듣고, …(중략)…그 문장은 단지 독서하는 사람을 위하고 ② 婦幼를 위하지 않음과 같다. 따라서 당산의 속어에 일본한자를 섞어서 표기한 곳이 많고, 그 중에는 손에 잡히는 대로 쓴 것도 섞여있다.

此書今は忘れ果て一事も記憶せざりしを、いぬる日① 婦幼に読せ聞て、…(中略)…其文只読書の人の為にして② 婦幼の為にせざるに似たり。こゝをもて唐山なる俗語に国字を交へてしるしたる如き所多く、そが中には手抓みなる書ざまも交れり。[27]

(5) 「石言遺響」자평

『겟표키엔』에 이어 나의 반지 형태의 책의 두 번째 집필물로서 『겟표

---

26 神谷勝広·早川由美編, 앞의 책, 161쪽.
27 神谷勝広·早川由美編, 앞의 책, 168-177쪽.

키엔』은 문체가 ① 婦幼가 이해하기 어려운 부분이 많기 때문에 …(중략)…그마저도 모두 잊어버려서 ② 婦幼에게 읽게 하고 귀로 들으니 각각 근거가 있다.

『月氷奇緣』に次で、吾半紙形なる物の本を作れる第二筆にて、『月氷』は書ざま① 婦幼に解しがたき所多かれば、…(中略)…そをしも皆忘れたるを、② 婦幼に読せてうち聞くに件々皆よりどころあり。[28]

(6) 「勧善常世物語」자평
나의 소장본은 초판이며 婦幼에게 읽히고 들으니, 예의 오탈자가 적지 않고 한자 옆에 단 토가 다름은 더 많다.

吾蔵本は初板なるを婦幼に読せてうち聞くに、例の誤脱少からず傍訓の違へるはさら也。[29]

(7) 「標注園雪前編」자평
나의 오랜 소장본은 초판본인데 9년 전에 잃어버렸으므로, 2, 3년 전에 산 것을 지금 ① 婦幼에게 읽히니, 글자가 빠져 상세하지 못하고, …(중략)…권 별로 상란에 약주가 있음은 작가의 한 때의 유희이지만, 지금 생각하면 아주 옳지 않다. 설령 주를 달았더라도 ② 婦幼가 잘 이해해야 할 것은 아니다.

吾旧蔵本は初刷の全本なりしを、九ヶ年前に失ひしかば、両三年

---

28 神谷勝広·早川由美編, 앞의 책, 181쪽.
29 神谷勝広·早川由美編, 앞의 책, 185쪽.

前購求めたるを、今① 婦幼に読するに、或は文字かけて詳なら
ず、…(中略)…巻毎に頭書して略注あるは、作者一時の遊戯なれど
も、今思へば甚非也。よしや注したりとも② 婦幼のよく心得べき
にあらず。³⁰

(8) 「括頭巾縮緬紙衣」자평

그렇다면 '모두 가짜를 진짜로 삼는 이치와 평이다'라고 하지 않는 군
자도 있을지 모르지만, 완곡하게 사람들에게 알려진 완큐와 마쓰야마
의 일화를 만들더라도, 그 완곡함과는 다르게 도리와 정의, 권선징악
이 올바르지 않으면, 무엇을 가지고 婦幼를 깨우치겠느냐. 당시 생각
이 부족했다. 아무리 생각해도 후회 말고는 없다.

かくいへば、事皆仮をもて真となす理評也とて取らざる君子もある
か知らねど、艶曲にて人に知られたる碗久・松山の事を作設たりと
も、その艶曲に異にして理義勧懲正しからざれば、何をもて婦幼を
醒さん。当時思ひの足らざりける、かへすゝも後悔の外なし。³¹

　여기서 婦幼는 며느리인 오미치ぉ路를 가리키는 경우와 독자를 지
칭하는 경우로 나뉜다. 우선 전자의 예는 (1), (4)-①, (5)-②, (6), (7)-
①의 다섯 용례이다. 작품 집필부터 자평 집필까지 약 30년이라는 세
월이 흘렀기 때문에, 수많은 작품을 발표한 바킨으로서는 세세한 부
분까지 그 내용을 모두 기억하기는 어려웠을 것이다. 또한 말년에

30　神谷勝広・早川由美編, 앞의 책, 189쪽.
31　神谷勝広・早川由美編, 앞의 책, 206쪽.

시력을 잃어 스스로 글을 읽거나 쓰지 못하는 상황을 맞이했기 때문에 며느리인 오미치에게 작품을 읽게 하여 그 내용을 귀로 들었던 것으로 생각 된다[32].

다음으로 후자의 예는 (2), (3), (4)-②, (5)-①, (7)-②, (8)의 여섯 용례이다. 모두 독자를 가리키는 단어(인용문 중의 '看官'과 같은 뜻)로서 사용되고 있음을 알 수 있으며, 여기에서는 특별히 여성이나 아이를 지칭하지는 않는 것으로 보인다. 婦幼를 위해서, 또는 婦幼를 일깨우기 위해 작품을 썼다는 식의 기술을 하고 있어, 자신보다 지식수준이 떨어지는 '어리석은 독자'의 개념으로 쓰인 것으로 보인다. 특히 (4)-②를 보면 '독서하는 사람'과 '婦幼'를 구분 짓고 있다. 전자는 바킨과 대등한 지식수준을 말하고 후자는 그보다 아래의 수준을 뜻하는 것이다.

즉, 婦幼는 반드시 여성이나 아이를 지칭하는 것이 아니라 일반적인 독자를 가리키는 바킨의 표현방식이라는 것을 알 수 있다[33]. 당시에도 서민들이 글자를 읽고 독서를 즐겼다고는 하지만 여전히 신분의 차이는 잔존해 있었으며, 여전히 막부 체제 하에 놓여 있었던 당시 사회상을 보았을 때, 남성이 지적으로 우위에 있다는 생각은 일

---

32 바킨은 시력을 잃고도 집필활동을 계속하였고, 이를 위해서 오미치는 글을 배웠다고 한다. 바킨이 작품 내용을 구두로 전하면 오미치가 받아 적는 방식이었다. 이렇게 해서 완성된 작품이 『난소사토미핫켄덴』이다.

33 일본근세시대의 작가가 만년에 남긴 수필, 일기, 서간 등에 자주 보이는 단어를 분석하여 그 작가의 사상을 이해하는 연구는 기존에도 많이 행해졌다. 본 논문에서는 '婦幼'를 제시하였는데, 사실 바킨 말고도 이 단어를 사용한 작가는 많이 있었다. 그러나 일반적인 의미가 아니라 바킨 특유의 사상적 의미를 지니고 있을 가능성도 배제할 수 없다. 이와 비슷하게 우에다 아키나리(上田秋成, 1734-1809)가 자주 사용한 단어를 분석하고 그의 사상적 특징을 고찰한 연구도 있다. 김옥희「18세기의 문학적 상상력과 노장사상」『일본학연구』31, 단국대학교 일본연구소, 2010, 216-217쪽 참조.

반 사회에 만연해 있었다. 바킨 역시 무사 집안 출신자로서 방대한 독서량과 풍부한 지식으로 타 작가들에 비해 우월의식을 지니고 있었고, 자연스레 그에게 '어리석은 독자'에 해당하는 계층은 여성과 아이가 되었으리라 생각된다.

V. 맺음말

일찍이 나카무라 유키히코는 작품 속에 언설을 적극적으로 남기는 바킨의 태도에 대해 다음과 같이 말했다.

> 전기 희작에는 기뵤시, 샤레본 또는 번안의 재미와 같이 독자와의 묵약을 전제로 독자에게 호소하는 경우가 아주 많았다. 자급자족적 독자권에 있어서는 작품은 작가와 독자의 공동 놀이터였다. 그 여파는 여전히 요미혼에서도 계속되고 있다. 바킨의 작품 속 권징의 설교나 수필과 같은 고증은 독자에 대한 호소로 봐도 된다.
> 前期の戯作には黄表紙洒落本又は翻案の面白さの如く、読者との黙約を前提条件とし、又読者によびかけることが甚だ多かった。自給自足的読者圏においては、作品は作家と読者の共同の遊び場であった。その余波はなお読本にもつづいている。馬琴が作中の勧懲のお説教や随筆めいた考証は、読者への呼びかけと認めてよい。[34]

---

[34] 中村幸彦, 앞의 책, 458쪽.

즉, 독자를 의식해서 그들에게 호소하기 위하여 언설이나 고증의 결과를 작품에 싣는다는 것이다. 여기에서 말하는 권징의 설교가 바로 교훈을 말하고 독자에의 호소가 교화적 태도에 해당한다고 볼 수 있다.

참고로 1873년에 도쿄의 사설학원의 실태를 조사한 『개학명세조 開学明細調』라는 자료가 있다. 이 자료에 따르면 학원에서 학생들을 가르쳤던 선생님은 무사계급 출신과 평민(상인, 농민, 직공)이 많았다고 한다.[35] 무사집안에서 태어나 타인을 가르치기를 좋아했던 바킨은 자신의 집에 학생을 불러 글자를 가르치기도 하였다. 글자를 가르치는 교육기관인 데라코야와 비슷한 일을 바킨 스스로도 하고 있었던 것이다. 바킨의 기뵤시 『제니카가미다카라노우쓰시에錢鑒貨写画』(1800년 간행)에는 「다키자와쇼도滝沢書堂」라는 간판이 보이며, 이것이 바킨이 내건 학습장소의 이름이었을 것으로 추정된다. 당시에 간행된 작품에는 작가가 의도적으로 홍보 문구나 삽화를 삽입하는 경우가 있었고, 이 역시 자신의 학습장소를 홍보하기 위한 것이었을 것이다. 어찌되었든 바킨은 19세기 초엽에 학생을 가르치는 입장이었다는 것을 의미하며, 이것이 바로 바킨이 교화적인 성격을 지니고 있었을 것이라는 추측을 가능하게 하는 근거이다.

이상, 근세작품에 보이는 교훈성을 살펴보고 근세후기의 희작자 바킨의 작품이 교훈적 성격을 띠고 있으며 또한 독자를 교화하고자 하는 의도 하에 집필되었다는 점을 고찰하였다. 바킨의 교화적 태도

---

35 名倉英三郎「明治初期における東京の塾の発達－近代日本教育制度の発達－」『東京女子大学附属比較文化研究所紀要』10, 東京女子大学, 1960, 10-13쪽 참조.

에 관해서는 현재도 논쟁이 계속 되고 있으나, 희작자라는 이유로
교화적 태도를 지니고 있지 않았을 것이라는 견해가 일반적이다. 따
라서 그의 창작 의도와 서민독자의 교화를 논한 논고는 찾아보기가
어려운 실정이다. 필자는 그의 성격과 작품을 고려했을 때 독자를
가르치려는 의도를 지니고 있었음이 분명하다고 생각하며, 향후 이
문제에 대해서 고찰을 거듭하고자 한다.

제3부

인물과 사상

한일문화 연구의 새 지평 2

타자의 눈으로 바라본 일본

제11장

근세 초기 도요토미 히데쓰구豊臣秀次에 대한 인식과 권력

⊛ ⊛ ⊛

김 영 호

I. 머리말

역사는 승자의, 승자에 의한, 승자를 위한 기록이라는 말이 있다. 또는 역사는 기록을 남긴 자의 것이라는 말도 있으며, 권력자의 기록이라는 말도 있다. 매우 유명한 말들이기 때문에 누가 처음으로 말했는지, 그리고 출전도 알 수 없지만, 이러한 말들에는 본 논고와 관련하여 상당히 중요한 의미를 가지고 있다. 즉, 우리가 역사라고 칭하고 있는 것들은 때로는 진실이란 무엇인지 알 수 없는 것도 있으며, 한편으로는 승자의 입장에서 자신에게 유리하게 쓴 것, 혹은 독자를 상정하지 않고 쓴 일기조차 후대에 이르러 역사가 되어 마치 진실처럼 알려지게 되는 일이 있다는 것이다.

295

　　도요토미 히데쓰구(豊臣秀次, 1568-1595)는 미요시 요시후사三好吉房와 도요토미 히데요시豊臣秀吉의 누나인 도모智 사이에서 태어나 1583년의 이세伊勢 지방 공격, 시즈가타케賤ヶ岳의 전투 등에서 전공을 세웠다. 1585년에 히데요시가 관백関白이 되었을 때에는 우코노에右近衛 중장中将이 되고, 1586년에는 참의參議, 그 다음해에는 곤추나곤権中納言이 되는 등 히데요시의 후계자로서 승진을 거듭하였다. 그 후 히데요시의 아들인 쓰루마루鶴丸가 죽자 1591년에는 히데요시의 양사자養嗣子가 되고 관백으로서 정치의 실권을 쥐게 되었다.

　　여기까지는 세부적인 점에서는 약간의 차이는 있을지는 몰라도 여러 역사서 및 일기물에 실린 히데쓰구에 대한 내용은 대체적으로 일치한다. 그러나 다음에 서술하는 이른바 히데쓰구 사건秀次事件, 즉 히데쓰구가 난폭하고 성격이상자였으며, 각종 악행을 저질렀기 때문에 히데요시는 매우 고심하고 있었다는 점, 히데쓰구가 히데요시에게 모반을 계획하였으나 실패하여 고야산高野山으로 쫓겨나고 얼마 후 히데요시의 명령에 의해 할복자살을 명받은 점에 대해서는 가네코 히라쿠(金子拓, 2016)가 히데쓰구 모반설, 이시다 미쓰나리石田三成 참언설, 히데쓰구 울병鬱病설, 히데쓰구 불요不要설, 히데요리秀頼 편애설 등으로 정리하고 있는 바와 같이 여러 가지 해설이 분분하다.[1]

1　최근에 야베 겐타로(矢部健太郎, 2016)는 다음과 같은 의견을 제기하였다. 즉, 의사인 마나세 겐사쿠(曲直瀬玄朔)가 천황보다 히데쓰구의 진찰을 우선시한 것이 계기가 되어 히데요시가 화를 내고 히데쓰구로 하여금 잠시동안 고야산에 머물러 있도록 할 예정이었다. 이 때 히데요리가 건강하게 자라고 있는 것에 안심한 히데요시는 후계자 문제를 생각하다가 히데쓰구를 실각시키기 위해 모반의 죄를 뒤집어씌울 계획을 세웠으나 애초에 히데쓰구로 하여금 할복자살에 이르도록 할 의도는 없었다. 그러나 히데쓰구는 자신의 결백을 주장하기 위해 스스로 할복자살을 선택했으며, 히데요시는 히데쓰구가 모반을 계획한 죄로 인해 할복자살을 명령했다는

여기에 대해서는 모토다 요이치(元田輿市, 1993)가

> 사실은 어땠는지 이제와서는 확인할 방법이 없지만, 『일본서교사日
> 本西教史』가 이미 두 가지 계통의 정보를 '히데쓰구'의 양면성으로 기
> 술하고 있다는 사정으로부터 추측해 보면, '히데쓰구'가 죽은 직후, 또
> 는 살아있을 때부터 이미 진실은 애매해져 있었다는 사실을 전하고 있
> 다고 생각된다.[2]

라 언급한 것처럼 당시에도 '이미 진실은 애매해져 있었'다. 이러한
상황에서 히데쓰구의 처자식까지 연좌되어 교토京都의 산조노 가와
라三条河原에서 처형당했다는 점은 당시의 군기물軍記物, 소설 등에서
도 좋은 소재거리가 되어 일반 독자들에게도 널리 읽혀져 갔다. 한
편, 우에다 아키나리上田秋成의 『우게쓰 모노가타리雨月物語』(1776년 간
행) 권3에 실려 있는 「불법승仏法僧」은 아키나리가 창작한 가공의 인
물로 생각되는 무젠夢然과 그의 아들 사쿠노지作之治가 고야산에서
히데쓰구와 그 일행의 원령을 만난다는 비현실적인 체험과 그곳에
서 벌어진 다마카와의 노래玉川の歌의 해석을 주된 내용으로 하고 있
다. 이 이야기의 결말부분에서 히데쓰구 일행이 떠난 후의 묘사를
인용해 보면 다음과 같다.

것으로 바꾸어 이것을 공식적인 견해로서 유포시켰다는 것이다. 가네코씨의 논고
에서도 이에 대해 동의하는 입장이며, 반론은 아직까지 제기되지 않은 상태이다.
2 事の真実がどうであったか、いまとなっては確かめるすべもないが、『日本西教史』
がすでに二系統の情報を「秀次」の二面性として記している事情から推して、「秀次」
の死の直後、あるいは生前から、すでに真実が曖昧になっていたことをものがたっ
ているとおもわれる。(121쪽)

무젠 부자는 정신을 잃고 잠시 기절해있었다. 밝아오는 하늘에 이슬이 내려 차가운 기운이 들어 정신을 차려도 아직까지도 무서움이 가시지 않았다. 홍법대사弘法大師의 이름을 다급하게 부르다 잠시 후 해가 뜨는 것을 보고 서둘러 산을 내려왔다. 그리고는 교토로 돌아가 약을 먹고 침을 맞으며 요양을 하였다. 어느날 무젠이 산조의 다리를 건널 때 <u>악한 역적의 무덤</u>을 생각하자 그 절 쪽을 바라보며, "백주대낮에도 무서웠다"고 교토의 사람들에게 이야기한 것을 그대로 적었다.[3]

여기에서 무젠 부자가 히데쓰구의 일당을 만났다는 것만으로 그가 이렇게 두려움에 떠는 것은 무슨 이유일까. 그리고 이 이야기가 괴이소설집『우게쓰 모노가타리』의 하나로서 공포의 이미지를 획득할 수 있었던 것은 무슨 이유일까. 그것은 '악한 역적의 무덤'이라는 대목에서 알 수 있듯이 히데쓰구가 히데요시에게 모반을 계획하였으나 실패하여 처형당하였다는 원령怨霊의 이미지, 그리고 무자비하게 사람들을 즐겨 죽인 살생관백殺生関白의 공포의 이미지로서 널리 잘 알려져 있었다는 점이 전제되어 있었으며, 이것은 히데쓰구 사건이 에도江戸 시대 중기에 이르러서는 이미 '역사', 또는 '진실'로 되어 있었다는 점을 말한다.

---

3 親子は気絶てしばしがうち死入りけるが、しののめの明ゆく空に、ふる露の冷やかなるに生出でしかど、いまだ明けきらぬ恐しさに、大師の御名をせはしく唱へつつ、漸日出づると見て、いそぎ山をくだり、京にかへりて薬鍼の保養をなしける。一日夢然、三条の橋を過ぐる時、悪ぎやく塚の事思ひ出づるより、かの寺眺られて、「白昼ながら物妻しくありける」と、京人にかたりしを、そがままにしるしぬ。(341쪽)『우게쓰 모노가타리』의 텍스트로는 中村幸彦·高田衛·中村博保校注(1995)에 의한다.

본 논고와 관련한 선행연구로서 마루이 다카후미(丸井貴史, 2016)는 히데쓰구 사건을 소재로 한 문학작품들을 분석하고, 히데쓰구가 모반을 일으키려 한 의도가 있었는지의 여부에 따라 모반설과 참언설로 분류하여 고찰한 바 있다. 그러나 히데쓰구가 저질렀던 악행이 어떤식으로 부풀려졌으며 여기에 살이 붙여져 널리 알려지고 나아가 역사가 되어 당연한 것처럼 인식되어져 갔는가에 대해서는 충분한 고찰이 이루어지지 않았다.

이에 이 글에서는 히데쓰구의 악행이 정말로 존재했는가, 정말로 모반을 계획했는가에 대한 검증은 하지 않는다. 필자는 당시의 '권력'을 키워드로 하여 히데요시는 절대적인 권력을 지니고 있었고, 히데쓰구는 '패자敗者'였으며, 히데요시는 기록을 남겼고 이것이 정판본整版本으로 인쇄되어 불특정 다수의 독자에게 널리 읽혔으나 히데쓰구는 그렇지 못했다는 점에 착안하였다. 그리고 권력을 지닌 이에 의해 히데쓰구 사건이 어떤 식으로 자신에게 유리하게 기술되었는가, 그리고 어떤 경위를 통하여 히데쓰구가 극악무도한 인물의 대표적인 인물상으로 생성되고 재생산되며 확대되어 갔는지 히데쓰구 사건을 담고 있는 대표적인 작품들을 열거하면서 살펴보는 것을 목적으로 한다.[4]

---

4 이 글에서는 지면관계상 일단 17세기까지 유통된 작품을 주로 다루기로 하며, 『에혼 다이코키(絵本太閤記)』를 비롯한 18세기에 간행, 필사된 것들은 다음 논고를 기하도록 한다.

Ⅱ. 히데쓰구상의 생성과 전개

1. 『우라미노스케恨の介』(1596-1624)

작자미상의 『우라미노스케』와 뒤에 소개하는 『다이코사마 군키노우치』의 경우 성립연대가 확실하지 않아 무엇이 먼저인지 단정할 수 없기 때문에 편의상 『우라미노스케』를 먼저 소개하기로 한다. 『우라미노스케』는 구즈노 우라미노스케葛の恨の介, 그리고 히데쓰구의 가신인 기무라 히타치木村常陸의 딸 유키노 마에雪の前와의 사랑을 그린 이야기이다. 이야기의 주제가 우라미노스케를 중심으로 한 연애담인 만큼 히데쓰구 사건에 대해서는 히데쓰구가 히데요시에게 모반을 계획하였으나 이것이 발각되어 할복자살을 명받았다는 내용이 간략히 기술되어 있을 뿐 히데쓰구의 악행은 나타나 있지 않다. 한편, 이 작품은 고활자본古活字本, 간에이寬永 정판본整版本을 비롯하여 에도시대 초기에 수 차례 간행[5]되어 베스트셀러로서 인기를 구가하였기 때문에 분량으로서는 짧은 문장이긴 하지만 히데쓰구가 히데요시에게 모반을 계획하였다는 것과 할복자살을 명받았다는 정보가 널리 알려지는 계기가 되었다고 할 수 있다.

---

5 일본국문학연구자료관 홈페이지에서 검색(검색일:2018.02.26.)해 본 결과, 1666년의 간분(寬文) 6년판까지 총 7차례에 걸쳐 간행되었다.

2. 『다이코사마 군키노우치太閤さま軍記のうち』(1602~1610)

본 작품은 자세한 성립연대는 미상으로서 히데쓰구가 죽은 직후 집필되어 1610년경 이전에는 완성되었을 것으로 생각된다. 작자인 오타 규이치太田牛一는 히데요시의 최측근의 무사로서 히데요리도 모셨으며 이러한 경험을 살려 본 작품을 집필하였는데, 이 때문에 히데요시의 편에서 기술되어 있는 것이 특징이다.

그럼『다이코사마 군키노우치』에 나타난 히데쓰구의 악행에 대해 기술해보면 다음과 같다.

① 대포연습을 한다며 논밭의 농부를 향해 대포를 쏘아 죽인 일
② 활 연습을 한다며 지나가는 사람에게 활을 쏜 일
③ 죄 없는 이를 칼로 벤 일
④ 지나가는 사람을 잡아 거짓으로 죄를 뒤집어씌우고 칼로 천 명을 벤 일
⑤ 히데요시에게 모반을 계획한 일
⑥ 오키마치正親町 상황上皇이 돌아가셨는데도 불구하고 사냥을 즐긴 일
⑦ 히에이잔比叡山 산에 여인들을 데리고 들어가 사슴, 원숭이, 너구리를 사냥하고 요리하여 먹은 일
⑧ 승려들이 만들어 둔 소금과 식초 안에 개와 사슴고기를 넣고 절의 각종 도구들을 버린 일

이처럼『다이코사마 군키노우치』에 나타난 히데쓰구의 악행은 여덟 가지 정도로 정리할 수 있는데, ①부터 ④까지 서술된 이상인격자로서의 행위가 있었기 때문에 ⑤에서 히데요시에게까지 모반을 계획하는 것도 서슴지 않게 되며, ①부터 ⑧까지의 행위는 결국 히데요시에게 처형당할 수 밖에 없다는 정당성을 부여받게 되는 것이다. 필자의 좁은 소견에 의하면 히데쓰구에 대해 살생관백의 이상인격자로서의 인물조형이 구체적으로 나타나는 것은 본 작품이 처음으로서 악인으로서의 히데쓰구의 이미지가 생성된 계기가 된 책이다.

그런데 이 작품에서는 어째서 히데쓰구가 위와 같은 인물로 변모했는가, 히데요리와는 어떤 관계에 있었는가에 대해서는 구체적으로 나타나 있지 않다. 그렇다면 오타 규이치는 무엇을 비판하고 있는 것일까. 아래 인용문을 살펴보도록 하자.

예전의 관백인 히데요시 공의 조카이기 때문에 아무런 공적이 없는데도 불구하고 스무 살부터 오와리尾張 지방의 일원을 아무런 힘도 들이지 않고 다스리게 되어 자기 마음대로 영지를 운영하였다. 이미 재상宰相의 자리에서 곤추나곤의 자리로 올라가고, 게다가 스물여섯 살의 나이로 천하의 정권을 얻게 되어 관백의 자리에 앉게 되었으며, 부장군의 직책을 받아 영화와 영달을 누리고 미인 백여 명을 두어 마음대로 총애하였다.[6]

---

6 古関白秀吉公の甥にてまし／＼さぶらふゆへ、なんの御奉公も候はねども、廿よりうちに尾張の国一円、他のさまたげなくまいらせられ、ほしいままに御知行さぶらひし。すでに宰相の御位より権中納言に准ぜられ、あまつさへ廿六の御年で天下御与奪なされ、関白の御位をすすめられ、副将軍をあづかり申され、栄華栄耀にほこ

위 인용문처럼『다이코사마 군키노우치』에서는 히데쓰구가 아무런 노력도 없이 관백의 자리에까지 오르며 영화를 누린 것만이 강조되어 있다. 이러한 인식은 히데요시에 대해서는 같은 책에서 '다이코님은 옛날 어릴 적부터 일본 전역을 다니면서 갖은 고생을 하시고 이곳 저곳에서 많은 전쟁을 치루었는데 그 수를 헤아리기 어렵다'[7]고 하여 수많은 전투를 통하여 공적을 세웠다는 것을 강조하고 있는 것과는 상반된다.

한편, 오타 규이치는 오다 노부나가織田信長 시절부터 서기로 있었고 1568년의 40세가 되던 해에는 히데쓰구가 태어났다. 또한 앞서 언급한 것처럼 히데요시의 최측근으로 오랜 기간동안 재직했기 때문에 히데쓰구가 1583년의 이세 지방의 전투와 시즈가타케의 전투에서 공적을 세운 것, 1585년에는 기슈紀州 지방 정벌, 시코쿠四国 지방의 정벌에서 활약을 했으며 그 공적으로 오미近江에서 43만석石을 받았다는 점에 대해서는 모를 리가 없다. 그렇기 때문에 히데쓰구가 '히데요시 공의 조카이기 때문에 아무런 공적이 없는데도 불구하고' '관백의 자리에 앉게 되었으며, 부장군의 직책을 받아 영화와 영달을 누'렸다며 비판하는 것은 오타 규이치가 히데요시의 최측근으로 있었기 때문에 히데요시의 시점에서 서술된 것에 기인한다.

관백은 고생도 없이 어릴 적부터 다이코님으로로부터 자리를 물려받

り、美女百余人あつめをかせられ、御寵愛ななめならず。(150쪽) 이 글에서의『다이코사마 군키노우치』에 대한 인용은 桑田忠親校注(1965)에 의한다.
7 太閤は御若年のむかしより、日本国をかけまはり、御辛労なされ、そなたかかなたにて数か度の御合戦、その数をしらず。(154쪽)

아 천하제일의 자리에 앉았다. 첫 번째로 은혜를 은혜로 생각하지 않았다. 두 번째로 자비로운 마음은 전혀 없다. 세 번째로 악한 행동만을 하며 항상 자신의 마음대로 행동하였다. 이처럼 도에 어긋난 행동을 하다가는 아무리 위세가 있더라도 오래가지 못하니 하늘의 도는 무서운 법이다. 〈중략〉 인과응보가 명백하며, 하늘의 도는 무서운 법이다.[8]

위 인용문에서처럼 히데쓰구에 대해서는 '은혜를 은혜로 생각하지 않'는다는 것은 히데요시로부터 관백의 자리를 물려받았으나 오히려 모반을 계획했다는 것을 말한다. 그리고 자비심도 없고, 악행을 저지르며, 자기 마음대로 행동한 일을 언급하면서 '인과응보'와 '하늘의 도'를 내세우며 비판하고 있다. 여기에서 '인과응보'를 불교적인 관점, '하늘의 도'를 유교적인 관점이라는 종교적인 관점으로 풀이하는 것은 바람직하지 않다. 오타 규이치는 모든 수단을 동원해서라도 히데쓰구에 대하여 성격이상자인 점을 강조함으로써 '살생관백'이라는 이미지로서의 히데쓰구를 부각시키는 것이 목적인 것이다. 그리고 이를 통해 히데요시가 히데쓰구를 처단한 것에 대한 도덕적인 정당성을 부여하려 한 것이다.

---

8 関白殿は御辛労もこれなく、御若年の御ときより、太閤の御譲りをうけさせられ、天下無双の階級にあがらせられ、第一に、御恩を御恩としろしめさず。第二に、御慈悲かつてもつてこれなし。第三に、悪行ばかり御さた候て、随意我意に御はたらきなり。その道たがふときは、いありといへども、久しくたもたず。天道おそろしきの事。〈中略〉因果れきぜんの道理、天道おそろしき事。(155-160쪽)

3. 『다이코키太閤記』(1625)

이 작품의 작자인 오제 호안小瀬甫庵은 히데요시의 조카이자 히데쓰구의 부하로서 히데쓰구가 죽은 후에는 칩거하여 저술에 전념하였다. 이 작품의 서문을 보면 '히데요시공의 일도 잘한 것은 잘했다고 하며, 못한 것은 못한 것이라 하여 이를 기록한다[9]'라면서 객관적인 시점에서 서술하려 하고 있지만, 한편으로는, 『다이코사마 군키노우치』의 내용에 대해,

> 이 책은 이즈미 지방의 수령인 오타가 기록한 것을 참조하였다. 그러나 그 오타는 나면서부터 어리석기 때문에 처음 들은 것을 진실이라 생각한다. 따라서 직접 그 장소에 있었던 사람이 나중에는 잘못된 것이라 하더라도 이 말을 믿지 않는다.[10]

라 하고 있다. 여기에서 '오타가 기록한 것을 참조'하였다는 것은 오타 규이치의 『다이코사마 군키노우치』를 말하는 것으로서 두 작품의 내용을 비교해 보면 다음과 같이 정리할 수 있다.

① 히에이잔比叡山 산에 여인들을 데리고 올라가 주연을 행한 일(2

---

9 秀吉公之事も善を善とし、惡を惡とし記之。(4쪽) 이 글에서의 『다이코키』의 인용은 江本裕·檜谷昭彦校注(1996)에 의한다.
10 此書、太田和泉守記しけるを便とす。彼泉州、素生愚にして直なる故、始聞入たるを實と思ひ、又其場に有合せたる人、後に其は虛説なりといへども、信用せずなん有ける。(4쪽)

의 ⑦과 같음)

② 낮에는 사냥을 하며, 밤에는 사슴, 원숭이, 너구리, 여우, 새들을 죽인 일(2의 ⑦과 같음)

③ 승려들이 만들어 둔 된장 속에 생선, 새들의 내장을 넣은 일(2의 ⑧과 비슷)

④ 길을 지나가는 맹인의 팔을 자른 후 죽인 일(2의 ①-④와 비슷)

『다이코키』는 '일본고전적종합목록 데이터베이스'에서 검색[11]해 본 결과 에도시대에는 다섯 차례에 걸쳐 간행되었고, 64군데의 기관 에 소장되어 있다. 게다가 『에혼 다이코키絵本太閤記』(1797-1802간행)를 비롯하여 『신쇼 다이코키真書太閤記』(1852-1868), 그리고 조루리浄瑠璃나 가부키歌舞伎와 같은 예능에서도 활용되는 등 상당한 인기를 끌었던 작품이다. 이처럼 『다이코사마 군키노우치』에서 시작된 히데쓰구의 살생관백으로서의 이미지는 다이코키물 붐에 편승하여 더욱더 확 대되어 널리 퍼지게 된 것이다.

그런데 『다이코키』에서는 히데쓰구의 악행에 대해서는 『다이코 사마 군키노우치』의 내용을 참고하여 기술한 것을 확인할 수 있지 만, 모반을 계획하고 있었다는 점에 대하여는 부정하며 이것이 오해 라고 이야기하고 있는 것이 특징이다.

히데요시공에 대해 야심을 품고 있다며 위아래 모두 소문이 자자하

---

11 http://base1.nijl.ac.jp/infolib/meta_pub/dresult (검색일:2018.2.25)

였으며, 이에 대한 대강의 내용을 장군(주:히데요시)은 얼핏 들었다. 히데쓰구는 그런 마음은 전혀 없었으나 평소의 행실로 보아 그렇게 생각할 수도 있는 일이었다. 주위에서 말씀드리는 것이 똑같았기 때문에 총애하는 마음가짐도 바뀌고 의심의 마음이 생기게 되었다.[12]

위 인용문은 히데쓰구가 할복자살을 명받기에 이르게 되는 점을 언급한 후 화자語り手가 작품에 개입하여 의견을 제시한 것이다. 히데쓰구가 모반을 계획하였다는 것이 진실로 받아들여지던 시점에서 오제 호안이 '히데쓰구는 그런 마음은 전혀 없었'다며 모반을 계획하였다는 것을 부정하고 있다. 그리고 모반을 계획했다며 의심을 살만한 것은 평상시의 행실때문이라는 견해를 내놓고 있다. 이것은 아마도『다이코키』를 저술하던 때 그가 정치의 전면에서 활약하지 않고 칩거하였기 때문에 당시 권력을 쥐고 있던 히데요시 측의 편에서 언급을 하지 않아도 되는 상황이었기 때문이라 생각된다.

결국 앞서 살펴본『다이코사마 군키노우치』와 비교해 보았을 때 당시의 권력과 영합하기 쉬운 내용은『다이코키』보다는『다이코사마 군키노우치』라 할 수 있으며, 후대에 갈수록『다이코사마 군키노우치』의 내용을 기본적인 골자로 하여 히데쓰구를 악인으로 묘사하는 내용이 더욱더 다양해져 간다.

---

12 秀吉公に対し野心有やうに上下諷しかれば、此あらまし将軍ほの聞給ひにけり。秀次公さやうの御心は聊もなかりしか共、件の御行跡にては、左もいへばいはるゝ御をこなひなり。何方より申上侍るも同じさまなれば、親しき御心もかはりそめ、疑心ねざしにけり。(492쪽)

4. 『주라쿠 모노가타리聚楽物語』(1625년 이후 간행)

본 작품은 작자미상의 가나조시仮名草子로서 도요토미 히데쓰구의 죽음 전후의 경위에 대하여 서술하고 있으며, 가나조시의 특성상 지식전수와 계몽적인 성격이 짙은 작품이다. 이 작품의 특징이라면 첫 번째로 히데쓰구의 악행에 대해 이전의 작품들에서 볼 수 없는 내용으로 더욱더 다양해졌다는 것이다. 이에 그 내용을 간략히 소개해 보면 다음과 같다.

① 죄없는 이를 베어 죽인 일
② 밥에 모래가 들어있다는 이유로 요리사를 베어 죽인 일
③ 감옥에 갇힌 죄인들을 하루에 한 명씩 베어 죽여 교토京都, 후시미伏見, 오사카大坂, 사카이堺에 죄인들이 아무도 남지 않게 된 일
④ 임신한 여인의 배를 갈라보려 하였으나 에키안 호인益庵法印의 기지로 여인이 죽음을 모면한 일
⑤ 밤낮으로 주연난무酒宴乱舞를 행하며, 기타야마北山 산과 니시야마西山 산에 올라가 매로 사냥鷹狩하고 사슴을 사냥鹿狩한 것을 비롯하여 백성들을 고통에 빠지게 한 일.

이전의 작품들은 기록 그 자체에 중점을 두었는데 비해 『주라쿠 모노가타리』의 서술방법은 문예적인 성격을 지니는 소설이라는 장르의 특징이 잘 나타나 있다. 아래 인용은 요리사의 잘못과 히데쓰구가 요리사를 죽이기까지의 과정의 일부분이다.

　　어느 때에는 식사가 올라왔을 때 모래가 이에 씹혔다. 그래서 요리
사를 불러 "자네가 좋아하는 것이나 먹어라"라며 정원에 있는 하얀 모
래를 입안에 집어넣게 하여 "한 톨도 남기지 않고 이로 부수거라"며
꾸짖었다. 요리사는 그래도 목숨만은 살리고자 어쩔 수 없이 마치 얼
음을 이로 부수듯이 으드득하고 부수자 입안은 찢어지고 이도 뿌리까
지 부서져 눈알은 뒤집히고 그 자리에서 쓰러졌다. 히데쓰구는 이를
일으켜 오른쪽 팔을 베어내니 "목숨만은 살리고 싶으냐"라 말하자 요
리사는 "목숨만은 살려주십시오"라고 애원했다. 그러자 히데쓰구는
왼쪽 팔을 베며 "이건 어떠냐?"라 말했다.〈후략〉[13]

　　이처럼 히데쓰구가 식사를 할 때 모래가 씹힌 점, 요리사와 히데
쓰구와의 사실적인 대화, 요리사에 대한 묘사 및 심리적인 상태가
전지적인 관찰자 시점에서 매우 구체적으로 서술되어 히데쓰구의
잔인무도한 성격을 효과적으로 나타내고 있다. 또 다른 예로, 아래
의 인용문을 살펴보도록 한다.

　　이 때 히데쓰구공은 이렇게 생각했다. "다이코님께서 아들이 없으
면 내가 천하를 물려받을 수 있을 것이다. 진정으로 아들을 제쳐놓고

13　あるとき御膳に砂のさはりければ、御りやうり人をめして、汝がこのむ物成らんと
　　て、庭前の白砂を口中にをし入させ、「一粒ものこさずかみくだけ」とてせめ給へ
　　ば、さすがすてがたき命なれば、力なく氷をくだくごとくにはら／＼とかみけれ
　　ば、口中やぶれはのねもくだけて、眼もくらみうつぶしにふしけるを、又引たて〻
　　右のうでを打落させ、「此うへにても命やをしき助けばたすからん」と仰ければ、
　　「是にても御たすけあれかし」と申を又左のうで打落し、「是にてはいかに」と仰けれ
　　ば、＜後略＞(33쪽) 『주라쿠 모노가타리』의 텍스트로는 菊地真一・深沢秋男・和田
　　恭幸編(2006)에 의한다.

어찌 나에게 천하를 물려줄 수 있을 것인가"라는 생각이 들었으나 말을 꺼내지 못했다. 그것이 마음속에 맺혀버렸는지 언제부터인가 성격이 거칠어져 측근의 사람들에게도 이유없이 화를 내기도 하였다.[14]

위 인용문은 히데요시의 애첩 요도도노로부터 히데요리가 태어남으로 인해 히데쓰구는 자신의 입지가 좁아지게 됨을 느끼고 이것이 원인이 된 불안감으로 악한 행동을 하기 시작한다는 내용이다. 여기에서 '생각이 들었으나 말을 꺼내지 못했다'라며 히데쓰구는 생각만 했을 뿐 아무에게도 말하지 않았다는 심리 및 갈등, 그리고 이상성격자로 변화하는 과정이 잘 나타나 있다.

『주라쿠 모노가타리』는 간에이(寛永, 1624-1644) 고활자판古活字版, 간에이 17년(1640)판, 간에이 연간판, 메이레키明曆 2년(1656)판, 그리고 일본 국회도서관과 내각문고에 소장된 간행년 미상인 것으로부터 알 수 있듯이 에도시대에는 수 차례에 걸쳐 간행되어 상당한 인기를 끌었다. 따라서 이 작품도 역시 히데쓰구에 대한 인식이 일반인들에게 확장되고 완전히 정착되는데 커다란 파급력을 지녔던 작품으로 생각된다.

5. 『쇼군키将軍記』(1664년)

본 작품은 한문으로 쓰여진 하야시 라잔林羅山의 『도요토미 히데

---

14 かゝりける所に、秀次公おぼしめしけるは、「太閤御実子なからん時こそ我に天下をもゆづり給ふべけれ。まさしく実子をさしをき、いかでか我を許容し給ふべき」と、思しおめす御心出来けれ共、仰出す事もなく、御心のそこにとゞこほりけるにや、いつしか御きげんあらくならせ給ひて、(33쪽)

요시보豊臣秀吉譜』(1642년 간행)를 아사이 료이浅井了意가 일본어로 옮긴 것으로서 1664년에 간행되었다. 따라서 이 글에서는 『쇼군키』만 소개하기로 한다. 본 작품에는 가마쿠라鎌倉 시대의 미나모토노 요리토모源頼朝·요리이에頼家·사네토모実朝의 3대 장군을 시작으로 하여 9대의 장군, 무로마치室町 시대의 아시카가 다카우지尊氏를 시작으로 한 15대의 장군, 그리고 오다 노부나가, 도요토미 히데요시의 각 장군의 가보家譜를 기록한 것이다. 히데쓰구에 대한 일화는 제19권 「도요토미 히데요시기豊臣秀吉記」 하권 제2에 중점적으로 나타나 있으며,

> 히데요시 공이 총애하는 첩에게서 남자아이가 태어났다. 그 이름은 히로이라 하며 나중에 히데요리라 불렀다. 〈중략〉 히데요시 공은 나중에는 히데쓰구 대신에 히데요리가 장군이 되도록 생각하였다. 〈중략〉 동 3년에 히데요시 공은 천하를 히데요리에게 물려주려 하였다. 관백인 히데쓰구는 물러날 기색이 보이지 않았다.[15]

라며 히데요리의 출생으로 인해 장군의 자리를 그에게 넘겨주려 하였다는 대목이 있으며, 히데쓰구는 '물러날 기색이 보이지 않았다'는 점이 갈등의 원인이 되었다는 것을 나타내고 있다. 그러나 이것이 히데쓰구의 악행의 원인이 되었다는 점에 대해서는 언급하지 않고 있다.

---

15 秀吉公の嬖妾、男子を生ず。其名を拾と名づく。後に秀頼と号す。＜中略＞秀吉公、後には秀次を捨てゝ、此若君を世に立てんと思ひ給へり。＜中略＞同三年、秀吉公、天下を秀頼に譲らんとす。関白秀次、更に辞退するの色なし。(108-109쪽) 이 글에서의 『쇼군키』의 인용은 黒川真道編(1915)에 의한다.

또한, 히데쓰구가 모반을 일으키려 했다는 점에 대해서도 살펴보면,

> 기무라 히타치노스케가 히데요시 공의 명에 따라 요도에서 머물면
> 서 공사를 한 적이 있었다. 어느날 밤에는 여인들이 타는 가마를 타고
> 몰래 주라쿠에 들어가 깊숙한 곳까지 들어간 후 동틀때까지 히데쓰구
> 와 이마를 맞대며 밀담을 나누고 그날 밤에 요도로 돌아왔다. 히타치
> 노스케의 아버지인 하야토노스케는 히데요시 공의 총신이었다. 그렇
> 기 때문에 히타치노스케는 천하를 손에 쥐는 것을 마음에 두고 있었으
> 나 이시다지부쇼유 미쓰나리에게 빼앗기고 원통스럽게 생각하고 있
> 던 중에 히데요시를 모시면서 때가 오기를 기다리고 있었던 것이다.
> 미쓰나리와 마스다는 히타치노스케를 미워하여 참언을 해서 죽이려
> 고 하였다. 이때 미쓰나리는 히타치노스케가 밤중에 히데쓰구와 밀담
> 을 나눈 것을 듣고, "무슨 일인지는 모르지만 그런 일이 있습니다"라
> 며 히데요시공에게 일러바치자 히데요시 공은 고개를 끄덕이며 듣고
> 있었다.[16]

라며 어디까지나 히데쓰구가 히타치노스케와 밀담을 나누었다고만
되어 있을 뿐 모반을 계획했다고는 되어 있지 않다. 그리고 이시다

---

16 木村常陸介、秀吉公の命に依りて、淀にありて、普請の営いたしけるが、一夜女房
の輿に乗り聚楽に来り、奥迄舁入れて、夜の明方迄秀次と額を合わせて密談して、
其夜淀に帰る。常陸介が父隼人佐は、秀吉公の寵臣なり。此故に常陸介、天下の執
権を心に懸けしを、石田治部少輔三成に奪はれて、口惜しく思ひ、秀吉に仕へて時
を待ちけり。石田・増田、彼を悪みて、讒を構へて殺さんとす。斯る所に石田三成
は木村が夜中に密談せし事を聞付けて、何は知らず斯様の体なりけりと、秀吉公に
申入れたりければ、秀吉公額きて聞き給へり。(114쪽)

미쓰나리 일당의 참언에 대해서도 "무슨 일인지는 모르지만 그런 일이 있습니다"라는 내용으로만 되어 있고 히데요시는 단지 고개를 끄덕이기만 했다는 내용으로 애매하게 처리하고 있다.

다음으로 본 작품에서 기술된 히데쓰구의 악행을 살펴보면 다음과 같다.

① 성에 올라가 철포를 쏘아 지나가는 사람을 죽인 일(2의①과 같음)

② 오키마치 상황이 죽은 지 일주일도 지나지 않았는데 사냥을 즐긴 일(2의⑥과 같음)

③ 여인들을 데리고 히에이잔 산에 올라가 주야로 주연을 행하고 사냥을 한 일(2의 ⑦, 3의①과 같음)

④ 승려들이 만들어 둔 소금과 된장 속에 물고기와 새의 내장을 넣은 일(3의 ③과 같음)

⑤ 길을 지나가는 맹인의 팔을 자른 후 죽인 일(2의 ③과 비슷, 3의 ④와 같음, 4의 ①과 비슷)

위에 소개한 일화를 보면, ①부터 ⑤까지 전부 선행작품으로부터 착상을 얻은 것이다. 라잔과 료이 모두 오타 규이치의 『다이코사마 군키노우치』의 기술내용을 그대로 수용하여 『다이코사마 군키노우치』 → 하야시 라잔의 『도요토미 히데요시보』 → 아사이 료이의 『쇼군키』의 관계가 성립된다는 것을 알 수 있다.

6. 『다마쿠시게玉櫛笥』

하야시 기탄林義端의 『다마쿠시게』는 1695년에 간행된 우키요조
시浮世草子 괴담집으로서 그 서문에서 밝힌 바와 같이[17] 기탄은 아사
이 료이의 괴이소설집 『이누하리코狗張子』를 모방하여 본 작품을 창
작하였다. 『다마쿠시게』에는 총 31화의 이야기가 수록되어 있으며,
히데쓰구의 악행을 소재로 한 것은 권3의 제3화 「축생의 무덤畜生塚」
이다.

이 이야기에서는 앞서 검토한 『쇼군키』의 내용과는 달리 히데쓰
구가 악행을 한 원인과 모반을 결심하게 된 계기에 대해 다음과 같
이 서술되어 있다.

> 히데쓰구 공이 이렇게 악행을 거듭한 것은 다이코 히데요시에게서
> 아들이 태어나신 후 아무리해도 앞날에 대하여 의지할 것이 없어 세상
> 을 원망하는 마음이 생겨 매사에 거친 행동을 하신 것으로 보입니다.
> 이 때 기무라 히타치노스케가 자주 모반을 할 것을 권유하였습니다

---

17 지난 겐로쿠(元禄) 3년 봄 승려 료이 법사는 노후의 소일거리로 『이누하리코』 수
권을 지으셨다. 그 내용은 모두 새롭고 기이하며 괴이한 이야기들로서 세상 사람
들이 널리 읽고 전해졌다. 지난 겐로쿠 6년(1693)에 나는 황공하게도 그의 뒤를 좇
아 평소에 보고 들은 최근의 괴기한 이야기들을 모아 『다마쿠시게』라 제목을 붙이
고 겨우 절반인 3권까지 지어 상자 깊숙한 곳에 보관해 두었다(過にし元禄庚午の
春釈了意師、老後のすさみに犬はりこ数巻を著せり。その事皆新奇怪異の説話にし
て、世の人あまねく玩び流へぬ。去る癸酉の年、予いやしくもその芳躅を継て、年
ごろ見及び、聞伝へし近世奇怪の物語をあつめ、玉櫛笥と題し、やうやく半かき三
巻を著し函の底におさむ) (9쪽) 이 글에서의 『다마쿠시게』의 인용은 江本裕・湯沢
賢之助編(1990)에 의한다.

〈중략〉 기무라가 이렇게 계획을 제시하자 히데쓰구도 이로 인해 모반
을 일으키고자 하는 마음이 생겼습니다.[18]

지면관계상 자세한 인용은 생략하겠지만, 히데쓰구의 악행의 원
인은 히데요리가 태어남에 따라 자신의 입지가 좁아지게 된 것에 따
른 불안심리가 작용한 것으로서 이는 『주라쿠 모노가타리』의 내용
을 계승한 것이다. 한편, 기무라 히타치노스케와 밀담을 나눈 내용
의 경우 『쇼군키』에서는 애매하게 처리하고 있었으나 『주라쿠 모노
가타리』에서는 기무라 히타치노스케가 모반을 일으킬 것을 권유하
는 내용이 구체적으로 제시되어 있었다. 이에 「축생의 무덤」에서는
『주라쿠 모노가타리』의 내용을 계승하여 히데쓰구의 심리적인 동
요, 그리고 모반이 발각되기까지의 일련의 과정이 상당히 구체적이
며 명확하게 나타나 있다. 중세문학과 구별되는 에도시대 가나조시
의 특징이라면 정판 인쇄로의 출판형태의 변화와 함께 독자를 상정
한 '서적読み物'이 본격적으로 탄생되었다는 점을 들 수 있으며, 위 묘
사는 그러한 특징이 잘 나타나 있다는 것을 알 수 있다.

본 작품에 나타나 있는 히데쓰구의 악행에 대해 기술해 보면 다음
과 같다.

① 산 것을 죽이는 것을 좋아하여 살생관백이라 불렸던 일

18 秀次公かく悪逆重畳せしも、太閤御実子出来給ひし後、とても行末たのみなしと、
世を憤る心出来給ひて、よろづあら／＼しくふるまひ給ひしと聞えし。かかる折し
も木村常陸守ひたすら御謀反をすゝめける。〈中略〉木村、か様にさま％＼はからい
こしらへ申しければ、秀次もこれより謀反の心おこりける。(102-103쪽)

315

② 미인들을 데리고 히에잔 산에 올라가 음주가무를 즐기고 사냥
  을 하여 요리를 한 일
③ 사람을 즐겨 죽인 일
④ 임신한 하인의 배를 갈라보려 했던 일
⑤ 기무라 히타치노스케의 권유로 모반을 일으키려 했던 일

위에 소개한 일화들에 대해 필자는 앞선 연구에서 ①, ②의 경우 아사이 료이의 『쇼군키』가 출전이며 ③, ⑤는 『주라쿠 모노가타리』의 문장을 거의 그대로 베낀 것이라는 것을 지적한 바 있기 때문에 여기에서는 상술하지 않도록 한다. 기탄의 작품형상 방법은, 자신의 입장에서 최근에 간행된 베스트셀러로서 비교적 손쉽게 구할 수 있는 서적들로부터 착상을 얻어 내용을 해체시키고 부분적으로 조합하여 작품을 형상화하였다는 것은 잘 알려져 있다. 「축생의 무덤」에 그려져 있는 히데쓰구의 '살생관백'의 악인으로서의 인물상도 두 권의 서적을 합성시킨 것으로서 이를 통하여 히데쓰구의 악인으로서의 이미지가 재생산되고 확대된 것이다.

7. 『히데쓰구 모노가타리秀次もの語』

본 작품은 당시 정치권력의 패자인 히데쓰구쪽의 시점에서 기술된 것으로서 작자미상의 필사본이다. 마쓰바라 가즈요시(松原一義, 1986)의 해설에 의하면, 이 작품은 에도시대 중기[19]에 성립된 것으로 생각되며 히데쓰구와 그 부하의 불운 그리고 아이들과 처첩들, 여인

들의 슬픈 최후를 그리고 있다고 한다. 이하 그 내용의 일부분을 인용해 보면 다음과 같다.

태고적부터 지금도, 그리고 후대에도 이러한 슬픈 일은 절대로 없을 것이다. 〈중략〉 구슬과도 같은 아드님들의 목을 어머니들에게 보여드렸다. 마님과 아드님 그 외에 시녀들의 꽃과 같은 아름다운 모습이 예전에는 이루 비할 수 없었으나 장수들의 손에 의해 무자비하게도 꺽여버렸다. 이것을 다른 말로 비유하자면 장수들은 요괴와도 같을 것이다. 육도의 끝에 있는 염라대왕이나 구생신俱生神과 같은 것도 이들보다는 못할 것이다.[20]

이 작품에서는 '누가 참언을 하였는지いづれのものゝざんけんにてか'라 되어 있어 참언을 한 것이 누구인지 밝히고 있지 않다. 그리고 히데쓰구의 악행에 대해서도 기술하고 있지 않으며 오로지 억울하게 할복자살을 명받았다는 점과 그의 처첩들, 아들이 불쌍한 최후를 맞이하였다는 점, '이러한 슬픈 일은 절대로 없을 것이다'와 같은 개인적인 감정이 직접적으로 나타나 있는 부분에서 히데쓰구의 편에서

---

19 이 글에서는 17세기까지 작품을 고찰하겠다고 하였는데, 『히데쓰구 모노가타리』는 성립시기가 미상인 점을 감안하여 마지막에 검토를 하게 된 점을 밝혀둔다.
20 上古いまもまつだいも、かかるあはれはよもあらじ。〈中略〉玉のやうなるわが君たちの御くびをとりあげて、はゝこたち、そのほかの女ばうたち、花のやうなる御すがた、たとへんかたもなかりしを、ものゝふともがてにかけて、なさけもなくかいするを、ものによく／＼たとふれば、これぞおにとぎきこへし。六だうのほとりなるゑんまくしやうじんとやらんも、これにはいかでかまさるべし。(38-39쪽) 본문 인용은 松原一義(1986)에 의한다.

기술되어 있음을 알 수 있다. 처첩과 아들들의 목을 베는 장수들에 대해서는 요괴, 염라대왕, 구생신보다 더 무서운 이로 묘사하고 있는데, 이 장수들은 히데요시의 명을 받았다는 점을 생각해 보면, 장수들에 대해 비판하는 것은 결국 히데요시에 대해 비판하는 것과 동일하다.

이 작품은 누가 집필했는지 알 수 없지만, 히데쓰구의 측근, 또는 히데요시에게는 반발하였지만 히데쓰구에게는 동감하는 이가 쓴 것으로 생각된다. 이 작품이 간행되어 그 내용이 거대한 담론으로 성장하지 못하고 작자미상의 필사본으로만 남아있게 된 것은 당시의 정치권력 속에서 승자인 히데요시를 비판하고, 패자인 히데쓰구를 옹호하는 발언을 하고 있기 때문이다.

Ⅲ. 맺음말

이상으로 살펴본 바와 같이 히데쓰구 사망 직후에는 '살생관백'의 이상인격자로 모반을 계획하였다는 내용(『다이코사마 군키노우치』)과, '살생관백'의 이상인격자이긴 하지만 모반을 계획하지 않았다는 이야기(『다이코키』)가 혼재하고 있었다. 그중에서 당시의 권력과 영합하기 쉬운 내용은, 히데요시의 선전물로서 히데쓰구를 제거하는데 정당성을 부여한 『다이코사마 군키노우치』이며, 후대에 갈수록 본 작품의 내용을 기본적인 골자로 하여 히데쓰구를 악인으로 묘사하는 내용이 다양해져 간다.

그 후『주라쿠 모노가타리』에서는 히데쓰구가 악인으로 변모한 것은 히데요시의 애첩 요도도노에 의해 히데요리가 태어나자 자신의 위치에 불안을 느낀데 비롯되었음을 이야기하고 있다. 아사이 료이는 기존에 알려졌던 히데요시의 일화에 더하여 더욱더 소설적인 작품으로 완성시켰으며, 하야시 기탄은『주라쿠 모노가타리』와『쇼군키』에서 나타나는 히데쓰구에 대한 묘사를 무비판적으로 수용하고 합성하였다.

히데쓰구가 정말로 모반을 계획하고 악한 행동을 일삼았는지, 도요토미 히데요시가 애첩 요도도노와의 사이에서 태어난 히데요리에게 정권을 계승하기 위해 히데쓰구를 처치하기 위한 방편으로 날조하였는가의 여부는 최신 역사학 연구에서도 명확한 해답을 제시하고 있지 못하는 실정이다. 그러나 분명한 것은, 히데쓰구에 대한 인물상이 정립되어 당시 사람들이 생각하는 '역사' 또는 '진실'로 변모해 가는 과정을 추적해 보면 '권력'과 상당히 깊은 관련성이 있어 왔다는 것을 인정할 수 있을 것이다.

한일문화 연구의 새 지평 2
타자의 눈으로 바라본 일본

제12장

야나기 무네요시 '생명론'의
사상적 원천과 자장

❀ ❀ ❀

서 동 주

I. 머리말

야나기 무네요시는 민예운동의 창시자로 알려져 있다. 반면 그가
서구 '생기론_{vitalism}'[1]의 적극적 수용자였다는 사실은 그다지 주목받

---

1 생기론은 '활력설(活力說)'이라고도 불리는데, 기계론에 대립하는 생명이론을 가
리킨다. 기계론이 생명현상을 무기적 자연의 법칙에 의해 전면적으로 설명하는
데 반대하면서, 생명현상은 무생물계의 현상과는 근본적으로 다른 원리에 의해
지배된다고 본다. 즉, 물리·화학적인 힘과는 관계가 없는 독특한 생명력 내지 활력
(vital force)에 의해 만들어진다고 주장한다. 고대 그리스 시대부터 이러한 주장은 있
었지만, 18세기 후반에서 19세기 초에 걸쳐 특히 스위스의 생리학자 핼러(A. von
Haller, 1708-77) 및 그 이후의 여러 철학자들에 의해 현재와 같은 방식으로 등장했
다. 이후 물리학과 화학의 생물학에 대한 적용의 진전에 의해 점점 쇠퇴하다가 20
세기에 들어와 독일의 동물학자이자 철학자인 드리쉬(H. Driesch, 1867-1941)의
'신생기론'을 통해 새로운 형태로 부활했다(『철학사전』, 도서출판 중원문화,
1978, 338쪽. 참조).

지 못했다. 그는 잡지 『시라카바白樺』 동인으로 활동했던 1910년대
에 물리학과 화학이 의거하는 기계론적 논리에 대한 강한 거부감 위
에서 심령과 생명에 몰두했다. 예컨대 '생기론'에 대한 그의 호의적
인 관심은 1913년에 발표한 「생명의 문제」라는 글에 선명하게 드러
나 있다. 뒤에서 보다 상세하게 다루겠지만, 그는 '생명' 또한 기계론
에 입각해 그 전모를 파악할 수 있다고 주장하는 물리학-화학의 소
위 지적 '오만'을 비판하면서 생명은 물질로 환원될 수 없으며 따라
서 생명에 대한 총체적 이해를 위해서는 '생기론'에 토대를 두고 있
는 생물학의 독자적인 기여를 인정해야 한다고 주장했다. 즉, 그는
생명연구에서 보이는 물리학-화학과 기계론의 '물질일원론'에 대해
생물학과 생기론의 '독립'을 선언했다. 그리고 그의 이러 문제의식
은 이 시기 집중적으로 이루어진 윌리엄 블레이크 연구에서도 확인
할 수 있다.

    야나기의 '민예론'의 지적 계보는 야나기 연구에서 중요한 쟁점으
로 간주되었고, 실제로 1910년대에 보이는 이 생명에 대한 관심이
후일 민예에 관한 구상에 이어진다는 논의도 존재한다.[2] 그러나 그
의 생명론과 민예론 사이에 존재하는 조선예술에 대한 관심이 이전
시기의 생명론과 어떻게 연결되고 있는가의 문제는 거의 주목받지
못했다.[3] 그의 조선미술론은 그 자체로 고립적으로 다루어지는 경향

---

2 예컨대 鈴木貞美 『近代の超克—その戰前·戰中·戰後』, 作品社, 2015; 佐藤光 『柳宗悦
  とウィリアム·ブレイク—環流する「肯定の思想」』 東京大学出版会, 2015, 129-130쪽.
  참조.
3 이와 관련해서는 조윤정 「『廢墟』 동인과 야나기 무네요시」, 『한국문화』 43, 2008; 최
  호영 「야나기 무네요시의 생명사상과 1920년대 초기 한국시의 공동체 문제」, 『일
  본비평』 11, 2014를 참조할 것. 특히 최호영은 야나기의 생명사상이 1920년대 식민

이 없지 않았다. 그러나 1910년대 야나기 무네요시가 앙리 베르그송과 윌리엄 블레이크를 통해 수용한 '직관'이라는 개념은 조선예술의 고유성을 해명하는 데 있어서 방법론의 핵심을 차지한다.[4] 그런 점에서 생명론을 조선예술론과 결부시키는 작업은 불가결하다. 조선예술에 대한 야나기의 관심은 주로 이 시기 서양미술에서 동양미술로의 전환이라는 '사건'의 연장선상에서 이해되어 왔다. 하지만 이러한 전환이 이루어진 시기는 동시에 생물학의 '자립'과 생기론의 지적 가능성에 몰두하던 때이기도 하다. 그런 점에서 이 시기의 지적 활동과의 관련성을 고려하지 않는다면 그의 조선미술론은 '고립된 섬'의 영역을 벗어날 수 없다.

이런 문제의식 위에서 이 글에서는 야나기가 왜 생명의 문제에 몰두했으며, 그것이 그의 초기 지적 여정에서 차지하는 의미를 생각해 보고자 한다. 또한 이것을 동시대의 지적 상황과동 결부시켜 그의 생명론의 고유성을 추출해 보고자 한다. 이러한 논의를 통해 1910년대 '생기론'의 일본수용의 특징도 살펴볼 수 있을 것이다.

지조선의 시인들에게 미친 영향과 양자의 차이에 관해 논하고 있는데, 즉 양자는 모두 사회진화론에 대한 반발의 측면에서 공통되지만, 야나기의 생명주의적인 종교와 예술인식이 '초역사적' 성격을 띠고 있는 반면 식민지의 지식인들에게 그것은 '국권' 상실이라는 역사적 현실과 대면하는 가운데 새로운 '공동체'를 향한 지향을 보임으로써 차별화되고 있다는 분석을 전개하고 있다.

4 이 문제에 관해서는 이하를 참조할 것. 中見真理 『柳宗悦 時代と思想』, 東京大学出版会, 2003, 35-58쪽.

Ⅱ. 야나기 무네요시의 '생기론' — '일원적 이원론'

그렇다면 야나기 무네요시는 생기론을 어떻게 이해하고 있었을까? 그는 「생명의 문제」(1913)의 서문에서 이글의 논지를 생명에 대한 기존의 소위 이화학적 기계론Physico-chemical Mechanism의 학설을 비판적으로 검토하고 소위 생기론Vitalism에 입각해 생물학의 자율성을 주장하는 것에 있다고 밝히고 있다.[5] 그럼 여기서 말하는 이화학적 기계론이란 무엇이며, 그가 상정하는 생기론과 생물학의 관계는 어떤 것일까?[6]

야나기는 이화학적 기계론이란, '유기무기 양자에는 어떤 근본적 차이도 없'다는 전제 위에서, '생명의 발현에 의해 그 신비를 연상하는 자는 그(생명) 본성에 관해서 어떤 과학적 지식을 갖고 있지 않음을 드러내[7]'는 것으로 간주하는 학설이라 정의한다. 당시 발달하고 있었던 생리화학Bio-Chemie을 이화학적 기계론의 대표적인 예로 들고 있다, 그는 이런 관점에서 파악된 생명은 '그 성질의 신비가 말해짐에도 불구하고 이화학적 규정에 지배되고 있는 기계적 현실에 다름 아'니며, '따라서 영원한 수수께끼인 '생명'의 문제도 언젠가는 모두 순수과학 즉 이화학적 기계론의 설명에 의해 해석[8]'될 수 있는 것으로 간주된다고 덧붙인다.

5　柳宗悦『柳宗悦全集 第一巻』, 筑摩書房, 1981, 272-273쪽.
6　「생명의 문제」의 분석에 관해서는 최호영의 상계논문의 논의에서 많은 시사를 받았음을 밝혀둔다.
7　柳宗悦, 上揭書, 274쪽.
8　柳宗悦, 上揭書, 275쪽.

　무엇보다 이화학적 기계론에 대한 야나기의 비판은 그것이 드러내는 일종의 지적 '오만'을 향하고 있다. 기계론에서 자연은 물질이라는 '일원적 본성'에 의해 '연속'되는 것으로 간주되는데, 이런 관점을 따르는 한 다원적 혹은 이원적 사상은 인정될 수 없다고 야나기는 지적한다. 또한 이화학과 생물학의 관계에 관해서도 그는 이화학적 기계론의 주장대로 무기세계(물질세계)와 유기세계(생명세계)가 연속되고 있다면 자연현상은 이화학적 기계론만이 아니라 생물학을 통해서도 설명될 수 있을 텐데, 이화학적 기계론은 이 후자의 가능성을 전혀 인정하고 있지 않다고 비판한다. 그는 기계론이 '자연의 연속률'이라는 원리에 입각해 생명의 기원도 물질의 특수한 집합에 기인한다고 보지만, 실제로 물질이 어떠한 과정을 거쳐 생명을 낳게 되었는지에 대해서는 설명하고 있지 않다고 지적한다.[9] 요컨대 기계론의 강력한 일원론이 사상의 다양성과 생물학의 자율성을 부정하고 있다는 것이다.

　여기서 이화학적 기계론을 향한 야나기의 비판이 생명의 문제에 관한 기계론의 영향력을 물리치거나 부정하는 것이 아니라, 그것의

9　야나기는 이런 비판에 대응해 등장한 것이 '에너지불감의 법칙'이라고 말한다. 즉 이 법칙에 따르면 생명의 특질로서 열거되는 세력의 전환, 물질신진대사, 즉 동화 및 이화작용 또는 형태변경 등의 현상은 모두 이 법칙에 지배받으며 생물에 존재하는 각종 내기관의 운행 또는 외계표출의 운동은 에너지 조절의 결과라는 것이다. 하지만 이 법칙 또한 근본적 오류를 내포하고 있다고 야나기는 지적한다. 무엇보다 〈생명=에너지〉라는 전제가 충분히 검증되지 않았으며, '물질에 적용되는 이 경험률(법칙)이 바로 철학적 원리로서 생명의 문제에 적용될 수 있는지'에 관해서도 설명하고 있지 않다는 것이다. 오히려 야나기는 '생물은 결코 물질적 표현에 한정되지 않으'며, '생명을 양적 관계에 이끌려 수학적 법칙 아래 지배받는 현상으로 간주하는 것은 속단의 오류를 벗어날 수 없다'고 역설한다.(柳宗悅, 上揭書, 282-283쪽.)

설명의 범위를 분명히 하는 데 초점을 두고 있다는 점에 주의할 필요가 있다. 야나기는 생명이란 '생체'를 필요로 하며, 생체가 물질계에 관련되어 있다면 '이화학'도 또한 생물현상을 연구하고 해석하는 데 기여할 수 있다는 사실을 인정한다. 다만 생명은 '신비하고 미묘'한 것이기에 이화학만으로는 충분하지 않다는 점을 강조한다.[10] 그는 이화학이 생명을 '기계적 현실'로 간주한다면, 생물학에서 그것은 시간의 흐름에 따라 끊임없이 이루어지는 어떤 '활동'으로 간주된다고 말한다.

생물학의 관점에서 이것(생명의 문제)을 보면 하나의 통체統體로서 생체를 조직하고 지배하는 힘을 말한다. 따라서 생명의 본성은 항상 활동Activity이다. 이것을 엄밀하게 말하면 베르그송이 주장한 것처럼 생명은 항상 순수하게 시간적 지속 위에 존재한다. 어떠한 의미에서도 우리는 생명을 공간적 현상에 이식해 설명할 수 없다. 공간성을 본질로 하는 현상만을 대상으로 하여 성립하는 이화학적 설명은 여기서 생명의 문제에 대해서 전혀 그 힘을 거둬들이지 않으면 안 된다. 우리가 분명히 한 것처럼 생물활동은 물질적 표현에 한정되지 않는다. 거기에는 반드시 물질과 범주를 달리하는 생명의 활동이 내재해 있음을 인식해야 한다.…생명이란 항상 그 표현을 향해서 물질을 사용하는 통체력을 말한다. 이화학이 다루려 하고 설명하려 하는 것을 결코 그 통체력이 아니다.…여기서 이화학적 기계론은 생물학의 문제에 대해 한정적

---

10 柳宗悦, 上掲書, 295쪽.

인 힘에 그치게 됨을 인정하지 않을 수 없다.[11]

따라서 그는 생물학에는 두 가지 종류의 문제(분야 내지 주제)가 있음을 인식할 필요가 있다고 말한다. 하나는 생체의 물질적 표현, 즉 순수이화학의 대상이 되는 것으로 기계론이 설명할 수 있는 분야이고, 다른 하나는 생명의 통체력에 관한 것, 즉 '생기과학'(생물학)이 다루어야 할 주제이다. 동시에 그는 자연에는 '두 개의 질서'가 있음을 인정해야 한다고 말한다. 여기서 말하는 두 개의 질서(=세계)란, '법칙의 세계'와 '생명의 세계'로서, 앞의 세계가 '제약'을 본질로 한다면 다른 하나는 '자유'를 본성으로 한다는 것이다.[12]

여기서 야나기가 생각하는 '생기론'의 의미가 법칙의 세계와 구분되는 생명의 독자성을 인정하고, 이를 통해 생명의 문제에 대한 연구에서 생물학의 자율성을 인정하는 입장이라는 것을 알 수 있다. 원래 생기론이란 말은 독일의 생물학자 한스 드리쉬Hans Adolf Eduard Driesch, 1867-1941에 의해 기계론과 대립되는 의미로 발명되었는데, 야나기는 이 「생명의 문제」라는 글에서 세포의 재생능력에 관한 드리쉬의 실험을 거론하며, 생기론이 전제로 하는 생명의 의미를 다음과 같이 서술하고 있다.

우리는 이 복생復生의 힘을 단순한 물질의 집합의 결과로 간주할 수 있을까? 이런 순응의 작용이 생물에 한정된 것이 아니라는 것을 주장

---

11 柳宗悦, 上揭書, 295쪽.
12 柳宗悦, 上揭書, 296쪽.

하기 위해 기계론자는 자주 그것을 결정의 복생과 비교한다. 그러나 후자가 단순한 같은 물질의 추가임에 대해서 생물활동은 결코 단순한 단일성 현상으로 끝나지 않는다. 그들은 항상 성전(成全, Integration)이자 통체(Organization)이지, 동질성의 집합물(Homogeneous Aggregative Matter)이 아니다. 언제나 그 현상의 배후에는 유기적 통일이 성립하고 있다. 따라서 (개체로서의 생물은) 하나의 조화적 통체이며, 그 체질은 결코 단순한 집합체가 아닐 뿐더러 그 생장生長은 순일純一한 추가가 아니다. 즉 유기체는 항상 전체(Das Ganze, Whole)로서 존재한다. 나는 이 전체로서의 유기적 존재를 가능케 하는 통체력을 가리켜 생명이라 부른다. 그것은 결코 외계에서 추가된 자극과 동일시해서는 안 된다. 생체에 내재하는 자율적 소인이다.[13]

그 위에서 야나기는 개체적 생물이 존재하기 위해서는 무기물과 관련된 '생체'와 함께 그것을 통체하는 생명력이 필요하다는 점을 주장하면서, 그것은 '철학적 입론만이 아니라 생물학적 사실로서 승인'되어야 한다고 역설한다.[14] 여기서 그가 말하는 생기론이 생물을 하나의 통체로 유지시키는 내적인 힘이자 진화의 결정적 소인으로서의 '생명'의 존재를 인정하고, 그것으로부터 생명의 수수께끼(내지 신비)를 해명하려는 철학적 입론임을 확인하게 된다. 따라서 '순수과학' 외에 '생기과학'의 자율성을 인정하고, 기계론과 함께 생기론 또한 긍정하는 것을 불가피하다는 것이다.

---

13 柳宗悦, 上揭書, 298-299쪽.
14 柳宗悦, 上揭書, 299쪽.

이상의 논의는 야나기가 이화학적 기계론의 일원론적 성격을 비판하고 생물학에 근거한 생기론의 자율성을 주장하고 있다는 점에서 이원론의 입장을 지지하는 것처럼 보인다. 실제로 「생명의 문제」의 마지막 부분에서 야나기는 독일의 과학자 칼 피어슨Karl Pearson의 과학에 관한 분류표를 소개하고 있는데, 여기를 보면 자연과학(Science of Nature)의 하위 학문으로 '순수과학'(하위에 물리학과 화학)과 함께 '생기과학'(하위에 심리학과 생물학)이 거론되어 있고, 각각에 '기계론'과 '생기론'이 대응하는 표가 제시되어 있다. 그리고 이 표와 함께 그는 순수과학이 자연과학의 유일한 학문이 아니며 생물학이 하나의 '독립자율의 과학'이라는 점이 잘 나타나 있다는 주석을 붙이고 있다.[15]

그러나 여기서 야나기가 생명의 문제에 관해 순수과학과 기계론의 설명가능성을 완전히 부정하지 않았다는 점을 상기할 필요가 있다. 사실상 그의 주장의 핵심은 생물학의 자율성을 통한 학문적 이원적 체계의 확립이 아니라, 양자의 '조화'에 있다. 예컨대 그는 기계론의 한계에 대한 인식을 통해 다음과 같은 결론을 이끌어내고 있다.

一. 생명현상은 물질적 표현에 한정되지 않는다. 아니 오히려 생명은 그 표현에 대해서 물질을 사용하고 이것을 통체로 하는 힘을 의미한다. 따라서 물질 및 생명은 상호의존 혹은 상관의 관계에 있다. 따라서 기계론자가 비평한 것처럼 양자를 독립된 개별의 존재로 간주하는 것은 오류이지만, 그렇다고 생명을 물질현상의 하나로 귀결시키는 것

---

15 柳宗悦, 上揭書, 316-317쪽.

것도 기계론의 오류이다. 즉 자연에는 생명 및 물질의 두 질서를 인정하지 않으면 안 된다.

二. 따라서 생명의 승인은 결코 기계론이 주장하는 것처럼 물질의 이화학적 현상과 모순되지 않는다. 생명과 물질에는 분리될 수 없는 조화가 있다. 생명은 결코 이화학적 법칙과 서로 모순되는 것이 아니다. 우리는 여기서 기계론과 생기로의 조화를 인정할 수 있다고 믿는다.[16]

즉, 야나기가 생물학의 자율성을 강조한 것은 이원론을 주장하기 위함이 아니다. 여기서 말하는 자율성이란 이화학에 대한 '상대적' 자율성을 말하며, 그것을 달리 말하면 이화학적 기계론만이 절대적 지식이라는 신념에 대한 비판을 의미한다. 오히려 야나기는 생명의 본질을 정확하게 이해하기 위해서는 양자의 '조화'가 필요하다고 주장하고 있는 것이다. 다음과 같은 부분은 야나기가 생각한 '새로운 생기론'의 내용을 정확히 보여주고 있다. 결론적으로 그는 자신의 생기론을 '이원적 일원론'이라 명명한다.

생기론이 이원론으로 일관하고 있다는 기계론의 비평의 두 번째 오류는 우리가 앞서 지적한 것처럼 생명 및 물질을 개개의 별종의 두 실재로 속단하는 것에 있다. 그러나 내가 여기서 주장하려는 생기론은 결코 그런 두 개의 실재의 승인이 아니다. 데카르트가 이원론의 오류는 정신과 물체를 서로 의지하는 것이 아닌 대각선적 상반의 두 실체

---

16 柳宗悦, 上揭書, 286-287쪽.

로 간주한 것에 있다. 또 스피노자가 마찬가지로 양자 사이에 어떤 인과적 관계를 인정하지 않았던 것도 그의 철학의 결점이다. 여기에서 말하는 이원이란 별종의 두 개의 실재가 서로 관계없이 존재하고 있다는 뜻이 아니다. 항상 상대적 의존의 관계에 서 있다는 것을 의미한다. 따라서 그 관계의 귀추는 항상 하나의 사실의 표현에 있다. 의미의 세계란 이것을 지시함에 다름 아니다. 즉 일원의 실재를 표시하기 위한 이원의 상관적 현실이다. 여기에서 말하는 이원적 이원론이란 이 주장을 총괄하는 명칭이다.[17]

야나기에게 '실재의 세계'란 다름 아닌 '의미의 세계'이다. 그리고 하나의 의미를 이끌어내기 위해서는 반드시 두 개의 상대적 현상에 대한 의거가 필요하다고 말한다. 물론 이 원리는 생명과 물질의 관계에도 적용된다. 그는 예컨대 '마음'이 존재를 완성하기 위해서는 반드시 '물질적 표현'을 필요하다고 말한다. 또한 그 연장선에서 진화를 이런 의미의 세계를 개발하고 표현하기 위한 생명 및 물질의 발전으로 규정한다. 요컨대 야나기에게 생명 없이는 표현을 얻을 수 없고, 물질 없이는 이런 발전을 기대할 수 없다. 이렇게 이원의 존재는 하나의 의미를 표현하기 위한 필수적 조건이자 동시에 의미의 진화를 위한 전제로 간주된다.[18]

---

17 柳宗悦, 上揭書, 292쪽.
18 柳宗悦, 上揭書, 289쪽.

Ⅲ. 1910년대 '생명'의 지식장

　야나기의 「생명의 문제」는 '기계론 대 생기론'이라는 구도 위에서
서술되고 있다. 생명에 관한 논의를 이렇게 '기계론 대 생기론'의 구
도로 파악하는 것은 '신생기론'의 주창자 드리쉬에 의해 확립된 것
이다. 독일의 생물학자인 한스 드리슈는 『유기체의 과학과 철학』
(1908)이라는 책에서 성게의 수정란이 두 개 내지 네 개로 분열되어도
각각 개별 개체로 성장하는 실험을 거론하면서, 수정란에 이미 성체
조직의 근원이 구비되어 있다고 하는 이른바 '기성설'을 부정하고,
'네오 바이탈리즘=신생기론'을 주장한 바 있다. 야나기는 드리쉬의
이 '신생기론'을 '기성설'과 대비되는 '신생설'(세포의 각 부분은 처
음부터 결정되어 있는 특수성을 갖는 것이 아니라, 환경 및 세포 간
의 상호관계에 의해 적응을 수행한다는 설)의 대표적 이론으로 들고
있다. 이렇게 볼 때 야나기의 이 글이 드리쉬가 주장한 구도를 그대
로 따르고 있음은 우연이 아니다. 야나기는 「생명의 문제」의 지면을
빌려 드리쉬의 신생기론을 신생설의 주요한 사례로 간주함과 동시
에 그의 실험이 보여주고 있는 생명현상의 '고유성'은 소위 순수생
물학적 사실을 의미하며, 그런 점에서 결코 이화학적 기계현상으로
환원될 수 없다고 주장한다.[19]

---

19 이렇게 야나기는 드리쉬의 영향을 강하게 드러내고 있으며, 그의 기계론과 생기
　론을 넘어선다는 발상 또한 드리쉬의 '신생기론'과 무관하지 않을 것이다. 다만 드
　리쉬가 생기론의 의미를 자연과학의 맥락에 한정시켜 논하고 있다면, 야나기는
　이것을 새로운 '생명론'과 같은 일종의 철학적 사고로 확장시켜 사용하고 있다는
　점은 양자의 차이로서 지적할 수 있을 것이다.

한편 야나기의 새로운 생기론은 드리쉬의 '신생기론'만이 아니라
진화의 내적 동인動因에 착목했던 앙리 베르그송의 생명철학도 중요
한 지적 원천으로 동원하고 있다. 생물학의 자율성과 생기론의 재해
석을 시도하고 있는 「생명의 문제」에서 베르그송은 중요한 부분마
다 인용되고 있다. 특히 이화학적 방법과 구별되는 순수생물학의 세
가지 관찰방법(역사적, 심리적, 철학적)을 논하는 부분은 거의 베르그송의
견해에 근거해 서술되고 있다. 야나기는 생명연구에서 역사적 관찰
이 필요한 이유가 생명현상이 시간적 지속 위에서 과거에서 미래를
향한 끊임없는 '변화'를 본성으로 하고 있기 때문이라면, 심리적 관
찰은 진화의 원인이 환경과 같은 외부적 요인이 아니라 생명체의
'내부'에 있다는 것에 의해 요구된다고 말한다. 그리고 철학적 관찰
이 요구되는 이유는 진화의 최고 단계로 간주되는 '인간의 창조'가
보여주는 것처럼 진화는 어떤 '가치'나 '목적'을 향한 도정으로 파악
되기 때문이다. 비록 베르그송이라는 고유명을 분명하게 거론하고
있지는 않지만, 이러한 설명이 베르그송이 말했던 '시간적 지속'[20],
'생명의 약동', '진화의 종점이자 목적'으로서의 인간[21]이라는 개념
에 근거하고 있음을 이해하기란 그다지 어려운 일이 아니다. 특히

20 이것에 관해 야나기는 다음과 같이 적고 있다. "생명현상이 기계적 제약이 아닌 창
조진화를 운명으로 하는 한, 이것을 기정적인 정지물체로 연구하는 것은 불가능
하며, 반드시 역사적 설명을 필요로 한다."(柳宗悦, 上揭書, 309쪽.)
21 예컨대 다음과 같은 문장을 보자. "오늘날 진화의 의의는 실로 생명의 왕국을 실현
하기 위함에 있으며, 그 최고의 단계에 있는 인류의 창조는 생명이 그 존재의 지극
한 가치의 세계에 진입하기 위함이다. (중략) 인간의 가치는 이 부여받은 생명의
힘에 의해 존재의 의미를 미식(味識)하고 직접적으로 실재의 세계를 만나 거기서
살아가는 것에 있다 (중략) 생물진화의 의의는 실로 이러한 의미의 세계, 실재의
세계를 만나는 위함이다."(柳宗悦, 上揭書, 311쪽.)

심리적 방법을 서술하는 다음과 같은 대목에서는 베르그송의 영향
이 더욱 현저하게 나타나 있다.

> 거기(진화)에는 내적 소인 즉 심리적 충동이 있지 않으면 안 된다. 생
> 명의 진화발전은 결코 모든 것을 환경의 영향에 돌릴 수 없다. 진화의
> 진의를 이해하려 한다면 우리는 모든 생물에 내재하는 생명에 관해 이
> 것을 내부에서 관찰하지 않으면 안 된다. 우리는 진화가 어떤 환경의
> 각각의 사정에 관계되든 그 가장 근본적인 소인을 항상 살아있는 생명
> 의 충동Vital Impetus에 구하지 않을 수 없다. [중략] 생체의 진화란 항상
> 생명의 부단한 표현에 동반되는 유기적 물질의 진화를 의미한다. 따라
> 서 일체의 생물의 진화는 반드시 생명의 창조적 충동을 필요로 한다.
> 생명이란 무한을 향해서 전진하고 개척하고 주장하고 명령하는 근본
> 적 힘이다.[22]

베르그송은 진화를 일으키는 힘을 '생명의 약동'이라 불렀다. 보
다 구체적으로 말해 그에 따르면 진화에는 두 계열의 원인이 있는
데, 하나는 "생명이 무기 물질 쪽에서 느끼는 저항"이고 다른 하나는
"생명이 자기 안에 보유하고 있는 폭발적인 힘"이다. 그러나 이 두
계열의 원인 중에서 진화(=분화=분열)의 심층적 원인은 후자, 즉 약동
하는 생명력이다. 이렇게 생명체들의 변화와 차이의 발생이 생명 자
체에 내재하는 충동에서 비롯된다는 베르그송의 견해는 야나기에

---

22 柳宗悦, 上揭書, 310쪽.

이르러 진화의 '심리적 요인'이라는 말로 변주되고 있는 것이다.

그런데 야나기의 이런 베르그송에 대한 관심은 결코 개인적인 차원에 한정된 것이 아니었다. 실로 야나기의 「생명의 문제」가 발표된 1913년은 일본에서 베르그송 붐이 하나의 정점에 도달했던 때이기도 하다.[23] 다이쇼 시기(1912~)에 접어들면서 베르그송의 철학에 대한 소개논문의 수가 늘어났고, 그의 저작도 대부분 번역되었다. 해설서가 출판되고 철학전문잡지에 그에 관한 논문이 다수 게재되었을 뿐만 아니라, 일간지 등에서도 베르그송에 관한 기사를 찾아볼 수 있다.[24] 예컨대『도쿄아사히신문』은 '출판계', 『요미우리신문』은 '요미우리초よみうり抄'라는 제목의 문화란을 마련해 베르그송에 관한 기사를 게재했다.[25] 그해 2월 당시 와세다대학 철학과 교수였던 가네코 지쿠스이金子筑水[26]가 베르그송의『창조적 진화』의 번역본을 와세다대학출반부를 통해 발행했다. 이어서 이 번역본의 출간에 호응해 아나키스트 오스기 사카에大杉栄와 도쿄제국대학 공과대학을 졸업

---

23 이 시기 베르그송의 대유행과 갑작스런 소멸에 관해서는 다음 논문을 참조할 것. 宮山昌治「大正期におけるベルクソン哲学の受容」,『人文』4, 学習院大学. 2005.

24 鈴木由加里「大正期のベルクソンの流行について」, 五十嵐伸治外編『大正宗教小説の流行—その背景と"いま"』, 論創社, 2011, 188쪽.

25 예를 들어 1913년 5월 7일자『도쿄아사히신문』의 출판란에서 다음과 같은 기사를 확인할 수 있다. 여기에는 도호쿠제국대학 교수 긴다 요시토미(錦田義富)가 번역 출판한『베르그송의 철학』에 관한 소개가 다음과 같이 게재되어 있다. "현대철학자 중에서 가장 명성을 세계에 자랑하는 불란서의 앙리 베르그송의 철학은 우리나라에도 이미 다소 소개되었지만, 베르그송 자신의 저서가 번역된 것은 이것이 처음이다. 이책은 베르그송의『형이상학 및 윤리학평론』속의「형이상학에의 서론」과「변화의 지각」이라는 제목의 논문 두 종을 번역해 모은 것으로 극히 간단한 것이다. 그 철학의 양대 기초인 직관론과 무상적 진화론을 실로 명쾌하게 설명하고 있으며…"(鈴木由加里, 上揭論文, 188-189쪽에서 재인용)

26 『창조적 진화』의 번역자인 가네코 지쿠스는 당시 정신적인 것의 가치를 재평가하고 그것의 우위를 주장하는 '신이상주의'를 역설했다.

한 특이한 이력의 저널리스트 나카자와 린센中沢臨川 등이 베르그송에 관한 글들을 발표하게 되는데, 야나기의 「생명의 문제」도 그런 흐름의 일환으로 보아도 무방하다.[27]

그런데 여기서 주의할 점은 야나기가 베르그송과 드리쉬를 모두 '생기론'의 범주에 포함시키고 있지만, 정작 베르그송은 자신의 생명철학을 드리쉬의 생기론과 신중하게 구별하고 있다는 사실이다.[28] 일반적으로 생기론은 개체로서의 생명체는 무수한 부분들 간의 조화를 통해 개체 전체의 생존이라는 공통의 목적을 향해 행동하는 것으로 간주된다. 이것에 대해 베르그송은 생기론이 기계론(외적 목적론)의 난점을 지적하고 생명현상에 대한 과학적 설명의 근본적 한계를 일깨워 준다는 점에서 의의를 인정될 수 있지만, 그것은 동시에 목적성을 각 유기체의 내부로 축소시킴으로써 유기체의 개체적 측면을 과도하게 강조하게 되었다고 지적한다. 그는 개체의 생존을 목적으로 볼 만큼 개체성 자체가 완전하거나 독립적이지 않으며, 또한 개별 생명체를 구성하는 각 요소들 자체도 하나의 유기체라 할 수 있을 정도로 자율성을 지니고 있기 때문에 각 부분들이 전체 개체에 완벽하게 종속되지 않는다고 주장한다. 따라서 개체 전체가 아닌 개체의 부분들에도 생명의 원리를 인정하거나, 아니면 부분들의 자율성과 그것의 전체로의 종속을 모두 인정하려면 외적인 목적을 상정해야 한다는 점에서 생기론은 설명력을 잃게 된다는 것이다.[29]

---

27 鈴木貞美, 前揭書, 224-225쪽.
28 베르그송은 『창조적 진화』 제1장 「생명 진화에 관하여, 기계론과 목적론」에서 기계론과 목적론에 대한 비판을 전개하고 있는데, 거기서 드리쉬의 생기론은 목적론의 대표적인 사례로 거론되고 있다.

이와 같이 베르그송은 드리쉬와 달리 생명활동과 진화에 '목적'을 인정하지 않는다.[30] 사실 베르그송의 '생명의 약동'론은 여기서 등장한다. 즉 생명현상의 목적을 개체의 생존에 초점을 맞춘 기존의 생기론에 대한 대안으로 제시되고 있다. 베르그송이 보기에 생명체들의 진화현상은 결국 생명체들의 공통된 발생의 근원이자 변이의 충동인 잠재적인 어떤 힘을 상정할 때 비로소 설명가능한 것으로 인식된다.[31] 예를 들어 그는 다음과 같이 말하고 있다.

생명은 물질과의 접촉에 있어서 충동이나 약동에 비교되지만 그 자체로 고찰되었을 때는 막대한 잠재성이며 수천의 경향들의 상호침투이다. 그러나 [물론] 그 경향들이 '수천으로' 되는 것은 일단 상호관계

---

29 김재희 『베르그손의 잠재적 무의식—반복을 넘어서는 창조적 사유 역량의 회복』 그린비, 2010, 341쪽. 야나기는 베르그송과 드리쉬를 모두 '생기론자'로 간주했다는 점에서 베르그송의 진화론에 대한 '오독'의 문제를 드러내고 있다는 점은 여기서 확인해 둘 필요가 있을 것 같다. 물론 이것은 야나기만의 문제라기보다는 베르그송 수용사에서 일반적으로 보이는 하나의 경향이기도 했다. 황수영에 따르면 베르그송의 생명철학에 대한 가장 만연한 오해는 그를 생기론자로 간주하는 것이다. 하지만 베르그송의 생명철학은 생명을 운동과 시간, 진화, 지속의 우주론적 차원에서 다루어지고 있으며, 무엇보다 물질 그 자체의 비결정성과 지속 역시 인정하고 있다. 베르그송은 생기론이 주장하는 '생명원리'가 기계론의 맹목성과 우연성을 상기시키는 데 유용한 역할을 한다는 점은 인정하지만, 이 생명원리가 생명체 내부에서 개체 유지를 위한 부분들 간의 조화만을 고려한다는 점에서는 외적 목적론(예컨대 아리스토텔레스처럼 생명체를 최종적인 형상인을 향하여 존재의 위계적인 단계를 따라 단선적으로 진화한다고 보는 견해)과 동일한 모순에 처하는 내적 목적론에 지나지 않는다고 비판한다. 이에 관해서는 황수영 「생명적 비결정성의 의미」, 『과학철학』, 1999, 80-82쪽.참조)
30 예컨대 진화의 조건에 관해 베르그송을 다음과 같이 말하고 있다. "첫째 에너지의 점진적인 축적이 있어야 하고, 둘째 변화 가능하고 비결정적인 방향으로 이 에너지의 통로를 만들어 그 끝을 자유 행위로 통하게 하는 것"이다.(앙리 베르그손, 황수영 역 『창조적 진화』, 아카넷, 2005. 380쪽.)
31 김재희, 전게서, 343쪽.

에 있어서 서로 외재화된 다음 즉 공간화된 다음이다. 물질과의 접촉은 이러한 분리를 결정한다. 물질은 단지 잠재적으로 다수였던 것을 실제적으로 분할하며 이런 의미에서 개체화는 부분적으로는 물질의 작품이고 부분적으로는 생명이 자신 안에 포함하는 것의 결과이다.[32]

베르그송에게 생명체의 진화는 이 잠재적인 충동의 발산, 분화, 갈라짐이다. 이 과정은 원인과 결과 사이의 기계적인 결정 관계가 아닐뿐더러, 이미 계획되어 있던 어떤 목적의 실현도 아니다. 이것은 비결정적이고 예측불가능한 차이를 생성하는 과정이다. 달리 말하면 잠재적인 힘은 현실화하면서, 스스로 분화하면서, 스스로 갈라지면서, 새로운 개체들을 생산하는 것이다.[33]

「생명의 문제」는 이런 동시대의 지적 상황만이 아니라 이전의 심리학에 대한 관심을 계승한 측면도 있다. 예를 들어 1910년에 발표된 「새로운 과학」에는 「생명의 문제」에서 논의되는 생명과 물질의 관계가 이미 심령과 물질이라는 방식으로 다루어지고 있다. 예컨대 그는 '아마도 물질적 세계는 절대적인 것이 아니다'라는 윌리엄 제임스 William James의 말을 언급하며 다음과 같이 적고 있다; "이 단정을 뒤집어 보면 심령의 세계가 독립적 존재를 인정하고 그것이 단순히 물질의 법칙에 의해 설명될 수 있는 것이 아니라는 것을 의미한다."[34] 여기서 야나기가 말하는 새로운 과학은 이 물리적 법칙에 의해 설명할

---

32 앙리 베르그송, 황수영 역, 상게서, 아카넷, 2005, 385쪽.
33 김재희, 상게서, 343쪽.
34 柳宗悦, 上揭書, 55쪽.

수 없는 심령현상을 연구하는 심리학을 가리킨다. 결국 생기론은 심령이 생명으로 전환되면서 '새로운 과학'에 부여된 새로운 이름이라 할 수 있을 것이다.

뿐만 아니라 야나기의 생명론이 제임스의 심리학에 대한 몰두와 동시적으로 전개되었던 신新신학에 대한 관심과도 연결되어 있다.[35] 야나기는 1910년 6월『시라카바』에「근세에 있어서 기독교신학의 특색近世に於ける基督敎神学の特色」이라는 글을 발표했는데, 여기에는「생명의 문제」뿐만 아니라 블레이크 연구까지 지속되는 세계의 존재적 근원을 '내부'에 위치시키는 발상의 단초가 잘 나타나 있다. 이 시기 야나기는 윌리엄 제임스의 심리학에 몰두하는 동시에 기독교 연구에도 눈을 돌려 영국국교회의 목자였던 캠벨(R. J. Campbell, 1867-1956)의 저서『신신학The New Theology』(1907)을 만나게 된 것으로 알려져 있다. 야나기는「근세에 있어서 기독교신학의 특색」에서 캠벨의『신신학』을 '구래의 비합리적인 사상을 탈각해 인생의 깊은 곳을 건드리며 강하고 깊은 신복음을 말하고 있다는 점에서 우리들에게 힘이 되는 저서'라고 높이 평가했다. 그렇다면『신신학』의 어떤 점이 야나기의 깊은 공감을 이끌어낸 것일까? 그것은『신신학』속의 '신의 위치'와 관련이 있다.[36] 야나기는 현대신학의 특색은 신을 초월적 존재가 아니라, 인긴의 내부에 존재하는 것으로 보는 것에 있다고 말하며, 그것이야말로 '신신학'의 근본적 사상이라고 말한다.

---

35 야나기의 '신신학'에 대한 관심에 관해서는 다음의 저서를 참조할 것. 佐藤光, 前揭書, 145-153쪽.
36 이에 관해서는 다음을 참조할 것. 神田健次「初期柳宗悦の宗教論と民芸論」『基督教論集』44, 2001;佐藤光, 上揭書, 118-119쪽.

이 신신학이 스스로 그 근본사상으로 삼고 있는 것은 신의 내재라
는 사상이다. [중략] '신은 그의 세계를 통해 그 자신을 표현한다'라는
것은 캠벨의 말이다. [중략] 캠벨이 '모든 인간은 근본적으로 종교적이
다'라고 말한 것도 이 때문이다. 그리고 이 사실을 가장 분명하게 보여
주는 사람은 예수였다. 그에게서 나는 신의 내재의 가장 높은 체현을
인정할 수 있다. '예술에게 인성은 신성이고, 신성은 인성이었다'라는
것은 「신신학」의 저자가 역설하고 있는 바이다.[37]

야나기가 그의 저서『윌리엄 블레이크』에서 '그(캠벨)에게 인성은
신성이었다. 우리들이 신을 사모하는 것은 우리들에 신이 머물고 있
기 때문이다'라고 썼던 것에서 알 수 있듯이, 당시 캠벨에 대한 관심
은 윌리엄 블레이크에 관한 연구와 중첩되고 있었다. 바꿔 말하면
신은 인간 외부의 초월적 장소가 아니라 인간의 마음속에 머문다는
생각, 즉 인성이 곧 신성이라는 발상이 두 사람을 하나의 지평 위에
서 연결시키는 것을 가능하게 했다고 할 수 있다.

더욱이 캠벨의 '신의 내재 사상'이 윌리얼 제임스의 '잠재의식'을
참고로 했다는 사실은 야나기의 생명론이 보다 복잡한 사상들의 연
쇄와 관련되어 있음을 환기시킨다. 캠벨은 '신의 내재 사상'의 근거
로서 심리학을 적극 참조했는데, 이를 테면 그는 윌리엄 제임스가
말한 '잠재의식'에 대해 그것을 신의 계시가 전달되는 영역으로 보
았다. 하지만 캠벨은 '잠재의식'이라는 용어는 적절하지 않기 때문

---

37 柳宗悦, 上揭書, 176쪽.

에 '초의식the super-conscious' 내지 '무한의식the Infinite Consciousness'이라는 용어를 사용했다. 정신분석학의 '무의식'에 해당하는 것처럼 보이는 이 영역에 대해, 캠벨은 합리적 설명을 거절하는 신비체험과 종교체험이 발생하는 장으로 신성시하면서 동시에 이 영역에서 들리는 목소리에 귀를 기울일 때 '직관'과 영감이라는 형태를 취해 신의 의지에 근접해 갈 수 있다고 주장했다.[38]

이렇게 보면, 야나기는 제임스의 심리학에서 과학의 밖에 놓여 있었던 심리현상을 과학의 영역으로 포섭하려 했고, 캠벨의 '신신학'과의 접촉함으로써 '의미의 원천'인 '신성한 내부'라는 관점을 획득했다. 그리고 그것이 「생명의 문제」를 거치면서 생명의 문제에 관한 자율적 학문으로서 '생기과학'을 '순수과학'으로부터 독립시키고, 생명진화의 원인을 충동과 같은 '심리적 요인'에 두는 방식으로 한층 구체화시켰다고 할 수 있다. 야나기의 생명론은 그의 지적 활동의 갑작스런 돌출부가 아니라 '심리'와 '신성'이라는 추상적 용어가 과학적 담론과 합류하는 가운데 그 내용을 구체화해 가는 과정 위에 존재하고 있었다.

---

38 佐藤光, 上揭書, 123쪽. 나아가 사토는 야나기의 독서체험이 갖는 글로벌한 지적 맥락을 다음과 같이 설명하고 있다. "캠벨은 『신신학』과 『신신학 설교집』(1907) 모두에서 심리학에 관한 정보원을 분명히 밝히고 있지는 않지만 1916년에 출판된 자전 『신앙의 편력』에는 윌리엄 제임스를 읽었다고 적고 있으며, 특히 『믿는 의지(信じる意志)』(1897)와 『종교적 경험의 제상(宗教的經驗の諸相)』은 도움이 되었다고 적고 있다. 그렇다면 에드워드 카펜터가 1892년에 『From Adam's Peak to Elephanta: Sketches in Ceylon and India』속에서 사용한 '우주의식'이라는 개념이 1901년에 간행된 리차드 버크(Richard Maurice Bucke)의 '우주의식'으로 흘러들어간 후, 그것이 나아가 윌리엄 제임스의 『종교적 경험의 제상』에 영향을 주고 캠벨의 『신신학』에 연결되는 한 줄기의 사상의 흐름이 부상한다. 또한 마치 이 흐름에 몸을 맡긴 것처럼 야나기가 독서체험을 거듭했음이 보인다."(佐藤光, 上揭書, 123-124쪽.

Ⅳ. '생기론'의 행방 : '생명'에서 '생활'로

앞에서 야나기의 생기론(생명론)이 그 이전의 심리학에 대한 관심에 구체성을 부여하는 성격을 띠고 있었다고 말했는데, 그의 생명에 대한 관심은 이후의 저술활동에도 이어졌다. 이 점을 생각할 때,「생명의 문제」에 윌리엄 블레이크의 시가 언급되고 있는 사실을 놓쳐서는 안 된다. 왜냐하면 야나기는 1914년 4월『시라카바』에「윌리엄 블레이크ウィリアム・ブレーク」를 발표했고, 뒤이어 12월에는 750여쪽에 달하는 방대한 분량의 동명 저작을 출판했기 때문이다. 실제로 야나기는 1913년부터 윌리엄 블레이크에 관한 글을 준비하기 시작한 것으로 알려져 있는데, 이것은 그의 블레이크 연구에 관한 기본적 구상이 생기론에 대한 재해석과 동시적으로 이루어졌음을 보여준다. 그런 의미에서 이 시기의 저술활동은 '생명'을 축으로 하는 일련의 연속적 과정으로 파악할 수 있다.

예를 들어「생명의 문제」에서 블레이크는 생명의 운동이 초래하는 변화란 '改變'이자 '창조=창신'이라는 대목에 등장한다. 여기서 야나기는 다수의 과학자들이 생명의 문제를 기계적 제약으로 설명하려 할 때, 이 '천재'(윌리엄 블레이크)는 자신의 생명을 'Novelty, Creation'으로 노래함으로써 생명의 힘은 '일체의 계획(예상된 계획, designed plan)을 허용하지 않는 자유로 넘쳐나고 있'[39]음을 자각했다고 평가한다. 그는 블레이크의 다음과 시를 소개하면서 여기에 자신이 생각하는

---

39 柳宗悦, 上揭書, 316쪽.

'생기론'의 핵심이 표현되어 있다는 주석을 단다.

To see a World in a Grain of Sand

And a Heaven in a Wild Flower

Hold Infinity in the palm of your hand

And Eternity in an hour

이 시에 부친 야나기의 생기론적 주석은 다음과 같다. 즉 "이 세계
는 유현한 생명의 세계이고, 이 빈약한 한 알의 모래에도 그것의 흔적
이 깃들어 있다. 만약 우리가 이런 마음으로 성찰한다면 이 생명이 없
는 모래에도 세상의 진실이 나타나 있음을 보게 될 뿐만 아니라, 그
속에서 무한의 의의를 포착할 수 있다. 또 이렇게 버려진 들판의 꽃에
도 생명의 힘이 넘쳐나고 있다. 따라서 꽃의 마음을 아는 것은 바로
생명이 넘치는 천국의 계단을 보게 될 것이고, 이렇게 거기에 내재하
는 영원의 의미를 손에 넣은 행운을 얻게 되는 것이다." 그는 자연의
깊은 곳에 존재하는 생명의 세계를 시인하고, 그 가치와 의의를 찬미
하는 이 시야말로 생기론의 주지主旨[40]를 표현하고 있다고 말한다.

여기서 야나기가 강조하고 있는 것은 물질과 생명의 깊은 연관이
며 그것에 관한 자각의 요청이다. 앞서 야나기가 주장하는 '생기론'
이 물질과 생명, 기존의 기계론과 생기론의 대립을 넘어서려는 사상
적 의지를 표현하고 있다는 점을 확인했는데, 사실 이 '이원론'을 극

---

40 柳宗悅, 上揭書, 319쪽.

복한다는 발상(이원적 일원론)은 또한 블레이크 사상의 중요한 부분을 차지한다. 일찍이 블레이크는 기독교의 십계에 대해 이것은 '기독의 진의를 오인한 가르침에 지나지 않는다'고 비판하면서 '천국을 사랑하면서 지옥을 찬미했다. 선을 쫓으면서 악도 시인했다. 이성을 중시하면서 정력을 존중했다. 정신을 사모하면서 육체를 구가謳歌했다. 천사의 모습과 함께 악마의 목소리에도 힘을 인정했다'고 말했는데, 야나기는 이렇게 '존재하는 모든 것을 긍정'하는 블레이크의 태도야말로 그의 '도덕관의 추축樞軸'을 이룬다고 보았다. 나카미 마리가 지적한 것처럼 야나기는 블레이크 연구를 통해 '천국을 사랑함과 동시에 지옥을 찬미'하는 그의 시점을 받아들임으로써 '이원二元'에 관한 독창적인 사고, 즉 대립하는 성질이 상호의존의 관계에 있다는 생각을 한층 확고한 것으로 만들었다.[41]

이렇게 생기론의 확장적 재해석에 확신을 제공한 블레이크 사상의 지적 여파는 1919년 이후 본격적으로 전개된 '조선미술론'에도 미치고 있다.[42] 잘 알려진 것처럼 야나기는 3.1운동(1919) 이후 집중적으로 전개한 조선예술의 독자성에 관한 논의에서 조선미의 특징을 '비애의 미'로 규정했다. 이러한 그의 조선미에 관한 이해는 식민지적 상황

---

41 中見真理, 前掲書, 89쪽.
42 블레이크의 사상은 야나기가 조선예술에 관심을 갖기 이전에 동양적 정신에 관심을 갖게 된 계기였다는 점도 언급해 둘 필요가 있다. 예를 들어 야나기는 버나드 리치에게 보낸 편지에 다음과 같이 적고 있다. "동양이 장래 서영에 제공할 수 있는 최대의 선물은 이 상상적(想像的) 사상일 것이다. 과학과 이성은 서양에서 특별한 발전을 이뤘다. 이 상상적 사상을 다룬 두 세명의 서양 철학자가 있지만, 그러나 그들은 겨우 동양의 이념을 반사한 것에 지나지 않는다. 윌리엄 블레이크라는 거대한 예외를 제외하고 이 사상을 예술로 표현한 것에 성공한 예술가는 한 사람도 없다고 해도 과언이 아니다."(柳宗悦『柳宗悦全集』第十四卷, 筑摩書房, 1982, 73쪽.)

에 대한 사후적 승인이자 세련된 '조선멸시론' 혹은 '정체성론'의 일
종으로 간주되었다. 그런데 이른바 야나기의 조선예술론에 작동하는
'식민지주의적 무의식'에 대한 비판이 계속되고 있는 것에 비해, 그
가 예술에서 민족의 '심리(마음)'을 읽어낸다는 방법적 인식은 거의 주
목을 받지 못했다. 그러나 타자에 대한 진정한 이해는 '지식'이 아니
라 '직관'에 의해서만 가능하다는 야나기의 관점은 블레이키의 시에
헌사한 '꽃의 마음을 아는 것은 바로 생명이 넘치는 천국의 계단을
보'는 것이라는 주석을 낳은 시점과 결코 다르지 않다. 여기서 그가
이성, 합리, 지식을 거부하고 직관과 상상想像을 중시했던 블레이크에
깊은 공감을 표했다는 사실을 다시 한 번 상기하지 않을 수 없다.

　야나기는 블레이크가 말한 '상상'을 신과 자연에 스스로를 몰입
할 때에 얻을 수 있는 '종교적 법열religious ecstasy'에 빗대어 설명하기
도 한다.

　　존재하는 모든 것은 신성하다. [중략] 인간의 가장 근본적인 성정 그
　　자체의 상징이며, 종교적 법열, 즉 '상상' 그 자신의 표현이다. 우리들
　　은 그것(상상)의 상징에서 인간과 예술의 가장 완전한 융합밀착을 볼
　　수 있다.[43]

　그에 따르면 블레이크에서 '진리는 지식조작으로 구성되는 것이
아'니라 '가치내용으로 성립하는' 것이며, 그의 '철학의 핵심은 언제

---

43 柳宗悦, 上揭書, 358쪽.

나 〈상상〉의 사상에 집중하고' 있었다. 또한 블레이크는 '존경스런 지식'이란 지성 또는 이성이 아니라, '관용'이라고 생각했고, '이성의 범위를 넘어선 상상의 세계를 인정하지 않는 사상'은 그에게 '참을 수 없는 것'이고 말한다. 달리 말하면 야나기는 '상상'을 이원적 대립으로 가득한 현실을 초월할 수 있는 힘이자, '존경스런 지식'과 '예술'을 가능케 하는 원동력으로 간주했다. 한편 상상이 이원적 대립을 극복한 '신의 세계'를 떠올릴 수 있는 인간의 능력을 의미한다면, 직관은 이 '신의 세계'에 다가서는 능력으로 정의된다. 그는 블레이크가 '직관'이야말로 '실재를 파악할 수 있는 유일한 힘'으로 간주했다고 말한다.[44] 그리고 블레이크가 진리에 대한 접근을 가능케 하는 인식으로 역설한 '상상'과 '직관'은 이제 조선에 대한 지식과 경험이 일천함에도 불구하고 조선인의 마음(내면)을 이해할 수 있다는 야나기의 확신을 정당화해 준다.

예를 들어 3.1운동의 충격에 의해 집필된 「조선인을 생각한다」 (1920) 속에서 상상을 결여한 지식은 아무리 그 양이 많더라도 조선에 대한 진정한 이해를 보증할 수 없음을 다음과 같이 말하고 있다; 나는 조선에 대해 충분한 예비지식을 가지고 있는 편이 못된다. 다소나마 가지고 있는 것이 있다면 그것은 약 한 달 동안에 걸쳐 조선의 여러 지방을 순례했던 일과 여행을 떠나기 전에 두세 권의 조선의 역사책을 읽었던 일, 그리고 일찍부터 조선의 예술에 대해 흠모의 정을 품고 있었다는 이 세 가지 사실 뿐이다.[45] 그러나 이런 한계는

---

44 中見真理, 上揭書, 44-45쪽.
45 야나기 무네요시, 이길진 옮김 『조선과 그 예술』, 신구, 2006, 19쪽.

조선을 이해하는 데 결코 장애물이 될 수 없다. 왜냐하면 그는 이미 조선의 예술에 '마음을 빼앗겼으며', 타자 이해의 성패를 좌우하는 것은 지식의 양이 아니라 타자에 대한 애정에 있기 때문이다. 타자의 이해에서 중요한 것은 애정에 이끌리고 있는 '직관'의 힘에 대한 신뢰이다. 그는 다음과 같이 적고 있다.

> 나는 조선에 대하여 아무런 학식도 없는 사람이지만, 다행히도 그 예술에 나타난 조선인의 마음의 요구를 음미함으로써 조선에 대하여 충분한 애정을 가지고 있는 한 사람이라는 것을 느끼고 있다. 나는 어떤 나라 사람이 다른 나라를 이해하는 가장 깊은 길은 과학이나 정치상의 지식이 아니라 종교나 예술적인 내면의 이해라고 생각한다. 다시 말해 경제나 법률의 지식이 우리를 그 나라의 마음으로 인도하는 것이 아니라, 순수한 애정에 기초를 둔 이해가 가장 깊이 그 나라를 이해하게 하는 것이라고 생각한다.…예술은 실로 날카로운 직관의 이해이지만 과학이나 정치는 오히려 독단에 빠져 이기주의에 물들어 버린 불순한 이해인 경우가 종종 있었다.[46]

과학에 의존할 수 없는 이유는 과학이 세계(타자)를 '애정'에 근거해 보려고 하지 않기 때문이다. 또한 정치는 타자를 '통치'와 '지배'의 대상으로 간주한다는 점에서 진정한 타자 이해와 무관하다. 과학과 정치는 모두 '우리'와 '타자' 사이에 절대적인 위계의 경계를 설

---

46 야나기 무네요시, 상게서, 19-20쪽.

정하는 '이원론'에 근거하고 있는 점에서 공통적이다. 이러한 이원론에서 벗어나기 위해서는 '직관'의 힘에 기대지 않을 수 없다. 이원론의 기초한 지식은 그 양이 아무리 많아도 '우리'를 타자에 대한 진정한 이해로 이끌지 못한다. 오직 애정에 뿌리를 둔 '직관'만이 '우리'를 타자의 마음으로 인도하고, 타자에 대한 깊은 이해를 가능케 한다고 야나기는 주장하고 있는 것이다.[47]

그러나 조선미술론은 이전 생기론의 단순한 '변주'가 아니다. 거기에는 중요한 인식의 전환이 표명되고 있다. 생명론과 조선미술론이 맺는 연속과 전환의 측면을 가장 분명하게 보여주고 있는 것은 예술품을 통해 타자의 마음을 읽어낼 수 있다고 주장하는 대목이다. 그의 확장된 생기론의 핵심적 주장은 물질과 생명의 상호작용과 그 양자가 맞물리는 순간에 어떤 하나의 의미의 세계가 출현한다(이원적 일원론)는 것이다. 그래서 그는 '위대한 예술은 이런 의미의 세계의 표현'이라고 말할 수 있었다. 그런데 이 진술을 달리 말한다면, 주관과 객관의 상호작용을 통해 태어난 예술을 통해 인간에 선행하는 '생명'의 의미(실재의 세계)에 도달할 수 있다는 것이 된다. 그런데 1910년대 생명론 속에서 '물질' 혹은 '객관'이라 불렸던 예술창조의 외적 조건은 이제 조선미술론에 이르러 '자연'과 '역사'라는 보다 구체적

---

47 최호영은 주객을 초월한 경지이자 생명련의 궁극적 탐구대상인 '실재'의 개념에 주목해 '실재'에 부여되고 있는 '영원성'과 '무한성'이라는 개념이 야나기의 생명론을 내셔널리즘에 함목시킬 위험성이 있다고 지적하고 있다(최호영, 전게논문, 251쪽). 이에 대해 이글은 야나기의 생명론에 구체적인 '역사'가 보이지 않는다는 지적에 동의하지만, 그런 한계가 3.1운동을 계기로 극복되었다는 점을 조선미술론을 통해 보여주려 했다는 점에서 차별점을 갖는다. 또한 야나기가 생명과 실재에 부여하고 있는 과도한 '초역사성'과 내셔널리즘의 친화성에 관한 주장에 관해서도 이론의 여지가 있을 수 있다는 정도의 문제제기를 덧붙여 두고자 한다.

인 맥락으로 호명되기 시작한다. 다음 인용에서 보게 되는 다음과 같은 구절, 즉 "예술에는 민족의 마음이 나타나 있"으며 "자연과 역사는 언제나 예술의 어머니"와 같은 조선미술론의 방법적 선언처럼 들리는 진술은 이전의 생기론이 구체적인 인간의 삶과 결부되어 확장되는 양상을 보여준다.

예술에는 민족의 마음이 나타나 있다. 어떤 민족이든 그 예술에 있어서만은 자신을 참되게 표현한다. 한 나라의 심리를 이해하려면 예술을 이해하는 것보다 더 빠른 길은 없다. 미술사가는 필연적으로 심리학자다. 나타난 미에서 심리의 번뜩임을 읽을 때 그는 진정한 미술사가일 수 있다. 만약 조선의 예술을 이해할 수 있다면 우리는 단지 그 미의 특질에 관해서만 알게 되는 것이 아니다. 그 표현을 통해 그 민족이 무엇을 원하고 무엇을 호소했는지 알 수 있을 것이다.

자연과 역사는 언제나 예술의 어머니였다. 자연은 그 민족의 예술이 걸어야 할 방향을 정해주고, 역사는 밟아야 할 경로를 부여했다. 조선예술의 근본적인 특질을 포착하려면 그들의 자연으로 돌아가고 그 역사에 들어가지 않으면 안 된다.····극동을 형성하는 세 나라, 중국과 조선과 일본은 어떤 대비를 이루고 있는가. 나는 이것을 돌이켜봄으로써 고유한 조선의 미를 찾아보려고 한다. 다 같이 동방의 기질에 같은 문화의 받고는 있으나, 그 자연의 다름과 역사의 다름으로 예술도 그 색조를 달리하고 말았다.[48]

---

48 야나기 무네요시, 상게서, 85쪽.

그에게 조선예술은 조선인이라는 주체와 자연 및 역사라는 객체의 상호작용이 낳은 의미의 담지체로 간주된다. 그래서 그는 조선인의 마음을 이해하는 데 예술보다 빠른 길은 없다고 말할 수 있었던 것이다. 그런데 개념의 연속성에만 주목해 이 글을 이전의 생기론의 반복 정도로 간주하는 것에는 신중할 필요가 있다. 생기론에서 주체와 객체의 문제는 생명과 물질로 추상적으로 다루어진 반면, 여기에서는 조선민족과 그 민족의 자연과 역사처럼 명백하게 구체적인 지시대상으로 통해 논의되고 있다는 점을 놓쳐서는 안 된다. 무엇보다 객체의 자리에 '자연'만이 아니라 '역사'가 포함되고 있는 점도 눈여겨 볼 부분이다. 확장된 생기론이 그 이전의 '새로운 과학'의 구체적 표현이었다면, 야나기의 조선예술론은 생명에 관한 메타적 논의가 역사와 만나는 장면을 제시한다. 그의 조선예술론이 3.1운동의 충격 속에서 쓰였다는 점을 생각한다면, 결국 3.1운동은 그의 생명론을 '초경험적' 경지에서 조선예술론과 민예운동과 같은 '경험적 생명(생활)'으로 전환(하강)시킨 결정적 사건이었다고 말할 수 있을 것이다.

V. 맺음말

야나기 무네요시의 「생명의 문제」는 야나기 연구에서 주변적 텍스트로 간주되었다. 그것은 그의 윌리엄 블레이크 연구를 이해하기 위한 보조적 자료로 다루어졌다. 그렇다고 「생명의 문제」의 주변적 지위에 대한 불만을 제기하는 것에 이글의 목적이 있는 것은 아니다.

이글이 「생명의 문제」에 주목한 이유는 흔히 사변적 논의로 흐르기 쉬운 종교와 예술의 보편성을 새로운 과학지식, 즉 생기론과 베그르송의 진화론을 통해 보증하려는 지적 태도에 있다. 그것은 무엇보다 물리학과 화학(순수과학)에 대한 생물학(생기과학)의 '독립'으로 표명되었고, 생기론을 과학적 학설에서 해방시켜 인간을 탐구하는 학문이 근거해야 할 보편이론으로 '격상'시키는 형태로 나타나고 있다. 이때 생기론은 베르그송의 '창조적 진화'를 재해석한 것으로, 그 핵심적 주장은 진화의 요인은 인간의 내부에 있으며, 진화의 목적은 생명에 내재하는 의미의 실현(실재의 표현)에 있다는 것이다. 그리고 이로부터 존재하는 모든 것은 생명진화의 목적을 표현한 것이기에 '의미'를 가진다는 주장이 도출된다.

나아가 이것은 3.1 운동 이후 전개된 야나기의 조선미술론에도 그 흔적을 뚜렷하게 남기고 있다. 베르그송과 블레이크에서 배운 '직관'이 '지식'을 대신해 타자의 마음을 이해하기 위한 방법으로 제시되었다면, '존재하는 것'이 곧 '신성한 것'이라는 생명론의 테제는 고유한 미적 세계를 구축한 '조선'의 '독립'을 지지하는 것으로 나타났다. '비애'로 호명되는 조선의 미'가 식민지적 현실을 사후적으로 정당화한다는 의혹에도 불구하고, 고유한 역사와 자연을 배경으로 대체불가능한 미의 세계가 존재하며, 따라서 제국일본의 동화주의는 반反 생명적 발상에 불과하다는 비판은 그가 식민지조선의 '독립'의 지지자임을 보여준다. 이렇게 '존재하는 것=신성한 것'이라는 사고에서 귀결되는 다원적 세계인식은 3.1운동을 계기로 '직관'을 통한 조선미의 재발견과 식민지조선의 독립론으로 귀결되고 있는 것이다.

351

한일문화 연구의 새 지평 2

타자의 눈으로 바라본 일본

제13장

만엽편찬万葉編纂에의 의도

— 오토모노야카모치大伴家持를 중심으로 —

✹ ✹ ✹

최 광 준

I. 머리말

만요슈万葉集[1]는 정말 방대한 양이 수록되어 있다. 4,500여수의 노래들이 질서 정연하게 각 권마다의 특징을 지니고 편찬되어 있는 8세기경의 가집은 다른 곳에서는 찾아 볼 수 없다.

이 많은 노래를 편찬한 사람은 누구일까? 물론 오토모노야카모치大伴家持[2]를 중심으로 편찬되었을 것이라고 추정을 하고 있다. 그러나, 만요슈 편찬에 관한 의문은 지금까지 계속 끊이지 않고 있다. 아울러 여러 방면에서, 여러 연구자들에 의해 연구되어지고 있다.

---

1 이하 만요슈로 통일함.
2 이후 야카모치로 통일함.

　　만요슈는 759년의 노래를 마지막으로, 마지막 노래가 4516번의 야카모치의 노래로 끝이 났으니 야카모치 편찬에 의문을 갖는 사람은 없을 것이다. 아울러, 야카모치는 작품도 다른 작가들에 비해 많은 작품을 싣고 있기 때문이다. 만요 전권에서 야카모치의 노래를 보면 단가와 장가를 포함 473수의 노래와 한시 한 수를 남겨놓고 있다. 718년에 출생하여 785년까지 생존했던 야카모치는 고대 일본문학의 기초를 닦아놓은 추종을 불허하는 가인歌人겸 관리, 엘리트였다.

　　만요 편찬에 있어, 일반적으로 통용되는 것은, 만요슈는 한 번에 만들어 진 것이 아니고 우선 원만요가 편찬되고 몇 번에 걸쳐 완성된 가집으로 알려져 있다.

　　만요슈 성립에 관해서는 천황의 명령에 의해 만들어진 설, 타치바나노모로에橘諸兄[3]편찬설, 야카모치 편찬설 등으로 크게 나뉘어져 있으나 앞에서 말한 대로 야카모치 편찬설이 가장 설득력이 있다. 즉, 만요슈는 한 사람의 손에 만들어 진 것이 아니라 여러 사람의 힘으로 조금씩 만들어져 온 것을 야카모치가 20권으로 편찬했다는 것이 가장 논리적인 설이다.

　　그러면 만요슈가 왜 만들어 졌을까? 야카모치의 편찬 의도는 무엇이었을까? 를 새로운 방향에서 살펴보도록 하자.

　　우선, 만요슈의 구분은 노래들과 좌주左注에 의해 대략 다음과 같이 구분하고 있다.

　　첫 번째로, 1권의 전반부인 1번부터 53번의 노래까지를 원만요슈

3　타치바나노모로에는 나라시대의 왕족, 공인. 권력자였다. 관위는 정 1품.

元万葉集라고 한다. 지토천황持統天皇을 중심으로 가키노모토노히토마로柿本人麻呂가 관여 했다고 추정되며 만요슈의 가장 원형이라 할 수 있는 노래들이다.

다음으로 편찬 된 것은, 1권의 후반부와 2권의 만요슈이다. 여기에서 특이한 것은 지토천황을 다이죠천황太上天皇[4]으로 표기한 것과, 몬무천황文武天皇을 "大行天皇"으로 표기한 것이다. 그리고 겐메이천황元明天皇[5]을 현재의 천황으로 표기하여 대개 이 시기에 편찬된 만요임을 확인 할 수 있게 한다.

그리고, 3권부터 15권, 16권의 일부는 만요슈의 가장 많은 부분의 노래를 수록한 부분으로 겐쇼천황元正天皇[6], 이치하라오우市原王[7], 오토모노야카모치大伴家持, 오토모노사카노우에노이라츠메大伴坂上郎女[8] 등이 노래하고 관여한 시대의 작품들이다.

마지막으로, 16권 이후부터 20권 부분까지의 노래가 "야카모치에 의해 편찬되어 한 권의 만요슈로 완성되었다" 라는 것이 일반적인 설이다. 이 부분의 노래는 특히 야카모치의 노래로, 일기적 부분이라고 한다. 왜냐하면 날자 별로 노래가 수록되어 있기 때문이다.

---

4 양위를 후계자에게 물려준 천황의 존호(尊号)
5 660年4月23日-721年12月29日(61歳). 일본의 43대 천황으로 여자천황이다. 텐치천황(天智天皇)의 딸이다.
6 텐무천황(天武天皇) 9년인 680년에 태어나 748년에 죽은 나라시대(奈良時代)의 44대 천황. 여자천황이다.
7 나라시대(奈良時代)의 왕족. 시키노미코(志貴皇子)의 증손자. 아키오우(安貴王)의 자식.
8 만요슈(『万葉集』)의 대표적인 여류가인. 오토모노야스마로(大伴安麻呂)와 이시카와노우치묘부(石川内命婦)의 딸. 오토모노타비토(大伴旅人)의 이복 여동생이며, 오토모노야카모치(大伴家持)의 숙모이다. 만요슈에는 84수의 노래가 수록되어 있다.

이러한 만요슈에 관한 여러 가지 설들을 중심으로, 무슨 이유로 야카모치가 만요슈를 편찬했는가를 살펴보도록 한다.

Ⅱ. 야카모치와 오토모계[9]

야카모치는 오토모노타비토大伴旅人의 장남으로 만요슈에 470여 수의 노래를 남겼다. 명실상부한 고대 일본의 가인 중 최고이며 관리였다. 태어난 해는 718년으로 비교적 많은 기록이 남겨져 있다. 야카모치의 어머니는 누구인지 확실히 알 수는 없지만 타지히우지丹比氏의 이라츠메郞女라고 추정[10]하고 있다.

이러한 야카모치가 일본의 역사서에 기록된 것을 살펴보면 다음과 같은 기사이다.

• 745(天平17)년 1월 7일条

乙丑。天皇御大安殿宴五位以上。詔授従四位上大伴宿禰牛養従三位。-中略-正六位上石川朝臣名人・県犬養須奈保・大伴宿禰古麻呂・<u>大伴宿禰家持</u>並従五位下。[11]

쇼쿠니혼키続日本記의 기록으로 일본 정사正史에 있어 야카모치에

---

9 일본의 고대 씨족으로 천손강림을 선도했던 아메노오시히노미코토(天忍日命)의 자손으로 알려져 있다.
10 川上富吉(1970)「『贈京丹比家歌』二首考」, 大妻国文(50号), 大妻女子大学国文学会, 212쪽.
11 黒板勝美(1976)『新訂増補国史体系 続日本紀 前編』, 吉川弘文館, 181쪽.

관한 최초의 기록이다. 745년 1월의 기록으로, 쇼무천황聖武天皇이 시가라키노미야紫香楽宮의 새로운 도읍 건설의 공으로 받은 계급이었다. 이때부터 야카모치는 공인으로서 많은 기록에 등장한다. 이후의 기록에 관해서는 지면 관계상 생략하기로 한다.

야카모치는 어머니가 타비토의 정처正妻가 아니었지만, 오토모가를 이끌 후계자로 성장했다. 어릴 때에는 타비토의 정부인이었던 오토모노이라츠메大伴郎女에 의해 나라奈良의 사호천佐保川지역에서 성장했다. 그러나 야카모치가 11세 때 이라츠메가 죽었고, 아버지인 타비토도 14세 때 죽었다. 어린 야카모치에게는 큰 충격이었다. 부모의 보호가 가장 필요한 성장기에 모두를 잃은 것이다. 이때 야카모치는 혼자서 많은 경험을 하면서 일어서야겠다는 자립심과 독립심을 키웠을 것이다. 숙모인 오토모노사카노우에노이라츠메大伴坂上郎女를 의지하고, 동생인 후미모치書持에게도 서로를 의지 했을 것이다. 결국 후미모치도 야카모치가 엣츄越中의 군수로 갔을 때인 29세 때 죽었으므로, 30세 이전에 가까운 혈족을 모두 잃게 된다. 어릴 때 어머니를 여읜 야카모치는 어머니의 모성애를 다른 곳에서 찾으려 했을 것이다. 아마 본능적으로 모성애를 찾으려는 마음이 항상 마음속에 존재했을 것이다. 그래서 야카모치의 주위에는 여성들이 많았을 지도 모른다. 숙모와의 생활은 큐슈의 타자이후太宰府에서였다. 아버지 타비토와 숙모, 그리고 동생인 후미모치와의 큐슈의 생활은 야카모치 인생에 있어 가장 중요한 시기였다. 숙모에게 여러 소양과 노래를 배웠고, 아버지의 친구들에게 많은 경험적인 교양을 얻었을 것이다. 귀족자녀로서 필요한 소양과 학문을 습득하고, 타비토를 중

357

심으로 한 아버지 친구들의 타자이후 문예적 모임과 교류를 통하여 많은 것을 배웠다. 이러한 소양과 교양은 후에 만요슈를 노래하고 만요슈를 편찬하는데 큰 도움이 되었을 것이다. 이러한 야카모치의 성장과정은 오토모가를 대표하여 가문을 지켜야 한다는 의지로 나타났을 것이다.

다음과 같은 미치노쿠국의 노래에서도 오토모가의 후손으로서의 야카모치의 자부심을 느낄 수 있다. 미치노쿠국에 돈을 냈다는 조서 詔書[12]를 축하하는 노래 한 수이다.

> * 葦原の瑞穂の国を天下り知らしめしける天皇の神の尊の御代重ね天の日継と知らし来る君の御代御代敷きませる −中略− ここをしもあやに貴み嬉しくいよよ思ひて<u>大伴の遠つ神祖のその名をば大来目主と負ひ持ちて仕へし官海行かば水漬く屍山行かば草生す屍大君の辺にこそ死なめかへり見はせじと言立てますらをの清きその名を古よ今の現に流さへる親の子どもそ大伴と佐伯の氏は人の祖の立つる言立て人の子は祖の名絶たず大君にまつろふものと言ひ継げる</u>言の官そ梓弓手に取り持ちて剣大刀腰に取り佩き<u>朝守り夕の守りに</u>大君の御門の守り我をおきてまた人はあらじといや立て思ひし増さる大君の命の幸の〈一に云ふ「を」〉聞けば貴み〈一に云ふ「貴くしあれば」〉
>
> * 갈대가 우거지고 곡식이 잘 익는 풍성한 국토를 하늘에서 강림하시

---

12 천황이 보내는 공문서를 말함.

어 통치하시는 천손의 후손인 황조皇祖[13]의 신神의 시대를 거쳐 -중
략- 그런 일을 나는 황공하고 매우 감사한 일로 생각했다. 오토모大
伴라 하는 먼 선조의 오쿠메누시大来目主[14]라고 하며 조정에서 봉사
했던 인물은 "바다로 나가면 물에 잠긴 시체, 산에 가면 풀이 자란
시체가 된다 해도 천황의 곁에서 죽자. 내 몸을 돌아보지 말자" 라고
맹세하고, 용맹한 남자의 이름을 더럽히지 않고 옛날부터 지금까지
이름을 전해온 가문의 자손이다. 오토모大伴, 사에키佐伯가문은 선
조들이 만든 서약에 자손이 선조들의 이름대로 끊임없이 천황에게
봉사하는 것으로 전해져 왔다. 그 말대로 역할을 다하는 가문인 것
이다. 가래나무로 만든 활을 손에 꽉 쥐고 양날 검을 허리에 차고
"아침에 호위, 밤에도 호위로 천황의 궁궐 문을 수호하는 것은 자신
들 뿐이 없다"라고 점점 마음을 굳게 다지며 기분을 업 시켰다. 천황
의 말씀을 되새기고(다른 곳에는 "천황을") 들으며 존경하고(다른 곳에
는, "존경한다고 생각하며")[15]   (18. 4094)

오토모계 선조의 이야기로부터 천황을 위하여 목숨을 바치자 라
는 맹세까지 가문에 대한 자부심이 아주 강하게 나타나 있는 노래이
다. 아침에도 호위, 밤에도 호위로 천황을 호위할 수 있는 인물들은
자신들 밖에 없다는 긍지와 자부심은 다른 어느 곳에서도 찾아 볼
수 없다. 용맹한 가문이며 예로부터의 자신감이 넘쳐있다. 계속되는

---

13 황실의 조상으로 알려진 신(神). 아마테라스오카미(天照大神)를 지칭한다.
14 오토모(大伴)의 조상이라고 말해지는 신화의 등장인물.
15 위 노래는 749년의 노래이다.

한카反歌에서도

* ますらをの心思ほゆ大君の命の幸を〈一に云ふ「の」〉聞けば貴み
  〈一に云ふ「貴くしあれば」〉　　　　　　　　　　　　(18.4095)

* 용맹스런 남자의 마음이 이런 것이라고 알았다. 천황의 말씀에 행운
  이. (다른 곳에는 "천황이")들으면 존경하게 되기 때문에 (다른 곳에는 "존
  경한다고 생각하며")

* 大伴の遠つ神祖の奥つ城は著く標立て人の知るべく　　(18.4096)

* 오토모大伴의 먼 선조인 신神의 산소에는 확실히 표시를 해 두세나.
  여러 사람들이 알아 볼 수 있도록.

　남자의 마음을 강조하고, 다른 사람들에게 오토모계의 자신감과
긍지를 나타낼 수 있도록 표시해 두자는 강한 욕망이 나타나 있다. 이
러한 노래들을 살펴볼 때, 비록 정처正妻의 자식은 아니었지만 야카모
치는 넘치는 자신감으로 오토모가를 지키려고 노력했던 것 같다.
　다음과 같은 계속 되는, 친족들에게 여러 가지 규범과 정신적인교
훈을 가르친 노래도 있다.

* ひさかたの天の門開き高千穂の岳に天降りし天皇の神の御代よ
  りはじ弓を手握り持たし真鹿児矢を手挟み添へて大久米のます
  ら猛男を先に立て靫取り負ほせ山川を岩根さくみて踏み通り国
  まぎしつつちはやぶる神を言向けまつろはぬ人をも和し掃き
  清め仕へ奉りて秋津島大和の国の橿原の畝傍の宮に宮柱太知

り立てて天の下知らしめしける<u>天皇の天の日継と継ぎて来る</u>
<u>君の御代御代隠さはぬ赤き心を皇辺に極め尽くして仕へ来る</u>
<u>祖の職と言立てて授けたまへる子孫</u>のいや継ぎ継ぎに見る<u>人</u>
<u>の語りつぎてて聞く人の鑑にせむを</u>あたらしき清きその名そ
おぼろかに心思ひて空言も祖の名絶つな<u>大伴の氏と名に負へる</u>
<u>ますらをの伴</u>　　　　　　　　　　　　　　　　　　(20.4465)

* 장엄한 하늘의 문을 열고, 다카치호高千穂¹⁶의 봉우리에 신神들이 강
림하시어, 천황의 선조 대대로 우리 일족은 거망옷나무¹⁷활을 손에
꽉 쥐고, 싸움터에서 쓰던 화살을 준비하여 오쿠메부大久米部¹⁸의 용
감한 남자들을 선두에 세우고, 화살 통을 가지게 해서 산에서도 강
에서도 바위를 밟아 깨트려 토지를 얻고, 화난 신神들을 평정하고,
반항하는 사람들도 복종하게 만들고, 쓸데없는 것들을 모두 없애버
리고, 일을 하며 달려왔네. 또, 야마토국大和国가시와라橿原 우네비
궁畝傍宮에 궁궐의 기둥을 튼튼하게 세우고, 천하를 지배하신 신神
들의 후손인 우리들 대대로, 청렴하고 사심이 없으신 마음을, <u>천황</u>
<u>을 위하여 봉사하고 일해야 한다고 명언하시며 왔네. 그리하여 선조</u>
<u>대대로 역할을 다하여 천황께서 관직을 수여하시어 임명되어진 자</u>
<u>손들은,</u> 이런 이야기들이 끊이지 않도록 보는 사람들이 상세하게 후
세에 전하고, 듣는 사람들이 감명을 받게 해야 하네. 정말 명예로운
깨끗한 이름을 경솔히 해서, 조금이라도 선조들의 이름을 끊이지 않

---

16 미야자키현(宮崎県) 북단부에 있는 곳으로 니시우스키군(西臼杵郡)에 속하고 있다.
17 거망빛(아주 짙게 검붉은 빛). 그런 색의 활.
18 고대의 부의 하나. 조정의 궁문의 경위를 담당했다.

<u>게 계속 오토모大伴氏씨의 이름을 잘 지켜가야 하느니. 장부들이여!</u>

첫 구부터, 장엄한 하늘의 문이 열리는 장면부터 "오토모가가 관여해 왔다"라는 자부심, 천황을 위한 최선의 봉사, 그리고 봉사의 대가로 부여된 관직에 대한 감사함과 선조들의 명예를 지켜가야 하는 오토모가의 규율 같은 것을 노래에서 강조하고 있다. 역시, 가문에 대한 자긍심이 매우 강한 것을 노래에서 충분히 느낄 수 있다. 선조들의 이름을 거론하며 지켜왔던 가문에 대한 애착과 자부심, 긍지를 엿 볼 수 있는 것이다. 계속해서,

* 磯城島の大和の国に明らけき<u>名に負ふ伴の緒心努めよ</u>. (20.4466)
* 시키섬[19]의 야마토국大和国에서 숨길 수 없는 이름을 가진 <u>오토모大伴일족이여! 힘 내야한다.</u>   (20.4466)
* 剣大刀いよよ磨ぐべし<u>古ゆさやけく負ひて来にしその名ぞ</u>

                                                                        (20.4467)

* 검을 더 갈고 닦는 게 좋지. 오래전부터 깨끗하게 지녀왔던 <u>오토모大伴의 명성을 지키기 위해.</u>

한카反歌 두 수에서도 오토모 일족이 힘을 내자고 다시 한 번 강조하고 있다. 오토모 일족의 이즈모도지사出雲守였던 오토모노코시비스쿠네大伴古慈悲宿禰가 해임되었다. 이에 야카모치가 이 노래를 불러

---

19 야마토(大和) 시키군(磯城郡)의 스진천황(崇神天皇)·긴메이천황(欽明天皇)이 도읍을 둔 땅.

전체 오토모가의 위상을 높이고 힘을 북돋으려 했던 노래인 것이다.

다음, 4467의 노래에서도 "오토모의 명성을 지켜야 한다"라고 강조하고 있다.

위와 같은 야카모치의 노래에서 볼 수 있듯이 야카모치의 가문에 대한 애정과 긍지, 그리고 가문을 지켜야겠다는 확고한 의지는 결국 만요슈를 편찬하여 가문을 알리고 오토모가의 많은 친족들의 노래를 후세에 전하려 했던 것이 아니가 생각된다. 만요슈 편찬의도의 하나로 충분한 이유가 되는 것이다.

야카모치 이외의 오토모가의 많은 인물들의 노래가 위와 같은 이유로 만요슈에 수록 되었을 것이다. 아버지인 타비토, 숙모인 사카노우에노이라츠메, 부인이었던 사카노우에노오이라츠메, 동생인 후미모치大伴書持, 오토모노요츠나大伴四綱, 오토모노스쿠네스루가마로大伴宿祢駿河麻呂, 오토모노스쿠네미하야시大伴宿祢三林 등 셀 수 없을 정도의 많은 오토모가의 인물들의 노래가 수록되어 있지만 이들의 노래는 다음에 소개하기로 한다.

Ⅲ. 야카모치와 여성

야카모치는 숙모인 오토모노사카노우에노이라츠메에 의해 길러졌다. 야카모치가 가장 따르고, 유년 시대에 많은 영향을 받은 사람이었다. 친모 이상으로 야카모치에게 정을 쏟았던 인물이었다. 아버지 타비토의 임지인 큐슈의 타자이후太宰府에까지 데리고 가서 같이 생활하며 많은 것을 가르쳐준 인물이었다. 어머니를 대신한 숙모의 사랑은 노래로도 나타나 있다. 만요슈 권6의 979번가는 사카노우에노이라츠메의 노래인데, 조카인 야카모치가 사호佐保²⁰에서 서쪽에 있는 집에 돌아갈 때를 걱정하며 보낸 다음과 같은 노래이다.

* 我が背子が着る衣薄し佐保風はいたくな吹きそ家に至るまで
* 네가 입은 옷이 엷네. 사호佐保의 바람이여! 심하게 불지를 마시게. 집에 돌아갈 그때까지. (6.979)

조카 야카모치를 진정으로 아끼는 숙모의 마음이 잘 나타나 있는 노래이다. 살고 있던 지역인 사호에서의 생활까지도 걱정했던 마음을 노래로 잘 나타냈다. 역시 어머니의 마음이 아니었을까? 두 사람 사이는 이 외의 노래에서도 많이 보여 진다. 노래를 통하여 두 사람의 마음을 서로 전했던 것이다.

다음, 권6의 994번가 노래는 야카모치가 만요슈에 수록한 처음의 노래이다. 16세 때의 노래로 사카노우에노이라츠메가 초생 달을 노래한 한 수와 함께 수록되어 있다.

同じ坂上郎女が初月の歌一首
* 月立ちてただ三日月の眉根掻き日長く恋ひし君に逢へるかも (6.993)

---

20 나라시 호렌쵸(法蓮町)근처

* 새로운 달이 되어, 초생 달 같은 눈썹을 긁으면서 긴 나날을 기다리
던 그대를 만났네.

大伴宿祢家持が初月の歌一首

* 振り放けて三日月見れば一目見し人の眉引き思ほゆるかも

(6.994)

* 하늘 멀리 우러러 초생달을 바라보면, 한번 얼핏 보았던 사람의 눈
썹이 생각나네.

야카모치의 이 노래는 16세 때의 노래라고 볼 수 없을 정도로 세
련되고 훌륭한 작품으로 평가되고 있는 노래이다. 초생 달을 사람의
눈썹으로 표현한 센스는 지금 현재에도 도저히 어린 16세 소년이 표
현했다고는 생각할 수 없는 뛰어난 표현이었다. 문학적 소양이 충분
하고 시적 감각을 아는 표현 방법인 것이다.

숙모에게 의지하던 야카모치는 결국 사촌동생이자 숙모의 딸인
오이라츠메大嬢와 결혼을 한다. 두 사람은 만요슈에 다음과 같은 노
래를 남겨놓고 있다. 두 사람의 결혼관계는 바로 소원해지고 야카모
치는 다른 여성과 사랑에 빠진다. 그러다가 다시 본처인 오이라츠메
에게 돌아오는 노래이다.

야카모치가 사카노우에坂上가문의 오이라츠메에게 보낸 노래 두
수로서 연락이 끊어진지 수년이 지났지만, 다시 만나 서로 왕래하려
고 부른 노래이다.

* 忘れ草我が下紐に付けたれど醜の醜草言にしありけり　　(4.727)
* 사랑의 근심을 잊어버린다는 물망초를 옷에 달았지만 아무 소용이 없네. 물망초? 말 뿐이었네.
* 人もなき国もあらぬか我妹子とたづさはり行きて副ひて居らむ

(4.728)

* 소문이 나지 않는 곳은 없을까? 사랑하는 당신과 손잡고 함께 가서 살고 싶네.

　야카모치가 오이라츠메와 결혼을 했다가, 다른 여자들과 불륜을 해서 두 사람을 서로 별거를 했다. 야카모치는 여러 여성들과 불륜과 사랑을 즐기던 당시의 플레이보이였다. 앞에서 언급한대로 어머니를 일찍 여위고 어머니를 대신할 여인을 찾은 것은 아닐까? 야카모치가 여성을 좋아했지만, 여성들도 야카모치를 좋아했다. 위 노래는 오이라츠메를 멀리했던, 사랑이 식었던 야카모치가 다시 만나기를 바라며 부른 노래이다. 숙모의 딸인 여동생과의 결혼, 그리고 별거, 또 다시 결합이라는 이 상황을 지금의 우리로서는 이해 할 수 없을 것이다. 그러나 숙모와 동생은 그것을 숙명으로 받아들인다. 물망초를 소재로 한 야카모치의 마음과 함께, 두 사람이 함께 하고 싶다는 소망이 잘 나타나 있다. 한때의 야카모치의 외도가 문제가 되었던 것을 문제 삼지 말아달라는 야카모치의 생각을 노래를 통해 잘 표현하고 전달한 것이다. 수년간의 외도로, 야카모치의 오이라츠메에 대한 마음과 사랑이 반성과 미안함과 함께 노래로 표현되어 전해졌다. 남편이며, 사촌오빠였던 야카모치의 이러한 마음에 대해 오이라츠메는 다음과 같은 3수의 노래로 표현했다.

* 玉ならば手にも巻かむをうつせみの世の人なれば手に巻きかた
　し　　　　　　　　　　　　　　　　　　　　　　　　(4.729)
* 당신이 옥이라면 손에 감아 놓치지 않았을 것을! 이 세상 사람이라
　손에 감아 다니기가 어렵네.
* 逢はむ夜はいつもあらむを何すとかその宵逢ひて言の繁きも
　　　　　　　　　　　　　　　　　　　　　　　　　(4.730)
* 만날 수 있는 밤은 언제든지 있어요. 어째 그날 밤 만난 소문이 이처
　럼 나버렸나요?
* 我が名はも千名の五百名に立ちぬとも君が名立たば惜しみこそ
　泣け　　　　　　　　　　　　　　　　　　　　　　(4.731)
* 내 사랑에 대한 나쁜 소문이 아무리 난다해도 괜찮아요. 그러나 당
　신 소문이 나쁘게 난다면 안타까워 눈물이 날거예요.

　오이라츠메大嬢의 야카모치에 대한 생각이 너무 잘 나타나 있다.
"옥이라면 손에 감아 놓치지 않았을 것을" "당신 소문이 나쁘게 난
다면 안타까워 눈물이 날거예요"라는 표현은 자신을 두고 불륜을 저
질렀던 야카모치를 용서하는 마음으로 생각해도 좋을 것이다. 운명
으로 받아들이는 그 당시 여인의 마음을 읽을 수 있는 것이다.
　이후, 야카모치와 오이라츠메大嬢의 노래는, 약 30수에 걸쳐 계속
된다. 오이라츠메大嬢의 노래는 모두 야카모치와의 소몬相聞의 노래
들이지만, 11수의 단카短歌를 만요슈에 남겨 놓았다. 어머니인 사카

노우에노이라츠메의 84수 보다는 적지만 다른 작가들과 비교해서 결코 작은 수는 아니다.

어머니를 일찍 여읜 야카모치는 특별히 여성들과의 관계가 많았다. 어머니를 일찍 잃어 그에 대한 보상의 심리와 위로의 본능이었을 지도 모른다. 많은 여성들을 좋아했고, 또 여성들도 야카모치를 좋아해서 불러진 노래들을 만요의 노래를 통해서도 확인 할 수 있다.

야카모치와의 사랑을 나누었던 여성들을 살펴 보도록 하자.

권 3의 아래의 노래는 가사노이라츠메笠女郞의 노래로, 야카모치에게 보낸 3수의 노래이다.

* 託馬野に生ふる紫草衣に染めいまだ着ずして色に出でにけり

(3.395)

* 타쿠마 들판[21]에 자란 지치 풀을 옷에다 물들여 채 입기도 전에 다른 사람들에게 알려지고 말았네.[22]

* 陸奧の眞野の草原遠けども面影にして見ゆといふものを (3.396)

* 미치노쿠[23]의 마노 초원이 멀다고 하지만, 마음먹으면 눈앞에 아련히 보인다네.

* 奧山の岩本菅を根深めて結びし心忘れかねつも (3.397)

* 깊은 산속 바위에 돋아난 사초[24] 뿌리가 깊이 있듯이 깊은 약속을 맺은 마음을 나는 잊지 못하네.

---

21 시가현 사카타군 마이하라쵸 치쿠마(滋賀県坂田郡米原町筑摩)지방을 말함.
22 "사랑이 채 이루어지기도 전에 다른 사람에게 내 마음 알려지고 말았네" 라는 의미.
23 후쿠시마현 소마군 가시마쵸(福島県相馬郡鹿島町)지방을 말함.
24 외떡잎식물의 사초과 식물의 총칭. 여러해살이풀로 땅속줄기가 있다.

가사노이라츠메의 가슴에 있는 사랑의 표시를 3수의 노래로 대신했다. 야카모치家持와의 사랑이 알려지고 만 것이다. 물론 알려졌으면 했던 바램도 있었을 것이다. 가사노이라츠메는 만요슈에 29수의 노래를 남겨놓은 여성이다. 결코 적지 않은 노래를 모두 야카모치에게 보냈다. 물론 사랑의 노래였다. 야카모치가 10대 후반, 그리고 가사노이라츠메가 20대 초반, 두 사람의 사랑은 다른 사람들을 의식하지 못할 정도로 불탔을 것이다. 권4에는 24수의 야카모치家持에게 보내는 노래가 있다. 730년경부터 시작된 두 사람의 사랑은 어떠했을까? 권4에 24수의 노래를 가지런히 배열해 만요슈에 남겨놓은 야카모치家持의 의도는 무엇이었을까? 여러 여성들 중 가장 열렬하게 사랑했던 두 사람이었다. 두 사람만의 사랑의 추억을 만요슈에 남겨놓았던 것이다.

계속해서 다른 여성들의 노래가 야카모치에게 보내진다. 오미와노이라츠메大神女郎의 다음과 같은 노래도 있다.

* さ夜中に友呼ぶ千鳥物思ふとわび居る時に鳴きつつもとな

(4.618)

* 한밤에 짝을 부르는 물떼새가 시름에 잠겨 쓸쓸한 때 울어서 더없이 쓸쓸하네.

쓸쓸한 여인의 마음을 그대로 담아 토로하여 야카모치家持에게 보냈다. 물떼새를 자신에 비유하여 쓸쓸함을 토로한 것이다. 당신을 사랑하는 이 마음을 알라달라고 읍소한 것이다. 그 당시, 야카모치家

持의 인기는 매우 높았다. 오토모大伴라는 좋은 가문에, 공인으로서의 야카모치家持의 매력은 많은 여성들의 마음을 울렸을 것이다. 사랑은 일방적인 것이 아니라 상대적인 것이다. 여성이 야카모치에게 마음을 알리고, 답으로 야카모치도 노래로 심경을 표현했다. 대부분의 소몬가相聞歌가 그런 것이다.

다음의 노래도 마찬가지이다. 나카토미노이라츠메中臣女郎[25]가 야카모치에게 보낸 노래 5수이다.

> * をみなへし佐紀沢に生ふる花かつみかつても知らぬ恋もするかも
> (4.675)
> * 마타리꽃女郎花이 핀다는 사키사와佐紀沢[26]연못에 자라난 붓꽃은 아니지만 <u>한번도 해보지 못한 사랑을 하네.</u>[27]
> * 海の底奥を深めて我が思へる君には逢はむ年は経ぬとも (4.676)
> * 바다 밑 깊은 곳에 숨겨둔 그대를 <u>어떻게 해서라도 만나야겠네.</u> 시간이 많이 걸려 몇 년이 지난다 해도.
> * 春日山朝居る雲のおほほしく知らぬ人にも恋ふるものかも (4.677)
> * 가스가산春日山 아침에 걸쳐있는 구름이 희미하듯 <u>누군지도 알지 못하는 사람을 그리워하네.</u>
> * 直に逢ひて見てばのみこそたまきはる命に向かふ我が恋止まめ
> (4.678)

---

25 나라시대(奈良時代)의 여성. 전 미상.
26 헤이죠쿄(平城京)에서 북쪽 일대를 말함. 지금의 나라시 사키쵸(奈良市佐紀町)일대.
27 작자가 한 번도 해 보지 못한 사랑을 하고 있다고 비유적으로 표현함

* 소식만이 아니라 직접 당신과 만나 함께 한다면 <u>목숨이 다할 때까지 내 사랑이건만.</u>²⁸

* 否と言はば強ひめや我が背菅の根の思ひ乱れて恋ひつつもあらむ
(4.679)

* 싫다고 하면 어떻게 투정 부리겠어요? 사랑하는 내 님이여! 사초莎草 뿌리처럼 <u>마음이 설래 언제까지나 그리워할 뿐 이예요.</u>(선 필자표시)

마타리와 붓꽃을 소재로, 한 번도 해보지 못한 사랑을 하고 있다고 노래한다. 첫사랑이었을까? 아니면 야카모치의 정열적 사랑을 이야기 했을까? 676번가는 더욱 적극적이다. 몇 년이 걸려도, 어디에 있든지 방법을 가리지 않고 만나겠다고 하는 여인의 의지가 강하게 나타나있다. 이와 같이 야카모치는 행복한 사람이었다. 많은 여성들이 적극적으로 다가왔다. 679번가도 "목숨이 다할 때까지 내 사랑이건만" 이라는 표현으로 목숨을 바쳐 사랑하는, 그리고 그리워하는 작자의 마음을 그대로 표현하여 야카모치에게 보냈다.

이후 많은 여성들과 야카모치와의 사랑은 계속된다. 권4의 가와치노모모에오토메河内百枝娘子²⁹가 야카모치家持에게 보낸 노래 두 수인 701번가와 702번가, 그리고 기노이라츠메紀女郎가 야카모치家持에게 보낸 노래 두 수인 762, 763번가 등의 노래를 포함하여 소개할 수 없을 정도의 많은 여성들과의 노래를 주고받았다. 결국, 여성들에게 사랑받던 야카모치는 다음과 같은 노래로 자신의 심경을 표현했다.

---

28 만나지 못해서 그리운 마음이 끝이 없다는 뜻.
29 나라시대(奈良時代)의 여성. 여자관리이며, 유녀(遊女)라고도 알려져 있다.

권 4의 722번의 노래로

* かくばかり恋ひつつあらずは石木にもならましものを物思はず
  して   (4.0722)
* 이처럼 사랑에 괴로워하지 말고 차라리 목석이 되었으면 좋겠네. 아
  무 생각하지 말고.

많은 여성들과의 사랑이 결코 즐겁고, 좋은 것만은 아니었던 것
같다. 사랑은 일시적인 것이었다. 오래가는 사랑이 없이 여인들이
계속 바뀌어 갔다. 사랑에 지친 야카모치의 모습을 엿 볼 수 있는 것
이다. 사랑에 대한 추억은 만요라는 가집에 고스란히 남겨졌다. 사
랑에 괴로워하는 모습과, 차라리 목석이 되었으면 좋겠다는 극단적
인 생각을 하게 된다. 연상의 여인과의 사랑, 그리고 연하의 여인과
의 사랑, 임지에서의 오토메郞女들과의 사랑, 이러한 모든 추억들을
간직한 채 야카모치는 세월을 보낸다. 이러한 야카모치의 불륜적인
사랑을 우리는 어떻게 이해해야 할까? 모토오리노리나가本居宣長는
만요의 사랑을 다음과 같이 설명했다.

* 今の倫理や道徳で古典の男女関係を論じることの愚かさを説い
  ているが、万葉を学ぶということは、さまざまな愛のかたちを
  学ぶことでもある。   (本居宣長)[30]

---

30 시라이시요시오(白石よしお)(2009)『本居宣長全集(全訳注)』, 講談社学術文庫 313쪽.

* 지금의 윤리와 도덕으로 고전의 남녀관계를 이야기 하는 것은 어리석은 일이다. 만요를 배우는 것은 여러 가지 사랑의 형태를 배우는 일이기도하다.

에도시대의 설명이지만, 지금 생각해도 맞는 말일 것이다. 윤리와 도덕적인 관점에서의 남녀관계의 이해란 불가능하다고 오래전부터 말해왔다. 인간의 본능, 특히 남자의 본능은 무엇인가? 야카모치는 소유하고 싶은 사랑의 욕망을 결국 만요라는 가집을 통하여 남기려 하지 않았을까?

위에서 살펴보았듯이, 이러한 야카모치의 실상은 만요 편찬의 하나의 계기가 되었으리라 생각한다. 여성들과의 사랑을 기록으로 남기고 싶은 소박한 남자의 욕망이 만요편찬이라는 결과로 만들어 진 것은 아니었을까?

Ⅳ. 만요의 개인가집

야카모치의 만요편찬의 계기를 만요 이전의 고가집古歌集에서 찾아 볼 수 있지 않을까?

만요슈에는 만요편찬 이전의 오래된 가집들이 보이기 때문이다. 이 가집들에 있는 노래들을 야카모치가 선별하여 만요슈에 수록했다. 대표적인 가집으로는 가키노모토노히토마로柿本人麻呂가집이 있다. 가집은 현존하지는 않지만 만요슈에 364수의 노래가 수록되어

373

있다. 즉, 권3에 한 수, 권7에 56수, 권9에 44수, 권10에 68수, 권11에 161수, 권12에 27수, 권13에 3수, 권14에 4수가 수록되어 있는 것이다. 만요슈 4,500여 수 중에 상당 부분을 차지하고 있다. 물론 가키노모토노히토마로라는 궁정가인의 개인 문집이라고 생각되는 가집이지만 만요슈에서 차지하는 비중은 매우 크다. 야카모치家持도 이러한 개인 문집, 즉, 사가집私歌集을 만들려고 노력했을 것이다.

예로, 히토마로의 146번가를 보자. 다이호원년 신축大宝元年辛丑[31]에 기이국紀伊国에 가실 때 솔가지를 묶은 것을 보고 지은 노래 라는 제사題詞의 설명이 있는 한 수이며 "가키노모토노히토마로柿本人麻呂 가집에 나옴"이라고 설명되어있다.

* 後見むと君が結べる磐代の小松がうれをまたも見むかも
* 나중에 보려고 당신이 손수 매어두신 이와시로 작은 소나무가지는 지금도 있지만, 사람들은 솔가지가 매여진 끝을 다시 보았을까? (2.146.)

히토마로가집의 첫 노래이다. 이 노래를 시작으로 364수의 노래가 히토마로가집이라는 표기로 수록되었다. 실로 많은 수의 노래이며, 야카모치도 히토마로의 이런 가집에 많은 영향을 받았을 것이다. 이러한 개인 가집들을 보고 많은 생각과 영감을 받았을 것이다. 명실상부한 만요 궁정가인이었던 히토마로의 가집에서 많은 것을 보고 배웠을 것이다. 아울러, 히토마로 가문보다 훨씬 더 훌륭하다고

---

31 일본 원호의 하나. 701년부터 704년까지임.

생각했던 오토모 가문에 대한 긍지를 나타내려고 부단한 노력을 했을 것이며, 결국은 만요슈 편찬을 시도했을 것이다.

아래의 노래도 야마노우에노오쿠라山上憶良의 가집에 있는 노래이다.

* 風無の浜の白波いたづらにここに寄せ来る見る人なしに (9.1673)
* 山上臣憶良の類聚歌林に曰く、長忌寸意吉麻呂、詔に応へてこの歌を作るといふ。
* 바람 없는 바닷가 흰 물결이 이곳으로 다가오네. 보아주는 사람도 없는데.

위 한 수는 야마노우에노오미오쿠라山上臣憶良의 루이쥬가린類聚歌林에 말하기를 "나가노이미키오키마로長忌寸意吉麻呂가 천황의 명령에 답하여 이 노래를 지었다"라고 했다.

루이쥬가린類聚歌林은 일본상대시대의 가집이다. 야마노우에노오미오쿠라의 개인가집으로 성립연대는 불명이다. 현존하지는 않지만 정창원문서 사사잡서장写私雑書帳에 "六月(天平勝宝三年)三日来歌林七巻"이라는 기록에서 확인 할 수 있다.

또한, 『세이시나이신노우에아와세正子内親王絵合』, 『와카겐자이쇼모쿠로쿠和歌現在書目録』, 『후쿠로조시袋草紙』등의 가마쿠라시대鎌倉時代 문헌에 이름이 보이지만 현존하지는 않는다. 아마 8세기 초에 편찬되었을 것이라고 추정하는 오쿠라의 개인문집이다. 만요슈에는 권1과 권2, 그리고 권9에 9수의 노래가 보인다. 오쿠라는 타비도의 절친한 친구로 야카모치의 성장과정에 큰 영향을 끼친 인물이다. 아

375

버지 타비토의 절친한 친구로서 뛰어난 재능을 발휘하여 만요슈에 많은 노래를 남겨놓은 명실상부한 대표작가인 오쿠라에게 야카모치는 많은 것을 느끼고 배웠던 것이다. 타비토의 매화의 연 32수, 타비토의 술을 예찬하는 노래들을 접하고 많은 영감과 시적 감각을 터득했을 것이다.

이와 함께, 고카슈古歌集라는 가집의 개인문집도 좌주左注 및 노래에 보인다. 물론 몇 권인지, 편자가 누군지는 모른다. 그러나 쵸카長歌 2수, 세토카旋頭歌 6수, 단카短歌 18수가 전해진다.

"천황이 돌아가시고 8년[32] 9월9일에 천황을 위한 천도제를 지낸 날 밤에 꿈속에서 부르신 노래 한 수, 그리고 고카슈古歌集에 나옴"이라는 설명이 있는 다음의 노래이다.

> * 明日香の清御原の宮に天の下知らしめししやすみしし我が大君
> 高照らす日の御子いかさまに思ほしめせか神風の伊勢の国は沖
> つ藻も靡みたる波に潮気のみ香れる国に味凝りあやにともしき
> 高照らす日の御子　　　　　　　　　　　　　　　　　(2.162)
>
> * 아스카飛鳥 키요미하라궁궐清御原宮에서 천하를 다스리시던 우리 천
> 황이신 태양의 아들을 어찌 생각하시는지? 이세국伊勢国 바다 해초
> 도 나부끼는 물결에 향기가 나는 좋은 나라인데 참으로 아쉬운 태양
> 의 아들이시여!

---

32 지토천황(持統天皇) 8년을 말함. 즉, 서기 698년을 말함.

2권의 232번가도 "가사노아소미카나무라笠朝臣金村 가집歌集에 나옴"이라는 좌주가 있는 노래로, 역시 개인가집의 노래이다.

* 三笠山野辺行く道はこきだくも繁く荒れたるか久にあらなくに(2.232)
  右の歌は、笠朝臣金村が歌集に出でたり。
* 미카사산三笠山[33]아래 들판을 지나는 길은 더욱더 나무가 우거져 황량하게 되었네. 아드님이 떠나신지 오래되지 않았건만.
  위 노래는, 가사노아소미카나무라笠朝臣金村가집歌集에 나옴.

물론, 언제 편찬되었는지, 몇 권인지, 몇 수의 노래가 수록되어 있는지는 모르지만 개인 가집이었음은 틀림없다.

계속해서, 개인가집으로 다카하시노무라지무시마로高橋連虫麻呂의 가집도 보인다. 다음의 노래가 가집에 수록된 노래의 일부이다. 츠쿠바산筑波山에 오른 것을 애석하게 생각하는 노래이다. 고대 일본문학의 소재로 자주 쓰였던 츠쿠바산의 노래이다.

* 筑波嶺に我が行けりせばほととぎす山彦とよめ鳴かましやそれ
  (8.1497)
* 츠쿠바산筑波山에 내가 만일 가있었다면 두견새가 메아리치며 우는 소리를 들었을까? 그것을.

---

33 가스가산(春日山)에 붙어있는 봉우리를 말함.

마지막으로의 가집을 소개한다. 타나베노사키마로田邊福麻呂의 가집으로 31수의 노래가 가집이름으로 수록되어 있다.

권6과 권9의 쵸카長歌 10수와, 한카反歌 21수의 노래는 지면관계상 아래와 같은 한 수만 소개 하도록 한다.

> * 立ち変はり月重なりて逢はねどもさね忘らえず面影にして(9.1794)
>   右三首田邊福麻呂之歌集出
> * 달이 바뀌어 몇 달이 지나 만나지 못했어도 참으로 잊을 수 없네. 그 애의 추억은. 위 세 수는 타나베노사키마로田邊福麻呂의 노래집에 나옴

타나베노사키마로는 역시 나라시대의 만요가인이다. 야카모치와도 매우 가까운 관계였다. 백제계 도래인渡来人출신으로 문필과 기록에 능한 인물이었다. 백제에서 건너간 씨족까지 개인 문집을 만들 정도였으니 그 당시의 일본고대의 문학수준이 얼마나 뛰어났었나를 가늠해 볼 수 있다. 백제계와 가까웠던 아버지 타비토의 영향, 그 주위의 오쿠라를 비롯한 백제계 도래인들과의 교류 및 이러한 개인 문집에 관한 정보는 야카모치에게 많은 도움을 주었을 것이다. 타나베노사키마로는 만요슈에 모두 44수의 노래를 남겨놓고 있다.

이와 같이 만요시대 이전의 고대 개인가집들을 본 야카모치는 더욱 분발하는 모습으로 만요에 노래를 남겼고, 만요편찬을 생각하는 계기가 되어 만요슈를 편찬했을 것이다.

V. 맺음말

이상에서 보았듯이 야카모치는 많은 노래를 만요슈에 남겼고, 많은 족적을 남겼다. 만요슈란 방대하고 뛰어난 가집을 만들었고, 만드는 과정에서 여러 가지 일들도 생겼다. 야카모치는 오토모가의 중심적인 인물이었고, 정신적 지주였다. 가문을 지키며 돌보아야하는 책임과 의무감에 생활하는 가문의 수장이었다. 이러한 정신적 고통을 만요라는 문학적 통로를 통해, 또여성을 통해 채우려 했을지도 모른다. 어머니를 일찍 잃고, 아버지마저 어린 시절에 잃었던 가족에 대한 그리움은 오토모가문을 지켜야 한다는 강박 관념으로 자리 잡았을 것이다.

다음의 노래는 사랑했던 동생 후미모치가 죽었을 때의 노래이다.

* かからむとかねて知りせば越の海の荒磯の波も見せましものを

(17.3959)

右、天平十八年秋九月二十五日に越中守大伴宿祢家持、遥かに弟の喪を聞き、感傷して作る。

* 이렇게 될 거라고 미리 알았더라면 엣츄越中해안의 파도라도 보여주었으면 좋았을걸!

위 노래는, 746년 가을 9월25일에 엣츄 군수인 오토모노스쿠네야카모치大伴宿禰家持가 멀리 있는 동생의 죽음을 알고 슬퍼하며 부른 노래.

의지하고 있던 동생마저 야카모치가 29세 때 먼저 세상을 떠난다.

같이하지 못한 아쉬움과 회한을 노래한 것이다. 엣츄越中에 부임하여 같이하지 못한 형의 마음을 잘 나타내고 있다. 가슴이 미어지는 듯한 슬픔을 느꼈을 것이다. 아쉬움과 인생의 무상, 공허감을 느꼈을 것이다. 화려한 여성과의 편력과 관리로서의 영광 뒤에는 이와 같은 개인의 고민과 아쉬움이 있었던 것이다. 이러한 모든 일들이 복합되어 만요슈라는 개인 가집을 만들어 보려 했던 것은 아닐까?

야카모치는 가문을 지키기 위해 도성에서의 생활 보다는 정치적 관심이 적은 외곽에서 생활했다. 그러나 이런 것이 결국 동족의 신뢰를 잃어버리는 결과를 초래했다.

권 20의 4465번가를 보자. 친족에게 가르친 노래 한 수의 노래이다.

> * ひさかたの天の門開き高千穂の岳に天降りし天皇の神の御代よりはじ弓を手握り持たし真鹿児矢を手挟み添へて...中略...子孫のいや継ぎ継ぎに見る人の語りつぎてて聞く人の鑑にせむをあたらしき清きその名そおぼろかに心思ひて空言も祖の名絶つな<u>大伴の氏と名に負へるますらをの</u>   (20.4465)
>
> * 장엄한 하늘의 문을 열고, 다카치호高千穂[34]의 봉우리에 신神들이 강림하시어, 천황의 선조 대대로 우리 일족은 거먕옷나무[35]활을 손에 꽉 쥐고 ...중략... 자손들은, 이런 이야기들이 끊이지 않도록 보는 사람들이 상세하게 후세에 전하고, 듣는 사람들이 감명을 받게 해야

---

34 미야자키 현(宮崎県) 북단부에 있는 정(町)으로 니시우스키군(西臼杵郡)에 속하고 있다.
35 거먕빛(아주 짙게 검붉은 빛). 그런 색의 활.

하네. 정말 명예로운 깨끗한 이름을 경솔히 하지말아서, 조금이라도 선조들의 이름을 끊이지 않게 계속 오토모大伴氏씨의 이름을 잘 지켜가야 하느니, 장부들이여!(선은 필자)

오토모가를 위한 야카모치의 마지막의 절규인 것이다. 계속되는 노래도 병에 걸려 무상함을 느끼며 불도를 수행하고 싶다는 생각으로 부른 노래 로 다음과 같은 노래이다.

* うつせみは数なき身なり山川のさやけき見つつ道を尋ねな

(20.4468)

* 인간의 생은 무상한 것이네. 산천의 푸르름을 보며 불도를 닦아야 지.(선은 필자)

인간의 생은 무상한 것이라 했다. 아버지인 타비토의 노래와 같은 소재인 무상을 느꼈던 것이다. 인생의 무상함, 덧없음, 공허, 모든 것을 느낄 나이가 되었고 야카모치는 인생의 마지막 시점에서 만요라는 돌파구를 찾아 가집을 편찬하고 남기려 했던 것은 아닌가? 히토마로, 오쿠라등과 같이 어깨를 나란히 할 선인들과의 같은 가집을 만들어 후세에 전하려 했던 것이다. 가문을 지키려고 최선을 다했던 야카모치의 생각을 읽을 수 있는 것이다. 그러나 이와같은 만요편찬에 대한 야카모치의 생각에는 아직, 많은 문제점들이 있다. 가집의 노래도 더 분석해야하고, 여성들의 노래, 오토모계의 노래들도 한 수 한 수 살펴보아야 한다. 이러한 작업들은 앞으로의 과제로 남긴다.

한일문화 연구의 새 지평 2

타자의 눈으로 바라본 일본

『본조둔사本朝遯史』에 나타난 지식인 하야시 돗코사이林読耕斎의 은일관隠逸観

최 승 은

Ⅰ. 머리말

에도시대 초기, 은자의 전기를 기록한 『고금일사전古今逸士伝[1]』, 『본조둔사本朝遯史[2]』, 『부상은일전扶桑隠逸伝[3]』이 잇따라 편찬되었다. 그중 『본조둔사』는 최초로 일본의 역대 은자들을 대상으로 일본 은자들의 열전이라는 점에서 주목할 만하다. 일반적으로 일본의 중세

---

1 간에이 원년(寛永元年: 1624) 유학자이자 의사인 노마 산치쿠(野間三竹, 1608~1676)에 의해 편찬된 은자전으로서, 중국 연대 은사 269명의 전기가 기록되어 있다.
2 본문의 인용은, 『本朝遯史』은 国文学研究資料館蔵, 『本朝遯史』大森/安右衛門, 寛文 4에 따르며 번역은 필자 졸역.
3 간분 4년(寛文 4年: 1664) 11월에 승려 겐세이(元政, 1623~1668)에 의해 편찬된 은자전으로서 3권으로 구성되며, 총 75명의 일본 은둔자의 전기가 기록되어 있다.

(1192~1603)를 '은자의 시대'라고 칭할 만큼, 불교적 영향 하에 현세의 무상을 체념하면서 은둔의 길을 선택했던 무수한 은자들이 나왔지만 에도 초기에 들어서 은자의 전기를 모은 은자전이 잇따라 탄생하기에 이르렀다. 에도 시대에 들어서야 비로소 그 전前 시대를 되돌아보고 전 시대가 품은 은둔의 본질을 조망할 수 있었기[4] 때문이라는 논지도 일견 납득할 만하다. 그 때문인지, 지금까지의 선행연구는 중세의 은자들을 의식한 결과로서, 에도 초기의 은자전을 '중세적 은둔관'과는 차별되는 '근세적 은둔관'이 발아하는 움직임으로 바라보는 경향이 있다.[5,6] 이 글은 최초로 일본의 은자를 대상으로 한 『본조둔사』가 과연 중세만을 의식하고, 이를 통하여 근세적 은둔관을 설명하려는 목적으로 편찬된 것인지 확인하는 것을 목적으로 둔다.

가와히라川平는 중고적·중세적 은일관은 산림이나 해변에 은둔하는 형태의 은일이며, 근세 초기에는 중세적 은일관과 근세적 은일관이 병존했다[7]고 지적한 바 있다. 여기서 말하는 근세적 은일관이라

---

4 島内裕子「『本朝遯史』と『扶桑隠逸伝』にみる隠遁像」, 放送大学研究年報 14, 1997, 44-45쪽.

5 李国寧「近世的隠逸観「市隠」の成立-俳諧と漢詩文を中心に-」, 早稲田大学 박사논문, 2013, 伊藤善隆「近世前期における明末「随筆」の受容-『徒然草』受容の一側面-」, 『湘北紀要』32, 2011.

6 또 한편으로는 수개월의 차이를 두고 편찬된 『부상은일전』과 비교 연구함으로써 동시대에 전기라는 동일 유형의 서적이라는 측면에서 고찰한 연구도 눈에 띈다. 『부상은일전』의 저자는 승려 겐세이로서, 중세의 불교적 은둔관과 연결선상에서 논의되는 논문들이 다수 존재한다. 본서에서 다루고 있는 은자들이 대부분이 승려라는 점에서 중세의 출가둔세와 비교적인 측면에서 논할 수 있는 면이 다수 존재한다. 이와 관련된 내용은 중세의 불교설화와의 연관성, 중세 은둔관과의 차이 등 추후 별도 논문에서 논하고자 한다.

7 川平敏文『徒然草の十七世紀 近世文芸思潮の形成』, 岩波書店, 2015, 387쪽

하면 시은市隱으로 대표되는, 대개 (정신적, 육체적으로) 시정市井에 머무르면서 세속을 논하는 은둔 형식이라 할 수 있다. 본고에서 다루는 『본조둔사』가 편찬된 근세 초기에는 산림에서 은둔하는 중세적인 것과 세속을 논하는 근세적인 것이 함께 존재하다는 것이며, 그러한 시대에 편찬된 은자전에는 중세적인 것이 존재하고, 한편으로는 근세적인 것이 발아하려는 움직임도 엿볼 수 있다는 것이다. 그러다가 사회로부터 이탈을 인정하지 않는 유학 사상이 보급되면서 근세적인 것이 점차 확산되었다는 것이다.[8]

　정치사적인 시대 구분은 비단 정치적인 영향뿐만 아니라 사회, 문화 전반에 걸쳐 큰 변화를 상정한다. 그러나 사회적 혼란과 혁명으로 인해 사회 체제는 변화했다고는 해도, 사람들은 변함없이 전 시대에 이어서 새로운 시대를 살아갔다. 또한, 정치, 문화, 사회적 교체가 이루어졌다고 하더라도 (중세에서 근세로) 사람의 '삶'과 '생각'이 전환되는 것이 동시에 이루어지는 것은 아니다. 에도시대 초기에 편찬된 은자전을 통하여 중세와 분절된 은일관을 찾고자 하는 것은 그러한 이유로 다소 무리가 있다. 지난 시대의 연장선상에서 전환기적인 성격으로서 그 이전 시대의 이념과 질서가 견인되고 있다는 관점에서 고찰하는 것이 가장 무리 없는 접근 방법일 것이다. 그러나 그에 앞서 선행되어야 할 것은 근세 문학에 있어 중요한 주제 중 하나인 은일에 있어, 그 출발점이라고 부를 만한 은자전을 편찬한 당

8　사회의 주류 사상에 따라 은둔 방식에 있어서도 산림에서의 은둔부터 시은 등으로 광범위한 은둔 형식을 추동했다는 셈인데 이와 관련해서는 중세 때에도 은자마다 은둔 방식은 제각각이었다는 점 등 시대별 은둔관을 분절시켜 논하는 것에는 분명 그 한계가 존재한다는 것은 명확히 해두고 싶다.

대 대표적인 학자 가문의 일원이었던 하야시 돗코사이(林読耕斎, 1624~
1661)라는 한 지식인 개인이 가진 은둔에 대한 의식일 것이다.

　『본조둔사』의 편찬 시기인 근세라는 시대적 배경에 초점이 맞춰
서 이루어진 연구 경향과 문제의식을 감안하면서, 본고에서는『본조
둔사』의 서문에 나타난 편찬 목적을 재검토하고 그를 바탕으로 시대
적 배경이 아닌 근세 초기 지식인 개인이 바라보는 은둔에 대한 시
각이라는 측면에서『본조둔사』를 재조명해 보고자 한다. 저자인 돗
코사이 개인의 삶과 지향을 염두에 두면서, 그의 은둔관을 어떻게
이해해야 할지에 대해 논의하는 방식으로 글을 서술해 보고자 한다.

Ⅱ.『본조둔사』의 편찬의도

　『본조둔사』는 하야시 돗코사이가 편찬한 은둔자의 전기로서, 그
가 세상을 떠난 이후인 간분 4년(寛文 4年: 1664)에 편찬되었다. 하야시
돗코사이는 당대 최고의 유학자인 하야시 라잔(林羅山, 1583~1657)의 4남
으로서 처음에는 출사를 거부하는 등 은둔적 성향이 강했던 인물로
알려져 있다[9]. 그러한 그가 은둔자의 전기를 정리한 것은 그리 부자
연스러운 일도 아니다.

　『본조둔사』의 인물 구성은 대체적으로 시대 순으로 정리되어 있
으며, 상권에서는『가이후소懐風藻』(751년 성립)에 등장하는 시인 다미

9　前田勉「林読耕斎の隠逸願望」,『文芸研究』113, 1993, 44-52쪽.

노 구로히토民黑人부터 헤이안 시대까지의 은자들을, 하권에서는 중세 대표적 은자인 사이교西行, 요시다 겐코吉田兼好, 가모노 조메이鴨長明 등을 비롯하여 중세 가마쿠라·무로마치 시대의 은자들을 중심으로 기록되어 있다.[10]

『본조둔사』는 총 2권으로 구성되며 상권에 22명, 하권에 29명 총 51명의 은둔자의 전기를 적고 있다. 권두에는 2편의 서문, 인용서목, 각 은둔자의 전기(① 서두, ② 은자의 행적, ③ 논찬)로 구성된다. 2편의 서문은 먼저 노마 산치쿠(野間三竹, 1608~1676)의 서문이, 그 뒤를 이어 돗코사이 자신의 서문이 적혀 있다. 노마 산치쿠는 간에이 원년(寬永元年: 1624)에 편찬된 『고금일사전』의 작자로서, 근세 초기에 성립된 3종의 은자전 중에서 가장 빨리 편찬된 작품이다. 그 뒤를 이어 편찬된 『본조둔사』나 『부상은일전』과는 달리, 『고금일사전』은 중국의 역대 은자 269명의 전기를 모아 편찬한 은자전이다. 노마 산치쿠는 간분 3년(1664), 돗코사이가 정리한 『본조둔사』의 편찬을 앞두고 돗코사이와의 일화를 적으면서 돗코사이가 일본의 은둔자 전기를 모으게 된 경위에 대하여 다음과 같이 서문에 적고 있다.

　　20년 전 경사의 가숙에서 중서를 고안하던 중에 『고금일사전』 약간

10　〈卷上〉民黑人, 藤原麻呂, 猿丸, 惟良春道, 大中臣淵魚, 藤原關雄, 藤原春津, 惟喬親王, 白箸翁, 嵯峨隱君子, 喜撰, 大伴黑主, 蘭筍翁, 南山白頭翁, 南山亡名處士, 清原深養父, 蟬丸, 源兼明, 藤原高光, 野人若愚, 藤原為時, 橘正通 총 23명
　　〈卷下〉源顯基, 大瀬近宗, 藤原周光, 佐藤西行, 增叟, 池田樵夫, 武野老翁, 葛城山男子, 斉藤時賴, 平康賴, 鴨長明, 佐々木高綱, 下河辺行秀, 北條時村, 丹後國士, 藤原藤房, 吉田兼好, 朴翁, 紀俊長, 紀行文, 美德隱居, 洛市隱人, 福可老人, 意雲, 板坂宗德, 小倉居士, 平兼載, 肖栢, 善住 총 29명

권을 편집했다. 모두 중화의 은사들이다. 일본에도 은사가 없었던 것
은 아닐 터이다. 유감스럽게도 그 기록은 세상에 전해지지 않았다. 이
후 동무東武의 하야시 돗코사이와 이에 관하여 얘기를 나눈 적이 있는
데, 깊이 생각하고 연구하여 널리 여러 서적을 찾아 모아 『본조둔사』2
권을 저술하기에 이르렀다.

> 二十年前、在京師家塾而考索衆書、紗撰古今逸士停若干巻。皆
> 是中華之隱士也。国朝亦不乏逸士。所憾者悉不伝子世。後、在東武
> 而与読耕林子談之。林子於是沈思研求、広猟群美著本朝遯史二巻。
>
> (서문)

노마 산치쿠는 20년 전 중화의 은사들을 모아 『고금일사전』을 편
찬하면서, 자료수집의 한계로 인하여 일본의 은자들을 다루지 못한
것에 큰 안타까움을 표하고 있다. 이를 하야시 돗코사이가 『본조둔
사』를 통해 해소해준 것에 대한 기쁨의 마음을 서문을 통하여 전하
고 있다. 20년 전의 아쉬움을 새겨듣고 흩어져 있는 자료들을 모아
준 하야시 돗코사이와 이를 높게 평가하는 노마 산치쿠는 오랫동안
학문적으로 교류한 친밀한 관계[11]가 바탕이 되었기에 가능했을 것이
다. 뒤를 이어, 하야시 돗코사이의 서문이 나오는데 두 명의 근세 지
식인은 일본 은자에 대한 기록 부재의 안타까움이라는 공감대를 가
지고 있었음을 알 수 있다.

---

11 伊藤善隆「野間三竹年譜稿」,『湘北紀要』29, 湘北短期大学·図書館委員会, 2008, 1-16
   쪽. 이에 따르면 노마 산치쿠와 하야시 돗코사이는 빈번하게 시문을 주고받았으
   며, 자주 왕래한 것을 알 수 있다. 산치쿠의 요청을 받아 돗코사이 역시 『고금일사
   전』의 서문을 남겼다.

중화 곳곳에는 이러한 사람(은사)이 있을뿐더러 그 기록도 적지 않다. 중화 사방의 끝, 분명 땅도 다르고, 사람도 다르지만, 같은 천지 사이에 있는 것은 다르지 않다. 음양이 없는 것도 아닌데, 어느 땅이라고 해서 은사가 없을 수 있을까. (중략) 일본에 은사전의 기록이 없는 것을 유감스럽게 여기어 51명의 전기를 모아 『본조둔사』를 편찬하기에 이르렀다.

中華世世固有其人 而記述不乏 中華之四裔 亦地雖殊人雖異 鈞是不離霄壤匪無陰陽 何地不生才 (中略) 本朝曷為無隱士之有 余以本朝遯隱之無 錄輯為遺恨 乃首出于民黑人至于近世 僅得五十一人

(서문)

하야시 돗코사이 역시 중화의 다양한 은자 관련 전적들을 접하면서 중화에는 은사의 전기가 많이 있는데 반하여, 일본에는 그 기록이 없다는 안타까운 마음을 본서의 편찬 동기로 밝히고 있다. 중국의 경우, 『후한서後漢書』의 「일민열전逸民列伝」을 시작으로 하여, 역대 왕조의 정사에는 은사들의 열전이 정리되어 있었다. 앞서 노마 신치쿠의 서문은 물론, 하야시 돗코사이의 서문에서도 그 편찬 동기는 중국의 은자가 아닌 자기 땅의 은자에게 눈을 돌려 이를 기록하려는 생각에서 시작했음을 명확하게 밝히고 있다. 시대의 선구적인 역할을 했던 부친인 하야시 라잔과 부친의 뒤를 이은 3남 하야시 가호林鵞峰의 그늘 속에서 채 마흔이 되지 않은 짧은 인생을 살다간 그였지만, 학문가의 자제로 태어나 어렸을 때부터 수많은 화한和漢의 서적을 통하여 수학했으며, 특히나 부친인 하야시 라잔이라는 배후에 힘

389

입어 방대한 서적들을 일상적으로 접할 수 있는 학문적 환경 속에서 생활했다.[12] 그러한 가운데, '중화'를 향한 관심은, 점차적으로 상대적인 관점에서의 '본조'로 그 시각이 발전했으며, 위의 서문에서와 같이 중화의 은자와 대비될 수 있는 일본의 인물들로 확대되어 갔다고 할 수 있다.

에도시대 초기인 게이초慶長 연간(1596~1615)의 세상 견문을 기록한 미우라 조신(三浦浄心, 1565~1644)의 『게이초견문집慶長見聞集』의 「동자 널리 익혀야할 것童子あまねく手習ふ事」이라는 항에는 다음과 같이 적혀 있다.

약 5년 전의 전국시대만 해도 나라 안에 전란이 끊이지 않아 사람들이 학문을 하는 것이 어렵고 글을 쓰는 사람도 거의 없었지만, 지금은 평화로운 시대가 되어 신분이 고하 상관없이 글을 쓸 수 있게 되었다.

5年ほど前の戦国時代には、諸国で戦乱が絶えなかったため、人は手習をすることが難しく、ものを書く人はほとんどいなかった、しかし今は平和になったので、身分の高い人も低い人も物を書くようになった[13]

일찍이 일본에 은둔사상이 전해져, 중세에 다양한 은둔, 혹은 은자의 모습이 존재했던 것은 주지의 사실이다. 근세로 접어들어 전란

---

12 本間洋一「林読耕斎の漢詩覚書-王朝文人詩とのことなど-」,『同志社女子大学日本語日本文学』14, 2002, 27쪽.
13 国立国会図書館蔵(明39), 三浦浄心著 慶長見聞集, 富山房.
   http://dl.ndl.go.jp/info:ndljp/pid/898456/1 인용.

의 시대가 종식되고 평화가 찾아옴으로써 사회는 커다란 전환기에 접어들었다. 위의 견문집에서와 같이 평화로운 시대는 무기를 버리고 펜을 잡은 사람들을 만들어 냈고 이는 지식의 수요 증대로 이어진다. 그에 수반되어 문헌 정리의 필요성은 증대되었을 것이고 특히 중국 문헌과의 접근성이 높은 지식인층일수록, 그들이 접하는 지식 정보를 정리하고 재배치하고자 했다. 나아가 하야시 돗코사이나 노마 산치쿠와 같이 중국의 상대적인 개념으로서, 일본의 지식에 관심을 갖기 시작한 지식인들의 지적 욕구는 점차 증가했다고 할 수 있다. 그들이 편찬한 은자전의 서문을 통해서 알 수 있듯이 근세 은자전의 탄생은 중화를 의식한 지식인의 지적 요구가 그 배경에 있었다고 할 수 있다.

Ⅲ. 『본조둔사』에 나타난 하야시 돗코사이의 은일관

1. 산거山居에 대한 동경

은일隱逸은 고대 중국으로부터 전래되어 온 개념임은 주지의 사실이다. 『일본국어대사전』에 따르면 은일은 '속세를 벗어나 산리 등에 홀로 숨어 사는 것. 혹은 그러한 사람. 은둔'[14]이며, 은자隱者의 경우 '둔세한 사람, 속세에서 벗어나 수행이나 사색에 빠진 사람, 둔세자,

---

14 俗世を離れ、山里などにひとり隠れ住むこと。また、その人。隱遁(日本国語大辞典(https://japanknowledge.com, 参照 2018-07-06).

은사, 속세를 떠난 사람'[15]으로서, 기본적으로 동의어인 은일, 둔세 등을 의식적으로 구분해서 사용하는 것 같지는 않다. 본래 은일의 개념은 출사出仕와 상반되는 개념으로서 정치 세계로부터 벗어나 자신만의 세상에서 살아가는 것[16]이었으나, 본래의 의미에서 사회질서에 의한 속박, 세속의 번뇌로부터 탈피[17] 등으로 그 의미가 확대되어 사용되어왔다. 특히 일본에서는 승려들이 은자라는 개념 위에 존재하거나 동일시되어 왔는데,[18] 이는 중국과의 문화 교류에 있어 승려들의 역할이 매우 컸다는 특수성에 기인했다.[19] 엄밀히 구분할 경우 '은일隱逸', '은자隱者'는 근세에 들어서 자주 사용하게 되었으며, 그때에 중세의 은둔을 칭할 때 '둔세遁世'라는 말을 사용하여 구분하여, 중세의 은둔이 가지는 불교적 색채를 강조하고자 했다.

『본조둔사』는 '종종 최초의 일본 은자전이자, 유교적 은일관을 바탕으로 하여 일본의 은자들을 재해석한 인물전'[20]이라고 수식되곤 한다. 이는 앞서 말한 인물 선정 부분에서 둔세 수행자뿐만 아니라 귀족이나 가마쿠라 무로마치 무사들까지도 은일의 계보 속에 편입하고 있다는 점, 본문 내용 속에 의도적으로 불교, 도교적 색채를 배제했다는 점 때문이라고 지적된다.[21] 다시 말해 편자인 돗코사이의 유학자

---

15 遁世した人。俗世間からのがれて、修行や思索にふけっている人。遁世者。隱士。よすてびと(https://japanknowledge.com, 參照 2018-07-06).

16 小林昇『中国・日本における歷史観と隱逸思想』, 早稻田大學出版部 1983, 260-261쪽.

17 田云明「僧侶と隱逸表現受容と再構築」, 『日本研究』47, 2013.

18 田云明, 앞의 논문, 28쪽.

19 田云明, 앞의 논문, 11쪽.

20 伊藤善隆「近世前期における明末文化の影響と江戸文人の発生」, 早稻田大學 박사논문, 2013, 53-54쪽.

21 伊藤善隆, 앞의 논문, 54쪽.

로서의 면모 때문에 중국의 유교적 은일관 영향 하에서 중세와 분절된 근세의 새로운 은일관을 제시하고 있다고 보고 있는 것이다.

앞서 중고적·중세적 은일관은 산림이나 해변에 은둔하는 형태의 은일이며, 근세 초기에는 중세적 은일관과 근세적 은일관이 병존했다[22]는 지적을 언급한 바 있다. 여기서 말하는 근세적 은일관은 시정市井에 거주하면서 속세와 자유롭게 섞여 속세를 논하는 은둔 방식이다. 근세 초기에는 산림에서의 은둔과 시정의 은둔이 병존했으며 이 시기에 편찬된 은자전에 근세의 새로운 은일관이 제시되어 있다는 것이다. 근세 초기 유학자이자 하야시 돗코사이의 부친인 하야시 라잔이 집필한『쓰레즈레쿠사徒然草』의 주석서『노즈치(野槌, 1648)』의 부분에서 근세적 은일관을 단적으로 찾아볼 수 있다.

겐코가 말하는 도는 무엇을 말하는가. 군신, 부자, 부부, 형제, 붕우 없이 도가 있을 리 없다. 사람의 도를 잠시라도 벗어나는 것은 물고기가 물 밖으로 나가는 것과 마찬가지이거늘. 사문이 주군을 버리고, 부친을 버리고, 남녀를 가르고, 속세에서의 관계를 끊어 산림으로 숨어 적막 고고한 삶을 사는 것이라면, 이는 인륜을 저버리는 행위이다. 인륜을 끊는다면 금수와 다를 게 없지 않은가. 겐코는 세속의 삶이 짐승과 같다 비유하지만, 유교에서 보면 그와 같이 속세를 떠나 인륜을 헤치는 자야말로 금수라 할만하다. 도는 사람 안에 존재하는 것이다.

兼好がいふところの道は何事をさすや。君臣父子夫婦兄弟朋友

---

22 川平敏文, 앞의 책, 387쪽.

の外に道あらず。人の道を須臾もはなれざる事は、魚の水をはなれざるがごとし。沙門は君をすて、父をすて、男女をはなれ、世のまじはりをたち、山林にのがれて寂寞枯槁なれば、人倫をいとふ。人倫を絶するを禽獣とす。兼好は世俗を畜類とすれど、儒よりみれば、かの世をのがれて人倫をみだる者を禽獣とす。道は人にあり。

이는『쓰레즈레쿠사』제58단[23]에서 둔세의 당위성에 대해 설명하는 단에 대한 비판이라고 할 수 있다. 겐코는 속세에서 탐욕하게 살아가는 것을 금수와 같다며 현실을 부정적으로 보고 둔세를 이상향으로 바라보고 있는 반면, 하야시 라잔은 이를 비판하고 오히려 사람과의 관계 안에 도가 존재하며 이를 저버리는 것이 금수와 다름없다고 본다. 이와 같이 근세의 유교 사상하에서는 속세와 저버리고 완전하게 가족과 사회 등을 등한시하는 종래의 둔세적[24] 은자는 필연적으로 배척될 수밖에 없었을 것이다. 속세와 분리되지 않은 은둔, 즉 시은市隱이야말로 근세적 은일관[25]의 대표적인 키워드로 설명할

23 인간으로 태어난 증거를 보이기 위해서는 어떻게든 속세 욕망을 단호히 버리는 것이 바람직하다. 다만 오로지 탐욕하기만 힘쓰고 깨달음을 얻고자 하지 않는다면 금수와 다름이 없을 것이다.(人と生れたらんしるしには、いかにもして世を遁れんことこそ、あらまほしけれ。偏へに貪る事をつとめて、菩提に趣かざらんは、万の畜類に変る所あるまじくや) 神田秀夫·永積安明·安良岡康作 校注訳『方丈記 徒然草 正方眼蔵随聞記 歎異抄 1』, 小学館, 1995, 128쪽.
24 중세적이라 칭해야 마땅한 문맥이지만, 중세에도 다양한 은둔 방식이 있었다는 점을 강조하고자 다른 표현을 사용한다.
25 70년대에는 은자를 문인형과 출가형으로 나누어 논하는 경향이 강했고, 그 전자가 중국적, 후자가 일본적이라는 대체적인 인식이 일반적이었으나 최근에는 은자 유형으로서 중국 탄생의 유교형과 노장형, 그리고 일본에 등장한 불교형은 불교적 출가둔세로서 고대 말기부터 중세 시기에 정착했다는 경향이 제시되고 있다. 陸晩霞「『扶桑隠逸伝』における「遁世」の捉え方」,『思想史研究』7, 2007, 41쪽.

수 있을 것이다. 하야시 돗코사이 역시 유학자로서 부친의 은둔관으로부터 어느 정도 영향을 받았다는 사실은 기존의 연구에서도 다뤄진 바 있다. 여기서는 그와는 다른, 하야시 돗코사이 개인의 은둔관이 드러난 부분을 중심으로 살펴보고자 한다.

> 사士는 산림을 머릿속에서 떨치지 못한다. 그런 연유로 관직에 나가지 않고, 그런 연유로 자연으로 돌아간다. (중략) 아. 그저 산림에 있고 싶구나.
> 士山林忘。故仕、故歸田。故官辞故骸乞 (中略) 嗚呼、余が素意 山林在

위의 인용문은 하야시 돗코사이가 적은 서문 중 일부이다. 무릇 은사라 하면 산림을 머릿속에서 떨치지 못하여 관직에 나가지 않는다. 그러한 은사들의 기록을 적기에 이르렀으며, 본인 역시 산림에 머물고 싶다고 자조하고 있는 부분이다.

또한 『본조둔사』의 가장 첫 번째로 등장하는 인물은 『가이후소懷風藻』(751년 성립)에 등장하는 시인 다미노 구로히토民黒人이다. 유서幽棲를 읊은 시를 그대로 인용하면서 논찬 부분에서 다음과 같이 적고 있다.

> 찬왈, (중략) 아, 구로히토가 유서幽棲의 생활을 보낸 산이 어디인가? (알기만 한다면) 이미 그곳에 홀로 있으련만.
> 贊曰 (中略) 旴黒人之幽棲、何處之山乎。既是獨坐。

52명의 은자전 중에서 가장 첫 번째 인물로 기록하고 있다는 것은 돗코사이 자신이 구로히토의 은자로서의 삶에 강한 공감을 가졌다고 볼 수 있다. 게다가 위의 논찬 부분에서는 속세와 떨어져서 산림에서 유서幽棲의 생활을 보내는 구로히토의 은둔에 대하여 평하면서, 그가 있었던 산이 어디인지 알 수만 있다면 그곳에 홀로 머물고 싶다는 마음을 드러내고 있다.

이와 같이 돗코사이는 서문에서는 물론, 첫 번째 인물인 구로히토의 논찬 부분에서 산거에 대한 강한 동경을 표현하고 있다. 그의 아들인 하야시 신켄林晋軒이 편집한 『돗코사이선생전집(読耕林先生全集, 1669)』에 부친의 모습을 적은 발문 부분에 '항상 출진의 뜻이 있었던常有出塵之志' 돗코사이였던 만큼 그가 세속을 벗어나 산거하고 싶어 했던 마음은 의심할 여지가 적어 보인다. 비록 유학자이며, 시대의 요구는 그와 뜻을 달리했지만 그의 이상理想에는 산림에 대한 깊은 동경이 존재했다고 할 수 있다.

2. 다양한 은둔 방식에 대한 인정

다음으로 산거에 대한 동경을 가지고 있었던 하야시 돗코사이는 실제 역대 은자들의 은둔하는 삶의 방식을 어떻게 바라보고 있었는지 살펴보고자 한다. 먼저 상권 4번째로 등장하는 오호나카토미노 후치나大中臣淵魚의 논찬 부분은 다음과 같다.

　　　찬왈, 관직에서 물러난 후에 집에 머물면서 어쩔 수 없이 한거하는 삶을 살다보면 자손을 아끼는 마음을 가지는 사람들이 지금 세상에는 많다. 후치나도 마찬가지로 그러한 때가 되었는데, 진정한 치사致仕가 바로 이와 같을 것이다. (중략) 가원과 유환에 이르러서 사람 관계를 맺지 않는다. 생각건대 매복해 있는 물고기와 같다 하겠다.

贊曰、致仕後、宅在閑坐得、夕日子孫愛今世多有。淵魚今此如。亦可。此是真致仕也。(中略) 家園幽閑至、人事接。蓋或潛伏魚。

중요한 관직을 맡다가 퇴직 후의 삶에 대하여 설명하는 부분인데, 보통은 관직을 그만두고 나서도 자손들을 위하여 속세와의 관계에 분주하기 마련이거늘, 후치나淵魚는 일절 사람과의 관계를 맺지 않았다고 전해진다. 하야시 돗코사이는 이를 높게 평가하고 있다. 현직에 있을 때는 물속에서 자유자재로 움직이는 물고기 같았는데 나이가 들어 관직에서 물러난 후에는 물속 깊은 곳에 잠자코 있는 물고기에 비유하며 그 훌륭함을 평가한다.

또한 상권 13번째로 등장하는 인물인 이게노오키나蘭筍翁는 헤이안 전기 한시문집인 『간케분소菅家文草』(900년 성립)에 등장하는 시인이다.

찬왈, (중략) 또한, 부인이 있고 2녀 3남이다. 이 역시 만사 부족할 것이 있겠는가.

贊曰 (中略) 且一妻二女三男。亦是万事足矣乎

이게노오키나에게는 늙은 처와 2녀 3남의 자식이 있는데, 논찬에 따르면 이로 인하여 부족할 것이 없다고 적고 있다. 흔히 은둔자는 모든 속세와 연을 끊고 홀로 삶을 살아가는 것과는 다른 모습이다. 오히려, 앞서 『노즈치』에서 하야시 라잔이 설한 속세와 완전히 결별한 은둔 방식에 대하여 인륜을 저버리는 것이라는 유교적 입장[26]과 연관 지어 생각할 수 있는 부분이다. 가족에 대하여 책임을 가지고 인간으로서의 도리를 행하는 것은 유교에 있어서 중요한 덕목인 만큼 자신만을 위하여 모든 것과 결별하는 은둔의 방식은 은자의 삶 이전에 인간으로서는 택할 수 없는 선택지라는 것이다. 그러나 하야시 돗코사이는 이게노오키나의 은자로서의 가치와 처와 자식을 가진 삶의 방식을 별개로 보고 있다는 차이점이 존재하므로, 유교적 입장에서 평한 것으로 보기에는 무리가 있다.

그런데 뒤에 등장하는 남산 하쿠토오키나南山白頭翁에서는, 상반된 평가를 하고 있다.

> 찬왈, (중략) 혼자의 몸으로 처도 자식도 없다. 생각건대 부양하는데
> 서 오는 번잡함이 없지 아니한가.
> 贊曰 (中略) 独身無妻児。想其自奉之煩也。

자식과 처도 없고, 농사를 짓지도 물건을 팔지도 않은 삶에 대하여 스스로 경작하고 여생을 보내는 데서 오는 걱정은 없으므로, 이를 번잡함이 없는 삶이라고 높게 평가하고 있다. 이게노오키나의 전기에서 처와 자식 때문에 부족할 것이 없다고 본 것과는 상반된 입

---

26 川平敏文 『徒然草の十七世紀 近世文芸思潮の形成』, 岩波書店, 2015, 384쪽.

장이라고 할 수 있다.

하야시 돗코사이에게 있어, 은둔의 방식은 은자를 평하는 데 있어 그리 중요한 요소가 아니었다. 일찍이 '소은은 산림 속에 숨고, 대은은 조시에 숨는다小隠隠陵藪, 大隠隠朝市'[27]에 입각하여 무주無住는 『샤세키슈沙石集』(1293년 성립)에 다음과 같이 적고 있다.

그림자조차 산 밖으로 나오지 않고 객을 보내더라도 고케이 강 밖으로는 한 발자국도 나오지 않는다고 말하면서 계곡 밖으로는 나서지 않았다. (중략) 이정도의 둔세는 어렵다 하더라도 (자신은 왕생을 바라는) 진실한 마음만 있다면 출가를 하지 않고 형식상으로 세속의 일에 연을 맺고 있다 하더라도 진실 되게 신앙의 마음을 깊이 가지고, 더러워진 이 세상을 떠나고자 하는 마음과 정토를 원하는 마음만이 절실하면 왕생을 기대할만 하지 않겠는가.

影、山ヲ出デズ、客ヲ送リテ虎渓ヲ過ギズトテ、谷の外ヘ出デズ　(中略) 是程ノ遁世ハカタクトモ、志誠アラバ、身ハ家ヲ出ズ、形ハ世ニ随フトモ、誠ノ信心深クシテ、穢土ヲ厭フ心モ深ク、浄土ヲ願フ思モ切ナラバ、往生ノ頼ミモアルベシ[28]

유학자인 하야시 돗코사이에게 왕생의 길은 전혀 고려하지 않아도 되는 사항일 것이다. 그 방향성과는 별개로, 마음가짐만 올바르다면 은둔하는 곳이 어디에 있든지 아무 문제가 없다는 것은 일맥상

27 川合康三・富永一登等『文選詩篇』二, 岩波文庫, 2018.
28 小島孝之訳『沙石集』, 新編日本古典文学全集, 小学館, 2001, 515쪽.

399

통하는 부분이다. 무주는 산림에서 수행하는 것 까지는 어렵다 하더라도 왕생을 바라는 마음이 진실하다면 형식적으로만 세상과 분리되었다 해도 왕생까지도 가능하다는 것이다. 하야시 돗코사이도 마찬가지로 사람과 어떠한 관계를 맺고 있는지는 인물들의 은자로서의 훌륭함을 판단함에 있어 전혀 고려되지 않는 사항임을 보여주고 있다.

3. 市井에서의 山居에 대한 동경

앞서 하야시 돗코사이가 한거적 삶에 대한 동경을 피력했듯이 그에게 있어, 은거 방식에 높은 가치를 두지 않은 것은 본인의 현실과도 관련 깊다고 할 수 있다. 다미노구로히토民黑人의 논찬 부분에서 그가 유서幽棲했던 산을 당장이라도 찾아 홀로 은둔하고 싶은 마음을 표현했듯이 하야시 돗코사이는 가장 바람직한 은거의 방식으로서 산림에서의 조용한 은둔 방식을 들고 있다. 그의 지향과는 상반되게 다양한 은둔 방식을 인정하고 있는데, 이는 일정 부분 그의 유교적 사상 기반에 기인한 것으로 볼 수 있다. 다시 말해 은둔자적인 삶을 동경한 반면, 유학자로서의 정체성 역시 무시할 수 없는 부분도 분명 존재한다는 것이다.[29] 무엇보다 그러한 점이 잘 드러난 부분

---

29 하야시 돗코사이가 불교적인 색채를 배제하고 유학자의 입장에서 서술하고 있음은 이미 선행 연구를 통해 밝혀진 바 있다. 島内裕子「『本朝遯史』と『扶桑隠逸伝』にみる隠遁像」, 放送大学研究年報14, 1997, 李国寧「近世的隠逸観「市隠」の成立 -俳諧と漢詩文を中心に-」, 早稲田大学 박사논문, 2013, 井上敏幸「隠逸伝の盛行—十七世紀の文学思潮—」, 『臨川書店』, 2001 등. 이노우에 도시유키(井上敏幸)에 따르면 돗코사이의 마음의 일면에는 일본의 은자들의 열전을 기록하고자 했던 욕구가 있었

이 『본조둔사』의 인물 선별 방식이다. 『본조둔사』에 수록된 승려의 수는 16명(전체의 31.4%)[30]에 불과한데, 이는 동시대에 발간된 『부상은일전』의 53명(전체의 70.7%)[31]과 비교해 보면 상당한 차이가 있다. 물론 『부상은일전』의 편찬자가 승려라는 점은 무시할 수 없다. 그러나 근세 이전에는 머리를 깎고 속세와 분리된 형태의 '출가 둔세', 즉 그 이전 시대의 둔세자들은 불교와 떼려야 뗄 수 없었다는 점을 고려했을 때 『본조둔사』에 나타는 은둔의 양상은 편찬자가 유학자라는 점이 어느 정도 영향을 미쳤음은 부정하기 어렵다.

돗코사이에게 현실은 인간들 속에서市井 유학자로서의 삶을 살아가고 있지만, 실제 원하는 삶은 산거山居였다고 할 수 있다. 하야시 돗코사이가 『본조둔사』의 서문에서도 밝혔듯이 그가 지향하는 은일은 산림(속세와의 거리)에서의 삶이지만, 그는 유학자로서 그러한 인생을 살고 있지 않으며, 어쩌면 그렇게 살아갈 수 없다는 자각이 다양한 은자의 삶의 방식을 인정할 수밖에 없게 만들었을는지도 모른다. 은둔하는 삶의 방식은 자식이나 처와 함께 살든 아니든, 산림이나 인가와 인접한 곳에 살든, 그 형태는 중요하지 않다. 진정한 은둔은 겉으로 드러나는 삶의 방식에 영향을 받는 것이 아니라 마음과 정신의 방식이 중요하다는 것을 말하는 것이며, 이것이 일본 최초의 은자전이라는 자료를 집성한 에도 초기의 지식인 하야시 돗코사이의 은둔관이라고 할 수 있을 것이다.

던 반면, 사상적으로 가장 기피할 수밖에 없었던 불교의 승려들을 다수 기록해야만 했던 사실에 괴로움을 가지고 있었을 것이라 보기도 했다.

30 井上敏幸 『隱逸伝の盛行-十七世紀の文学思潮-』, 臨川書店, 2001.

31 井上敏幸, 앞의 책.

Ⅳ. 맺음말

일찍이 일본에 은둔사상이 전해져, 중세에 다양한 은둔, 혹은 은 자의 모습이 존재했던 것은 사실이다. 근세로 접어들어 전란의 시대 가 종식되고 평화가 찾아옴으로써 사회는 커다란 전환기에 접어든 다. 무기를 버리고 펜을 잡은 사람들로 인하여 점차 지식의 수요가 늘어나고, 그에 수반되어 문헌 정리의 필요성은 증대된다. 특히 중 국 문헌과의 접근성이 높은 지식인층일수록, 그들이 접하는 지식 정 보를 정리하고, 재배치하려는 식자층의 지적인 요구는 점차 증가했 다고 할 수 있다. 근세 초기 편찬된 두 편의 일본의 은자전은 중국 문 헌과의 접근성이 높은 지식인이었던 하야시 돗코사이나 노마 산치 쿠와 같은 지식인들이 중국을 의식한 일본의 지식에 대한 관심으로 말미암아 편찬된 것으로 볼 수 있다.

그리고 그렇게 편찬된 『본조둔사』에 나타난 은둔의 모습 속에는 산거에 대한 강한 동경을 가지지만, 그러한 인생을 살지 못하는 하 야시 돗코사이 개인의 은일관이 녹아져 있음을 확인할 수 있었다. 은자의 다양한 삶의 방식에 대하여 일견 모순되듯 상반된 평을 내리 고 있는 것은 어쩌면 지향하는 바와 다른 삶을 살고 있는 그의 자각 에서 비롯된 것일지도 모른다.

그렇다면 둔세라 하는 것은 어떠한 것이라 생각하시는지요? 제가 생각하는 둔세라 하는 것은 세상을 버리고, 세상으로부터도 버려져서 사람들 속에는 끼지 못하는 자입니다. 그런 연유로 세상으로부터 버림

받았지만 세상을 버리지 못한 자는 그저 걸인과 다름이 없지요. 세상
을 버렸지만 세상으로부터 버려지지 못한 자는 둔세했다고 할 수 없겠
지요.

　ソノ故ハ、遁世ト申事ハ、何樣ニ御心得共フヤラン。身ニ存ジ
候フハ。遁世ト申スハ、世ヲモステ、世ニモステラレテ。人員ナラ
ヌコソソノ姿ニテハ候ヘバ、世ニステラレテ、世ヲステヌハ、タヾ
非人ナリ。世ヲスツトモ世ニステラレズハ、遁レタルニアラズ。 [32]

위의 예문은『샤세키슈』에 제시된 일본의 대표적인 둔세자로 칭
해지는 묘헨(明遍, 1142~1224)과 관련된 일화로서, 묘헨이 자신이 생각하
는 둔세에 대하여 설하는 부분이다. 스스로 세상을 버릴 뿐만 아니
라 세상으로부터도 버려졌을 때 비로소 진정한 둔세자의 마음가짐
을 가질 수 있다는 것이다. 글 서두에서 밝혔듯이 하야시 돗코사이
는 당초 출사를 거부하는 등 은둔에 대한 원망顧望이 강한 소유자였
다. 스스로 세상을 버리려고 했던 마음이 다분했지만, 그가 처해진
현실은 세상으로부터 버려질 수 없는 위치였다고 할 수 있지 않을까.
그러한 현실과 이상 사이에서 그가 은자전을 통하여 그리는 은둔의
모습은, 세상을 버리고 세상으로부터 버려지는 것이라는 은둔의 외
연을 확장시켜서, 가장 중요한 것은 은둔의 형태가 아니라 마음가짐
에 있음을 말하고 있다. 이는 산거적 은일을 지향하지만 현실 속에
서는 하야시 가문의 4남으로서 속세와 밀접한 관련 있는 삶을 살아

32　小島孝之訳『沙石集』, 新編日本古典文学全集, 小学館, 2001, 537쪽.

야 했던 입장이었기에 가능했던 하야시 돗코사이의 현실과 이상 사이의 고민과도 같은 것이라 할 수 있다.

초출일람

〈3부〉 인물과 사상

지은이 약력

┃금영진 琴榮辰, Keum Young-Jin

한국외국어대학교 일본어대학 강의중심교수. 일본 릿쿄대 외국인특별연구원, 일본학술진흥회 외국인특별연구원 역임. 일본고전문학을 전공하였다. 대표 논저로『東アジア笑話比較研究』(勉誠出版, 2012)등이 있다.

┃송혜선 宋惠仙, Song Hye-Sun

인덕대 일본어과 교수. 고려대학교 BK연구교수. 고려대학교 일본학연구센터 HK연구교수 역임. 일본어학을 전공하였다. 대표저서로『やりもらいの文法』(제이앤씨, 2009) 등이 있다.

┃오미선 吳美善, Oh Mi-Sun

경희대학교 일본어학과 교수. 일본어학을 전공하였다. 대표 논저로『日本語動詞의 文法化에 관한 고찰』(경희대학교출판국, 2004),「日本人과 家族, 家庭」(『日語日文学研究』제51집),「일본어와 gender」(『日本学研究』제17집),「현대일본 문장어의「老人」사용실태」(『比較文化研究』제25집) 등이 있다.

┃유상용 劉相溶, Yoo Sang-Yong

울산과학대학교 실무외국어과장 겸 공간디자인학부 부교수, 울산과학대학교 창업교육센터장. 일본센슈대학대학원에서 일본어일본문학을 전공하였다. 대표논저로 形式名詞「ハズ」の意味転成－洒落本を中心に－(『専修国文』第67号 2000年 9月), 中世における「コト(事)」の周辺 (『専修国文』第70号 2002年1月),「ヤウス(様子)」の意味変遷－中世口語文献を中心として－『専修国文』第73号 2003年 9月 등이 있다.

▌강지현 康志賢, Kang Ji-Hyun

전남대학교 국제학부 교수. 동경대학, 국제일본문화연구센터, 법정대학의 객
원연구원 역임. 일본근세문학을 전공하였다. 번역서로『근세일본의 대중소설
가, 짓펜샤 잇쿠 작품선집』(소명출판, 2010), 저서로『일본대중문예의 시원, 에
도희작과 짓펜샤잇쿠』(소명출판, 2012), 논문으로「魯文作〈膝栗毛もの〉合巻の
書誌攷」(『国語と国文学』1105호, 2015),「二代目岳亭の戯号·交遊関係攷」(『近世文
芸』100호, 2014) 등이 있다.

▌김경희 金京姬, Kim Kyoung-Hee

한국외국어대학교 미네르바 교양대학 조교수. 일본 괴담소설과 하이카이를
전공하였고, 한일 대중문화콘텐츠 분야로 연구의 관심을 넓혀가고 있다. 대표
논저로『그로테스크로 읽는 일본문화』(책세상, 2008),『에로티시즘으로 읽는
일본문화』(제이앤씨, 2013),『공간으로 읽는 일본고전문학』(제이앤씨, 2013),
『한일 고전문학 속 비일상 체험과 일상성 회복 - 파괴된 인륜, 문학적 아노미』
(제이앤씨, 2017) 등을 함께 썼다.

▌김정희 金靜熙, Kim Jung-Hee

단국대학교 일본연구소 HK연구교수. 도쿄대학에서 문학박사학위를 취득. 일
본문학과 문화에 대해서 연구하고 있다. 대표 논저로「『신쿠로우도(新蔵人)』
에마키(絵巻)의 세계-섹슈얼리티의 변혁과 종교적 차별의 수용-」『한국일본
언어문화학회』(2016),『의식주로 읽는 일본문화』(제이앤씨, 2018) 등이 있다.

▌백현미 白賢美, Baek Hyun-Mi

한국외국어대학교 일본어대학 강사. 일본 도쿄대학 총합문화대학원 표상문
화론 전공과정에서 석·박사과정 수료. 단국대학교 대학원 일어일문학과 박사
과정 졸업. 일본 고전연극을 전공하였다. 대표 논저로『일본인의 삶과 종교』
(공저, 제이앤씨, 2007) 등이 있다.

▌허영은 許榮恩, Huh Young-Eun

대구대학교 일본어일본학과 교수. 일본 오차노미즈대학, 와세다대학, 교토 대
학, 리쓰메이칸대학, 미국 버클리대학 방문교수 역임. 일본 고전 여류문학을

전공함. 대표 논저로『일본문학으로 본 여성과 가족』(보고사, 2005),『포스트
모던사회에서의 문학의 역할』(대구대학교, 2007),『기억 환상 그리고 실체-프
랑켄슈타인에서 모노노케히메까지)』(열린길, 2007) 등이 있다.

▌홍성준 洪晟準, Hong Sung-Joon

단국대학교 일본연구소 HK연구교수. 일본 絵入本学会 운영위원, 한국일어일
문학회 학술기획이사. 도쿄대학에서 문학박사학위를 취득. 일본 근세문학을
전공하였다. 대표 논저로「일본근세기 신화주석의 의의와 그 주변」(『일본학
연구』52, 2017),「바킨 작품 속에 나타난 여성상 고찰」(『일본학연구』50, 2017),
「『月氷奇縁』自評について」(『読本研究新集』6, 2014),「稗史七法則省筆における偸
聞」(『国語と国文学』92-5, 2014) 등이 있다.

▌김영호 金永昊, Kim Young-Ho

일본 도호쿠 가쿠인(東北学院) 대학교 언어문화학과 준교수. 일본근세문학을 전
공하였으며 대표 논저로『아사이 료이 문학의 성립과 성격』(제이앤씨, 2012),
역주로『쇼코쿠 햐쿠모노가타리』(인문사, 2013),『일본 에도시대에 펼쳐진 중
국 백화소설의 세계』(제이앤씨, 2016), 편저로『江戸怪談文芸名作選』(国書刊行
会, 2016) 등이 있다.

▌서동주 徐東周, Seo Dong-Ju

서울대학교 일본연구소 조교수. 일본근현대의 문학과 사상을 전공했으며, 20
세기 초반 한일 간 지식교류의 역사와 냉전기 일본의 문화적 상상력에 대해
연구하고 있다. 대표 논저로「'전후'의 탄생-일본, 그리고 '조선'이라는 경계」
(그린비, 2012),『전후 일본의 지식 풍경』(박문사, 2013),『근대 지식과 저널리
즘』(소명, 2016) 등의 공저서가 있다.

▌최광준 崔光準, Choi Kwang-Joon

신라대학교 글로벌비즈니스대학 학장. 일본 니혼대학 객원교수 역임. 일본 고
전문학 중 만요슈(万葉集)를 전공하였다. 대표논저로『츠보미(봉오리)』(야마
토케이코쿠사, 2002),『일본의 만엽집』(신라대출판부, 2005),『일본문화의 이
해』(다락원, 2012),『일한대역 만엽집선』(신라대출판부, 2013),『한역 만요슈
1~3』(국학자료원, 2018) 등이 있다.

지은이 약력

▍최승은 崔升銀, Choi Seung-Eun

　　단국대학교 HK연구교수. 단국대학교에서 문학박사학위를 취득했다. 대표 논
문으로는 「일본 중세 설화에 나타난 질투 관념 - 『발심집(発心集)』, 『고금저문
집(古今著聞集)』을 중심으로 -」(『일본사상』31, 2016), 「기기(記紀)에 나타난 질
투 모티프」(『일어일문학연구』99권 2호, 2016) 등이 있다.